»Dieses Päckchen ist für Mr Satoshi. Wenn wir seine Adresse herausfinden.« So lauten die letzten Worte von Foss' Mutter, während sie liebevoll einen abgeschabten Schuhkarton mit rätselhaftem Inhalt tätschelt. Und so entschließt sich der von Panikattacken heimgesuchte Fotograf, den rästelhaften Mr Satoshi zu finden. Seine Reise führt ihn in die ebenso schrille wie geheimnisvolle Welt Japans. Bei seiner Suche entdeckt Foss, dass die Vergangenheit seiner Mutter mit einem Ereignis im Jahr 1946 verwoben ist. Aber weshalb will keiner darüber reden? Unterstützt von der Japanerin Chiyoko und einem pensionierten Sumoringer mit einer Vorliebe für Dolly Parton, deckt Foss die Lebens- und Liebeslügen seiner Eltern auf – und kommt der Frage, was im Leben wirklich zählt, ein ganzes Stück näher.

© Tanja Kernweiss

Jonathan Lee, geboren 1981 in Surrey, studierte englische Literatur, lebte eine Zeitlang in Südamerika und arbeitete in einer Anwaltskanzlei in London City. 2007 wurde er nach Tokio versetzt. Zurück in England ließ er sich beurlauben und schrieb »Wer ist Mr Satoshi?«, der Leser und Presse gleichermaßen begeisterte. Inzwischen lebt Jonathan Lee in New York City, arbeitet als Lektor für Catapult und schreibt regelmäßig für das Guernica Magazin. Sein zweiter Roman »Joy« wird derzeit von der BBC verfilmt. Der Guardian nennt Jonathan Lee »eine bedeutende neue Stimme der englischen Literatur«.

Jonathan Lee

Wer ist Mr Satoshi?

Roman

Aus dem Englischen
von Cornelia Holfelder-von der Tann

btb

Die englische Originalausgabe erschien 2010 unter dem Titel »Who is Mr Satoshi?« bei William Heinemann, London.

Der Verlag weist ausdrücklich darauf hin, dass im Text enthaltene externe Links vom Verlag nur bis zum Zeitpunkt der Buchveröffentlichung eingesehen werden konnten. Auf spätere Veränderungen hat der Verlag keinerlei Einfluss. Eine Haftung des Verlags ist daher ausgeschlossen.

MIX
Papier aus verantwortungsvollen Quellen
FSC® C014496
FSC www.fsc.org

Verlagsgruppe Random House FSC® N001967

1. Auflage

Neumarkter Str. 28, 81673 München
Umschlaggestaltung: semper smile, München
Umschlagmotiv: © Shutterstock / Seita; Silhouette Lover
Druck und Einband: GGP Media GmbH, Pößneck
UB · Herstellung: sc
Printed in Germany
ISBN 978-3-442-71454-4

www.btb-verlag.de
www.facebook.com/btbverlag
Besuchen Sie auch unseren LiteraturBlog www.transatlantik.de

Für meine Eltern

Ich zweifle nicht daran, dass jedes Innere ein Inneres hat und jedes Äußere ein Äußeres und dass jedes Sehen ein anderes Sehen in sich birgt …

»Assurances«, Walt Whitman

Zur Pointe dieser Geschichte wird schließlich die Äußerung eines amerikanischen Akademikers zu Beckett: »He doesn't give a fuck about people. He's an artist.« In diesem Moment setzt sich Becketts Stimme über das Geklapper des Fünfuhrtees hinweg, und er ruft: »But I *do* give a fuck about people. I *do* give a fuck!«

Beckett Remembering: Remembering Beckett,
Hg. James and Elizabeth Knowlson; Lawrence Held
(Bloomsbury Publishing)

1

An einem Nachmittag im Oktober, auf dem Beton ihrer Terrasse, stürzte meine Mutter.

Das Geschehen spult sich immer wieder in meinem Kopf ab wie ein alter Film. Das Bild wackelt, die Perspektive verschiebt sich, die Schärfe schwankt. Damals sah ich sie ganz klar. Sie hob sich so deutlich von ihrer Umgebung ab. Aber jetzt nicht mehr. Im Film in meinem Kopf verschwimmen die Züge meiner Mutter mit dem Hintergrund: den Schatten, dem Rasen, dem sepiafarbenen Himmel.

Sie war dort draußen, weil sie mit ihren achtzig Jahren jeden Morgen mit dem einen Ehrgeiz erwachte: diese Terrasse unkrautfrei zu halten. Immer wieder spross Unkraut zwischen den Betonplatten, und immer wieder riss sie es aus. Die Instandhaltung war Sache des Heims, aber das war meiner Mutter egal. Das Betreuungspersonal wurde weggescheucht, und wenn ich meine Hilfe anbot, wurde mir befohlen, drinnen zu bleiben. Also blieb ich drinnen. Ich saß in ihrem Wohnzimmer im Finegold Mews und trank. Draußen war ein klarer Herbsttag. Zwischen uns war eine Schiebetür; ein feiner Lichtstrahl laserte sich durch die Scheibe, fiel in das Glas in meiner Hand und brachte die Eiswürfel zum Vibrieren. Hören konnte ich nur leise Flurgeräusche: das Gebrummel anderer Bewohner, die vorbeischlurften, Sachen fallen ließen, sie wieder aufhoben.

Es war der dumpfe Schlag, der erste von zweien, der mich

aufschreckte. Im Moment, als ich ihn hörte, beobachtete ich gerade, wie das Licht das Eis schmolz. Ich sah auf und erkannte sofort, in welcher Gefahr sie war. Ihre Handfläche war an die Scheibe gepresst. Ihr ganzes Gewicht schien darauf zu lasten. Ihre Fingerspitzen, zuerst dunkel-, dann hellgrau, rutschten quietschend über das Glas. Ich stand auf und rief: »Mutter!« Jahrzehntelang hatte ich sie »Mum« genannt, aber es war das Wort »Mutter«, das sich in meiner Kehle staute und ins Zimmer ergoss. Seit ihrem Tod ist es das Wort, das sich aufdrängt.

Die folgenden Sekunden sind ein Stakkato von Schwarz-Weiß-Bildern. Sie hängt in der Schwebe. Schmale, verschobene Schultern. Hochgezogene Brauen und abwärts gerichtete Augen. Grazil gedrehter Hals. Und die geäderte Hand. Nur dieses Alien-Wesen, runzlig und pockennarbig, das sie noch hält. Finger, die zentimeterweise abwärtsrutschen, bis sicher scheint, dass sie fällt.

Doch dann schlägt die Szene um. Die Hand hört auf zu rutschen. Kaum zu glauben, aber sie löst sich ganz vom Glas, fällt wie ein verwitterter Stein in die Bauchtasche der Schürze. Meine Mutter erlangt Fassung und Gleichgewicht wieder. Sie schluckt, reckt das Kinn, atmet tief durch. Es ist eine stolze, trotzige Pose. Nur die Amsel über ihr kann sehen, wie schütter ihr Haar ist.

Als der zweite dumpfe Schlag kam, schien die Sache schon ausgestanden. Im Rückblick ist klar, dass dieser Moment, in dem die Gefahr gebannt schien, der entscheidende war. Ich stand in ihrem Wohnzimmer und schaute durch die Glastür, noch immer den Drink in der Hand. Ich hätte fünf große Schritte machen, die Tür öffnen und sie hereinholen können. Oder, wenn das nicht zu machen gewesen wäre, weil sie mich für einen fremden Störenfried gehalten hätte, waren da ja noch die kleinen orangefarbenen Dreiecke an den Zugschnüren.

Oder der Notfallknopf an der Wand. Ein Einundvierzigjähriger kann ohne große Anstrengung so ein Dreieck oder einen Knopf erreichen. Einen Moment lang hätte ich jede dieser Möglichkeiten wahrnehmen können.

Ich verweile hier, in diesem eingefrorenen Moment, weil es der letzte ist, in dem ich noch irgendwelche Optionen hatte.

Wie war es überhaupt gekommen, dass ich dasaß und ihre Not mitansah? Minuten, bevor es passierte, war ich noch in der Küche. Ließ gerade Eiswürfel in ein Glas klimpern.

Sie kam herein und nahm ihre Gartenhandschuhe aus einer Schublade mit der Aufschrift »Gartensachen«, bekam aber gar nicht mit, dass ich dastand, zwei Gläser Butterscotch-Schnaps, das einzig Alkoholische, das ich finden konnte, hinunterkippte und drei rosa Pillen schluckte. Seit die Demenz eingesetzt hatte, bekam sie die meisten Dinge nicht mehr mit.

Sie ging mit ihren Handschuhen ins Wohnzimmer. Ich goss mir noch einen letzten Butterscotch ein, stellte die Flasche wieder weg und sah mich nach einem Snack um. Fand aber nichts Brauchbares. Man merkte, dass sie in der Nachkriegszeit einen Haushalt zu führen gelernt hatte. Der Schrank mit dem Klebeschildchen »Medizin« war vollgepackt mit Magensäurebinder, Erkältungsbalsam, Rheumabad, antiseptischer Salbe. Im Kühlschrank gab es ein Fach »rationiert«, gefüllt mit Butter, Schmalz, Margarine, Käse, Eiern. Eine kleine Kammer am Flur (mit dem Etikett »Speisekammer«) enthielt wacklige Stapel von Konservendosen – Fisch, Tomaten, Fleisch, Suppen, Gemüse, Rübensirup. Außer den Dosen lagerten da noch Zucker (Streu-, Puder-, Rohr-), Mehl (Haushalts-, Konditor-, selbstgehend), Linsen, Nudeln, Reis. Und nicht zu vergessen die Kompottgläser, die Kisten mit Braeburn- und Bramley-Äpfeln, die Sirupflaschen. Meine Mutter hatte erlebt, was Mangel ist, und das vergaß sie nie.

Als ich mich mit meinem Drink auf dem Sofa niederließ, drang vom Gemeinschaftsflur der Geruch von Essen auf Rädern herein. Mir wurde bewusst, dass ich den ganzen Tag noch nichts gegessen hatte. Am Morgen war ich beim Gedanken, meine Wohnung zu verlassen und mich all den Gefahren der Welt da draußen zu stellen, so nervös gewesen, dass ich kein Frühstück hinunterbrachte.

»Warum lässt du mich das nicht machen?«, sagte ich. Sie humpelte über den Teppich in Richtung Glastür. »Lass mich doch das Unkraut zupfen, wenn es dich so stört.«

Sie antwortete nicht. Stattdessen schien ihr etwas Wichtiges einzufallen, und sie machte einen Abstecher zum Fernseher in der Ecke. Es war ein klobiges, altes Ding, ein Relikt aus Zeiten, als Bilder nicht so wichtig waren. Sie hielt sich an einer der abgerundeten Ecken fest, langte hinter den Apparat und zog einen Schuhkarton hervor. Sie stellte den Karton auf den Fernseher, tätschelte ihn liebevoll und machte sich auf den Weg zur Terrasse.

Ich sagte: »Was ist in dem Karton, Mum?«

Sie schob mit kolossaler Anstrengung die Glastür auf, blieb dann eine ganze Weile stehen und sann über meine Frage nach. Kalte Luft drang ins Zimmer. Dann antwortete sie. Ich erinnere mich noch an den genauen Wortlaut. Seit damals höre ich diese Worte mit immer mehr Nachhall in meinem Kopf.

Sie sagte: »Der Plan ist, ihn Mr Satoshi zukommen zu lassen.«

»Wer ist Mr Satoshi?«, fragte ich.

Und sie sagte: »Vor allem das Päckchen ist für Mr Satoshi. Wenn wir seine Adresse herausfinden.«

Ihre Stimme war leise, aber ich verstand jedes Wort ganz deutlich. Dann packte sie den Türgriff plötzlich so fest, als ob jemand Unsichtbares sie hinauszöge, und sagte: »Und wenn du hier irgendwas zu sagen hast, dann sorg dafür, dass mir die Betreuerin vom Hals bleibt.«

Sie machte die Schiebetür hinter sich zu, und ich ließ mich in die klumpigen Polster zurücksinken. Die Gartenhandschuhe lagen verwaist neben mir.

Einen Herzschlag später, als ich gerade meinen widerlich süßen Butterscotch in dem Strahl Nachmittagssonne schwenkte, hörte ich den dumpfen Schlag. Es klang wie ein Keulenhieb. Ich staunte, dass jemand so Winziges ein solches Geräusch verursachen konnte, und eine Sekunde dachte ich, die Glasscheibe würde nachgeben. Ich ging in Habachtstellung, aber die Scheibe hielt. Ihre Hand war immer noch daran festgesaugt. Weiß und klebrig und mit jeder Menge Druck darauf. Ihr Kopf neigte sich, ihr Körper sackte zusammen, ihre Hand rutschte langsam tiefer. Und dann das Wunder – ihr Körper, der sich wieder aufrichtete, ihr Kinn, das sich himmelwärts reckte, die Hand, die sich von der Scheibe löste.

Ein Ticken der Uhr genügt, dass sich alle Optionen, die man hat, in nichts auflösen.

Der entscheidende Moment. Ich fühlte mein Herz in meinem Schädel pochen. Mein Mund war plötzlich trocken, die ätzenden Auflösungsbläschen einer rosa Pille versengten irgendeinen verborgenen Winkel meiner Speiseröhre. Doch ich ignorierte diese Zeichen. Ich wollte glauben, dass der Schrecken vorbei war. In dieser leeren Sekunde, dieser Blankostelle der Zeit, wusste ich, dass ich Aktionsmöglichkeiten hatte. Aber ich war mir sicher, muss mir ja wohl sicher gewesen sein, dass keine Handlungsnotwendigkeit bestand. Warum sonst hätte ich wie angewurzelt dastehen sollen, als sie sich – durch die wundersame Wende von eben beflügelt – wieder vorbeugte, wild entschlossen, ihn zu kriegen, diesen schurkischen Löwenzahn in der Ritze zwischen zwei Betonplatten?

Sie wischte sich die Hände an der Schürze ab und bückte

sich, tiefer, viel tiefer als eben, um der perennierenden Geißel ihrer hübschen, adretten Plattenfläche den Garaus zu machen. In der verschwommenen Graustufenversion, die ich jetzt sehe, beugt sie sich über ein riesiges Schachbrett. Und dann sehe ich es kommen. Ich sehe, dass der Löwenzahn, den sie umklammert hält, sich nicht rührt. Die gut verankerte, kräftige Wurzel löst sich nicht aus dem harten Boden. Das Einzige, was den Halt verliert, ist sie.

Diesmal kam der dumpfe Schlag nicht von ihrer Hand, sondern von ihrer Schulter. Die krachte gegen die Scheibe. Rutschte. Ihre Knie knickten ein, als sie der Zentripetalkraft des Unkrauts erlag, die sie in eine unentrinnbare Abwärtsbahn zwang.

Ich glaube nicht, dass sie, während sie dem Boden entgegenstürzte, noch mitbekam, wie schön die Pusteblume aussah. Die schneeflockenzarten Samenschirmchen waren atemberaubend. Zuerst saßen diese Schirmchen noch als dichte Kugel fest auf dem Stiel. Dann verschwanden sie ganz, verschluckt von ihrem Schatten. Doch im Moment des Aufschlags stoben die Samen aus dem Dunkel auf. Es war eine regelrechte Explosion. Ein Feuerwerk von grellweißen Atomen, ein Magnesiumblitz, der das Bild auf den Film brennt.

Und ich hörte nicht, wie ihr Kopf auf dem Beton aufschlug. Ich hörte Stille, zerrissen von meinem kurzen, entsetzten Lachen. Ich watete zum Fenster. Ließ unterwegs mein Glas fallen. Statt zu zerschellen, hüpfte es absurd herum. Draußen verdichteten sich zarte Oktoberwölkchen zu tief hängender Düsternis. Warfen einen Grauschleier über den Garten. Sie lag als formloses Häufchen da. Ihre Hand zuckte mechanisch, und ich gab ein dümmliches Wimmern von mir. Die Schürze hatte sich um ihren Hals gestaut, und ihr verbrauchtes Gesicht lugte darüber hinweg. Schwarzes Blut sickerte aus dem sichtbaren Ohr.

Ich stand da, bis ich sicher war, dass sie nicht mehr lebte. Ich presste mich an die Scheibe. Stirn und Hände am Glas, die Augen geschlossen, blieb ich lange Zeit einfach so stehen, überließ mein ganzes Gewicht der kalten Oberfläche. Irgendwann begann es zu regnen. Ich ging wieder zum Sofa, setzte mich hin, beobachtete, wie durchsichtige Tropfen zufallsgelenkt miteinander verschmolzen und ruckweise abwärtsliefen. Eine Pfütze von trübem Wasser bildete sich um den Leichnam. Wenn ich jetzt die Augen zumache, sehe ich immer noch dieses Wasser, dramatische Wolkenspiegelungen, eingefangen im sanftgrauen Schimmern einer Kameralinse.

Schließlich, nachdem ich noch mehr Pillen geschluckt hatte, rief ich den Rettungswagen. Als es klopfte, dachte ich einen Moment lang, es sei Mr Satoshi.

Natürlich war er's nicht. Es war nur der grüne Ansturm von Rettungssanitätern. Bald schon konnte ich meine Mutter gar nicht mehr sehen. Die dicht gedrängten Fremden legten sie auf eine Trage und bedeckten sie mit einem Baumwolltuch.

Seither ist ihr Gesicht verhüllt.

2

Am darauffolgenden Montag stand ich in einer schattigen Bank ganz hinten in der Kirche von Longcross und sah zu, wie ihre Nachbarn mit Zeitlupenmundbewegungen Kirchenlieder sangen. Das Haar klebte mir am Kopf, und die Krawatte schnürte mir schier die Luft ab. Die Fugen und die Maserung im Glas der hohen Fenster fingen und formten das Licht, illuminierten die Bänke vor mir in Gelb, Rot und Grün, doch die schwarz gekleideten Menschen nahmen keine der Farben an. Sie wirkten jeder wie der Schatten seines Nachbarn.

Ich war der einzige Vertreter der Familie Fossick, aber die Bewohner des Finegold Mews waren massenhaft erschienen, um die Orgeltöne in den Pfeifen schwingen zu hören. Es war schwer, die Lippen im Gleichtakt mit ihren zu bewegen. Beim Anblick der blakenden Kerzen, der Blumenarrangements und des perlmuttartig schimmernden Weiß der Buntglasfenster drängte sich mir immer wieder ein Gedanke in den Kopf, eine Frage, die die Verspannung meiner Kiefermuskeln bewirkte: Waren ein paar Jahre in einer betreuten Einrichtung die Lösung, um irgendwann bei meiner Beerdigung eine anständige Trauergemeinde zusammenzukriegen? Ich fragte mich, ob mein Vater wohl käme, erpicht darauf, den trotz aller Entfremdung tief trauernden Elternteil zu geben. Oder nur ein, zwei gute Freunde, aus der Zeit meiner Ehe.

In einer Pause zwischen zwei Kirchenliedern sagte der Priester etwas von Hirten und dem Tod als großem Gleichmacher, als Erinnerung daran, dass wir unter unseren Kleidern alle nur Menschen sind. Ich bekam diese Predigt nur vage mit. Ich dachte über die Saat dieses Todes nach und darüber, wann genau sie gelegt worden war.

Virginia Road Nummer 17. Das Haus, in dem ich aufgewachsen bin und in dem Alice Fossick ganz plötzlich alt wurde. Dort fielen mir vor mehr als zehn Jahren bei einem meiner Besuche erstmals die kleinen weißen Klebeetiketten auf.

»Rote Servietten«, »weiße Servietten«, »rot-weiße Servietten«.

Zunächst beunruhigte es mich nicht weiter. Meine Mutter hatte immer schon alles aufgeschrieben. Bevorstehende Geburtstage, Rezepte aus dem Fernsehen, das nächste Frauenvereinstreffen.

Doch binnen Kurzem vermehrten sich die Etiketten übers ganze Haus, an jeder Schublade und jeder Schranktür klebte eins: »Teller für täglich«, »Waschmitteltabs«, »kaputtes Porzellan«.

Warum wirfst du das kaputte Porzellan nicht einfach weg, Mum?

»Kaputtes Porzellan (für Müllabfuhr)«, lautete der aktualisierte Aufkleber, eingequetscht zwischen »Spülmaschinensalz« und »Prospekte/Garantiescheine/Gebrauchsanweisungen«.

Die Aufkleber waren nur Aufkleber, es sollte noch schlimmer kommen. Sie schrieb einen Leserbrief ans Lokalblatt, um sich über die Schließung der Post zu beschweren. »Es ist eine Schande«, schrieb sie, »dass elementare Dienstleistungen, auf die der ganze Ort angewiesen ist, einfach eingestellt werden, ohne Rücksprache mit den Einwohnern.« Sie zeigte mir den Entwurf, fragte, was ich davon hielt. Ich wusste, es war ein guter Leserbrief, aber ich wusste auch, dass die Post nach wie vor in

Betrieb war. Als ich mit ihr hinging, um es ihr zu beweisen, lachte sie. »Hab dich nur auf den Arm genommen«, sagte sie. »Ich bin noch nicht plemplem.«

Es war schwer einzuschätzen. Sie hatte immer noch eine Fülle an Dingen im Kopf, die das Gedächtnis der meisten Menschen überfordert hätte: die Namen sämtlicher Leute im Dorf, alle sechsundsechzig Monarchen in der Reihenfolge ihrer Thronbesteigung, die verschiedenen Unkrautvertilger und die Böden, für die sie geeignet waren. Sie konnte die Fotografen nennen, die ich bewunderte, erinnerte sich, wo Fotos von mir veröffentlicht oder ausgestellt worden waren.

Es kam dahin, dass ich mittags vorbeischaute und sie sich gerade bettfertig machte oder dass mitten in der Nacht mein Telefon klingelte, weil die Dunkelheit sie verwirrte. Immerhin weiß sie meine Telefonnummer noch, dachte ich. Wenn Nachbarn sie auf einer vertrauten Straße stehen und den Stadtplan studieren sahen, erklärte sie, sie wolle sich nur mal orientieren.

»Das ist das Alter«, sagte sie. »Mit über siebzig kommt man eben manchmal ein bisschen durcheinander.«

Ich fragte sie, ob sie wisse, wie meine Frau heiße.

»Chloe«, sagte sie beleidigt.

Ich zuckte die Achseln und lachte. Sie hatte Chloe immer gemocht. Jahre später, als Chloe starb, war es meine Mutter, die am meisten weinte, die sich der Trauer ganz hingab.

»Also, was ist die nächste Testfrage?«, sagte meine Mutter.

Ich fragte, ob sie wisse, wie der Premierminister heiße. Ich gab mir Mühe, es als Scherz zu verkleiden.

»Ha!«, sagte sie. »Der alte Rotchinese. A. T. Lee! Gebt mir Churchill wieder, sage ich nur.«

»A. T. Lee« nannte sie Clement Attlee.

»Der sitzt schon eine ganze Weile nicht mehr in der Downing Street, Mum.«

»Da bin ich aber schön. Bin ich aber froh.«

»Kann es an ihrem Herzmedikament liegen?«, fragte ich den Arzt. Sein Gesicht hatte den gleichen apologetisch leeren Ausdruck wie das meiner Mutter, die gleiche Mischung aus Sich-Auskennen und Verwirrung.

»Hmm«, sagte er und zog ein Thermometer aus seiner Brusttasche. »Manchmal können die Symptome, die Ihre Mutter aufweist, andere Ursachen haben – Schilddrüsenprobleme, Vitaminmangel, sogar Depression. Wir gehen allen Möglichkeiten nach. Schließen nichts von vornherein aus.«

Auf dem Heimweg von der Praxis ging ich noch in einen Bioladen, Lebensmittel kaufen. Meine Mutter wartete draußen. Als ich wieder rauskam, streichelte sie gerade einen ungleichmäßig gebräunten Dackel.

Mum sagte: »Hast du an die Zeitung für deinen Vater gedacht?«

Ich sagte: »Dad ist vor Jahren ausgezogen, Mom, das weißt du doch.«

»Ich erinnere mich an meinen Vater«, sagte sie.

Das Finegold Mews war die ideale Lösung. Sie wohnte bereits ganz in der Nähe des Heims, sodass sie in ihren klaren Momenten die Gegend kennen würde. Hinzu kam, dass man dort auf Wunsch eine kleine Wohnung haben konnte statt nur eines winzigen Zimmers. Ich schaffte es sogar, ihr ein Erdgeschossapartment reservieren zu lassen, mit Blick in den Garten und eigener Terrasse.

Die Terrasse gab den Ausschlag. Im Dezember 1999, kurz bevor die Menschheit in all ihren Formen und Farben den Schritt in ein neues Jahrtausend tat, siedelte ich sie um. Ich weiß noch, wie ich am Steuer des Miettransporters dachte, dass ihr Gesicht auf einmal anders aussah, dass die Augen- und Mundwinkel hingen, als ob bisher gehegte Hoffnungen schwänden. Ich erinnere mich, dass ich bereute, sie nicht öfter fotografiert zu haben, ehe ihre Züge diesen Abwärtstrend entwickelt hatten.

Das Kirchenlieder-Medley endete, und ich eilte zum Ausgang. In einem stillen Winkel des Friedhofs, hinter einer Silberbirke versteckt, zündete ich mir eine Zigarette an.

Durch ein Gewimmel aus trotzigen Trieben und dreieckigen Blättern konnte ich das verunkrautete Alice-Fossick-Gedächtnisloch sehen. Noch unbelegt. Nur von Spaten zerhackte Wurzelstöcke und gewendete Erde. Ringsherum waren schiefe, bemooste Grabsteine mit kaum lesbaren Namen und Daten. Die Trauernden, beinern im bleichen Licht, arbeiteten sich über einen Hindernisparcours aus Fußstapfen und Grasbüscheln zum Plätzchen meiner Mutter vor.

Ich wandte mich ab, doch in das Vakuum in meinen Ohren strömte überlautes Füßescharren und Husten und das Quietschen der Absenkvorrichtung für den Sarg. Minutenlang, bis ich es schaffte, mein Gehör herunterzudrehen und Erinnerungsbilder aus der Kinderperspektive vor mir zu sehen. Die niedrigen Fliederhecken von Nummer 17. Einen Eingangsvorbau, tapeziert mit zitronengelben Sonnenquadraten. Ordentliche Reihen von Schnittrosen. Ich drückte die Zigarette aus, zündete mir eine neue an und brachte die Rosen zum Verschwinden.

Ein alter Mann, den ich noch nie gesehen hatte, kam über den Rasen angewieselt und überrumpelte mich. Er packte meinen Zigarettenarm und quetschte ihn.

»Ah«, sagte er, während er mir ins Gesicht starrte. »Sie sind das! Der einsiedlerische Fotograf!«

»Ich bin's«, sagte ich verdattert.

»Schöner Trauergottesdienst! Geht's gut?«

»Ganz gut, danke.«

»Prima«, sagte er und wieselte davon.

Der Sarg war versenkt, alle hatten sich zum Parkplatz begeben, und ich sah dem Mann nach, wie er zu ihnen stieß. Ich rauchte konzentriert, gierig nach dem analgetischen Qualm. Es würde sich doch bestimmt gleich auflösen, dieses Gewirr aus Gehstöcken, Rollatoren, Bifokal- und Trifokalbrillen, dunkelgrauen Mänteln mit leeren Schultern. Die Mitgift des Alters. Die Sonne, die während des Gottesdiensts noch geschienen hatte, verschleierte sich jetzt. Der milchige Himmel gerann, unstete Schatten breiteten sich aus und verfestigten sich zu einem allgemeinen Düstergrau. Ich beschloss, bis fünfundzwanzig zu zählen. Wenn die Beerdigungsgäste bis dahin nicht verschwunden waren, auch egal. Ich würde wortlos an ihnen vorbeimarschieren, in den Zug nach London steigen, mich in meiner Wohnung einigeln, meine Alltagsroutine wieder aufnehmen. Ich zählte bis fünfundzwanzig. Da war immer noch eine Schar von Trauergästen, die auf dem Parkplatz ihr schwarzes Gefieder plusterten und aufgedreht schwatzten, über Trauer und Tod und wer wohl der Nächste sein würde. Ich zählte wieder bis fünfundzwanzig, langsamer als vorher, zermalmte meine Kippe mit der Schuhsohle und gelobte mir, diesmal wirklich hinter dem Baum hervorzutreten und zum Bahnhof zu gehen. Und wenn mich jemand ansprâche, würde ich ein paar höfliche Worte wechseln und weitergehen, selbstsicher und ohne zu schwitzen, weil nur Kinder und Psychopathen versuchen, durch Zählen Dinge erscheinen oder verschwinden zu lassen. Doch als ich bei fünfundzwanzig war und dann wieder bei fünfundzwanzig, drückte ich nur das Pillenfläschchen in meiner Manteltasche und linste durch die Blättertarnung, bis die Leute entschwanden.

Da gingen sie hin: Pipi machen, Teebeutel in heißes Wasser hängen, mit Staubwedeln in dunklen Ecken herumtitschen, gestärkt durch das Wissen, dass alle anderen genau das Gleiche taten.

Der Moment schien günstig, war es aber nicht. Als ich den kürzesten Weg über den Parkplatz nehmen wollte, kam eine lange, dünne alte Frau auf mich zugehastet. Sie schwang ihren Stock wie eine Abrissbirne. Ihre Gliedmaßen fuhrwerkten mit ungerichteter Energie umher, ein Weberknecht, der über einen Teppich torkelt, trunken von letztem Sommerlicht. Ich fand mich gegen eine tomatenrote Motorhaube getrieben.

Sie sagte: »Sie müssen Robert sein, Alices Sohn.«

»Rob«, sagte ich. »Oder Foss.« Ich starrte auf den Boden, in der Hoffnung, ihr auf diese Weise zu vermitteln, dass ich weder Zeit noch Kraft hatte.

Als ich ein paar Sekunden später wieder aufblickte, stand sie immer noch vor mir, den Hauptteil ihres Gewichts auf dem dünnen Holzstock, dessen Gummidämpfer nicht ganz auf dem Asphalt auflag. Ihr Gesicht erinnerte mich an das meiner Mutter: Bahnen von schlaffer, hängender Haut, so blass, dass sie schon grünlich wirkten. Sie war irgendwo in den Achtzigern.

Ich sagte: »Kann ich Ihnen irgendwie helfen?«

»O nein. So hilfsbedürftig bin ich noch nicht.«

Sie sprach mit Home-Counties-Färbung: Ihr Zungenschlag hatte etwas vom Anschlag eines Plektrums, vor allem bei den Os.

»Waren Sie auf der Beerdigung?«, fragte ich.

»O ja, ja, war ich. Ich finde, es war ein wunderbarer Trauergottesdienst. Sie nicht?«

»Doch, ich fand ihn auch gut.«

»Ihre Mutter war eine Freundin von mir. Ich bin Freddie.«

»Hallo, Freddie.«

Ihre Hand fühlte sich rau und trocken an.

»Sie wohnen auch im Finegold?«, fragte ich.

»O ja, ja, ich wohne dort. Obwohl ich noch ›voll da‹ bin. Ich kannte ihre Mutter schon sehr lange. Vielleicht hat sie ja mal von mir erzählt, obwohl, ich fürchte… Jedenfalls, ich wohne praktisch bei ihr nebenan. Sie haben die Wohnung doch noch? Ich meine, Sie haben sie doch noch nicht gekündigt?«

»Nein, ich habe sie noch.«

»Und ausgeräumt haben Sie sie doch auch noch nicht?«

»Äh … nein, es war ja noch nicht so viel Zeit.«

»Aber Sie werden sie demnächst ausräumen?«

»Ziemlich bald, denke ich. Im Moment habe ich allerdings einiges auf der Agenda.«

»Agenda?«

»Auf dem Plan. Zu tun eben. Aber ich räume die Wohnung in Kürze aus.«

»Ah.«

Ich studierte ihre rosa Tränensäcke. »Das scheint Sie zu beschäftigen.«

»Ach, es ist nur, wissen Sie, mir geht da die ganze Zeit etwas durch den Kopf, seit Ihre Mutter tot ist. Etwas, was sie zu mir gesagt hat. Eine Art Bitte. Vielleicht können wir ins Finegold fahren und dort darüber reden?«

»Ich muss wirklich nach Hause, leider. Ich wohne in London.«

»Natürlich, Sie müssen bestimmt Fotos machen.«

»Genau.«

»Ich habe früher auch fotografiert. Weiß nicht genau, warum ich es aufgegeben habe. Gab wohl nicht mehr viel zu fotografieren.«

»Freddie, ich muss jetzt wirklich los.«

»Oh, natürlich, das ist mir klar, aber die Sache ist ziemlich wichtig.«

»Inwiefern?«

»Na ja …«, Sie beugte sich, auf ihren Stock gestützt, vor und blickte sich verschwörerisch um. »Es geht um einen Schuhkarton.«

»Schuhkarton?«

Durch dünne Wirbel von weißem Haar sah ich ihre Kopfhaut. Sie war mondgrau und pockennarbig und mit winzigen rosafarbenen und silbrigen Sommersprossen übersät.

Sie sagte: »Ich glaube, es gibt da einen Schuhkarton, in dem etwas ist, das Ihre Mutter jemandem zukommen lassen wollte. Einem Mr Satoshi.«

Bei dem Namen schoss ein Stromschwall des Erinnerns durch meine Adern.

»Wissen Sie, wer das ist?«

»Vage«, sagte sie, »vage. Glaube ich zumindest. Klingt ja ausländisch, Satoshi, oder? Aber wenn ich nicht langsam senil werde, ist es nur der Spitzname Ihrer Mutter für einen Engländer, einen jungen Burschen aus Bristol, den wir mal kannten. Wollen wir nicht doch ins Finegold fahren? Ich habe das Auto hier.«

»Sie fahren Auto?«

Sie fuhr. Sie chauffierte mich in einer Ente, die so altersschwach war, dass die hinteren Türen von Klebeband zugehalten wurden. Ein Scheibenwischer war mittels eines Stücks Kleiderbügeldraht rekonstruiert. Jeder zurückgelegte Meter fühlte sich an wie ein Sieg des Willens über die Materie. Der Wagen roch wie eine Keksdose, krümelig und süß, und der in Bodenmatten und Armaturenbrett eingepresste Dreck gab ihm etwas Erdiges, die Wärme von Verrottung und Fossilisation. Ich hatte ein seltsames Gefühl der Sicherheit, wie ich es kaum je außerhalb meiner vier Wände verspürte. Ich hatte es sogar noch, als ich die diffus beleuchteten Sträßchen und schattendunklen Alleen an unserem Weg entlangblickte, ihre Anonymität an mich heranließ, sie wie schweifende Gedanken dahinmäandern sah, ohne klares Gefühl für Grenzen, für Richtung und Ziel.

3

FINEGOLD MEWS verkündeten die Kupferlettern überm Haupteingang.

Ich folgte Freddie durch die Halle, machte dabei Small Talk über alltägliche Malaisen, Widrigkeiten und Kümmernisse. Hier war alles voller Lampen, Sessel, Teppiche und Couchtische. Beim Einzug meiner Mutter waren diese Sachen neu gewesen. Für sie war das ein Problem. Es setzte Finegold Mews in schmerzlichen Kontrast zu ihrem Haus, all den alten Dingen, an denen Erinnerungen hingen. Sie hatte mich Nummer 17 verlassen sehen, um mein Studium zu beginnen. Sie hatte auch Dad ausziehen sehen, nachdem er sich zuerst in die City und dann in seine Sekretärin verliebt hatte. Aber irgendwelche guten Geister mussten geblieben sein.

»Ich gehe mal eben die Betreuerin bitten, uns reinzulassen«, sagte ich, doch Freddie schob bereits ein dünnes Plastikrechteck in den Schlitz. »Sie haben eine Schließkarte für das Apartment meiner Mutter?«

»O ja. Wir waren gute Freundinnen. Wirklich Pech, dass ich Ihre Besuche immer verpasst habe.«

»Na ja, ich bin nicht so oft dazu gekommen, wie ich gewollt hätte.«

Der Luftzug der aufgehenden Tür wirbelte drinnen reichlich Staub auf. In dem Moment wusste ich es noch nicht, aber der Staub war nur der Anfang all dessen, was durch meine Einmischung in der Welt meiner Mutter aufgewirbelt werden würde; bald schon würde nichts mehr an seinem Platz sein, nichts mehr so, wie es gewesen war.

»Setzen Sie sich doch, Freddie.«

»Oh, danke, ja.«

Das hohe Wohnzimmer meiner Mutter hatte etwas Exzentrisches. Die oben schräg zulaufenden Wände standen in keinem Verhältnis zur winzigen Grundfläche, sodass der Raum wie hochkant gestellt wirkte, weniger wie ein Zimmer denn wie eine Cornflakes-Packung. Überall hingen Fotos, penibel in gleichmäßigen Abständen platziert. Das war das Resultat eines seltsamen Projekts, das sie in ihren Siebzigern gestartet hatte: eine lückenlose Serie von Fotos zusammenzustellen, die jeweils eins ihrer Lebensjahre repräsentierten. Ein paar hatte ich gemacht, zum Beispiel das mit den vielen kleinen Quadraten, die sich, wenn man genau genug hinschaute, als lauter identische Bildchen eines menschlichen Kopfs entpuppten. Es war ein Bogen Gedenkbriefmarken, den ihr Vater bei ihrer Taufe für sie aufbewahrt hatte; ich hatte ihn ausgraben und als Erinnerung an ihr erstes Lebensjahr knipsen müssen. Das Foto ganz oben links an der gegenüberliegenden Wand war ebenfalls von mir. Irgendein alter Rugbyball, aber Symbol dafür, dass 1936, als meine Mutter sieben war, ihr Vater sich Bier auf den Schoß geschüttet hatte, als der Radiosprecher verkündete, Alex Obolensky habe einen zweiten Versuch gelegt. Zum ersten Mal hatte England Neuseeland geschlagen.

Ich ließ den Blick über diese und andere Fotos wandern, fasziniert vom polierten Glas der Rahmen. Es bewegte sich im Lampenlicht wie dünne Haut, eine lebende Barriere, eine menschliche Präsenz im Raum.

Freddie sagte: »Wissen Sie, für welches Jahr die jeweils stehen?«

»Nein. Bei den meisten habe ich keine Ahnung, was das, was drauf ist, bedeutet, welche Erinnerungen sich damit verbinden.«

Sie schien eingehend über diese Antwort nachzudenken.

»Also«, sagte ich, »der Schuhkarton.«

»O ja«, sagte sie, als hätte sie gar nicht damit gerechnet, dass der Schuhkarton zur Sprache käme. »Wie wär's, wenn ich uns einen Kräutertee und einen Keks beschaffe?«

»Wenn Sie möchten. Da könnte noch was im Oberschrank links vom Herd sein.«

Sie erhob sich unter Ächzen und Stöhnen, den Begleitgeräuschen des Übergangs, und verpflanzte ihren Stock in Richtung Küche. Es erschien mir plötzlich ein sonderbarer Anblick: eine alte Frau, die groß und dünn war statt klein und dünn.

Sie rief: »Da, wo ›Pulver/Granulat/Beutel‹ dransteht?«

»Genau.«

Ich stand auf, ging zum Fernseher und lugte von oben dahinter. Und tatsächlich, jenseits der narbigen schwarzen Oberseite, zwischen Wand und Apparat, klemmte schief der Schuhkarton. Er musste da hineingerutscht sein, getroffen vom Ellbogen eines Sanitäters oder einer Ecke der Trage. »Der Plan ist«, hatte sie gesagt, wobei die Stille ihre Worte beinah verschluckte, »ihn Mr Satoshi zukommen zu lassen.« Und jetzt behauptete diese Freddie hier, dass der nicht nur ein Hirngespinst meiner Mutter war, ein Name von einer Cerealien-Packung oder aus einem Nachmittagshörspiel. Ich nahm den Karton mit zu meinem Sessel.

»Oh, da ist er ja!«, sagte sie aufgeregt und starrte auf meinen Schoß.

Zittrig reichte sie mir einen Becher. Am Porzellan hafteten die Mosaikteilchen irgendeiner verflüssigten Blüte.

»Also«, sagte sie, während sie sich wieder auf das Ledersofa hinabließ und ihren Stock an die mit Ziernägeln beschlagene

Armlehne stellte. »Mr Satoshi. Das war noch in der Zeit, als Ihre Mutter und ich in Bristol zusammen zur Schule gingen.«

»Da kannten Sie sie schon?«

»Aber natürlich. O ja, Bristol. Ist lange her, aber ich kenne diese Stadt wie meinen eigenen Handrücken.«

Sie studierte ihre glänzend weißen Knöchel auf dem dunklen Baumwollstoff ihres Rocks.

»Unser Lieblingsstadtteil, ich meine, von Ihrer Mutter und mir, war Cotham. Clifton war schicker, aber das große Plus von Cotham war Mrs Cummings. Sie war Lehrerin an unserer Schule und eine begeisterte Briefmarkensammlerin. Schaffte es immer wieder, an seltene Marken zu kommen, die Ihre Mutter und ich nur aus dem letzten Stanley-Gibbons-Katalog kannten. Die Zehn-Rei-Marke der Njassagesellschaft gefiel mir am allerbesten.«

Es folgte eine schwärmerische Rezitation von Markensammlerlyrik: Lupen, Zähnungsmesser, Pinzetten, gummierte Albenfalze, Wasserzeichen und ihre Sichtbarmachung in kleinen grauen Schälchen mit Alkohol.

»Ich unterbreche Sie ja ungern«, sagte ich, »aber vielleicht erzählen Sie besser von Anfang an.«

Und das tat sie. Beim Reden zuckten und wackelten ihre Augen, als ob dahinter alle möglichen Erinnerungen aufstiegen. Freddies Mutter Luisa war eine gebürtige Deutsche, die dann aber in England lebte und eingebürgert wurde. Im Ersten Weltkrieg verliebte sich Luisa in einen Buchhalter aus Bristol. »Nach Kriegsende heirateten sie«, sagte Freddie, »und ließen sich in Bristol nieder, wo ich zur Welt kam.« Als Freddie sieben war, starb Luisa plötzlich und ohne Vorwarnung an Herzversagen. Freddies Vater hatte gerade eine Stelle bei der Britischen Zentralafrika-Gesellschaft in Blantyre, Njassaland, angenommen, deshalb schickte er Freddie auf ein Internat in Bristol.

»Das war die Schule, an der auch Ihre Mutter war. Und deshalb mochte ich die Zehn-Rei-Marke so. Darauf war eine Giraffe, die stand für mich für Afrika und meinen Vater.«

»Und Sie und meine Mutter wurden Freundinnen?«

Ja. Beste Freundinnen. Anfangs blieb Freddie über die Ferien im Internat. Sie hatte ja in England niemanden, zu dem sie hinkonnte. Dann spielte es sich ein, dass sich die Eltern meiner Mutter in den Ferien um sie kümmerten.

»Ich machte mit, was ihre Familie machte. Weihnachten und Ostern im Haus in Clifton, im Sommer ein paar Wochen in einem Ferienhaus am Meer, meistens in Weston-super-Mare. Ihre Mutter und ich, wir haben uns stundenlang am Strand vergnügt. Sind um die Wette am Wasser entlanggerannt, immer mit gesenktem Kopf, weil wir sehen wollten, wie die winzigen weißen Krabben in Sandlöchern verschwanden.«

»Und dann sind Sie zufällig beide hier gelandet?«

»Ich wohnte nicht weit von hier. Und als mein Sohn befand, es sei Zeit, dass ich in ein Heim ginge, wurde uns das Finegold Mews besonders empfohlen. Ich kam her, um es mir anzuschauen, und stellte zu meiner großen Freude fest, dass Ihre Mutter hier war ...«

»Und sie hat sich auch gefreut, als Sie ins Finegold kamen?«

»Gefreut?«, sagte sie, und die Falten in ihrem Gesicht wurden malvenfarben. »Ach, Sie wissen ja.«

Ich sagte, ja, ich wisse wohl.

»Haben Sie Kinder, Robert?«

»Was? Nein. Meine Frau ist gestorben, aber ... Es gab ein Unglück. Als wir im Urlaub waren, in Griechenland. Daher habe ich die Narbe auf der Wange.«

»Ach, die sieht man ja kaum. Sie wissen doch, wie das ist, wie sich Sachen in der Vorstellung hundertfach vergrößern. Sie als Fotograf wissen das doch sicher.«

»Ich habe schon eine ganze Weile kein brauchbares Foto mehr gemacht.«

»Ach?«

»Nein. Ich bin in der glücklichen Lage, von dem leben zu können, was mir Reproduktionen einbringen. Zwei, drei bekannte Fotos, die immer mal wieder rausgebracht werden. Es ist natürlich nicht viel Geld, aber ich brauche auch nicht viel.«

»Wenn ich es richtig mitgekriegt habe, haben Sie Künstler fotografiert, Schriftsteller, Maler? Mit großem Erfolg offenbar. Ich habe mal was über Sie im *Telegraph* gelesen. Oder war's in der *Times*? Ich kriege nämlich beide. In dem Artikel wurden Sie als ›genial und gut aussehend‹ bezeichnet. Es war ein Foto dabei, Sie mit ein paar dicken Schriftstellern.«

»Den Artikel hat mehr oder weniger Perry geschrieben, mein Agent. Ja, ich habe Künstler fotografiert, aber denen muss man immer nachlaufen. Irgendwann wollte ich das nicht mehr.«

»Ah, ja, verstehe. Ich habe davon gehört, ich meine, von Ihrer …«

»Müdigkeit?«

»Oh, ich wollte sagen, Abgeschiedenheit. Das hat so was Erhabenes. Unzugängliche Dinge oder Orte. Die sind heilig, denke ich immer. Wie die Vergangenheit. Romantisch. Irgendwie heiler als die Gegenwart. Die schwer erreichbaren Dinge sind doch die schönsten, meinen Sie nicht?«

»Ich weiß nicht. Es ist ganz schön lästig. Aber die letzten paar Jahre versuche ich, da rauszukommen. Meine Wohnung, meine Alltagsroutine, das ist für mich so was wie eine zweite Haut geworden.«

Ich kratzte mich am Ohr und fragte mich, warum ich ihr das alles erzählte.

»Erzählen Sie mir von Satoshi.«

»Lieber Gott, das ist mir völlig entschlüpft. Weil es so schön ist, hier zu sitzen, bei einer Tasse Tee, und zu plaudern. Ja, Mr Satoshi. Er war ein junger Bursche, den wir in Bristol kannten. Natürlich haben wir ihn nicht immer so genannt. Eine ganze Zeit lang war er einfach nur Reggie. Er war kein Ausländer, er war Engländer, aber aus irgendeinem Grund hatte er dann diesen Spitznamen weg. Ich weiß nicht, ob Ihre Mutter ihn geprägt hat oder ob sie ihn nur so begeistert benutzt hat. Wenn sie in den letzten Jahren manchmal von ihm gesprochen hat, hat sie ihn immer noch so genannt. Seit ihrem Tod versuche ich die ganze Zeit, auf seinen richtigen Nachnamen zu kommen. Ich habe mich wirklich bemüht. Aber für mich war er einfach nur Reggie oder Satoshi. Für Ihre Mutter dagegen ... Na ja, es war eine Jugendliebe.«

»Jugendliebe?«

»Ja. Er war einer der Gründe, warum Cotham so toll war. Weil er als Teenager da gewohnt hat. Anfangs waren wir einfach nur eine Freundesclique. Das war lange, bevor Ihre Mutter Ihren Vater kennengelernt hat. Wann genau war das denn?«

»Vergessen. Fünfzigerjahre. Sie haben Ende der Fünfzigerjahre geheiratet. Mich bekamen sie erst sehr spät, 1968. Hat wohl lange nicht geklappt mit der Empfängnis.«

»Unser Internat war nur für Mädchen, aber wir kannten ein paar Jungen, die auf eine Schule in der Nähe gingen. Reggie war einer davon, und er war ein gut aussehender Bursche. Wir lernten ihn bei einem Tanzabend kennen, Anfang der Vierzigerjahre. Ihn und seinen Freund Geoff, in den ich mich ein bisschen verguckte. Der Krieg war in vollem Gang, aber wir waren alle zu jung, um dran teilzunehmen, also machten wir einfach weiter mit der Schule und unserem Leben, so gut wir konnten. Natürlich war das schwer. Jeder hatte einen Bruder oder Vater da draußen, und unsere Hausaufgaben zu machen und pünktlich zum Unterricht zu kommen, schien einfach nicht mehr so wichtig wie vorher. Über den Krieg wissen Sie ja wohl Bescheid, oder?«

»Ich habe Geschichte studiert. Ich kann mich nicht erinnern, dass meine Mutter viel über die Kriegszeit erzählt hätte. Ich hatte nicht den Eindruck, dass der Krieg ihr Leben damals groß beeinflusst hat.«

»Oh, mag sein. Jedenfalls, damals, Anfang der Vierzigerjahre, als wir Reggie kennenlernten, war sein Vater gerade gefallen. Ich nehme an, das war für Reggie ein schwerer Schlag, obwohl ich nie mit ihm darüber geredet habe. Ihre Mutter wohl schon. Es wurde eine ziemlich enge Freundschaft draus. Im Sommer 1945 hat Ihre Mutter dann sogar im Scherz von Heirat gesprochen.«

»Heirat?«

»Ja«, sagte Freddie. »War wohl nicht so ernst gemeint. Aber andererseits hat Alice immer davon geredet, dass sie jung heiraten würde. War so eine fixe Idee von ihr. Warum Zeit vergeuden?, sagte sie immer. Wohl so eine Denkweise, wie sie Kriegszeiten hervorbringen. Möchten Sie noch Tee?«

»Nein danke.«

Sie sagte: »Als sich der Krieg dann zuspitzte, meinte Reggie, er könne nicht mehr mit der Schule weitermachen. Ein Jammer. Er war ein so gescheiter, fantasievoller Junge. Er zog dann 1945 nach Surrey, zu Verwandten. Half im Flugzeugbau. Als Blechschlosser, glaube ich – weit unter seinen Fähigkeiten. Flügelanschlussstücke für die Wellington-Bomber, wenn ich mich recht erinnere. Als er dort war, wurde es ernst mit ihm und Ihrer Mutter. Wegen der Entfernung konnten sie sich natürlich nur ab und zu sehen. Ein Wochenende alle zwei Monate, meistens kam er nach Bristol. Alice, Reggie, Geoff und ich, wir saßen alle ums Radio, als Churchill verkündete, dass wir die Deutschen besiegt hatten. Aber es gab immer noch zu tun, und Reggie wollte dabei mitmachen. Er hatte einen Onkel in Japan, mütterlicherseits, glaube ich. Die Alliierten hielten das Land ja noch jahrelang besetzt, nachdem sie die Atombomben abgeworfen hatten. Die Amerikaner rekrutierten Experten aller Art, die vor Ort herausfinden sollten, wie man die Asiaten am besten davon abhalten konnte, in Zukunft wieder Krieg zu führen. Reggies Onkel war einer der Ersten, die rübergingen. Er war ein bekannter Wissenschaftler, Anthropoirgendwas.«

»Erzählen Sie weiter.«

»Na ja, der Onkel war bei den Besatzungstruppen und brauchte einen Assistenten. Also bot er seinem Neffen, dem siebzehnjährigen Reggie, die Chance, zu ihm rüberzukommen.«

»Und Reggie ging nach Japan, um für seinen Anthropologenonkel zu arbeiten?«

»Ja«, sagte sie. »Nach Tokio. Während er in Japan war, schrieb Ihre Mutter ihm viele Briefe. Von da an nannte sie ihn immer nur Mr Satoshi. Ich glaube, sie waren sehr verliebt. Machten alle möglichen Pläne für die Zeit nach seiner Rückkehr. Meine ich jedenfalls.«

»Ich weiß davon nichts. Höre das alles zum ersten Mal. Ist er zurückgekommen?«

»Ich … Wer weiß? Geheiratet haben sie jedenfalls nie. Irgendwas muss dazwischengekommen sein.«

»Sie wissen nicht, warum nichts draus wurde?«

»Nein, keine Ahnung.«

Nach dem Krieg sahen sich Freddie und meine Mutter immer seltener; von ihrer Freundschaft blieben schließlich nur noch seltsam höfliche Kurzdialoge, die Sorte Straßeneckenbegegnungen, bei denen ganze Jahrzehnte zu Phrasen wie »Ganz gut« und »Und selbst?« komprimiert werden. Als Freddie dann im Finegold Mews auftauchte, schien sich meine Mutter nur noch vage zu erinnern, wer sie war. Doch allmählich freundeten sie sich wieder an. Eine geduldige Freundschaft, voller Wiederholung. Da begann meine Mutter dann, von dem Schuhkarton zu reden.

»Dem da«, sagte Freddie und nickte auf den Karton auf meinem Schoß hinab. »Sie hat ihn mir gezeigt. Hat gesagt, dass der Inhalt Mr Satoshi zukommen müsse. Dass der in Japan sei. Dass sie zwar eine Adresse habe, die aber nicht mehr stimme. So was in der Art.«

»Weiter hat sie nichts gesagt?«

»Nein. Außer … Ich soll dafür sorgen, dass er es kriegt, falls irgendwas passiert.«

»Das hat sie gesagt?«

»Ja«, sagte Freddie fast schon im Flüsterton, als erzählte sie mir etwas höchst Intimes. »Er muss es unbedingt bekommen, hat sie gesagt.«

Ich blickte auf die Fotos an den Wänden. Die säuberlich aufgereihte Dokumentation ihrer Existenz. Die ganze Flachheit ihrer Lebensgeschichte. Dann zoomte ich auf jede Ecke des Zimmers ein, registrierte, welche kleinen weißen Etiketten noch an ihrem Platz waren und welche zusammengerollt auf dem Teppich lagen.

»Entschuldigen Sie vielmals, aber ich müsste mal die Toilette benutzen.«

»Bitte.«

Sie brauchte eine Weile, um hochzukommen. Ich konnte nicht umhin, mich neben sie zu stellen und aufzupassen, dass sie nicht hinfiel. »Ach, geht schon«, sagte sie und stakste hinaus. Die Beharrlichkeit, mit der sie sich bewegte, die Mühe, die es sie kostete, in Gang zu kommen – irgendwas daran machte mir das Atmen schwer. Komisch: Wenn jemandes Geist verfällt, macht es einen unwirsch, als ob es eine Art Fehlverhalten des Verstands wäre. Wenn aber der Körper den Anstand hat, mitzuverfallen, verengt einem Mitgefühl die Brust.

Wir machten den Schuhkarton auf und sahen hinein. Er enthielt ein dünnes Päckchen, etwa so groß wie ein Taschenbuch. Straffes Packpapier mit weißer Schnur drumherum. Absolut schlicht und nichtssagend, kein Glanz, keine sich abzeichnenden Formen. Es hatte einen Aufkleber.

Reggie/Satoshi
Roppongi World Plaza 9–39
Roppongi 1-chome
Minato-ku
Tokio 106-0032

Die Adresse war in andersfarbiger Tinte diagonal durchgestrichen.

»Woher wusste sie, dass die Adresse nicht mehr stimmt?«, fragte ich. »Da sind keine Briefmarken drauf. Es ist nicht zurückgekommen. Es ist gar nie abgeschickt worden.«

»Ich weiß nicht«, sagte Freddie. »Aber sie *hat* es gewusst. Sie hat gesagt, die Adresse stimmt nicht.«

Und kurz darauf ging Freddie. Sie bekam nicht mit, wie ich das Päckchen aus dem Karton nahm. Sah nicht das zusammengefaltete Blatt Papier, das darunter lag.

Ich starrte auf den Brief in meinen Händen, blickte durch das Blatt hindurch in einen anderen Moment an einem anderen Ort, las aus irgendeinem Grund den Text laut vor. Die Worte klangen glatt und sauber im leeren Zimmer.

5. Mai 1946

The Berries
Constitution Hill
Clifton
Bristol
England

Meine liebe Alice,
dies schreibe ich im Zug zu Onkel George, in einem Waggon mit einem weißen Streifen & der Aufschrift »Nur für alliierte Streitkräfte«. Die einzige Fahrkarte, die man hier braucht, ist eine westliche Hautfarbe.

Zu Beginn dieser Fahrt habe ich über Meilen und Meilen nichts Buntes gesehen – nur endlose graue Flächen, übersät mit schäbigen Hütten & versengten Dingen, dunkle Wolken, die fest entschlossen schienen, mich missmutig zu machen & zu deprimieren. Aber dann, gerade eben, habe ich eine Weile die Augen geschlossen & an Dich gedacht. Habe die ganze Asche & das Unkraut (das wäre was für Dich, dieses zählebige Unkraut überall) ausgeblendet. Habe mir Deine seidigen Lippen vorgestellt, wie sie lächeln, den Duft von Coty Muguet in Deinem Haar. Ich habe Deine Wimpern einzeln gezählt – dann habe ich die Augen wieder aufgemacht & die Landschaft war eine andere.

Die Sonne ist ein reines Weiß hinter schwarzen Shiba-Bäumen, jetzt, da im Fenster Tokio erscheint. Auf trostlosen Matschwegen macht sich stellenweise energisches Grün breit. Nicht nur Unkraut, sondern Blumen, lange Gräser, ausgewachsene Blätter. Ein gebeugter Mann mit einem Pagenkopf arbeitet in einem Kleingarten an einer staubigen Straße. Du hast gesagt, hier gäbe es bestimmt keine Kleingärten, aber es gibt welche!

Und zwischen den Blicken nach draußen kritzle ich einen unbeholfenen Haiku für Dich aufs Papier, versuche, die Feder beim Geruckel des Zugs stillzuhalten.

Junges Gemüse
leuchtet an einer Straße
in verbranntem Land

Lächle weiter, Liebste, und sei es nur über mein linkisches Gedicht. Du ahnst gar nicht, wie sehr ich auf die Erinnerung an Dein Lächeln angewiesen bin.

Ewig dein
Reggie

4

Nach einer traumdurchflackerten Nacht erwachte ich mit einem vertrauten Ächzen in den Adern. Das Päckchen ruhte auf meinem Bauch wie ein zuwendungsbedürftiges Haustier. Ich hatte eigentlich am Vorabend nach Hause fahren wollen, aber jetzt lag ich zerknittert hier auf dem Sofa meiner Mutter. Der Fernseher rauschte in der Ecke leise vor sich hin. Die üblichen Schlagzeilen: Terror, Bomben in Kameras, verdächtige Kassettenrekorder, das Narrativ des Desasters.

Ich suchte nach etwas anderem, das ich gucken könnte, verlor mich aber inmitten nicht richtig eingestellter Sender. Irgendwie reaktivierte das Schneien die Bilder, die durch meinen Schlaf geflimmert waren. Wenn man langsam in die Jahre kommt, passiert es leicht, dass sich Träume in die Wirklichkeit mischen, aber bei mir schien in letzter Zeit das Umgekehrte zu passieren. Beim Einschlafen oder kurz vor dem Aufwachen hatte ich Flashs von meiner Geburt. Ich war im Mutterleib, kämpfte darum hinauszugelangen. Mein kompakter kleiner Körper wurde zusammengepresst wie ein Zitronenschnitz, und saure Säfte zerfraßen mich. Meine Augen, noch durch keinen Anblick der Außenwelt befleckt, waren von übel riechendem Schweiß umflossen. Ich war wie ein Schlangenmensch, partyballonartig verknotet, und in diesen Träumen schrie meine Mutter immer. Ihre explosionsartigen Schreie hallten durch die dunklen Gänge aus Blut und Schleim. Und dann waren da natürlich noch die anderen

Träume. Die alten Chloe-Träume, die Szenen voller Rauch, die verschwommenen Visionen, wie sie davondriftet.

Ich war wach und in der Wohnung meiner Mutter. Es bot sich an, die Zeit zu nutzen, um ihre Sachen zu sortieren. Da war eine Menge zu sortieren.

Eine Woche lang hatte ich mir den Plan zurechtgelegt. Er lautete so:

Schritt eins: Konzentrieren. Ich würde alles bewegliche Mobiliar im Wohnzimmer vor die Terrassentür rücken. Das würde mir nicht nur mehr Bewegungsfreiheit verschaffen, sondern hätte auch noch den Vorteil, dass ich nicht mehr auf die kleine Fläche aus notdürftig geschrubbten Betonplatten hinauszuschauen brauchte.

Schritt zwei: Kategorisieren. Ich würde die Sachen meiner Mutter in drei Kategorien aufteilen, die jeweils einen Haufen in einer Ecke des Zimmers bildeten:

A) monetärer Wert, aber kein emotionaler Wert
B) emotionaler Wert, aber kein monetärer Wert
C) Müll

Später könnte ich dann Haufen A aufteilen in: Sachen für Wohltätigkeitsläden, Sachen zum Behalten und Sachen zum Verkaufen. Was Haufen B betraf, so dämmerte mir bereits, welche Probleme er aufwerfen würde (was gäbe es schon im Universum der Dinge, woran sich nicht irgendwelche Emotionen knüpften?), aber kein System ist perfekt, und ich war entschlossen, knallhart vorzugehen.

Schritt drei: Ausräumen und Schluss. Ich würde alles wegschaffen und das Apartment kündigen.

Bei der Umsetzung von Schritt eins bezog ich auch die Fotos ein. Es dauerte lange, bis ich sie alle abgenommen hatte. Ich packte sie in Kartons und beschloss, sie bis auf drei Stück einzulagern. Das erste Foto, das ich behielt, war das von den Gedenkmarken. Die anderen beiden waren von mir als Neugeborenem im St Peter's Hospital. Offensichtlich hatte 1968, das Jahr meiner Geburt, zwei Fotos als Erinnerungsstützen verdient gehabt. Auf beiden saß meine Mutter aufrecht im Krankenhausbett. Ihr Gesicht sah man nicht, nur Schultern, Arme und das um ihre Taille gestopfte Decklaken. Im Zentrum des Bilds war ich, in eine Decke gewickelt. Die beiden Bilder waren fast identisch, nur dass eins in Farbe war und das andere in Schwarz-Weiß. Ich steckte die drei Fotos in eine Lederumhängetasche zu dem Brief, den ich in dem Schuhkarton gefunden hatte, und ging zur nächsten Stufe des Plans über.

Nach zwei Stunden Grobsortieren war Kategorie B schon nicht mehr praktikabel – ein wackliger Riesenberg von sentimental besetzten Sachen aller Art. Und ich war auf ein paar Stücke Familienschmuck gestoßen, was mich gezwungen hatte, eine Kategorie D aufzumachen: Dinge mit emotionalem *und* monetärem Wert, insgesamt eine Handvoll. Kategorie A war übersichtlich – ein Fernseher und ein Radio. Das Testament meiner Mutter, eine Seite auf einem Blatt aus einem Briefblock, sagte nichts darüber aus, wem diese oder sonst irgendwelche Gegenstände zufallen sollten. Da sie geschieden und ich ihr einziges Kind war, gehörten sie mangels Konkurrenz mir. Obwohl ich nicht noch einen Fernseher wollte und schon drei Radios hatte. Ich war versucht, sie in Kategorie C zu quetschen, einen Müllsack, halb voll mit Zeitungsausschnitten und aquamarinfarbenen Geschirrtüchern.

Nachdem ich mich durch Wohn- und Schlafzimmer gearbeitet hatte, machte ich mich an die Vorratskammer am Flur, verstaute Unmengen Dosen, Packungen und Flaschen in Kartons. Ich würde Freddie fragen, ob sie ein Heim für diese Sachen finden könne. Sie hatte erwähnt, dass ein paar karitative Einrichtungen im Finegold Mews regelmäßig Spendensammlungen durchführten. Vielleicht würden die ja auch die Kleider nehmen.

Zuletzt wandte ich mich dem Kabuff zu, einem kleinen Speicher überm Flur, zugänglich durch eine Klappe in der niedrigen Decke. Wenn man dagegendrückte, ging die Klappe nach unten auf, und man kam an eine auf der Innenseite befestigte Klappleiter. Die Leiter wackelte, als ich sie bestieg.

Hier oben lagen überall ausgemusterte Sachen; mit einer Staubschicht bedeckt, schienen sie zwischen den Balken und Pfosten ihr eigenes Wettersystem zu generieren. Ein holzgeschnitzter Pudel, eine kaputte Doris-Day-Platte, sieben HB-Bleistifte, ein halbes Dutzend leere Parfümflaschen, ein Mosaikdöschen mit einem kleinen Spiegel im Deckel, eine hellbraune Plastikgürtelschnalle. Es war eine merkwürdige Vorstellung, dass diese Objekte irgendeine emotionale Bedeutung hatten, die ich nicht mehr ergründen konnte. Sie hatte diese Sachen aufgehoben, vermutlich als Erinnerungsauslöser, als Teil ihrer Strategie, noch irgendwie in der Vergangenheit verankert zu bleiben. Doch jetzt hatte sie die zugehörigen Bedeutungen, so sie sie nicht ohnehin längst vergessen hatte, mit ins Grab genommen.

Gefühlte Stunden kniete ich im Kabuff und durchkämmte das bunt gemischte Schwemmgut, das das Leben meiner Mutter hinterlassen hatte. Manches, etwa die losen Fotos, die ich durchsah, konnte ich mit eigenen diffusen Erinnerungen übereinbringen. Ich am Meer, wie ich gerade laufen lernte. Ich mit meinem Vater, nachdem ich den Preis für den größten Leistungsfortschritt im U13-B-Team der Longcross Rovers gewonnen hatte, eine bittersüße Trophäe, weil sie implizit besagte, dass es mir in der vorausgegangenen Spielzeit noch an der grundlegendsten Koordination gefehlt hatte. Als ich diese Fotos durchsah, fühlte sich meine Kehle plötzlich wund an. Vielleicht war es ja der Staub oder eine beginnende Erkältung. Wahrscheinlich der Staub. Wie kann man sich eine Erkältung einfangen, wenn man kaum je mit Menschen in Kontakt kommt? Körperliche Gesundheit war ein positiver Nebeneffekt meiner Einsiedelei.

Ich brauchte Wasser. Geduckt stolperte ich an Isolierschaumplatten entlang und drehte mich um, im Begriff, die Leiter hinunterzusteigen.

Da bemerkte ich es: ein Metallkästchen in der hinteren rechten Ecke des Speichers, halb von einem alten Bettlaken verdeckt. Ich weiß nicht, warum, aber es zog meine Aufmerksamkeit auf sich.

Ich arbeitete mich vorsichtig zu dem Kästchen durch, atmete unterwegs eine Spinnwebe ein und hustete, als ich es ins Licht hielt. Offensichtlich hatte es schon sehr lange niemand mehr berührt. Mit dem Ärmel meines Sweatshirts wischte ich den Staub ab, dicken grauen, aus zähem Nebel und klebrigem Dreck bestehenden Staub aus einer anderen Zeit. Das Metall darunter war jungfräulich, ohne jeden Kratzer.

Der Deckel ging problemlos auf. Drin waren ein Dutzend Geschenkschächtelchen und mehrere ordentlich aufgereihte Blechdöschen. Ich nahm eins der Schächtelchen heraus. Es enthielt etwas, das wie bunte Lakritzklümpchen aussah. Bei näherem Hinsehen erkannte ich, dass es selbst gemachte Köderfliegen waren. Die Körper waren aus sorgsam zusammengestelltem Dubbing: Die Unterseiten waren verschiedenfarbig, in Gelb-, Rot- und Grüntönen. Auch die Flügel waren unterschiedlich, manche aus feinen weißen Fäden gebunden, andere aus Schaumstoff geschnitzt. Die Blechdöschen waren randvoll mit Haken verschiedener Größe und Form und trugen Aufschriften wie »Trockenfliege«, »Schwere Öhrhaken«, »Nymphe«, »Lachsdoppelhaken«, »Rotwildhaarfliege«. Ich hockte über das Kästchen gebeugt da, fühlte mich verkrampft und schwindelig. Ich wusste gar nicht, dass meine Mutter oder mein Vater geangelt hatte. Hätte doch gedacht, dass ich so etwas wüsste.

Ich wollte mich gerade wieder auf die Suche nach einem Glas Wasser machen, als mir etwas auffiel: Die Döschen standen auf einem hölzernen Einsatz ein Stück überm Kastenboden. In der rechten hinteren und linken vorderen Ecke des Einsatzes war je ein daumennagelgroßes Loch. Ich steckte die Zeigefinger in die Löcher und hob den Einsatz hoch, wobei ich aufpasste, dass die daraufstehenden Döschen nicht ins Rutschen kamen. Überrascht sah ich, was darunter lag. Je länger ich hinstarrte, desto erstaunter war ich.

Ich hatte noch mehr Fliegenfischerei-Zubehör erwartet. Angelrollen vielleicht oder Rohmaterial zum Fliegenbinden. Aber was ich fand, war Papier. Kein Anglerhandbuch, kein Beißzeitenkalender. Nein: dickes, cremefarbenes Papier mit sauberer, blauer Tintenschrift, gefaltet und flach gepresst wie gestärkte und gebügelte Taschentücher. Ein gelbes Satinband, wasser- und erdfleckig, hielt die Blätter zusammen. Ich zog an einem Ende, und die Schleife ging auf.

Als ich das erste Blatt auseinanderfaltete, raschelte und knisterte es, durch die Befreiung vitalisiert. Was ich da vor mir hatte, schienen zwei Briefe zu sein, jeder ein paar Seiten lang. Beide trugen auf der ersten Seite ein Datum aus dem Jahr 1946.

Die Schrift kam mir bekannt vor, aber es dauerte einen Moment, bis mir klar wurde, woher. Die Briefe waren von Mr Satoshi. Zuerst der im Schuhkarton, jetzt die hier. Es schien mir bestimmt, diese gesammelte Korrespondenz zu erben.

Ich hörte Geräusche von unten. Aufdringliches Klopfen, laut und unerwartet, dann Freddies Stimme. »Robert!« schallte es durch den Briefschlitz. »Ich bin hier mit der Betreuerin! Ich dachte, wir könnten einen Plan aushecken, was wir mit den Sachen Ihrer Mutter machen!«

Sobald die Briefe sicher in meiner Tasche steckten, stieg ich hinunter, um über Wohltätigkeitsläden, Müllabfuhrtermine und den Markt für alte Fernseher zu reden.

Nachdem ich mit Freddie und der Betreuerin das meiste geregelt hatte, nahm ich den Zug nach London. Ich reiste mit leichtem Gepäck. Ich hatte beschlossen, Kategorie B, die Sachen mit emotionalem Wert, größtenteils einlagern zu lassen. Ich wollte meine Wohnung nicht damit vollstopfen, war aber auch nicht an dem Punkt, sie wegzuwerfen. In meiner Aktenmappe steckten die drei Fotos, die ich von den Wänden meiner Mutter geborgen hatte, das Päckchen für Mr Satoshi, der Brief aus dem Schuhkarton und die Briefe aus dem Köderkasten. Es war ein merkwürdiges Gefühl, dass die meisten dieser Erinnerungsstücke mit einem Mann zu tun hatten, über den ich so gut wie nichts wusste, nicht mal seinen richtigen Nachnamen.

Auf der Fahrt nach London schoss mir immer wieder ein Lieblingsspruch meines Vaters durch den Kopf: »Da draußen ist eine ganze Welt, Robert.« Schon in meiner Pubertät hatte er das gesagt. Manche Dinge ändern sich mit den Jahren, andere nicht. Jetzt, mit einundvierzig, während ich Richtung Waterloo Station ruckelte, empfand ich diese Worte als genauso daneben wie eh und je. Eine *ganze* Welt: als ob die Ausmaße das Tollste daran wären.

Wir hielten in Clapham Junction, um noch mehr Passagiere aufzunehmen, die in die City wollten. Es war Dienstag, aber die meisten Gesichter zerknitterte der Montagsblues. Schon ein kurzer Blick auf die Horden auf dem Bahnsteig machte deutlich, dass die »Welt da draußen« alles andere als aufbauend sein kann. Hinter der vernieselten Scheibe tobte das unverkennbare Wogen und Wirbeln eines urbanen Universums, das viel zu groß und zu hektisch ist, um dem Durchschnittsbürger irgendwas zu geben. Es machte mir Angst zuzuschauen, wie die hungrige Stadt die Menschenströme so gierig verschluckte. Panikschwitzen überkam mich, als ich sah, wie Leute sich mit den Ellbogen zu einem Becher Kaffee durchkämpften oder am Zeitungsstand schnelle Geschäfte tätigten. Sie alle waren dem Appetit der Stadt ausgeliefert, sie merkten es nur nicht. Gleich darauf schon war der Kaffeebecher im Mülleimer und die durchweichte Zeitung das Einzige zwischen ihren Köpfen und dem sabbernden Himmel. Als sie schließlich in die Bahn strömten, war es, als ob sie vor irgendeiner großen Katastrophe flüchteten, als ob Clapham brannte. So ist das mit Menschenmassen. Sie haben eine irre, beängstigende Energie, eine Kraft, die nicht ihre eigene ist.

Ich schloss die Augen. In einer Metropole wie London, die von über sieben Millionen Menschen überquillt, kann man manchmal nur überleben, indem man sich in seine eigene Welt zurückzieht.

Als ich ausstieg, wurden meine Beine wacklig, und mein Hodensack zog sich zusammen. Die kalte Gleichgültigkeit der Novemberluft, die durch Waterloo Station wehte, jagte einen Adrenalinstoß durch meinen Körper. Ich war aus der Übung, was das Londoner Leben anging. In letzter Zeit hatte sich mein Training darauf beschränkt, Lieferboten vom Supermarkt, Paketboten mit Bücher-, CD- und Kamerafilmsendungen und Restaurantboten mit indischen Alufolienschälchen oder italienischen Pizzakartons die Tür zu öffnen. Ich steckte mein Ticket in den Schlitz und ging zitternd durch die Sperre. Meine Tasche war nicht schnell genug, und zwei graue Schließflügel schlugen auf das Leder. Ehe ich durch die Bahnhofshalle ging, öffnete ich die Klappe der Tasche und vergewisserte mich, dass Päckchen, Briefe und Fotos keinen Schaden genommen hatten.

Ich fuhr mit dem Bus zum U-Bahnhof Chancery Lane und ging zu Fuß die Gray's Inn Road entlang. Sie war eine einzige pulsierende Menschenmasse, ein Strom ineinanderfließender Gesichter und atemloser Stimmen, aber ich wandte eine Technik an, die mir einmal ein Arzt beigebracht hatte, einen Trick zur Verhinderung einer Panikattacke. Dabei visualisiert man den Ort, der einen in Panik versetzt, als ein von oben betrachtetes vertrautes Objekt. Ich stellte mir die Gray's Inn Road als ein altes Buch vor, das ich viele Male gelesen hatte. Ich überblickte sie aus der Luft. Dort unten war ein »Ich«, aber es war nur eine leere Hülle aus Haut, Fleisch, Haaren, Kleidern. Mein wahres Ich schwebte darüber, inspizierte die Namen der Querstraßen, die Sprache, in der sich dieser Teil der Stadt definiert. Links: *Baldwin's, Theobald's, Northington, Roger*. Rechts: *Baldwin's, Clerkenwell, Roseberry*. Die Gray's Inn Road war der Falz des Buches, und all diese Textzeilen gingen davon aus. Da waren Flecken und Knitterfalten an unerwarteten Stellen: die Rondells, Mews, Grün- und Brachflächen, die Orte, wo sich das Leben der Festschreibung entzieht.

An der Kreuzung Guilford Street dachte ich an Chloe. Hier hatten wir gewohnt, in einem kleinen Apartment mit Blick auf die Parkanlage Coram's Fields. Durch unser Schlafzimmerfenster, das auf die zum Brunswick Square hin gelegene Seite des Parks hinausging, sah man vier Schafe – nie mehr und nie weniger. Auch jetzt noch, nach allem, was geschehen ist, habe ich ihre Spiralhörner und ihre gekräuselte Wolle vor Augen. Ich erinnere mich, wie sie im Frühabendlicht exotisch schimmerten. Chloe liebte sie. Ein bisschen ländliche Idylle mitten in der Stadt.

Unmittelbar bevor ich in meine Straße einbog, erblickte ich eine Frau, die wie meine Mutter aussah. Sie saß auf roten Backsteinstufen und drehte ein wachsiges Blatt zwischen den Fingern. Ein Krokodil aus kleinen Schulmädchen schlängelte sich an ihr vorbei und machte dabei Blasen aus neonfarbenem Kaugummi. Es tröpfelte jetzt, der Backstein zu Füßen der Frau schien zu bluten, und als ich wieder hinsah, war sie verschwunden.

Erst am Abend, in meiner Wohnung eingeigelt, las ich den zweiten Brief. Ich schaffte es, den dritten nicht zu lesen, wusste aber wohl da schon, dass diese Übung in Selbstbeherrschung nur symbolischer und befristeter Natur war.

Zivile Information & Erziehung
Beim Oberkommandierenden
für die alliierten Mächte
Tokio
Japan

7. Mai 1946

The Berries
Constitution Hill
Clifton
Bristol
England

Meine geliebte Alice,
hier sitze ich in einem hübschen Zimmer mit Blick auf den Mond & schreibe meinem wunderschönen Mädchen. Ich kann es kaum erwarten, dass Post von Dir kommt. Nach allen Regeln des Getrenntseins müsste ich wohl tief unglücklich sein. Aber es gibt mir solchen Auftrieb, wenn ich die Feder aufs Papier setze, dann fühle ich mich vom Schicksal verwöhnt, weil ich einen so besonderen Menschen habe, den ich mit meiner Liebe überschütten kann.

Endlich habe ich Onkel George getroffen oder Dr. Harvey, wie ihn meine neuen Kollegen in der Abteilung Meinungs- und Sozialforschung nennen. Er hat mich am Bahnhof empfangen wie ein Vater, ganz Arme – dicke Arme – & heißer Atem. Er hat einen runderen Kopf & und buschigere Augenbrauen als in meiner Erinnerung, und es ist ein komisches Gefühl, dem einzigen Grund meines Hierseins gegenüberzustehen. Ohne George wäre ich wahrscheinlich immer noch Blechschlosser bei Vickers-Armstrong, abgeschottet in einer düsteren, alten Fabrik voller veralteter Modelle & Musterzeichnungen. Er sagt, er hat große Pläne mit mir, & ich setze jetzt meine Hoffnung auf ihn.

George bezieht mich schon in seine Arbeit ein & hat einen japanischen Assistenten, Watanabe, beauftragt, mir die Stadt zu zeigen. Ich hatte ja gedacht, die Folgen der Luftangriffe in England seien schlimm, aber für die Einwohner von Tokio wäre noch der schlimmste Londoner Slum Luxus. Hier gibt es keine Reihenhaus-, Doppelhaus- oder Fertighaussiedlungen. Mein erster Eindruck vom städtischen Leben hier ist Holz – überall Holz. Es gibt Ansammlungen leicht gebauter und doch immer noch stehender Hütten, die aus einem Geflecht von Balken und Latten gemacht sind und aus jeder Zeit stammen könnten. Und dann ist da das zusammengekrachte Holz – verkohlt, versengt, qualmende Haufen überall. Laut George war, kurz bevor der Kaiser kapitulierte, der Himmel von schwarzem Rauch verdunkelt, weil seine ganzen Unterlinge Dokumente aus der Kriegszeit verbrannten. Tja, ein grauer Schatten dieses Rauchs hängt immer noch in der Luft, und im Umkreis von Meilen um die Stadt hat sich eine Wolke von pulverisierten Geheimnissen abgesetzt. Wenn man die Landschaft sieht, kann man sich schwer vorstellen, dass hier mal eine komplette Gesellschaft gelebt haben soll, dass es nicht immer schon plattes Land war, verschleiert & düster & unbebaut. Einsame Kamine hier, eiserne Fenstergitter da, Krankenhauskarkassen und Badehaustrümmer. Erinnerungen an ein längst vergangenes Tokio ragen aus der Asche wie versengte Daumen.

In den ersten Momenten fühlte ich nur eine mit Schuldgefühlen vermischte Erregung, als ich die Wirkung dessen sah, was ich in Weybridge herzustellen geholfen habe – der Flugzeuge und Bomben. Ich erzählte es George beim Mittagessen. Er sagte lediglich: »Wir sollten sie jeden Tag dran erinnern, dass wir die Sieger sind.«

In unserem Hauptquartier im Zentrum sind die Lebensbedingungen ausgezeichnet. Mein mondhelles Zimmer liegt unterm Dach eines ehemaligen Hotels. Es ist luxuriös, verglichen mit Mums Haus in Cotham, dem Haus meiner Cousine in Weybridge – selbst dem Palast Deiner Eltern in Clifton. Das Essen schlägt die Rationen daheim um Längen: schon zweimal Steak, Huhn, so oft ich möchte, Dein geliebtes Roastbeef, Kalbsschnitzel, Hackbraten, Kartoffeln, Salat, Gemüse, immer irgendeine Sorte Kuchen, immer Eiscreme zum Nachtisch. Du hast Angst, ich könnte hier abmagern, aber ich werde täglich kräftiger.

Für die meisten Japaner gilt das nicht. Heute Nachmittag war ich draußen, für George eine Erhebung über Hunger und Mangelernährung machen. Ich nahm Watanabe mit. Er nannte mich anfangs »Sir« & ich drängte ihn, Reggie zu sagen. Er schien nervös, aber dankbar, und nennt mich seither immer »Mr Reggie«!

Einer der ersten Japaner, mit denen wir sprachen, war ein siebenjähriges Mädchen, das im Bezirk Azabu ganz allein zwischen verkohlten Balken umherwanderte. Die Kleine war staubig & ausgedörrt, in einem halb zerfallenen Kittel, eine Puppe aus Erde. Ohne Schuhe oder Strümpfe, die Augen irgendwie so leer wie Seifenblasen. Ich bemerkte einen dreckverkrusteten weißen Behälter, den sie an einem Schal um den Hals trug. Wir fragten die Kleine, ob sie genug zu essen habe, und sie sagte, nein, nicht seit ihre Familie tot sei. Es ist eine buddhistische Sitte, diesen weißen Behälter um den Hals zu tragen. Er enthält Asche und Knochen der Toten.

Sie heißt Kazue. Sie führte uns in den Ueno-Bahnhof. Das ist ein riesiger Schuppen, voll mit Obdachlosen, und sie ist nicht die Jüngste dort. Es gibt da entsetzlich entstellte Kleinkinder, mit wachsartigen, deformierten Gesichtern, weil Fleisch und Knochen geschmolzen sind. Viele A-Bomben-Überlebende, die es nach Tokio geschafft haben, leben in solchen Bahnhöfen. Sie tasten sich ziellos die Wände entlang, und ihre Persönlichkeit ist weich und ohne Konturen. Der Geruch dort drinnen ist unerträglich. Überall sind »Dungwagen«, voll mit menschlichen Fäkalien aus den Bodenlatrinen. Die Zivilbevölkerung braucht so dringend Dünger, dass die Leute die Fäkalien auf lichtlosen Fleckchen von ausgedörrtem Boden verteilen und damit Nahrungsmittel anzubauen versuchen.

Auf dem Rückweg ins Hauptquartier erklärte ich Watanabe, ich wolle zusehen, ob ich etwas für Kazue tun kann. Er lachte, schwieg dann. Es kostete einige Überredung, ihm etwas dazu zu entlocken. Schließlich murmelte er, dass es in Tokio drei Millionen Menschen gebe, die es nötig hätten, dass ich etwas für sie täte. Ich zeigte auf ein kleines Gemüsebeet inmitten von Bambusgras. Da wuchsen Kartoffelpflanzen, standen kurz vor der Blüte. Ich sagte, es sei doch noch Leben in dieser Stadt, hörte mich schließlich die Zeilen rezitieren, die ich im Zug für Dich geschrieben habe. Er schaute nur auf die Pflanzen, die kleinen lila Knospen.

Dann sagte er: »Auf Englisch heißen Sie Reggie, aber auf Japanisch ist der beste Name für Sie *Satoshi*. Klar denkend, klug. Von schneller Auffassungsgabe. Aber vielleicht ein bisschen optimistisch.«

Nach dem Abendessen gab mir Watanabe ein Gedicht von sich, auf einem abgerissenen Stück grauem Papier.

Allein das Unkraut
erholt sich sichtbar im Licht
der neuen Sonne

Ärgert Dich mein Optimismus jemals, Alice? Ich hätte allen Grund, deprimiert zu sein. Ich sitze in einem Zimmer ohne Dich. Ich würde alles dafür tun, den Duft Deines Haars zu atmen, wunderbare Träume zu träumen, Deinen Kopf auf meiner Brust. Aber ich weigere mich, aus den Augen zu verlieren, warum ich hier bin. Ich komme jeden Tag voran, eröffne uns eine neue Zukunft. Ich ertappe mich dabei, wie ich in der Stadt herumlaufe, durch den Rauch, und Unkraut herausziehe, dafür sorge, dass nur die Blumen übrig bleiben. Wenn ich innehalte & mir Dich auch nur ganz kurz vorstelle, kann ich alle & alles lieben, wie ich es nie für möglich gehalten hätte. Ausgebombten Gebieten scheint eine bestimmte Energie innezuwohnen. Der Dreck ist irgendwie mit Hoffnung erfüllt. Locker, fruchtbar, voller Leben.

Jeden Abend nehme ich einen Deiner alten Briefe und küsse die Worte. Denke an unseren letzten gemeinsamen Nachmittag. Ich halte den safrangelben Schal in der Hand & wickle ihn mir um den Hals. Dann schaue ich auf Dein Bild, das neben meinem Kopfkissen an der Wand festgepinnt ist, & warte auf den Schlaf.

Die Post wird jetzt geholt, Liebste.

Schreib mir ganz bald.

Für immer Dein

Reggie

5

Mitten in der Nacht tat ich etwas Seltsames. Aus den üblichen Flackerträumen erwacht, stieg ich aus meinem nass geschwitzten Bett, stolperte in den Flur, hob meine Ledertasche auf und nahm das Päckchen heraus. Aus irgendeinem Grund ging ich damit ins Wohnzimmer, wo ich mich vor den Fernseher stellte, das Packpapier an die Stirn gepresst. Ich hielt das Päckchen an meine Haut, mit geschlossenen Augen, einen grenzenlosen, durchlässigen Moment lang, lehnte mich regelrecht an seine kühle Oberfläche, gab mich ihm vollkommen hin. Dann legte ich es vor den Fernseher und ging wieder ins Bett.

Ich machte gerade Mittagessen, als das Telefon im Flur klingelte. Der Topf mit den abgegossenen Nudeln stand zum Warmhalten auf der Herdplatte, und ich hielt ein Glas Pesto in der Hand. Während ich Pesto auf die Nudeln löffelte, die gebratenen Zwiebeln dazugab und das Ganze mit dem Kochlöffel umrührte, klingelte das Telefon weiter. Acht, zehn, zwölf Mal. Die Entschlossenheit anderer Leute verblüfft mich zuweilen.

Ich kapitulierte und nahm ab.

»Foss? Endlich. Scheiße noch mal. Verdammte Hacke.«

»Perry? Hör mal, Perry, es …«

»Ich bin dein *Agent*, Foss. Und dein *Kumpel*. Wir kennen uns seit Urzeiten. Und du nimmst monatelang nicht ab, *Monate*.«

»Hör zu, Perry, es …«

»Sag nicht, dass es gerade ungünstig ist, Foss. Sag das *ja* nicht.«

Nach dem Unfall in Griechenland riefen die Leute an und sagten unweigerlich: »Ist es gerade ungünstig?« Was sie meinten, war: Bist du gerade damit beschäftigt, über die Runden zu kommen, bist du gerade damit beschäftigt, verrückt zu werden, bist du gerade damit beschäftigt, unter Medikamente gesetzt zu werden? Zuerst sagt man Nein, aber schließlich sagt man Ja. Ja, es ist gerade ungünstig. Dann verspricht man noch schnell, bald zurückzurufen, was man aber nie tut.

»Perry, es tut mir leid. Das wollte ich sagen.«

»Scheiß drauf.«

So ging es eine ganze Weile weiter, er fluchte und schimpfte, und ich entschuldigte mich, bis der hochgezüchtete Ärger in seiner Stimme etwas Weicherem, Forschendem wich – dem Ton eines Menschen, der ernsthaft versucht, die Entscheidungen eines weniger Welterfahrenen zu verstehen.

Perry sagte: »Du klingst mies, mieser als zuletzt. Ich komme vorbei.«

»Okay.«

»Ich weiß nicht, wo du wohnst. Du gibst mir ja keine Adresse. Wo wohnst du denn?«

»Nicht weit von dir, Perry.«

Perry ließ ein kehliges Lachen los, das wie ein Schneeball durch die Leitung rollte und immer mehr Schichten von Statikknistern ansetzte.

Er sagte: »Foss, als ich dich nicht erreichen konnte … Na ja, du weißt ja, ich rufe in diesem Finegold-Dings an, wenn du vom Radarschirm verschwindest. Und als ich gestern dort angerufen habe, hat mir die Betreuerin das mit deiner Mutter erzählt. Tut mir leid. Du hättest dich melden und mir wenigstens wegen der Beerdigung Bescheid sagen sollen.«

»Es sollte eine kleine Sache sein. Du weißt doch, wie es mir in Menschenmengen geht.«

»Die Betreuerin hat gesagt, es waren jede Menge Leute da.«

»Stimmt. Das ganze Altersheim. Toller Tagesausflug für die Leutchen, eine Chance, den Tod durch schiere Überzahl noch eine Weile in Schach zu halten.«

»Und seither? Es macht mich ganz krank, wenn ich mir vorstelle, wie du in irgendeiner versteckten Junggesellenbude hockst und die Wände anstarrst.«

»Ich war einfach hier zu Hause und habe zugeschaut, wie ab und zu eine Online-Überweisung eintrudelt. Es ist keine schlechte Art zu leben.«

»Es ist ein Leben in der Vergangenheit, Foss.«

»Es bringt mir genug Geld, um die Rechnungen zu bezahlen.«

»*Neue* Arbeit bringt *mehr* Geld. Geld für Häuser, für Urlaubsreisen. Fahr meinetwegen voll die künstlerische Schiene. *Dazed & Confused*, *Vanity Fair*, die hätten liebend gern ein paar neue Shots von dir. Du bist einer der wichtigsten Fotografen deiner Generation. Mach wieder was. Vor ein paar Jahren haben alle für dich posiert. Weißt du noch, der Shoot mit den *Young British Artists*? Und die Caulfield-Shots? Die Caulfield-Shots waren großartig. Und die Schriftsteller. Updike, DeLillo, Roth, Bellow, McCarthy. Du hast sie alle gekriegt, in einem Raum, gleichzeitig. Bloß Pynchon nicht, den verflixten scheuen Vogel. Aber auch so, du hast die Jackson Five der amerikanischen Literatur geschossen!«

»Das war damals.«

»Und das hier ist jetzt, Foss. Deine Abschottung. Das heizt die Nachfrage an. Kultiviert den Mythos, steigert den Appetit. Aber nur soundso lange. Für den Markt bist du jetzt seit fünf Jahren unsichtbar. Ist ja okay, nichts dagegen zu sagen. Gott ist auch unsichtbar, und die Leute beten ihn an. Aber irgendwann, wenn das Wunder ausbleibt, beginnt die Gemeinde, an deiner Existenz zu zweifeln. Die Fan-Base schwindet. Stell wenigstens dieses Buch zusammen, wie wir's besprochen haben. Deine Greatest Hits, das schlägt ein wie eine Bombe, bekehrt die Ungläubigen. Was ich da an interessierten Rückmeldungen von Verlagen kriege, ist total *abartig.*«

»Ich bin immer noch dabei, die Kontaktabzüge zu sichten, Perry.«

»Klar, glaub ich dir aufs Wort«, knurrte Perry. »Klar bist du immer noch am Sichten. Kannst du vielleicht einfach mal ein paar Fotos aussuchen, Foss? Oder mir die Negative schicken? Ich schaue dann die Kontaktbögen durch. Ich brauche diese Fotos, Mann.«

»Ich bin am Auswählen, Katalogisieren, Identifizieren. Das ist ein mühsamer Prozess.«

»Das ganze *Leben* ist ein mühsamer Prozess, wenn man dich fragt. Es ist ja nicht so, dass ich das alles nicht nachfühlen könnte, Foss. Ich weiß, du hast Schweres durchgemacht. Das weiß ich bei Gott. Ich verstehe ja, was es mit deiner Isolation in den letzten Jahren auf sich hat. Du glaubst, das, was in Griechenland passiert ist, sei irgendwie deine Schuld, und dafür müsstest du leiden. Sie war deine Frau und deine Muse, weiß ich. Aber wie oft hast du im letzten halben Jahr deine Wohnung verlassen?«

»Oft«, sagte ich. »Wie geht's eigentlich Pedro? Arbeitet er noch an diesem Chile-Projekt?«

Er sagte: »Wie oft?«

»Züchtest du immer noch diesen albernen Pferdeschwanz?«

»Wie oft?«

»Einmal im Monat, um meine Mutter zu besuchen. Plus Arztbesuche. Zum Arzt muss ja jeder ab und zu.«

»Dieses Einsamkeitsding, das reicht jetzt, Foss. Ist ja schon Borderline-Agoraphobie. Hiev dich vom Sofa hoch, hör auf, in deinem eigenen Saft zu schmoren. Wenn dich London runterzieht, geh auf Erkundungsreise. China oder so. Geh mit deiner Kamera irgendwohin, wo du noch nie warst, verlier dich in irgendwas, was ein bisschen größer ist als dein Alltagseinerlei. Mach Fotos, die was mit Gemeinschaft zu tun haben. Denk doch mal, China, eine ganz neue Welt für dein Kameraauge. Ich könnte deine Bilder bei jeder Zeitschrift unterbringen. *Jeder*. Wahrscheinlich fänden wir auch eine Ausstellungsmöglichkeit. China! Was denkst du?«

»Ich denke an Menschenmengen. Ein einziges Menschengewimmel. Heillose Massenhysterie. Ich denke an ein Negativ, ein einmaliges Bild, in tausendfacher Reproduktion, ein Abzug wie der andere, bis die Kraft der ursprünglichen Aussage restlos in der Masse untergegangen ist.«

»Gott im Himmel. Bin ich froh, dass ich nicht mal einen Urlaubsschnappschuss machen kann. Was für ein Segen, wenn man die Veranlagung hat, Leuten auf Fotos die Köpfe abzuschneiden. Und nicht mit der Bürde des Talents geschlagen ist. Okay, dann eben nicht China. Dann irgendwo anders hin.«

»Ich bin hier zufrieden.«

»Gott, irgendwas, irgendwo! Irgendein Ort, der dich interessiert. Es muss doch jenseits deiner Wohnungstür irgendwas geben, das ein bisschen Neugier in dir weckt?«

»Na ja …«

»Was?«

»Japan ist wohl interessant. Aber auch da ist es voll und …«

»Japan! Mach einen Fototrip durch Japan. Tempel, Hochhäuser, Plüsch-Snoopys, Hello Kitty, Hightech-Klos, Mangas, Karaoke-Kabinen, Zen, dieses ganze Bento-Food. Japan, ein Paradies für Fotografen!«

»Hightech-Klos?«

»Noch und nöcher. Japan. Das ist es, Foss. Da hast du ausnahmsweise mal eine vermarktbare Idee. Die Zukunft heißt Japan.«

»Die Zukunft heißt Terrorismus auf einem Fernsehschirm.«

»Ach was. Ich war dort, und die Zukunft ist Japan.«

Wir schwiegen. Über Flugreisen und fremde Weltgegenden zu reden, versetzte Perry in eine überlegene Position. Es gab Momente, in denen er Wörter wie »Jetlag« als Angriffswaffen zu benutzen schien. Für ihn war der Mangel an Stempeln in meinem Pass, mein selbst auferlegtes Reiseverbot, Symptom einer tiefer liegenden Persönlichkeitsstörung.

Ich sagte: »Ich werde nicht hinfahren, aber ich gebe zu, dass Japan vermutlich ein interessantes Land ist. Ich habe mir gestern Abend sogar ein Buch darüber bestellt, online. Über die Besatzung nach dem Zweiten Weltkrieg.«

»Ich komme jetzt vorbei, wir reden drüber, und dann gibst du mir die Greatest-Hits-Abzüge. Von mir kannst du alles über Japan erfahren. Vertrau mir, folge mir. Ein Schüler geht sieben Schritte hinter seinem Lehrer, damit er nicht auf des Meisters Schatten tritt. Wie ist deine Adresse?«

»Hör zu, Perry, ich muss Schluss machen. Hier riecht's, als ob meine Wohnung gleich abbrennt.«

»Und ich wette, du wirst lieber verbrennen als rauszugehen. Ich will diese Fotos, du Arsch.«

Seltsam beschwingt durch dieses Gespräch mit einem alten Freund, ging ich wieder in die Küche. Dichter Qualm von verbrannten Pinienkernen ließ meine gute Laune augenblicklich verfliegen. Offenbar hatte ich vergessen, die Platte abzustellen, bevor ich ans Telefon gegangen war. Alle Flüssigkeit im Topf war verdunstet, und ein Floß aus Penne war auf dem Teflon auf Grund gelaufen. Ein kleiner Pestosee war drumherum blasig ausgehärtet, haftete an den Floßrippen wie Phosphorbombenmasse und schweißte sie fest. Am schlimmsten hatte es die Zwiebelstücke getroffen. Sie waren völlig verbrannt, die feinen Äderchen schwarz, verkohlt, tot.

Ich konnte mich nicht mehr erinnern, worüber ich vor dem Klingeln des Telefons nachgedacht hatte. Ich hatte mit dem Kochlöffel in der Hand dagestanden, und irgendwas war mir durch den Kopf gegangen. Aber es war weg. So war das in letzter Zeit oft. Gedanken und Gefühle lösten sich in Luft auf, noch ehe sie ganz ausgeformt waren. Vielleicht beschäftigte mich ja der Brief von letzter Nacht. Beim Lesen hatte sich mein Herzschlag beschleunigt. Das Leben meiner Mutter. Flach, geregelt und ruhig. Das Leben einer gescheiten, häuslichen, positiv denkenden Frau mit einem stabilisierenden Sinn fürs Praktische, einem ausgeprägten Vertrauen in die Kräfte des Kochens, Putzens und Aufräumens. Geboren 1929, verehelicht 1959, geschieden 1988, gestorben 2009. Kannte ich die Form, Farbe und Textur des Lebens zwischen diesen Daten? Wahrscheinlich hatte sie ihre Meinung geändert, was Mr Satoshi und ihre Gefühle für ihn betraf. Wenn jemand ihre Biografie schriebe, wäre Satoshi vermutlich nur eine Fußnote dieser achtzig Jahre, eine Nebensächlichkeit, die ihr versagendes Gedächtnis zufällig an dem Tag hochgespült hatte, an dem sie stürzte.

Da die Nudeln hinüber waren, schien es das Beste, etwas zu essen ins Haus zu bestellen. Ich fahndete nach der Karte von Chutney King, aber sie war nirgends. Da war nur eine dringend renovierungsbedürftige Wohnung. Die einst weißen Schlafzimmerwände wurden immer grauer, und die Doppelbettcouch sah alt und eingefallen aus. Mein Leben spielte sich hauptsächlich im Wohnzimmer ab, zwischen unbelebten Objekten: einem alten Ledersessel mit dürren Beinen und üppig geschwungenen Armlehnen, einem schartigen Eichenholzschreibtisch, der auch als

Esstisch fungierte, einem Secondhand-Sofa, einem altersschwachen Fernseher. Die einzigen halbwegs teuren Gegenstände waren der Laptop und eine Federzuglampe. Die Lampe neigte sich über die Rückenlehne des Sessels wie ein schneeschwerer Ast. An der hinteren Wand standen zwei Bücherregale, deren dünne Bretter sich unter der Last von Romanen, Stücken, Gedicht- und Geschichtsbänden bogen.

Im Brandfall – eine Eventualität, die mich oft beschäftigte – würde ich wohl von den Dichtern Wordsworth retten, von den Dramatikern Shakespeare und von den Prosaisten Amis (Kingsley oder Martin, je nach meiner Gemütsverfassung). Es hatte Zeiten gegeben, da hätte ich meine Kameras gerettet.

Der Abend brachte düstere Gedanken.

Mit wenig kooperativen Händen öffnete ich das Badschränkchen. Darin herrschte nicht so viel Vielfalt wie früher, als Chloe mit mir hier gewohnt hatte: keine Kosmetiktücher, keine Feuchtigkeitscremes, keine Wattebäuschchen. Nur Pillenfläschchen. Alle mit Namen wie fiktive Planeten, eine eigene Sci-Fi-Kunstsprache. Die Realitätserleichterer: OxyContin, Vicodin, Demerol. Die Nervenbetäuber: Nembutal, Valium, Xanax. Die Sehstimulantien: Ritalin, Adderall, Strattera. Plus die Nasentropfen, Muskelrelaxantien, Steroid- und Antipilzsalben. Ich wählte meine Medikamente sorgsam aus, fand schon Linderung allein durch das Aussuchen, Bestellen und Mixen, das Drücken und Drehen quietschender Fläschchenverschlüsse. Es würde keine Biografie über mich geben, aber wenn es eine gäbe, müsste der Autor das einfangen: die Plastikfarben, die bitteren Pulver, die dicken Schleimteppiche, die meine Kehle hinabrollten. Das waren die Schattierungen, die Aromen, die Textur meiner Tage.

Am Waschbecken hatte ich ein Radio in Form einer Ente stehen. Während die Pillen tapfer ihr Bestes gaben, fummelte ich daran herum. Schließlich hallte Bach von den Badfliesen wider. Es klang wie *Die Kunst der Fuge*, ein Stück, das ich aus meiner Kindheit kannte. Meine Mutter hatte sonntags immer die Glenn-Gould-Aufnahme auf Dads Plattenspieler laufen lassen: Die Vinylscheibe rotierte, während Mum uns beiden ein Roastbeef-Sonntagessen kochte. Sonntags gab es immer Roastbeef. Sie war sehr stolz darauf, dass das allwöchentliche Stück Fleisch ›made in Britain‹ und vom lokalen Metzger war. Ja, es war fast schon komisch, welche Befriedigung ihr das ganze Rindfleischeinkaufritual bescherte, vom disziplinierten samstäglichen Anstehen in der Metzgerei über die nichtmetrischen Einheiten, in denen das Fleisch abgewogen wurde, bis hin zum Bezahlen, das sie beharrlich »in die Tasche greifen« nannte. Die Befriedigung, einer nationalen Tradition zu folgen. Jeden Sonntag bildete das Roastbeef das Herzstück eines aufwendigen Mahls, das mit dem, was wir die Woche über aßen, nichts gemein hatte. Es war, als ob unsere Familie jeden Sonntag um neunzehn Uhr irgendein nicht genanntes Ereignis feierte, jemandes Ankunft oder Abreise.

Als es richtig dunkel wurde, umgab mich eine Art chemisches Kraftfeld, das den Lärm von Betrunkenen, Straßenhändlern und Taxis auf der Gray's Inn Road weitgehend abblockte.

Von außen gesehen, guckte ich einen Nachrichtenbeitrag über einen französischen Derivatehändler, der sich von einer Brücke in La Défense gestürzt hatte. Aber es hätte irgendwas sein können. Meine Aufmerksamkeit zog etwas anderes auf sich. Das Päckchen. Ich wusste nicht, warum ich es gerade dorthin gelegt hatte, auf den Fernseher. Im Dunkel meiner Wohnung übermittelte der Bildschirm Flimmerbotschaften aus der Außenwelt wie sonst auch. Die Veränderung war in mir: An diesem Abend merkte ich, wie ich seinem elektrischen Blick auswich. Ich saß auf dem Sofa, gehorsam wie immer, aber in meinem dilatierten Zustand versuchte ich mir vorzustellen, was in dem Packpapier war. Ich beschloss, aufzustehen und das Päckchen aufzumachen. Beschloss, mich wieder hinzusetzen und das Päckchen nicht aufzumachen.

Ich stellte den Fernseher ab, nicht um besser denken zu können, sondern um gar nicht mehr zu denken. Ich griff ins Bücherregal und nahm, da ich es mit ganzen Sätzen nicht aufnehmen konnte, einen Gedichtband heraus. Doch der erwies sich als erinnerungsbefrachtet.

Ich las ein Wordsworth-Gedicht, das Chloe geliebt hatte.

Wie still sie jetzt und ohne Schwere,
sie hört nicht, kann nicht schaun,
erfasst vom Kreiseln dieser Erde
mit Fels und Stein und Baum

Ich sah Chloe diese Verse in unserer Wohnung in der Guilford Street rezitieren, stuhlkippelnd vor einem Fenster mit Schafen. Ich sah sie dabei immer weiterrauchen, einen sich langsam neigenden Aschefortsatz an ihrer Zigarette. So rauchte sie, um eine Atmosphäre der Spannung zu erzeugen, Reiz durch Risiko, und es funktionierte. Wenn sie die Asche schließlich überm Aschenbecher abklopfte, begannen in meinem Kopf alle möglichen Gedanken vor sich hinzuschwelen. Hieß leben, hermetisch eingesiegelt zu sein in Zeit, Hiersein, Bewegung, irdisches Geschehen?

In den Tagen nach dem Sturz meiner Mutter hatte ich erwogen, die Wordsworth-Verse in ihren Grabstein meißeln zu lassen. Aber der Steinmetz wollte ein Vermögen dafür. Meine Mutter hätte es nie gebilligt, Geld für Worte auszugeben. Sie kaufte nie ein Buch, ging immer in die Leihbücherei. Sie kaufte auch nie Grußkarten, schrieb immer einen Brief. »Worte sollten gratis sein«, sagte sie. »Wenn Worte nicht gratis sind, dann stimmt mit der Welt etwas nicht.« Sie war ein Produkt ihrer Zeit, meine Mutter. Sie wurde in den Vierzigerjahren erwachsen, der Zeit des »Reparieren statt Wegwerfen«. Sie hätte nie und nimmer Geld für Worte ausgegeben. Also befand ich, dass auf ihrem Grabstein nichts weiter sein sollte als ein klares Etikett. Keine Schnörkel, nichts Poetisches.

Alice Rebecca Fossick
1929–2009
Geliebte Mutter von Rob Fossick

»Geliebte« ist das einzige Wort, an dem sie etwas beanstanden hätte können. Ein überflüssiger Luxus.

Im Bett las ich die ersten beiden Briefe von Satoshi noch einmal. Es war eigenartig, in seine Worte einzutauchen. Ich fühlte, wie seine Gedanken meine wurden, unser beider Erinnerung verschmolz. Aber es ergab alles kein kohärentes Bild. Da war dieses wachsende Bewusstsein meines eigenen Nicht-Wissens: eine graue Staubwolke, durch die ich nur vage Fragmente von Dingen sah, Bruchstücke von Gebäuden, Menschen und Orten, die meiner Mutter vielleicht etwas bedeutet hatten. Dieser Nebel überrollte mich. Er machte mich traurig und müde.

Ein Teil von mir war entschlossen, hier und jetzt ihre Vergangenheit sich selbst zu überlassen, wenigstens jetzt noch Respekt vor ihrer Privatsphäre aufzubringen. Aber ich tat es nicht. Vielmehr stand ich auf, öffnete meine Ledertasche und nahm den dritten Brief heraus.

Zivile Information & Erziehung
beim Oberkommandierenden
für die alliierten Mächte
Tokio
Japan

3. Juni 1946

The Berries
Constitution Hill
Clifton
Bristol
England

Mein Liebling,
gerade ist die Post gekommen, und es waren acht Briefe für mich dabei. Darunter, meine Schöne, vier von Dir. Einer war an den Stützpunkt in Kure adressiert. Die haben sich mit dem Nachschicken schrecklich viel Zeit gelassen.

Wenn ich hier sitze & Deine Worte lese, bin ich immer wieder erstaunt, wie jemand, der gar nicht hier ist, solche Macht über meine Sinne haben kann. Es macht mir ein bisschen Angst, dieses Feuer, das Du schon durch ein Wort, einen Gedanken oder einen leeren Zwischenraum auf der Seite in mir entzünden kannst. Manchmal befürchte ich, dass es mich verbrennen wird, dass es nicht gesund sein kann, jemanden so sehr zu lieben. Die Erinnerung an jenen letzten Nachmittag verzehrt mich – Du warst so wunderschön, Du hast jedem unbeholfenen Wort, das aus meinem Mund purzelte, so achtsam gelauscht, & als ich Dich in den Armen hielt, wurde mir klar, dass ohne Dich mein Leben vollkommen leer wäre.

Meine Liebste, Deinem letzten Brief entnehme ich, dass Dir

mein neuer japanischer Spitzname gefällt, also wird es Dich freuen, dass Watanabe mich jetzt nur noch »Satoshi-sensei« nennt. Die Yankee-Wissenschaftler hat er damit auch schon angesteckt. Offenbar werde ich mit jedem Tag japanischer. George scheint es ungeheuer erheiternd zu finden, dass mein »kleiner Schlitzaugenfreund« mich umgetauft hat. Ich habe ihm zu verstehen gegeben, dass er nicht immer »Schlitzaugen« sagen soll, worauf er mit einem Wutausbruch reagierte. Unerwartet & sonderbar. Plötzlich habe ich eine Seite von ihm gesehen, die erklären könnte, warum er und Dad nicht so gut miteinander ausgekommen sind.

Egal. In anderen Dingen ist George gutherzig – nimm nur seine Reaktion, als ich ihm von Kazue erzählte. Du erinnerst Dich, das Mädchen mit dem weißen Behälter um den Hals? Meine Schilderung hat George dazu gebracht, ihr eine Chance als kleines Dienstmädchen in unserem Haushalt zu geben. Er hat zwar schon jede Menge Personal (Koch, Boy, Dienstmädchen, Gärtner, Kindermädchen, Wäscherin – wo sonst kann man ein solches Leben führen?), aber er zeigte sich mitfühlend & sagte, Kazue könne ja beim Putzen & anderen einfachen Arbeiten helfen. Also tut sie das seither. Watanabe scheint das nicht so recht zu sein. Vielleicht meint er ja, es kommt uns nicht zu, ins Schicksal der Obdachlosen von Tokio einzugreifen, ein einzelnes Mädchen herauszupicken, um es aus dem Dreck von Ueno zu retten. Kazue jedenfalls beschwert sich nicht. Noch nie habe ich jemanden gesehen, der so dankbar dafür war, zu essen zu bekommen.

Draußen begegne ich anderen Siebenjährigen, die an den Straßenrändern nach Kürbisstängeln & -kernen suchen und manchmal vor Freude ganz aus dem Häuschen sind, wenn ihnen ein Insekt oder ein Nagetier in die Hände fällt. Neulich bin ich auf einen Schwarzhändler gestoßen, der einen Eimer mit lebenden Fröschen dabeihatte. Er verkaufte sie an Kinder, zum Essen, und nahm dafür Kartoffelpulver als Bezahlung. Gerade als ich vorbeiging, trat ein wütender Kunde den Eimer um, und plötzlich war der Boden grün getüpfelt. Es widerstrebte mir, einem Schieber zu helfen, aber ich entschied mich dann doch für die gute Tat und half, die warzigen Viecher einzufangen. Es dauerte ewig. Jedes Mal, wenn ich eins hatte, flutschte es mir wieder aus den Händen.

Nach dem dreckigen Schwarzmarkt ist es eine Wohltat, wieder ins Zentrum zu kommen. Die Gegend, in der wir wohnen, hat den Spitznamen »Klein-Amerika« – alles hier sehr komfortabel & völlig anders als im Rest der Stadt. Das Oberkommando hat Straßenschilder aufgestellt, & jetzt gibt es hier einen MacArthur Boulevard, der ständig voller blitzblanker Militärjeeps ist. Man kann ihn kaum von einem Ende bis zum anderen entlanggehen, ohne jemals *keinen* Amerikaner oder Briten in Sichtweite zu haben. Das gibt einem ein gewisses Heimatgefühl in dieser verkohlten Stadt. Unsere Einkäufe machen wir im PX, das ist der Ort, wo schon fast so etwas wie eine Begegnung von Einheimischen & Alliierten stattfindet. Japaner lungern mit offenen Mündern vor dem Laden herum, wenn wir herauskommen, beladen mit Litergläsern Senf, fünfzehn Pfund schweren Fleischstücken, Riesendosen Obst & Gemüse. Neben den Bettlern stehen die *Panpan*-Girls und rufen »Hu-huu«, in der Hoffnung auf Geschäfte mit den GIs. Und dann sind da noch die japanischen Kinder. George sagt, wir sind hier, um aus dem Orient eine christliche, kapitalistische Demokratie zu machen. Das ist ja schön und gut, aber dann sieht man die Kinder & ihre Spiele. Immer die gleichen: *yamiichi-gokko* und *panpan asobi* – Schwarzmarkt oder Hure & Zuhälter. Ist das das neue Japan?

Ich hoffe, ich langweile Dich nicht mit all diesen Details. Ich versuche wohl, das japanische Leben einzufangen, nicht nur für

Dich, sondern auch für mich in späteren Jahren. Das ist auch der Grund, warum ich Fotos mache. Aber wenn ich herumlaufe und Befragungen & Studien mache & die Menschen hier fotografiere, fühle ich mich trotzdem immer ein bisschen wie ein Glücksritter auf Kosten einer besiegten Kultur. George sagt, als Anthropologe müsse man genau wie als Journalist seinen »Freiraum« nutzen, und darin liege das Geheimnis von Profis wie Mead & Bateson. Aber wenn ich mit meiner Brownie Reflex Synchro eine Obdachlosenfamilie blitze, fühlt es sich nicht richtig an. Wie kann man das Leben von Menschen im Bild festhalten, ohne es aus seiner Privatheit zu reißen?

Genug der deprimierenden Berichte – ich darf nicht vergessen, dass das hier ein neuer Anfang für uns ist, eine große Gelegenheit. Bald schon komme ich wieder & dann bist Du mit einem Mann zusammen, der echte Erfahrung vorzuweisen hat. Wir können in London wie die Könige leben. Ich könnte eine Stelle beim Projekt Massenbeobachtung bekommen – George sagt, die bezahlen gut und wären froh über meine Erfahrung.

Apropos London, ich hoffe, Du hast immer noch vor, Dich um eine Stelle am Landwirtschaftscollege zu bewerben. Wirst Du bei Freddie wohnen, bis Du auf eigenen Beinen stehst? Die Gesellschaft einer Freundin ist wahrscheinlich genau das, was Du jetzt brauchst. Ich wette, sie hält Geoff immer noch an der kurzen Leine. Er hat ja meine Fliegenfischereisachen & schrieb mir vorletzte Woche, dass es ihm nicht gelungen ist, Freddie mit seinen Angelkünsten zu beeindrucken.

Meine Liebste, ich muss los – es wartet eine öde Meinungsumfrage. In den nächsten Wochen fahren George, Watanabe und ich vielleicht für eine Feldstudie aufs Land. Das klingt schon verheißungsvoller. Ich werde zweifellos die meiste Zeit damit verbringen, mich zu fragen, was Du jetzt zu Hause gerade machst.

Alice, ich vermisse & liebe Dich so sehr. Du fragst immer, ob ich gesund & munter bin. Ja, ich bin ganz gesund & munter – das Einzige, was mir fehlt, bist Du. Eines baldigen Tages werden wir für immer zusammen sein. Diese Zeit der Trennung wird hinter uns verschwinden wie eine ferne Küstenlinie.

Ich sehne mich nach diesen Tag.

Für immer Dein

Mr Satoshi

6

Wie eine ferne Küstenlinie, schrieb er, und es schien mir ein gutes Bild für gewesenes Leben, das wir hinter uns lassen. Es kam mir vor, als hätte ich die letzten Jahre, seit Chloe tot und meine Mutter in die Demenz entglitten war, damit verbracht, altem Festland hinterherzublicken. Mein Hausarzt hatte wiederholt gesagt: »Es gibt Millionen Menschen, die im selben Boot sitzen wie Sie.« Er hatte gesagt: »Sie sind nicht allein mit diesen Gefühlen.« Und ich hatte immer kooperativ genickt, aber nur, damit er mir weiter Medikamente verschrieb. Ganz egal, was er behauptete, ich wusste, es gab *dort* einen von Leben wimmelnden Ozean, und es gab *hier* ein Planschbecken-Imitat mit reglos-glatter Oberfläche nur für mich allein.

Ich versuchte, nicht bei den Passagen mit Satoshis Liebeserklärungen zu verweilen. Es war sichereres Terrain, solange es um Froschesser, den Schwarzmarkt, den MacArthur Boulevard ging. Aber eine Zeile schaffte es doch, dass meine Neugier sich über meinen Selbsterhaltungstrieb hinwegsetzte. »Eines baldigen Tages werden wir für immer zusammen sein.« Er war so fest davon überzeugt, welche Richtung ihr Leben nehmen würde. Etwas musste sie vom Kurs abgebracht haben. Dieses Etwas war jetzt außer Reichweite, jedenfalls für mich. Die Briefe waren erschöpft. Wenn es noch weitere gab, versteckten sie sich vermutlich in irgendeinem Nippesobjekt, einer Schürze oder einem Buch im Wohltätigkeitsladen.

Das Morgenlicht hatte etwas Hartweißes, Massives, Draufgängerisches. Während es sich den Weg ins Wohnzimmer freiboxte, saß ich an meinem Schreibtisch und sortierte Negative. Alte Fotos von der Gray's Inn Road, meine Art, die Stadt in die Wohnung zu holen. Sie waren an dem Punkt meiner Karriere entstanden, als das Fotografieren von Asphalt leichter wurde als das Fotografieren von Menschen. Damals merkte ich, dass ich nicht mehr in ein anderes Augenpaar blicken konnte, nicht mal durch einen Kamerasucher. Ich konnte die Gesichter anderer Menschen nicht ertragen, schon gar nicht die der Künstler mit dem durchdringenden Blick. Ich fing an mit Businessfotografie, als Versuch, irgendwie zum Porträt zurückzufinden. Machte Fotos von Unternehmensvorständen, die dann auf gigantische Teakholztische herabblicken würden. Meine Motive redeten über strukturierte Produkte, kollateralisierte Schuldanleihen, hypothekengesicherte Wertpapiere und explodierende Brückenfinanzierungen. Ich versuchte, das Gespräch von den Finanzmärkten umzulenken auf Hobbys und Interessen, aber da flackerte Panik in ihren Augen. Die meisten von ihnen arbeiteten sechzehn Stunden am Tag. Kaum je ein freies Wochenende, kaum je ein nicht unterbrochener Urlaub. In ihrer Jugend hatten sie sich für Paragliding, Tiefseetauchen, Wildwasserfahren, Reiten begeistert. Im Ruhestand würden sie Weinseminare machen, Gedichte schreiben, Nudeln selbst herstellen, am Strand faulenzen. Doch jetzt, auf diesem hektischen Streckenstück, arbeiteten sie. Ihre Interessen lagen sämtlich in der Vergangenheit oder in der Zukunft. Und ich fand ihr Dasein deprimierend, bis mir aufging, dass meins gar nicht so anders war: Kamera statt Computertastatur, Mietzahlungen statt Hypothekenraten. Lächeln. Kinn bitte höher. Ich leuchte Sie indirekt über die Wand aus. Und locker! Ohne es wirklich beschlossen zu haben, hörte ich auf zu fotografieren.

Das Buch über die Besatzungszeit in Japan kam, und ich verschlang es auf dem Sofa liegend, Zigarette zwischen den Lippen, Aschenbecher auf der Brust. *Psychologie der Niederlage: Japan, August 1945–April 1952*. Es ging um Unterdrückung von Dissens, Lebensmittelknappheit, Fremdarbeiter, Inflation, Eine-Familie-Rhetorik, verbotene Slogans, Kontrolle der Sinnlichkeit, Gedankenpolizei. Und es ging auch um die Abteilung Meinungs- und Sozialforschung, in der Satoshi und Dr. Harvey offenbar gearbeitet hatten. Die Mittelseiten des Buchs enthielten zeitgenössische Fotos, manche von den Alliierten verboten, andere zu Propagandazwecken fast zu Tode reproduziert. Ich betrachtete jedes einzelne ganz genau: Manche waren minimale Variationen ein und desselben formalen Prinzips, andere radikal anders. Dunkle, melancholische, evokative Bilder. Urbane Nachtszenerien, Erinnerungslandschaften. Bodyshots von *Panpan*-Girls, polyglotte Kurtisanen, im Dunkeln lehnend, geschenkverpackt in duftige Halstücher. Körnige Schwarz-Weiß-Fotos von Bars, Tanzlokalen, Kleinstrestaurants, krummen Straßen, müllübersäten Gassen, ein japanisches Fotomodell im weißen Bikini, an einer schmuddeligen Balustrade posierend. Eine Landschaftsaufnahme mit einer Menge pomadisierter amerikanischer Soldaten, die mit zusammengekniffenen Augen in die Sonne lächeln, Gestaltwandlung in gleichbleibender Uniform. Kaiser Hirohitos unergiebiges Gesicht über einem Buchhalteranzug mit Schlips. Die Trostlosigkeit vom Atomblitz verwüsteter Städte, Orte ohne Anfang und Ende, grenzenloses Grau.

Diese Bilder zu betrachten, war befreiend. Viele hatten eine natürliche Nervosität, etwas Schiefes, Kippeliges, Unruhiges, das ich, ob zu Recht oder zu Unrecht, mit Japan assoziierte. Ich dachte, vielleicht hatte Perry ja doch recht, vielleicht könnte ich dort ja anständige Fotos machen. Es könnte interessant sein, das moderne Japan zu erkunden, zu schauen, wie es sich gegenüber der Landschaft in Satoshis Briefen ausnahm, die Stadt der Gegenwart ihrem Geist gegenüberzustellen. Doch selbst wenn ich meine Ängste überwinden könnte – war ich noch in der Lage, Linie und Form, Licht und Dunkel auf eine ganz bestimmte Weise zu kombinieren, einen Augenblick noch einmal zu erschaffen, ohne seine Wahrheit zu verzerren? War ich noch Fotograf?

Alles in allem war es ein betriebsamer Donnerstagnachmittag.

Auf Channel 486 kam ein Nachrichtenbeitrag darüber, dass im nächsten halben Jahr die Zahl der Arbeitslosen drei Millionen erreichen würde. In der Folge würde »das moderne Großbritannien bleibende Narben davontragen«. Channel 521 brachte einen Bericht über neue amerikanische Pläne, Afghanistan dabei zu helfen, eine funktionierende Demokratie zu werden. Channel 605 recycelte hektisches Filmmaterial von Protesten vor einem Gerichtsgebäude in der festungsartig gesicherten Grünen Zone von Bagdad: ein geformter Schwarm von Körpern, der dagegen anwütete, dass ein irakischer Journalist eingesperrt werden sollte, weil er einen Schuh nach Präsident Bush geworfen hatte. Dann Schnitt zu dem Mann selbst, der nach neun Monaten Gefängnis über die ersten Wochen seines Wiedereinstiegs in die Welt berichtete. Seine Nasenlöcher und Ohren sahen entzündet aus. Seine Zunge suchte ständig eine auffallende Lücke im Frontgebiss. Das Dokumentarmaterial ging nahtlos in ein Feature über *Sock and Awe* über, ein Online-Spiel, inspiriert von den Taten dieses Mannes, und das war der Moment, in dem ich die Stummtaste drückte.

Da lag es, das Päckchen, die große Attraktion, kokett auf dem Fernseher, und bettelte darum, berührt zu werden. Es war seltsam verführerisch, schimmernd in gebrochenem Licht, die goldbraune Krone eines quadratschädligen Königs.

Ich nahm eine geeignete Kombination von Pillen und arbeitete einen Plan aus.

Der Plan war von wundersamer Einfachheit. Ein Drei-Worte-Plan: das Päckchen abschicken. Es stand ja eine Adresse drauf, hübsch ordentlich auf einem weißen Aufkleber, und an diese Adresse würde ich es schicken. Dafür sind Adressen ja schließlich da, sagte ich mir. Damit Päckchen wissen, wo sie hinmüssen. Wenn Mr Satoshi nicht dort ist, um es entgegenzunehmen – Pech. So gnadenlos ist das Postsystem nun mal. Es hat eine rigide innere Logik, wie jedes System.

Im Internet suchte ich mir, zwischen Schlucken von bitterem Tee, einen internationalen Kurierdienst heraus. Ich nahm das Päckchen von seinem Podest und ging damit auf meine Seite des Zimmers. Ich hatte vergessen, wie leicht es war. War es ein Taschenbuch? Warum fühlte sich der Inhalt gepolstert an, fest und doch weich? Ich tippte die durchgestrichene Adresse in ein Feld ein, das sich »Sie nennen den Ort, wir besorgen den Transport« nannte.

Roppongi World Plaza 9–39
Roppongi 1-chome
Minato-ku
Tokio 106-0032

Das Beste an dem ganzen Arrangement war, dass der Kurierdienst das Päckchen an meiner Wohnungstür abholen würde. Spätestens um siebzehn Uhr würden sie da sein. £ 45,99, vorausgesetzt, ich hatte das Gewicht richtig geschätzt. Nicht gerade billig, aber schnell. Um siebzehn Uhr würde ich wissen, dass ich alles in meiner Macht Stehende getan hatte, um das Päckchen auf den Weg zu bringen. Ich würde Mr Satoshi aus meinem Kopf streichen und wieder zur Ruhe kommen. Die Versuchung, in der Vergangenheit meiner Mutter herumzukramen, wäre endlich nicht mehr da.

Aus reinem Interesse beschloss ich, die Adresse in die Suchmaschine einzugeben. Als die Website von etwas namens Roppongi World Plaza erschien, klickte ich auf einen kleinen Union Jack in der rechten oberen Ecke. Eine Welle elektrischer Pünktchen brach über den Text herein und übersetzte ihn ins Englische. Ein »moderner Apartmentblock«, laut der ersten Zeile. Wenn die Fotos irgendetwas besagten, war das Gebäude auf eine gesichtslose, effekthascherische Art imposant.

Erst als ich meinen Tee ausgetrunken hatte, überkam mich leiser Zweifel. Wie groß war die Wahrscheinlichkeit, dass dieses packpapierumhüllte Etwas tatsächlich in Mr Satoshis Hände gelangte? Da war diese Adresse, ja, aber offenbar hatte meine Mutter sie für falsch gehalten. Ich brauchte Papier und Stift. Ich musste anfangen, in Sätzen zu denken. Es gab da einige zentrale Unklarheiten. Ich fand einen Kugelschreiber und schrieb auf eine leere Seite von *Psychologie der Niederlage*:

Mr Satoshi

- Wie heißt er wirklich? Reg, Reggie, Reginald. Nachname unbekannt. Unklar, ob er noch den Spitznamen »Mr S« führt.
- Adresse? Keine Apartmentnummer. Wohnt vielleicht gar nicht im World Plaza. Wenn doch, warum hat M das Päckchen nicht abgeschickt?
- Job? Muss inzwischen im Ruhestand sein. War mal Assistent eines Anthropologen bei den britischen Besatzungstruppen in Japan, aber keine Qualifikationen bekannt.
- Verwandt mit G Harvey – aber der ist Bruder der *Mutter*, also ist Reg kein Harvey.
- Noch am Leben? Unsicher. War siebzehn, als er ersten Brief schrieb, ist also jetzt über 80.

Der letzte Punkt der Liste brachte mich wirklich ins Schleudern: Ich wollte einem Toten ein Päckchen schicken? Und selbst wenn Satoshi noch lebte, war doch die Frage, wie er darauf reagieren würde. Er würde doch höchstwahrscheinlich davon ausgehen, dass meine Mutter der Absender war. Also würde er ihr vielleicht seinerseits etwas schicken. Oder schlimmer noch, er würde womöglich im Finegold Mews auftauchen.

Nein, das ging gar nicht. Ich musste eine Grenze ziehen, brauchte einen Abschluss, nicht hunderttausend neue Türen, die sich quietschend öffneten. Ich musste Mr Satoshi wenigstens erklären, dass meine Mutter nicht mehr lebte und wie ich an das Päckchen gekommen war. Ich würde ihm ein kurzes Begleitschreiben mitschicken, ein, zwei Zeilen. Ich kramte in einer Schublade, fand ein paar Bögen anständiges Briefpapier und überlegte dann, was ich ihm sagen wollte.

Es erwies sich als schwierig. *Ich glaube, Sie kannten meine Mutter, und… ich habe Ihre Briefe an sie gelesen, also… ich weiß nicht genau, ob das Ihre richtige Adresse ist oder auch nur Ihr richtiger Name, aber…* Ich verwarf mehrere Ansätze, knüllte Blätter zu instabilen, fluguntauglichen Bällen. Und dann wurde mir bewusst, dass, selbst wenn mir der perfekte Brief gelänge, die Wirkung doch von so vielen Faktoren abhing, die sich meiner Kontrolle entzogen. Wenn das Päckchen nun etwas enthielt, das überhaupt nicht zu meinen Worten passte, etwas, das die Intention völlig verkehrte? Mal angenommen, ich schriebe den perfekten Brief. Einen wunderbar großherzigen Tribut- und Beileidsbrief. Er würde ihn lesen und weinen. Natürlich würde er weinen – wer nicht? Doch dann würde er das Päckchen öffnen, und zum Vorschein käme… Katzenfutter. Ja, Katzenfutter. Das war sehr gut möglich. Unter dem braunen Papier konnten sich durchaus zwei nebeneinander platzierte flache Foliennäpfchen befinden, leicht, teuer, das High-End-Zeug, das in winzigen Portionen gehandelt wird. Katzen-Menüs der Sterne-Kategorie. Mr Satoshi würde mich verständlicherweise für einen perversen Witzbold halten.

Meine Mutter hatte sich sehr wahrscheinlich im gleitenden Übergang zwischen Alter und Verrücktheit befunden, als sie das Päckchen gepackt hatte. Klar, sie hatte gar keine Katze gehabt, aber seit mir der Gedanke mit dem Katzenfutter gekommen war, konnte ich kein Wort mehr schreiben.

Meine Armbanduhr sagte mir, dass es halb vier war. Um fünf würde der Kurier kommen. Bis dahin musste ich es klargekriegt haben. Mein ursprünglicher Plan war zu simpel gewesen. Zu geradlinig, um zu funktionieren.

Männer von Welt, sturmerprobte Männer mit Erfahrung und Durchblick, selbstbewusste Charaktere, die sich einpassen, obwohl sie hervorstechen, werden nicht jedes Mal nervös, wenn ihr Telefon klingelt. Sie stellen sich gelassen der bedrohlichen Dringlichkeit, der Anonymität des Schrillens, dem verwirrenden Spektrum möglicher Worte, Zöger- und Schweigepausen vom anderen Ende. Genauso lässig gehen sie wahrscheinlich auch mit dem Klingeln anderer Telefone um, all der anderen Telefone, die für alle möglichen Leute klingeln und alle möglichen Sorten körperloser Rede übermitteln, dem Klingeln in der Telefonzelle, an der sie vorbeigehen, in dem Haus, an dem sie vorbeigehen, in der Tasche der Person, an der sie vorbeigehen. Aber zu diesen Männern gehöre ich nicht.

Mein Hemd fühlte sich an wie nasse Frischhaltefolie, als das Telefon die dritte Klingelserie in ebenso vielen Minuten losließ. Unendlich widerstrebend, so wie ein eitler Arzt auf ein medizinisches Nachschlagewerk zurückgreift, wenn alle Maßnahmen, die ihm einfallen, erschöpft sind, schlich ich in die Diele und nahm den Hörer ab.

»Hallo? Hallo, Robert, hier ist Freddie. Ist es gerade unpassend?«

Ich sagte: »Nein, Freddie, schon in Ordnung. Wie geht es Ihnen?«

»Oh, gut, sehr gut. War vorhin auf einer wundervollen Beerdigung. Eine Frau mit Krebs.«

»Das ist … schön.«

»Traurig, aber stimmig«, sagte sie, offenbar durch Trauer regelrecht erquickt. »Wo wir gerade von Abschieden reden, ich wollte nur mal fragen, wie Sie mit dem Päckchen vorankommen.«

»Wie ich vorankomme?«

Ich spähte ins Wohnzimmer. Durch die briefschlitzschmale Türöffnung sah ich das braune Pokerface des Päckchens zurückstarren.

Freddie sagte: »Ja, Sie wissen schon. Wie Sie vorankommen. Ob Sie's schon abschicken konnten.«

»Na ja, nachher kommt wahrscheinlich ein Kurierdienst und holt es ab.«

»Ach. Ich dachte, die Adresse sei durchgestrichen.«

»Mir ist klar, dass es nicht die Ideallösung ist.«

»Und Ihre Mutter hat mir doch gesagt, oder jedenfalls habe ich ihren Worten entnommen, dass die Adresse nicht stimmt. Dass es gar nicht die richtige Adresse ist.«

»Tja. Na ja.«

»Wenn sie stimmen würde, hätte Alice es doch wohl selbst abgeschickt.«

Ich befeuchtete meine Lippen. Dumpfes Verkehrsdröhnen ließ die Wohnzimmerscheiben beben.

Sie sagte: »Ich bin davon ausgegangen, dass Sie hinfliegen würden, um … na ja, um ihn *aufzuspüren*.«

»Bitte?«

Sie sagte: »Um Mr Satoshi aufzuspüren.«

Mir war nicht klar, ob das ein Witz sein sollte.

»Ich mache Fotos, Freddie. Ich bin kein Detektiv.«

»Aber es würde Ihnen vielleicht guttun!«

»Hören Sie«, sagte ich, »ich bezweifle ja nicht, dass Mum mal vorhatte, das Ding abzuschicken. Aber was besagt das schon? Sie wusste ja die letzten Jahre kaum noch, was sie tat. Wahrscheinlich ist es *so* wichtig auch wieder nicht. Wahrscheinlich ist da gar nichts Großartiges drin. Und Tatsache ist schlicht und ergreifend, dass ich keine aktuelle Adresse von diesem Mr Satoshi habe.«

»Und Sie haben sonst gar keine … Spur?«

»Sie haben es wirklich mit dieser Detektivgeschichte. Das hier ist kein Agatha-Christie-Krimi. Ich bin nicht auf der Suche nach irgendwelchen Spuren.«

»Dann haben Sie also gar nichts weiter entdeckt?«

»Ich habe beim Ausräumen von Mums Wohnung ein paar Sachen gefunden. Briefe. Weiter nichts. Von Satoshi, aus der Zeit, als er als Assistent seines Onkels in Japan war.«

»Das ist ja großartig!«

Ihr Ton war absolut nicht zu deuten, und nach drei Minuten redete sie immer noch. Sie gab mir ihre Telefonnummer, damit ich sie über die »Entwicklungen« auf dem Laufenden halten konnte. Die Zahlen tropften in mein Ohr wie ein trauminduzierendes Mittel, ein geheimer hypnotischer Code. Ich war benommen, Zeit und Raum verengten sich wie im rechteckigen Universum des Suchers.

»Freddie«, sagte ich, und ich sagte es resolut, weil allmählich klar war, dass sie hartnäckig versuchte, mich ihrer Jurisdiktion zu unterwerfen, so wie ein Imperium sich ein verletzliches Land einverleibt. »Freddie, ich muss jetzt auflegen.«

»Es war Ihrer Mutter wichtig«, sagte sie, und ihre Stimme

wurde im Lauf des Satzes immer leiser, hob durch ihr Verklingen die Wahrheit der Worte erst recht hervor.

Eine halbe Stunde später war ich wieder am Telefon. In der Hand hielt ich das tintenstrahlgedruckte Bild eines gläsernen Turms mit der darunter stehenden Zentralnummer des Roppongi World Plaza. Was, wenn die Adresse gar nicht falsch war? Wenn Satoshi noch dort wohnte?

»*Moshi, moshi.*«

Dass ein Mann in Japan japanisch sprach, war nicht überraschend, aber mich warf es völlig aus dem Gleis. Offensichtlich stand ich ungewöhnlich stark unter Chemie.

»Oh, äh, hallo. Kann ich englisch sprechen?«

Die Antwort war ein nervöses Lachen, dann sagte der Mann etwas, stockend, weil mehrfach von unterdrücktem Gähnen unterbrochen. Mir ging auf, dass es dort drüben wahrscheinlich ziemlich spät war.

»Sie verstehen ein bisschen Englisch?«, sagte ich, da ich seiner Reaktion immerhin entnahm, dass er nicht darauf brannte, sein Sprachtalent unter Beweis zu stellen.

»*Hai* … ja. *Sukoshi*. Ein bisschen …«

»Und ich spreche mit dem Roppongi World Plaza?«

»Ja, Sir. World Plaza.«

»Ich möchte einem Ihrer Bewohner postalisch etwas zukommen lassen.«

»Post …«

»Ich möchte etwas schicken, an jemanden, der im World Plaza wohnt.«

»Okay. Sie brauchen Adresse von Gebäude?«

»Äh, nein, nicht direkt. Ich brauche nur die betreffende Apartmentnummer.«

»Okay. Apartmentnummer.«

»Ja.«

»Sie wissen nicht Nummer?«

Es klang wie »Nickenummer«.

»Nein, leider nicht.«

Er fragte: »Sie wissen wenigsten Nachname?« Dann gähnte er wieder. Ich zögerte. Sehr wahrscheinlich würde ich ihn falsch aussprechen.

»Satoshi«, flüsterte ich.

»Ah. Satoshi?«

Hörte ich da einen Funken des Erkennens in seiner Stimme?

»Sie haben«, – er suchte nach Worten –, »eine Familienname?«

»Einen Nachnamen? Satoshi ist ein Vorname?«

»In Japan, ja. Satoshi ist Vorname.«

»Das Problem ist«, sagte ich, und mir dämmerte, welche Verwirrung ich zu stiften im Begriff war, »Satoshi ist vielleicht nur der Spitzname dieses Mannes, weder der Vor- noch der Nachname. Es ist wohl so eine Art … Alias.«

Er schwieg eine Weile, dachte anscheinend darüber nach. »Ich kann nachsehen«, sagte er, »ob wir haben ein Satoshi hier im World Plaza. Wenn Sie warten wenige Minuten.«

»Okay«, sagte ich. »Danke. Bitte suchen Sie auch unter Reggie. Vorname Reggie. Oder so ähnlich.«

Während der unerklärlich langen Wartezeit lauschte ich, immer das Päckchen im Auge, einem leisen Knistern, das sich von Tokio nach London und zurück fraß.

»Sir?«

»Ja, ich höre.«

»Kein Satoshi hier. Auch niemand mit der andere Name. Tut mir sehr leid.«

Ich hielt ihn noch eine Weile am Telefon, und wir bewegten uns in semantischen Kreisen umeinander herum, bis mich ein

Schwindelgefühl, ja, sogar eine leichte Desorientiertheit zum Auflegen zwang.

Die Digitalanzeige auf meinem Laptop lautete 16:57.

Ich machte die Wohn- und Schlafzimmervorhänge zu, zog das Küchenrollo herunter und knipste sämtliche Lampen aus. Gleich würde der Mann vom Kurierdienst kommen, laut Bestätigungsmail ein gewisser Chad. Chad würde das Päckchen mitnehmen wollen.

In völliger Dunkelheit auf dem Teppich sitzend, hörte ich Schritte. Ich rührte mich nicht. Er klingelte und klingelte, immer länger und in immer kürzeren Abständen. Als Chads Frustration ihren Höhepunkt erreichte, flutete meine Ohren ein einziges anhaltendes Klingel-Wutgeheul, das auch dann noch die Stille meiner Wohnung zerriss, als er schon längst weg war. Dennoch war ich, nachdem ich ihn gehen gehört hatte, unglaublich erleichtert. Ich brauchte das Päckchen ja nicht heute abzuschicken. Ich würde bis morgen warten.

Nur dass es, als immer dickflüssigeres Novemberabenddunkel durch die Vorhangritzen hereinströmte und mein Wohnzimmer mit stehendem Schwarz füllte, da leider ein Problem gab. Und das Problem war: Wenn es sich um Katzenfutter handelte, musste ich es wissen.

Ich knipste Lampe um Lampe an, wobei jede Birne grelles Licht verschoss wie ein höhnisches Feuerwerk, und setzte mich wieder auf den Teppich, in den Schein meiner Federzuglampe. Neben mir stand ein großes Glas Whisky, aber ansonsten waren da nur das Päckchen und ich, und wir wussten beide, was passieren würde. Seine Faltkanten waren exakt, die Schnur gekonnt geschlungen und zu einer Doppelschleife gebunden. Es war eindeutig das Werk meiner Mutter, Frucht langjähriger Erfahrung im Verpacken von Geburtstags-, Tauf- und Weihnachtsgeschenken. Ich drehte es hin und her, versuchte, mir jeden Falz genau einzuprägen. So konnte ich es, wenn ich kurz reingeguckt hatte, wieder zumachen und so tun, als hätte ich es nie angerührt. Ich befand mich in einer voyeuristischen Trance, und meine Daumen waren ganz schwach von dem Gefühl, dass jeden Moment jemand zur Tür hereinplatzen und mich zur Rede stellen konnte.

Die Doppelschleife saß genau in der Mitte, im Schnittpunkt von Quer- und Längsschnur. Ich hielt den Knoten der Schleife mit einer Hand fest und pulte mit der anderen daran herum, bohrte den Zeigefingernagel in den kompakten Knubbel. Unter dem Knoten lag, wie bei den Schichten einer Zwiebel, ein weiterer, genauso aussehender. Entknotet und abgewickelt war die Schnur etwa einen Dreiviertelmeter lang. Ich ließ sie als kringeliges Häufchen fallen und machte mich vorsichtig daran, das dicke, wachsige Papier zu lösen. Nirgendwo Klebestreifen. Dass das Papier so ordentlich saß, war allein sein eigenes Verdienst.

Auf der Unterseite des Päckchens war eine Kante, die aussah wie eine Naht. Als ich sie anhob, sah ich, dass der Rand des Papiers mehrmals in sich gefaltet war. Das Resultat war eine stabile Versteifung, die jedoch, einmal mit dem Fingernagel angeschnippt, wie eine Feder aufsprang.

Vor mir erstreckte sich das auseinandergefaltete Packpapier auf dem Teppich. Mittendrauf lag der Inhalt.

Luxuskatzenfutter war es sichtlich nicht. Vielmehr ein dicker wattierter Umschlag. Typisch meine Mutter: das Übermaß an Verpackung, die enorme Wichtigkeit der äußeren Hülle. Man kann gar nicht zu vorsichtig sein. Man darf das Schicksal nicht herausfordern.

Eine Welle der Neugier erfasste mich, und ich riss den wattierten Umschlag auf. Ich fühlte mein Herz schlagen, überall, in Brust, Hals, Fußgelenken, Handgelenken. Ich hörte sein wildes Trommeln, hundert Glasmurmeln, die auf einen harten Boden prasseln. Die Neugier wurde zu Übelkeit, die Übelkeit zu Schuldgefühl. Die Klappe würde nicht mehr kleben. Zu spät. Also konnte ich auch reinschauen.

Drei weiße Umschläge. Das war alles, was der wattierte Umschlag enthielt. Alle drei zugeklebt. Zwei waren ganz dünn, so dünn, dass jeder höchstens zwei Blätter Papier enthalten konnte. Der dritte war dicker; darin steckte wahrscheinlich ein halbes Dutzend gefaltete Blätter. In der rechten oberen Ecke jedes Umschlags stand in der geraden Handschrift meiner Mutter – kaum mehr als eine Serie rigider blauer Tintenkratzer – das eine Wort: »persönlich«. Und exakt in der Mitte jedes Umschlags stand in derselben Schrift ein weiteres einzelnes Wort: »Satoshi«.

Ich zog mich ins Bad zurück und nahm ein paar Pillen. Es war zu viel. Ich musste das alles ausblenden. Ich hatte dafür keinen Nerv. Ich hatte keinen Nerv, mir von dem Papier und der Schnur und der Tintenschrift sagen zu lassen, dass heute nicht mein Tag war. Zum zweiten Mal an diesem Abend sorgte ich dafür, dass alles in der Wohnung, was Licht emittieren konnte, aus war. Ich schlug die Bettdecke auf und schlüpfte unter die weiche Baumwolle, nur um mich einen Moment auszuruhen, den Schwindel abzustellen, dieses übermächtige Gefühl, dass meine Welt aller Bedeutung entleert wurde. Ich schloss die Augen und versuchte, mich zu erinnern.

Meine Mutter. Ich merkte, dass ich mich kaum an meine Mutter erinnern konnte. Ich beschwor Kindheitserinnerungen herauf, aber sie war darin nicht anwesend. Da war nur ein mutterförmiger Kreideumriss an der Wand, auf dem Autositz oder dem Bett. Wie in einem Fernsehkrimi war alles, was blieb, ein abgesperrter Ort, eine unzugängliche Stelle. Keine Mutter – nur die Konturen einer Mutter. Die einzigen Szenen, die ich ganz vor mir sah, waren aus ihren letzten Jahren, den Demenzjahren, als sie jemand ganz anderes gewesen war. Den Jahren, als sie immer wieder ihren eigenen Namen gesagt hatte, »Alice, Alice, Alice«, wie um ihr altes Selbst herbeizurufen, die Gegenwart in der Vergangenheit zu verankern. Ihre Züge lösten sich im Grau meiner Schlafzimmerwände auf.

7

Der Freitag kam, und nach drei Tassen Kaffee, die ein Gefühl des Betrogenseins hinterließen, weil sie meine Müdigkeit nur noch zu verstärken schienen, fand ich mich dabei wieder, wie ich mich durch die diversen Kartons in meinem Kleiderschrank wühlte. Ich suchte mir einen aus, nahm ihn mit ans Bett und sichtete, auf der Seite liegend, den Inhalt: ein Album mit Kinderfotos von mir, das mir meine Mutter geschenkt hatte, als ich zum Studium weggegangen war, immer wieder mein jüngeres Selbst, mit Geburtstagstorten und Fahrrädern; ein paar Buntstiftbilder von Blumen, überschrieben mit »Für Mummy« und signiert mit »R. Fossick, 6 Jahre« oder »R. F., 7 Jahre«, anarchische, abstrakte Versuche, die ich eine Weile betrachtete und dann in den Papierkorb warf; ein paar reichlich zerlesene *Just-William*-Bücher, die ich beiseitelegte, um sie in meine Wohnzimmeregale zu übersiedeln; eine dicke Kladde mit einem Oktopus vorne drauf. Ich schlug sie auf. Ein Tagebuch aus meinen Teenagerjahren. Warum hatte ich das behalten?

Ich blätterte es durch. Kaum irgendwelche Bezugnahmen auf die äußere Welt, kaum etwas Konkretes, nur über die Seiten ausgeschüttete *teenage angst*.

»Allein.« Dieses Wort tauchte oft auf, was merkwürdig war, weil ich mich nicht erinnern konnte, mich *vor* dem Unglück in Griechenland je allein gefühlt zu haben, nur in der verlangsamten Folgezeit. Ich blätterte weiter, aber es sagte mir alles überhaupt nichts. Ich riss Teile heraus, zerknüllte ganze Monate, weil mich meine unbeteiligte Distanz, meine nicht vorhandene Kindheitsnostalgie, ärgerte. Ich warf die Überreste des Tagebuchs in den Karton, verstaute diesen wieder im Kleiderschrank und legte eine Sortierpause ein, um mir die Fotos anzuschauen, die ich aus dem Finegold mitgebracht hatte. Auf dem schwarz-weißen Babyfoto sah ich weniger runzlig und fettig aus als auf dem anderen, aber es krankte an einer leichten chromatischen Aberration, der verschieden starken Brechung von Licht unterschiedlicher Wellenlänge. Das Briefmarkenfoto hatte dagegen kaum technische Schwächen.

Ich verlagerte mich vom Bett aufs Sofa und sah zu, wie Sonnenlichtspeichen langsam über das ausgebreitete Packpapier und die eierschalenfarbenen Umschläge rotierten. »Persönlich«. Der Inhalt der drei Briefumschläge war persönlich. Ich seufzte und drückte meine Nasenwurzel, verspürte den Drang, in meinen Kleiderschrank zu kriechen, zwischen die Kartons, in die Lücken zwischen Gegenwart und Vergangenheit.

Plötzlich zersprang die Luft in Stücke. Furioses Klopfen an der Wohnungstür. Das konnte nur Chad vom Kurierdienst sein. Chad, der sein Geld wollte.

Vom Hals abwärts noch im Wohnzimmer, spähte ich den Flur entlang. Das polierte Holz der Tür schien sich unter dem Klopfen wellenförmig zu bewegen. Mit der feinen Schraffur der Maserung hatte es etwas vom Fell eines Tiers. Ich band meinen Bademantelgürtel fester zu, zwirbelte ein Brusthaar zwischen Daumen und Zeigefinger. Fragte mich, ob Chad wohl einen Scheck annehmen würde.

Der Briefschlitz öffnete sich quietschend, und ein dicker Finger kam unter der Messingklappe durch.

Eine Stimme sagte: »Ich weiß, dass du da drin bist, du Einsiedlerarsch!«

Der Finger schrumpfte, hatte etwas Embryonisches, kurz bevor er aus meiner Welt entschwand.

»Perry?«

Ich öffnete die Tür einen Spalt, und er drückte sie vollends auf. Schwefelgelbes Licht barst durch den Himmel über ihm, und meine Augäpfel krampften.

»Ob du wohl so nett wärst«, sagte er, »einem alten Kumpel eine Tasse Kaffee anzubieten?«

»Ich war in der Badewanne«, sagte ich und fuhr mir mit den Fingern durchs staubtrockene Haar.

»Muss ein langes Bad gewesen sein. Ein feuchter Traum von einem Bad. Ich hätte ja gern vorher angerufen, hab's auf dem Festnetz und auf dem Handy versucht. Auf deinem Handy kriegt man derzeit nur komische Geräusche.«

»Hab's abgeschafft. Ich brauche diese ganze Technik nicht. Meine digitale Spiegelreflex hab ich auch abgeschafft. Ich bin die unendliche Reproduzierbarkeit leid.«

»Neandertaler. Höhlenmensch. Und das ist also deine Höhle.«

Er umarmte mich und versuchte, mich scherzhaft in den Hintern zu zwicken, was eine Spezialität von Perry ist. Ich führte ihn in die Küche und löffelte Instantkaffee in eine Stempelkanne, während er mich beschimpfte. In dem Jahr oder was, seit ich ihn zuletzt gesehen hatte, war er gealtert. Sein Haar, jetzt braune Strähnen in einer Übermacht von Grau, war dünn zurückgekämmt. Er trug einen anthrazitfarbenen Dreiteiler mit einem frischen weißen Hemd. Von vorn sah er aus wie ein City-Geschäftsmann. Erst im Profil, wenn man den Pferdeschwanz seinen dicken Nacken hinabwallen sah, wirkte er eher wie ein in die Jahre gekommener Rocker. Sein Gesicht, noch immer so narbig und erdig wie eine Kartoffel, war breiter und fleischiger geworden.

»Verdammt lang her, Foss.«

»Ich weiß, Perry. Wo bleibt nur die Zeit?«

Das Wasser kochte, und ich verwandelte das Kaffeegranulat in heißen, blasigen Schlamm.

Perry sagte: »Hast du ein Bud dazu?«

»Bier nicht, leider. Whisky, wenn du magst.«

Perry runzelte die Stirn, und mit der einen durchgehenden Augenbraue hatte sein Gesicht etwas statuenhaft Massives.

»Du siehst müde aus«, sagte er, während er das Jackett auszog und auf der Arbeitsfläche faltete. »Wie kommst du klar?«

»Ich überlebe ganz gut.«

»Definitiv müde um die Augen, aber immer noch muskulös und fettfrei. Wo kriegt man so eine Muskulatur her? Machst du in diesem Loch hier Workout? Oder sind Lesen und Fernsehen derzeit deine ganze Betätigung?«

»Du vergisst Musikhören. So ziemlich alles, wobei man stillsitzen kann.«

Perry blinzelte, als versuchte er, zwischen Realem und Nichtrealem zu trennen. Er sagte: »Ich hatte gehofft, du würdest mich heute fotografieren, Mann. Ja, mich. Der *Guardian* bringt was über mich und meine Talente. Der Stratege hinter den Künstlern, so was in der Art. Ich traue diesen linken Fotografen nicht. Ich will, dass du das Foto machst.«

»Ich bin links, Perry.«

»Du bist weder links noch rechts, Herzchen. Du bist im Totpunkt, unter der Erde, tief in Gottes Arschloch.«

»Machen sie ein Feature über deine Wortgewalt? Früher war ich doch der, dessen Foto im *Guardian* war. Wie sich die Dinge ändern.«

»Na ja, dazu später mehr. Ich habe Neuigkeiten für dich. Ein Angebot. Eins, das du nicht ablehnen kannst. Ein echtes Geschenk.«

»Du schenkst mir ein Album mit deinen besten Fotos?«

»Nur damit du's weißt, ich habe ein beeindruckendes Korpus vorzuweisen. Touristen vor dem Big Ben, das Parlamentsgebäude, dieser pissende Knabe in Brüssel. Die Bilder befinden sich in Privatsammlungen auf der ganzen Welt.«

»Wie bist du an meine Adresse gekommen?«

»So ein spätes Mädchen. Die Betreuerin vom Schleimgold Pups.«

Wir zogen ins Wohnzimmer um, zwei aufgedunsene, kichernde alte Männer. Perry saß auf dem Sofa, schlürfte Kaffee und erzählte Geschichten über Freunde, an die ich mich kaum erinnern konnte. Ich baute mein Handwerkszeug auf. Dem Stativ war eine melancholische Haut aus Kleiderschrankstaub gewachsen. Ich packte mein Quarzlight aus und schraubte es darauf. Perry beobachtete, wie ich ein 55-mm-Nikon-Objektiv auswählte, folgte jeder Bewegung meiner Finger so genau, als wäre er der Fotograf und ich das Motiv.

»Also, Perry, was ist das für ein Angebot, das ich nicht ablehnen kann?«

»Wie gesagt, es ist ein Geschenk. Das größte Geschenk, das man einem bebademantelten, auf Pornoseiten versackenden, an sich selbst leidenden, schwanzlosen Wichser wie dir machen kann. Das Geschenk der Wiederbelebung deiner Karriere, mit einer verflixten Schleife drum. Das Geschenk der Freiheit.«

»Künstlerische oder physische Freiheit?«

»Beides, Herzchen. Im Zuge meines Presse-Schmoozings habe ich mit einer Bildredakteurin des *Guardian* gesprochen. Sie gründet gerade mit einem Konsortium eine neue Zeitschrift. High-End-Glamour. Sie kauft deine Japanfotos sofort. Was sie will, ist dein Blick auf Tokio-Craze und Asien-Hype. Zwölf Shots, die das moderne Japan einfangen. Eine fette Kurzserie. Dann habe ich noch mit meinem Kontaktmann bei *Vanity Fair* geredet, und der ist auch mit an Bord. Alles, was die menschliche Seite beleuchtet. Obdachlose, blinde Akkordeonspieler, Erotikshows. Denk an Walker Evans. Robert Frank. Bezahlte Flüge, subventionierte Freiheit. In puncto Hotelkosten werden sie sich querstellen, von wegen Kreditkrise und so, aber das hol ich dir wieder rein. Eine Auslandsexkursion wäre der perfekte Schlussteil für dein Greatest-Hits-Buch. Ja, es könnte sogar ein eigenes Buch draus werden. Liefere mir was bis Weihnachten. Es wird weggehen wie warme Semmeln.«

»Kinn hoch.«

»Tu's für mich, Foss. Tu's für dich selbst.«

Ich fixierte ihn im Sucher. Mein Herz pumpte wie eine Faust, die sich öffnet und schließt, absolvierte im geschützten Raum meiner Brust sein Sportprogramm. Das Licht war nicht richtig, zu olivfarben. Sein herangezoomtes Gesicht sah aus wie lauter kleine Linien und Felder auf grünem Grund – eine Platine. Ich stand auf, justierte Vorhänge und Quarzlight. Mein Spiegelbild in der Fensterscheibe war so weiß wie Zahnpasta.

»Ich sag's ja nur.«

»Stell dich mal da an die Wand.«

Er schlug einen Trommelwirbel auf seinen Knien und erhob sich dann langsam.

Er sagte: »Was ist das für Zeug da auf dem Boden? Packpapier, Umschläge?«

»Du hast doch ursprünglich von China geredet. Warum nicht China?«

»Weil du total angepisst reagiert hast, als ich China nur erwähnt habe. Du hast es hingestellt wie einen Gulag.«

»Ich habe nur gesagt, dass es dort voll ist.«

»Voll ist es überall. Japan ist voll. London ist voll. Für dich jedenfalls. Für dich sind ja schon drei Leute eine Menschenmenge. Ach, was, *zwei*. Was kann schon noch irgendwelche

Orte unterscheiden, wenn sie für dich zu allererst ›voll‹ sind? Griechenland war Griechenland, Foss.«

»Es ist nicht nur wegen Griechenland, Perry. Damals, als ich viel in der Presse war, weil ich die Ausstellung in Shoreditch hatte, da hat mir jemand mit der Post ein Schafsauge geschickt. Ein Schafsauge. Du erinnerst dich? Wir haben es untersuchen lassen. Das reicht doch, um jeden asozial zu machen.«

»Ach. So ein bisschen Schaf tut einem doch nichts. Mir schicken ständig Leute irgendwelche Schafteile.«

Ich knipste.

Er sah in die Kamera und sagte: »Irgendwann sind wir alle alt. Ich werde jetzt schon alt. Ich will in dem Wissen sterben, dass ich mich Dingen geöffnet habe. Geschichtlichen Entwicklungen, Orten, Geheimnissen, verstehst du? Ich will mal zufrieden den Löffel abgeben, während ich gemütlich in einem Sessel in einem warmen Zimmer sitze, an einem sonnigen Scheißsamstag. Ein gutes Ende, das will ich. Du nicht?«

Ich schluckte und nahm einen stabileren Stand ein, schoss jetzt schneller.

»Ich denke da mehr und mehr drüber nach, Perry. Kinn immer schön hoch, so ist's gut. Klar denke ich übers Altwerden nach. Ich glaube, das ist einfach ein schnödes mathematisches Ding. Wir ergrauen nach irgendeiner kosmischen Formel. Ich bin jetzt einundvierzig. Keine *so* große Zahl eigentlich. Im Grunde fast nichts. Aber wenn man sie mal verdoppelt, nur so als Gedankenspiel? Das ergibt zweiundachtzig, was eine Menge ist, mehr, als meine Mutter geschafft hat. Wie lange noch, bis ich anfange, auf alles Aufkleber zu pappen? Ich habe Angst, dass ich irgendwann für jedes Foto, das ich mal gemacht habe, einen Aufkleber brauche, auch für die von den Londoner Straßenschildern und Plakattafeln, vom Queen's Head, von der Londoner Börse. Bilder von Dingen, die sich selbst erklären. Ich habe Angst, dass ich vergesse, was das jeweils ist, dass es mir einfach entgleitet. Ich beleuchte dich jetzt über die Wand, also dreh dich ein Stück, okay, sehr gut.«

Perrys Augen blinkten traurig auf, und ich knipste weiter, bis der Film zu Ende war.

Als wir fertig waren, nahm er sein Jackett von der Arbeitsfläche in der Küche und zog aus einer Tasche einen Umschlag. Er war weißer als die Umschläge auf dem Packpapier im Wohnzimmer.

»Ein Geschenk«, sagte er.

»Ich nehme von meinen Motiven keine Geschenke an.«

Er öffnete die Wohnungstür und sagte: »Es ist üblich, dass Besuch etwas aus der Außenwelt mitbringt. Du willst mein Geschenk. Du brauchst es.«

Er drängte mir den Umschlag auf, drückte meine Schulter und ging. Der Pferdeschwanz in seinem Nacken hüpfte wie ein unter Strom stehendes Eichhörnchen. Ich sah es, immerfort hüpfend, in der von Betriebsamkeit immer dünner werdenden Straße verschwinden.

In der Geborgenheit des Sofas trennte ich langsam, das Knistern des Papiers auskostend, Perrys Umschlag mit dem Daumen auf. Ich hatte erwogen, so mit den Umschlägen aus dem Päckchen zu verfahren, aber etwas zu öffnen, auf dem ausdrücklich »persönlich« stand, würde eine neue Ebene der Schnüffelei bedeuten. Es wäre, wie vom Pillenfläschchen zur Spritze überzugehen.

Der Inhalt glitt aus dem aufgerissenen Kuvert.

Ein Flugticket. Von London Heathrow nach Tokio Narita. Montag. 20 Uhr. Rückflug offen.

Ich saß da, guckte Nachrichten, nahm Pillen und las Satoshis Briefe noch einmal. Als die Pillen gerade ihre palliativen Tricks und Effekte zu vollbringen begannen, sprang auf einer vergilbten Seite ein Name hervor: »Onkel George … Dr. Harvey.«

Ich probierte es per Suchmaschine. Bekam ein paar Einträge. Ich druckte einen Nachruf aus der *Times* aus, der besagte, dass Dr. Harveys glänzende Karriere ein jähes Ende gefunden hatte. Er war Ende Juli 1946 gestorben. Ich nahm mir vor, das Dokument später gründlich zu lesen, wenn der Drogennebel sich etwas gelichtet hatte. Im Moment taugte ich nur für einfachste manuelle Arbeiten, nicht für Kopfarbeit, nicht für Detektivarbeit.

Auf dem Teppich wickelte ich die drei Umschläge wieder ins Packpapier, schaffte es aber nicht, die exakte Sorgfalt meiner Mutter zu reproduzieren.

Wollte ich Perrys Geschenk? Brauchte ich es? Das Wochenende kam und ging, ohne mir eine Antwort zu bringen. Dann, am Montagnachmittag, fand ich mich im Taxi nach Heathrow.

8

Am Abfluggate 12 ereilte mich die Übelkeit.

Es kam wie immer plötzlich. Das Aufbäumen meines Magens veranlasste mich, an irritierten Reisenden vorbeizustürzen, mir die Schienbeine an ihren Gepäckstücken aufzuschürfen. Sie starrten mich mit glasigen, verwirrten Augen an, wussten, dass meine verschwommene, im Slalom dahinwetzende Gestalt nicht in diesen Geduld atmenden, weißwandigen Raum gehörte. Was machte er da, dieser aschfahle, wankende Typ? Was hatte das zu bedeuten? Irgendwas an der Welt war aus dem Lot geraten.

Als ich mich über das kalte Waschbecken beugte, wurde das Trommeln meines Herzen zu einem einzigen durchgehenden Vibratodröhnen. Galle schoss Kehle empor. Elektrizität versengte Kopfhaut. Augen traten aus Höhlen. Mein Inneres verflüssigte sich, ein Gefühl zwischen Diarrhö und Orgasmus. Ein Blitz von Porzellanweiß. Eine Technicolor-Explosion. Unkontrollierbar. Zu hastig drehte ich den Hahn auf. Von dem Strahl barst mir ein Splitterhagel von Erbrochenem ins Gesicht. Mein Ärmel blieb an der Hahnöffnung hängen, und Wasser bohrte sich durch den Stofftunnel. Ich spülte, spuckte, trank.

Auf der Klobrille sitzend, musterte ich meine klamme Armbanduhr, und ein Gedanke lastete auf meinen Gliedmaßen: Das Schlimmste stand mir wohl erst noch bevor. Meine erste Panikattacke hatte ich in einem Flugzeug gehabt. Im August vor vier

Jahren, kurz nach Chloes Tod. Auf dem Flug von Griechenland nach Hause. Ich verbrachte eine schreckliche Stunde in der brutal sterilen Klokabine, glaubte, mein Herz würde explodieren, starrte auf die blasige blaue Flüssigkeit in der Kloschüssel.

In den ersten Wochen nach der Landung in London suchte ich professionelle Hilfe. Die Psychiaterin sah elegant aus, in einem Grünton, den ich nicht zu benennen wusste, aber ihre verbale Eröffnung war ziemlich plump. »In den Wochen seit dem Unfall, hatten Sie da eines oder mehrere der folgenden Symptome: beschleunigter Herzschlag, beschleunigte Atmung, Hitzegefühl und Schwitzen, Übelkeit, Zittern, Schwindel, Ohrensausen, Schwächegefühl?« Ich sagte: »Ohrensausen hatte ich nicht.« »Haben Sie je daran gedacht, sich das Leben zu nehmen?«, fragte sie, ein versöhnliches Funkeln in den Augen. Sie trug ein tief ausgeschnittenes Top und kratzte sich das sonnengebräunte Schlüsselbein auf eine Art, die in mir den Wunsch weckte, sie zu fotografieren. Ich sagte: »Ich habe ein, zwei Abschiedsbriefe geschrieben, aber nur um auszuprobieren, wie das klänge.« Wenig später erklärte ich dem Apotheker, ja, ich würde die verschriebenen Medikamente selbst bezahlen. In den darauffolgenden Wochen wurde meine Pillenkollektion immer umfangreicher. Und das Gleiche galt für meine Symptome. Jedes Unternehmen außerhalb meiner Wohnung geriet zur Katastrophe.

In der Vor-Griechenland-Welt hatte ich ein paar altbewährte Freundschaften, Leute von der Schule und der Uni. Einige dieser Freunde verprellte ich durch mein Verhalten auf Chloes Beerdigung. Dann befand ich, dass ich ein paar Monate Alleinsein brauchte, um mich wieder zu sortieren, und rief die Leute nicht mehr prompt zurück. Und so verlierst du Beziehungen. Ein bisschen Unachtsamkeit genügt. Bald schon bist du allzu leicht mit Dingen zufrieden, die Kontakt zu Menschen nur in aseptischster Form erfordern: Filme, Musik, Bücher. Medien, die dir einen sicheren voyeuristischen Abstand erlauben, den Einblick von außen. Es fängt an, in deinem Blutstrom zu kreisen: die flüchtigen Bilder, die Töne und Worte, welche die Menschenleben und Schicksale in die Ferne hinaustragen, ins Reich anderen Erlebens, anderer Geschichten, Geschichten jenseits der eigenen. Du wirst süchtig nach diesen Narrativen des Kämpfens und Ringens. Und in gewisser Weise helfen sie auch. Aber nur ein Stückweit. Das Kämpfen und Ringen ist immer das irgendwelcher anderen, nie dein eigenes. Es ist wie mit dem Fotografieren. Da versuchst du, deine persönlichen Qualen in den Linien eines anderen Gesichts zu finden, aber der Verlust, den die anderen erlitten haben, ist immer anders als deiner.

Ich hörte den letzten Aufruf.

Auf meinem Economy-Sitz ganz hinten, eingequetscht in den Innereien der Boeing, überlebte ich mit Mühe. Nur einmal beging ich den entscheidenden Fehler: Zwischen zwei Pink-Floyd-Tracks fiel mir mein Raymond-Carver-Taschenbuch auf den Boden, mein Ohrhörer rutschte heraus, und plötzlich war da der Gedanke, dass Flucht unmöglich war. Ich rannte in die Klokabine. Ein tosendes Vakuum saugte die Überbleibsel meines Magens weg und erschreckte mich so, dass ich gegen den Türgriff taumelte. Als ich wieder auf meinem Sitz saß, schienen meine Mitpassagiere gar nicht zur Kenntnis zu nehmen, dass ich drei Pillen einwarf. Ihre Augen glommen vom reflektierten Licht winziger Bildschirme.

»Zahnschmerzen«, nuschelte ich, als mir eine Frau mit kürbisfarbenem Gesicht den sechsten Mini-Whisky reichte. Sie schürzte die Lippen und sagte gönnerhaft-fröhlich »Ja«, zufrieden mit sich, weil sie einen Fall von Flugangst als solchen erkannt hatte. Ich sagte mir, dass es viel schlimmer sein könnte. Perry hätte erwirken können, dass ich jetzt dort oben jenseits des Vorhangs säße, in der Business oder der First Class. Auf einem Thronsitz und mit fünf persönlichen Stewardessen. Da würden meine Probleme jedem ins Auge springen. Anders als hier, wo ich in meinem Billigsitz klebte. Hier waren meine Symptome nicht von denen der übrigen Passagierplebs zu unterscheiden: Ich verlor mich zwischen den Besorgten, Besoffenen und Benebelten.

Ich sah auf den Videoschirm, der verschiedene Informationen zu unserem Flug anzeigte. Außentemperatur minus 52 Grad. Höhe 10 051 Meter. Ortszeit Zielflughafen 09:32.

Der *Times*-Nachruf auf George Harvey steckte zusammengefaltet hinten in meinem Buch. Ich las ihn, las ihn noch mal. Bald verschmolz der Rhythmus der Worte mit den Bewegungen des Flugzeugs – und ganz allmählich fühlte ich, wie ich aus den Tiefen der Angst emporkam, um dann in den Schlaf zu sinken.

The Times, Montag, 22. Juli 1946

Zum Tode von
DR. G. W. HARVEY
Anthropologe und Ethnologe

Am 21. Juli wurde in Japan Dr. Dr. habil. G. W. Harvey, Mitglied der Royal Society, im Alter von 61 Jahren plötzlich aus dem Leben gerissen. Wenn auch stets auf demselben Wissenschaftsgebiet, der Anthropologie und Ethnologie, tätig, brachte er es doch in zwei unterschiedlichen Berufsbereichen zu hohem Ansehen: zuerst als Akademiker, dann als Leiter eines internationalen Expertenteams unter General Douglas MacArthur, dem Oberkommandierenden für die alliierten Mächte in Japan. In beiden Eigenschaften leistete er in Zeiten entscheidender Weichenstellungen wichtige Dienste, und was ihn dabei stets auszeichnete, war nicht zuletzt sein bemerkenswerter Großmut.

George Winston Harvey, geboren am 25. April 1885 in London, war der ältere Sohn des Letterngießerei- und Druckereibesitzers Graham Harvey. Er studierte am Christ College in Cambridge Zoologie und befreundete sich dort mit R. Jacob Dower (später Harmsworth-Professor für Marinegeschichte in Oxford), dessen Cousine er 1906 heiratete. Zu seinen frühen Veröffentlichungen gehörte u. a. »Einführung in die anthropologische Konsumanalyse« von 1917. Aufgrund dieser Arbeit sowie verschiedener Artikel und Aufsätze wurde ihm eine Forschungsstelle am *Department of Social Relations* in Harvard angeboten. Dort begann er sich speziell für Asien und Afrika zu interessieren, und nach seiner Rückkehr veröffentlichte er zahlreiche Arbeiten über die asiatische Mentalität. Für dieses Forschungsgebiet setzte er sich (unterstützt von A. M. Prichard) in Cambridge ein, wo er von 1924 bis 1928 anthropologische Anatomie lehrte. Während seiner Dozentur akquirierte man dort Mittel für eine Japan-Expedition, um eine wissenschaftliche Studie an der dortigen Bevölkerung durchzuführen. Die Expedition gelangte im April 1928 in Japan an und verbrachte ein Jahr auf Hokkaido und Honshu. Bei ihrer Rückkehr brachte sie eine umfangreiche Sammlung an ethnografischen Objekten mit, von denen einige heute zu den Schätzen des British Museum zählen.

1937 – Dr. Harvey war inzwischen in Anerkennung seiner bedeutenden wissenschaftlichen Leistungen der Grad des Dr. habil. verliehen worden – wählte man ihn nach der Rückkehr von einer zweiten Japan-Expedition zum Fellow seines Colleges (1937 zum Junior Fellow, 1938 zum Senior Fellow). Im Frühjahr 1939 brach er wieder nach Übersee auf, diesmal um eine Stelle als Gastdozent für Anthropologie an der Universität Chicago anzunehmen, und im Sommer 1940 leitete er ein Projekt auf der Kinkaid-Tempelhügelstätte am Ohio-Fluss in Süd-Illinois. Wenig später berief ihn die US-Regierung an die Sprachenschule des Militärgeheimdiensts in Minnesota, die damals in Vorbereitung der amerikanischen Besetzung Japans aufgebaut wurde.

Im Frühjahr 1946 wurde Dr. Harvey zum Leiter der Abteilung Meinungs- und Sozialforschung der alliierten Mächte ernannt, eines Kernteams der Sektion Zivile Information und Erziehung. In Tokio koordinierte er eine Gruppe von fünf amerikanischen und britischen Sozialwissenschaftlern sowie mehr als fünfzig japanischen Sozialwissenschaftlern, Übersetzern und Bürokräften. Er erwarb sich den Ruf, stets seine eigene Arbeit hintanzustellen, um anderen bei der ihren zu helfen.

Über seine individuelle Persönlichkeit und sein einnehmendes Wesen gäbe es viel zu sagen. Nicht wenige fanden in diesem zurückhaltenden, hochgebildeten Wissenschaftler und Verantwortungsträger einen wunderbaren Kollegen und treuen Freund.

Er hinterlässt Frau und Sohn.

9

Das zuckende Deckenlicht schmerzte, und der bloße Akt, Leute anzusehen, war noch schlimmer. Es wäre besser gewesen, die Augäpfel gar nicht zu bewegen, aber sie huschten von selbst hin und her, im Bemühen, sich auf irgendetwas scharf zu stellen. Kondenswasser hatte sich auf meinen Regenbogenhäuten gebildet, sodass ich die Läden, Schalter und Menschenhorden wie durch eine verregnete Glasscheibe sah. In meinem Kopf braute sich ein Gewitter zusammen, der Flughafen Narita pulste zu kosmischen Donnerschlägen, einem elektrischen Lärminferno.

Überall waren kleine, straffe Körper, irgendwie bedrohlich in ihrer Kompaktheit, als ob sie explodieren könnten. Sie geisterten an chromglänzenden Aufzügen und einem Citibank-Geldautomaten vorbei. Ich konnte zwei japanische Mädchen in Mikroröcken und Kniestrümpfen ausmachen. Sie tranken eine trübe Flüssigkeit aus Flaschen mit der Aufschrift »Pocari Sweat«. Was war das denn für ein Name für ein Getränk: Schweiß? Vielleicht hatte sich ja eine unternehmerische Stewardess meine Bordwolldecke gegriffen, sie ausgewrungen und den Paniksaft in Flaschen gefüllt?

Ich rollte meinen Koffer zu dem Geldautomaten, steckte meine Karte in den Schlitz, gab meine Geheimzahl ein und drückte auf ein Feld, das vierzigtausend Yen verhieß. Ich hatte keine Ahnung, wie viel das war, aber es lag im mittleren Bereich dessen, was der Automat anbot. Nach einer Weile nervösen Wartens wurde ich von Wellen der Dankbarkeit überschwemmt, als die Scheine herauskamen. Mein Hiersein war von irgendeiner höheren digitalen Macht authentifiziert worden, mein Kurztrip abgesegnet. Denn es würde ein Kurztrip sein, ein, zwei Tage hektischen Fotografierens, eine kursorische Suche nach Satoshis aktueller Adresse, und dann mit reinem Gewissen zurück nach London. Ich öffnete meine Ledertasche und quetschte die Banknoten zwischen mein Kamera-Etui und das Päckchen. Eine Transaktionsquittung segelte langsam auf den kaltblauen Boden.

Ich brauchte ein Hotel, irgendeins, aber die Schlange an der Touristeninformation war zu lang und zu unberechenbar, als dass ich sie hätte ertragen können. Ich trat auf den Asphalt hinaus.

Der Horizont war ziemlich frei, nicht das Gedränge hoher Glastürme, das ich erwartet hatte, überall nur Himmel, hie und da von den hellen Spuren im Sinkflug befindlicher Flugzeuge durchzogen. Stärkende Luft durchdrang mich, als ich Koffer und Handgepäck zu einer Taxischlange schleifte. Ein Dutzend Toyotas und Nissans, die meisten gelb, ein paar marineblau, alle entweder neu oder täglich poliert, und niemand, der ein Taxi wollte. Selbst in meinem Zustand konnte man daraus schließen, dass es bessere Methoden gab, ins Stadtzentrum zu gelangen, aber diese Schlussfolgerung hielt mich nicht davon ab, meine Habseligkeiten zu packen und die Hand nach dem nächstbesten Türgriff auszustrecken.

Ehe meine Finger den Griff berührten, sprang der Fahrer heraus und fuchtelte mit dem Arm. Er trug weiße Handschuhe, die ihm zu klein waren, und einen karierten Pullover mit V-Ausschnitt. Er schien für eine Partie Golf gerüstet.

»Nein, nein, nein!«, schrie er. »Nix Hand, nix Hand!«

Ich erstarrte, einen Arm vorgestreckt, den anderen über meinem Koffer. Während ich wartete, dass er irgendetwas tat, heftete sich mein Blick auf eine Lücke zwischen seinen Vorderzähnen.

»Ich nehme«, sagte er. »Ich nehme.«

Er kam ums Heck des Wagens geflitzt, nahm meinen Koffer und verfrachtete ihn in den Kofferraum. Ich schaffte es, meine Tasche festzuhalten.

Als er wieder hinters Lenkrad sprang, griff ich erneut nach der hinteren Tür der Beifahrerseite. Sofort poppte sein Gesicht über der Dachkante auf. »*Sawaranaide!*«, sagte er.

Während ich mir darauf einen Reim zu machen suchte, schwang die Wagentür ganz ohne menschliche Intervention auf.

Auf den Sitzen lagen Spitzendeckchen. Wie die Handschuhe des Fahrers waren auch sie jungfräulich weiß, frisch gewaschen. Der Fahrer drehte den Zündschlüssel, und der Motor begann zu brummen, suchte, langsam modulierend, seine Tonlage. Der Fahrer drehte sich um.

»Ein Hotel, bitte«, sagte ich. »Ein billiges. Irgendein Hotel.«

Zufrieden, dass ich alles Nötige übermittelt hatte, ließ ich mich wieder in den Sitz sinken. Doch er sah mich nur an und nagte an seiner Unterlippe.

»Irgendwo im Zentrum«, setzte ich hinzu.

Er runzelte die Stirn. Ein nervöses Seufzen pfiff zwischen seinen Vorderzähnen hindurch. Mir dämmerte, dass die Touristeninformation bei Weitem die bessere Option gewesen wäre.

»Shibuya?«, sagte ich hoffend. Wenn man *Psychologie der Niederlage* glauben konnte, war Shibuya irgendwo im Zentrum.

»Shibuya«, sagte er.

Was auch immer er dachte, es schien ihn mächtig zu strapazieren.

Er drehte sich wieder zurück und warf den Oberkörper nach vorn, als wollte er sich durch die Windschutzscheibe stürzen. Er zog einen Stadtplan in Form eines dicken Buchs hervor, schlug ihn auf und studierte mit ernster Miene die Seiten. Drehte das Buch auf den Kopf. Auf die Seite. Schlug es dann woanders auf und begann von Neuem mit dem Analyseprozess. Ich blickte auf seine runden Schultern. Sie waren gebeugt, als trügen sie eine enorme Last.

»Hmmmah«, sagte er schließlich, der Schlachtruf eines Mannes, der sich seinem Schicksal stellt.

Es dauerte zwanzig Minuten, bis Tokio erschien. Ich blickte aus dem Seitenfenster und sah die Spiegelung meiner Augen wie Transparentpapier über der Szene jenseits der Scheibe. Das Ödland des Flughafens lag hinter uns, das Taxi fuhr jetzt durch Straßen, die von sirrenden Neonformen gesäumt waren. Glitzernde Wolkenkratzer waren nach dem Zufallsprinzip auf die Skyline verteilt; Flächen von Sonnenlicht zerschellten auf ihren Glasfronten. Die Kristallbauwerke wirkten so filigran an dieser qualmenden, mit dem rumpelnden Metall von Autos, Bussen und Lkws befrachteten Straße – es war schwer zu glauben, dass sie zur selben Welt gehörten.

Kein Buch oder Film hatte mich auf das millionenfarbige Adernetz der Stadt vorbereitet. Seine Lichter gleißten unglaublich hell, dimmten sich nur herunter, wenn das Taxi in einen Tunnel gesaugt wurde. Wenn wir dann Sekunden später wieder auftauchten, fühlte ich mich wie ein soeben ausgetriebenes Neugeborenes, unfähig, die Welt außerhalb des Mutterleibs aufzunehmen. Fluoreszenz ergoss sich von Straßenschildern mit fremdartigen Aufschriften, füllte Ladeneingänge und sickerte in enge Seitengassen.

Ich schluckte heftig. Eine Ampel blinkte.

Wir näherten uns einem Starbucks. Es erhob sich an einer Sechsfachkreuzung, die von Verkehr schwirrte. Mein Brustkorb wurde durchgerüttelt, als wir in eine schmalere Straße einbogen und dabei über markante Fahrbahnwülste holperten. Wir blieben stehen, als eine Woge spektakulär gekleideter Einheimischer einen Fußgängerüberweg flutete. Kurz darauf hielt das Taxi vor einem Turm aus dreieckigen Erkern.

»Shibuya Grand Hotel«, sagte der Fahrer. Er schien nervös: Sein Blick huschte über die Narbe auf meiner Wange.

Ich sah auf den ersten Blick, dass das Shibuya Grand Hotel für meinen Etat zu vornehm war. Aber in meinem gegenwärtigen Zustand konnten ein, zwei Nächte im Luxus nicht schaden. Perry hatte ja gesagt, er würde mit meinen Fotos Geld machen, und im Geldmachen war er Experte.

Die Taxitür öffnete sich automatisch und drehte Tokios Lautstärke voll auf: blökende Hupen, brummende Autos, schrille Stimmen. Die Luft roch nach Benzin. Mein Fahrer sprang aus dem Wagen und rannte an den Kofferraum. Er nahm meinen Koffer so vorsichtig heraus, als wäre er voller Schätze; der Mann wusste ja nicht, dass die Briefe und das Päckchen in der Ledertasche über meiner Schulter steckten. Ich bedankte mich und drückte ihm zwei, drei Scheine in die Hand. Er kramte in seiner Hosentasche und gab mir heraus; als ich ihm bedeutete, er solle den Rest behalten, schien er gleichermaßen gedemütigt und entsetzt. Man hätte meinen können, ich böte ihm eine Niere an. Ich nahm das Wechselgeld, und er verbeugte sich tief.

In der Lobby begrüßte mich ein Mädchen mit perfekt manikürten Händen in einem Stakkato-Englisch: »Sir – willkommen – was kann ich? – ja – haben wir – natürlich – Augenblick.« Dabei verbeugte sie sich andauernd, die Hände bittend aneinandergepresst. Man behandelte mich wie einen mittelalterlichen Ritter, der von einer langen, gefährlichen Queste zurückkehrte. Ich bin nur ein dahergelaufener mittelalter Typ, hätte ich am liebsten gesagt. Ein Einsiedler, der bei null anfängt.

10

Ich lag auf einem fremden Bett. Die Sonne war schon aufgegangen – sie machte die dünnen Vorhänge zur Farce –, doch der Fernseher, der in einer Halterung in der Ecke hing, schien den Zeitsprung nicht vollzogen zu haben. Auf seinem Bildschirm war immer noch das lila Licht des Abends.

Ich erwachte im erschreckend klaren Bewusstsein dessen, was ich an diesem Tag vollbringen musste. Ich musste Satoshi finden. Es war, als ob mich die Gedanken an den Exliebsten meiner Mutter über Nacht mit einer Art Kruste, einer neuen Haut, ummantelt hätten. Es war so schwer, mich aufzusetzen. Die Fesseln, die mich an ihn banden, schienen keine Bewegung zuzulassen. Ich blieb liegen und wartete, dass Leben in meinen Körper kam, sich durch ihn hindurcharbeitete, in meine Gelenke und Muskeln sickerte, sie biegsam machte.

Als ich unter die Dusche stieg, beugten sich meine Knie mit dem Geräusch eines Büchsenschusses. Doch als das Wasser mich umhüllte, schien das harte Knacken meiner Knochen weicher zu werden. Ich nahm jeden Zoll meines Körpers mit schäumender Gewissenhaftigkeit und ungewöhnlicher Entschlossenheit in Angriff. Die Reste der Flugzeugangst schlängelten sich in den Abfluss. Nachdem ich mich abgetrocknet und eine Weile meine Zähne bearbeitet hatte, studierte ich das bleiche Maul des Klos. Ich fragte mich, was Edward Weston, dieser große Toilettenliebhaber unter den Fotografen, mit dieser

Vorrichtung angefangen hätte. Was ich da vor mir sah, hatte mit der funktionalen Einfachheit, die er in den Zwanzigerjahren fotografiert hatte, nichts gemein. Die Kloschüssel flankierten zwei beunruhigende Bedienungskonsolen mit erhabenen Kanji-Schriftzeichen. Nachdem ich im Cockpit Platz genommen hatte, experimentierte ich mit einem Knopf auf der rechten Seite. Als ich ihn drehte, begann der Toilettensitz, meine Oberschenkel zu wärmen. Nicht unangenehm.

Nach beendeter Verrichtung, als ich mit ordnungsgemäß geschlossener Hose vor der Kloschüssel stand, sah ich mich vor die Aufgabe gestellt, den Knopf zu finden, der die Spülung aktivierte. Nach reichlichem Experimentieren drang schließlich ein billigendes Rülpsen aus dem glänzenden Maul des Klos.

Obwohl es lange her war, dass ich zuletzt hineingeblickt hatte, erwies sich das Maul meines Koffers als weniger einschüchternd. Eine vertraute Auswahl ordentlich gefalteter Kleidungsstücke, direkt meiner Schlafzimmerkommode entnommen. Ich betrachtete die kleinen Kammern mit Baumwolle in Rot, Blau und Grau, benachbart, aber doch sorgsam getrennt durch Kabel und entrollte Socken. Der Anblick erinnerte mich an schematische Lehrbuchdarstellungen des menschlichen Herzens. Unwillkürlich packte ich meine Spiegelreflex aus und machte ein Foto. Ich konnte mich nicht erinnern, wann ich das letzte Mal den Impuls verspürt hatte.

Ich suchte mir etwas zum Anziehen heraus. Für meine untere Hälfte war die Alternative ausgewaschene Jeans oder nicht ausgewaschene Jeans. Ich entschied mich für erstere. Für oben wählte ich ein graues T-Shirt und einen dicken schwarzen Pullover. Ich ging ans Fenster und zog die Vorhänge weit auf. Ich befand mich mindestens zwanzig Stockwerke über dem Erdboden. Rechts hing eine imposante Masse von dunklem Glas in der Luft. Links entsprang einer Betonplatte ein riesiger silbriger Zylinder wie ein futuristischer Schornstein. Vor mir lag eine Endlosserie von Spiegelbildern, ein Labyrinth aus Würfeln, Kegeln und Pyramiden. Das Verblüffende war die Ausdehnung des Ganzen: Bürogebäude um Bürogebäude, Geschäft um Geschäft, Turm um Turm. Von meinem Standort aus war Tokio unendlich.

Ich kippte den Inhalt meiner Ledertasche aufs Bett: Wohnungsschlüssel, iPod, Carver-Taschenbuch, mehrere Fläschchen mit verschiedenfarbigen Pillen, Zettel mit der Adresse des Roppongi World Plaza, Filme, Kompakt-Digitalkamera (auch Technikfeinde brauchen einen Notbehelf), Gürtelflasche (in Heathrow entleert), Mr Satoshis Briefe, Nachruf auf Dr. Harvey, Geldscheine und Päckchen. Ich schloss die Briefe im Safe neben der Minibar ein, nahm ein paar Pillen ohne Wasser, griff mir dann meinen Mantel. Die Haut über meinem Adamsapfel begann zu kribbeln, als ich das Päckchen, den Zettel und die Pillenfläschchen in meine Ledertasche packte und mir diese über die Schulter hängte. Die Digitalkamera würde es für den Vormittag tun. Ich steckte sie in die Manteltasche. Die Spiegelreflex um den Hals zu tragen, wäre nur eine Last. Eine notwendige Last, für die ich aber noch nicht bereit war.

In der Lobby blickte die Rezeptionistin mit den künstlichen Perlmuttnägeln tief in meine Narbe und bestätigte, dass ich fürs Frühstück zu spät dran sei. Sie gab mir ungefragt ein paar Visitenkarten des Hotels. Ich überquerte den polierten Marmorboden, angeheftet durch mein wackliges Spiegelbild, und wappnete mich innerlich fürs Hinausgehen.

Ich stand an der Schwelle, vor mir die zuckende automatische Tür. Keine andere Wahl, als hindurchzugehen. Schwellen sind sichere Orte, aber man kann nicht ewig dort herumlungern, nicht beobachten, ohne gesehen zu werden. Farbenfrohe Touristen stürmten mit Einkaufstüten und Kindern herein, und die Hinausgehenden warfen sich so lässig Schals um die Schultern, als wäre das bevorstehende Abenteuer nichts Besonderes. Ich sah zu, wie die Türen auf- und zu- und auf- und zugingen. Straßengeräusche schwollen ab und wieder an, mit jedem Auseinanderweichen der Glasscheiben eindringlicher. Ein Page fragte mich, ob alles in Ordnung sei. »Ich überlege nur«, sagte ich, und er entfernte sich unter vielen kleinen Verbeugungen rückwärts. Er im Dauerzustand des Sich-Entschuldigens, ich im Dauerzustand der Angst. Ich versuchte, ihn auszublenden. Ich versuchte, sie alle auszublenden. Ich versuchte, überhaupt alles auszublenden, als ich hinaustaumelte und binnen Sekunden wieder in die Lobby zurücksprang. Ich musste einen lächerlichen Anblick bieten, wie ich da raus- und rein- und raus- und reinsprang, von Marmor auf Beton, von Beton auf Marmor, aber ich tat es noch mehrere Male, und alle Leute beobachteten, wie ich mir einzureden versuchte, dass das da draußen die Gray's Inn Road sei. Die Gray's Inn Road: ihre vertrauten Schilder und Zeichen, der Mittelfalz eines alten Buchs, über das ich emporschweben, das ich lesen, studieren, bewohnen konnte.

Und für den Moment war ich frei. Meine Sicht war verschwommen, aber ich ging den Gehweg entlang. Eine Sekunde lang fast schon graziös schlüpfte ich dort voran, wo der Menschenstrom am wenigsten dicht war, bis ein Mob von Schultern meinen Mantel rammte. Ein feuchter Mann weißer Hautfarbe mit einem albernen Hut verstellte mir den Weg und fragte mich, ob ich wisse, wie man zu einem bestimmten Restaurant kommt. »Ich kann Ihnen gar nichts sagen«, erwiderte ich und schob mich an ihm vorbei. »Danke, sehr unfreundlich!«, rief er. Er schimpfte immer noch hinter mir her, als sich – nicht schon wieder! – mein Mund mit Galle füllte. Ich schluckte schwer, während ich mich durch Scharen von Vinyl-Miniröcken, lila Strumpfhosen und voluminösen Afros schlängelte. Ich starrte zu Stellen hinauf, wo Straßenschilder hätten sein müssen – Harrison, Cromer, Guilford –, sah aber keine. Ich dachte an Walker Evans' Fotos von Broadwayschildern und Reklametafeln. Aber hier gab es kein vergleichbares lexikalisches Reservoir, das man anzapfen konnte. Namenlose, fremde Straßen. Nichts Lesbares, nichts Leserliches; keine Aufschriften, keine Bedeutung. Neonlichter von Geschäften und funkelnde Glasscheiben, die um Luftraum konkurrierten, und darunter die Menschenmassen. Die Menschenmassen, die sich wie in einem Albtraum durch die Stadt wanden. Und mich mitnahmen. Mich mitrissen.

Satoshi, sagte ich mir. Satoshi, Satoshi, Satoshi.

Aber nein, er war nicht nah genug, nicht in diesem Moment. Mein Pullover war schwer von Flüssigkeit, es konnte kein Schweiß sein, zu dick, musste Blut sein. Ich verlor Blut. Mein Herz stolperte, mein Gehirn weichte auf, meine Lunge schrumpfte. Ein Schwarm gedrängter Körper verfestigte sich um mich herum, drückte mich runter, immer tiefer, durch Wellen von kreiselndem Licht. Als meine Knie wegknickten, fühlte es sich an wie in Zeitlupe, was es aber nicht war. Wo ich auch hinschaute, überall eine Agonie von verrenkten Gliedmaßen, hervorquellenden Augen und Knäueln aufwärtsgerichteter Gesichter.

Und dann Beton. Beton, der emporstieg, um meine Schulter zu rammen. Beim Aufschlag würgte ich leer. Um mich und über mir ein Getümmel von Schatten, Absätze wie zwölf Zentimeter lange Dolche, von hinten angestrahlte Hände, ein gelbes Rund an einem wässrig grauen Himmel, Neonsymbole, flimmernd wie Sterne.

11

Ich saß in der Hotelhalle und hielt mir die pochende Schulter, als mir plötzlich eine Erinnerung kam. Die Stimme meiner Mutter in einer Küche voller Wolken, die nach Beifuß rochen.

An Roastbeef-Sonntagen in Nummer 17 war sie in ihrem Element. Die Wärme der Küche schien ihr Lebenselixier zu sein. Als Kind saß ich dann auf der Waschmaschine, sanft geschüttelt von den Umdrehungen der Trommel, und sah zu, wie sie rosa Speckstreifen, kantige Kartoffelsteine und Berge von Rosenkohlkügelchen fabrizierte. Die Wände waren voller Borde mit Porzellan, Puddingformen, Krügen, Vasen und Waagen, uralten schimmernden Gerätschaften aus Kupfer und Messing, ramponierten Kochbüchern mit walnussfleckigen Rücken. Sie trug diese überdimensionale Brille mit dem beigen Gestell. Meine Mutter setzte ihre Brille überhaupt nur zum Kochen und für die Gartenarbeit auf. Nahrungsmittel und Pflanzen waren in ihrem Alltag das Einzige, was genaue Inspektion verdiente. Gegen Mittag, wenn die Vorbereitungshektik weitgehend verebbt war und der geschlossene Backofen nährende Wärme verstrahlte, wandte sie ihre Insektenaugen mir zu und begann, Geschichten zu erzählen.

Gern erzählte sie eine Geschichte, die John F. Kennedy einmal vor einer erwartungsvollen Menge zum Besten gegeben hatte. »Kennedys beste Geschichte«, sagte sie, als hätte sie Kennedys gesamten Anekdotenschatz im Kopf. Sie hatte sie am

21. November 1963 im Radio gehört. Um seiner Zuhörerschaft das damals noch unmöglich scheinende Ziel bemannter Flüge in ferne Regionen des Weltraums nahezubringen, sprach der Präsident von einem Jungen, der eine Lieblingsmütze hatte. Eines Tages stand der Junge vor einer Mauer und traute sich nicht, darüberzuklettern. Also warf er seine Lieblingsmütze über die Mauer. Da der Junge den Verlust seiner Mütze mehr fürchtete als die Höhe der Mauer, kletterte er hinterher.

Diese Geschichte erzählte meine Mutter mit Leidenschaft. Auf ihre typische Art ließ sie den Kontext weg, erzählte mir nicht, dass Kennedy am 22. November erschossen worden war. Der Kontext zeigte, wie gefährlich es war, sich über Barrieren und Grenzen hinwegzusetzen, aber das war nicht der Punkt, den sie ihrem einzigen Kind vermitteln wollte. Meine Mutter war stets selektiv in dem, was sie für sich behielt und was sie von sich gab. Vielleicht hatte ich deshalb immer das Gefühl, kaum etwas über sie zu wissen. Sie erzählte von anderen Leuten, aber nie von sich. Und dann war es zu spät, über irgendwas richtig zu reden.

Eines Sonntags allerdings sagte sie etwas Seltsames. Etwas, das ich im Rückblick als Einladung empfinde, in ihrer Vergangenheit zu stochern. Ich muss zwölf oder dreizehn gewesen sein. Sie sagte: »Manche Fragen suchen Antwort.« Ich starrte sie an. Sie sagte: »Oft gibt es keine Antwort, aber wenn du mich irgendwas fragen willst, frag.« Ich dachte darüber nach. Was ich sie denn fragen solle? Sie wurde rot, wusste es nicht. Im Nachhinein spüre ich darin eine diffuse Sehnsucht, ausgefragt zu werden, Rechenschaft abzulegen, sich von einer großen, lastenden Mattigkeit zu befreien.

Ist Mattigkeit erblich?

Ich torkelte durch die Marmorlobby, wieder auf meine alte Position vor der Glastür. Versuch eins: fünfzig Meter. Versuch zwei: hundert Meter. Versuch drei: hundertfünfzig Meter. Das war mein Leben, die Grenze zwischen Gravitation und Levitation zu verschieben, ein Unterfangen, gemessen in schweren, possenhaften Schritten.

Ich hob meine drogenträgen Augen vom Asphalt. Zuerst sah ich Lammfellstiefel, dann etwas, das aussah wie ein U-Bahn-Eingang, und noch höher, über dem Neonflirren, riesige, in der Luft schwebende Bildschirme, gefüllt mit Leuchtpünktchen. Sie flimmerten Werbung für Softdrinks und Whisky-Verschnitte auf mich herab. Ich ging weiter und schaffte es bis zu einem leuchtenden Ladenschild, Streifen in den Ampelfarben Grün, Orange und Rot. Ein 7-Eleven. Die Farbkombination schien direkt aus den Tiefen meiner Kindheit aufzustrahlen und weckte wehmütiges Verlangen nach Schokolade und Fußball-Stickern.

Als ich den Laden betrat, rief das Personal an allen drei Kassen etwas. Was auch immer diese Begrüßung oder Frage genau besagen mochte, sie schien rhetorischer Natur. Das Gleiche riefen die drei auch dem Japaner zu, der direkt nach mir den Laden betrat. In der Luft hing ein tröstlicher Duft nach frischen Donuts. Ich nahm, mehr aus Neugier als aus Durst, eine Flasche Pocari Sweat aus einem Kühlschrank und inspizierte einen Ständer mit Taschenbüchern und Zeitschriften. Das meiste waren Manga-Heftchen; die Titelbilder hatten Denkblasen, die vermutlich die finstere Miene dieser oder das Lächeln jener Figur erklärten. Ich hatte mir oft gewünscht, Fotografen könnten ebenfalls auf das Mittel der Denk- oder auch Sprechblase zurückgreifen. Da war ein Buch auf Englisch: ein dicker Reiseführer. Ich ging mit dem Buch und der Flasche zur Kasse und zahlte bei einer Frau, deren Brusttasche voller Filzschreiber war. Ein westlicher Geschäftsmann links von mir hatte den fatalen Fehler gemacht, die Selbstbedienungskasse zu wählen, und war jetzt eifrig dabei, sich viele tausend Yen für seine eigenen Manschettenknöpfe zu berechnen.

Im Starbucks nebenan erstand ich, ohne ein Wort zu sagen, einen Orangensaft und einen Blaubeermuffin. Der strubbelköpfige Barista sprach vermutlich englisch, aber ich genoss die primitive Freiheit, mit Gesten zu bestellen. Am Tisch gleich gegenüber saß eine Japanerin Mitte zwanzig. Sie hatte neonpinkfarbenes Haar. Sie griff nach ihrem schaumgekrönten Cappuccino, trank einen Schluck und begann dann, in einer Lederhandtasche auf ihrem Schoß herumzukramen. Das Leder hatte Beulen und spitze Vorsprünge, die darauf hindeuteten, dass der Inhalt achtlos hineingequetscht worden war. Die Tasche war vermutlich das Opfer von Rushhour-Panik, mit einer Hand vollgestopft, während die andere die Wohnungstür öffnete. Ihre Besitzerin entnahm ihr jetzt ein Döschen Lippenbalsam, schmierte sich etwas davon auf die Lippen und nahm wieder einen Schluck Cappuccino. Ich kam mit meinem Orangensaft nicht weiter. Er war zu dick. Er bildete eine Schicht in meiner Speiseröhre und ließ sich einfach nicht schlucken. Ich hielt den Reiseführer mit beiden Händen vor mir auf dem Tisch, betrachtete aber das pinkhaarige Mädchen. Sie musste es registriert haben, denn sie sah mich an. Da war etwas trotzig Funkelndes in ihren Augen. Ich versuchte, mein Gesicht mit sympathischen Eigenschaften zu sättigen, sah dann weg und mimte ernsthaftes Nachdenken.

Im Starbucks herrschte Mittagspausenbetrieb, aber ich nahm die japanischen Stimmen um mich herum kaum wahr. Es ist erstaunlich, wie schnell man eine Sprache, die man nicht versteht, ausblenden kann. Reden ist dann nur noch ein leises Hintergrundsummen. Umgekehrt bekommt in einer fremden Umgebung eine Sprache, die man kennt, eine viel größere Intensität.

»Schwer am Recherchieren, hm?«

Es war das pinkhaarige Mädchen. Ich führte gerade einen Klumpen buttriger Krümel zum Mund, und es dauerte ein paar Sekunden, bis die Bedeutung ihrer Worte zu mir durchdrang. Ich kippte das Buch an meine Brust, um nachzusehen, was auf dem Cover stand.

»Über Japan«, fuhr sie fort. »Du scheinst ja total versunken. Ich habe hier ein paar ausländische Freunde. Sie nennen den *Lonely Planet* ihre ›Bibel‹. Wenn ich dich sehe, verstehe ich, was sie meinen. Du hast diesen superernsten Ausdruck im Gesicht. Als ob du denkst, wenn du lange genug auf diese Seite guckst, erfährst du den Sinn des Lebens.«

Ihre Stimme war sanfter, als ich es von jemandem mit neonfarbenem Haar erwartet hätte. Sie beulte ihre Wange mit der Zunge aus, vielleicht im Bemühen, irgendeinen suspekten Geschmack dingfest zu machen.

Sie sagte: »Du bist doch nicht stumm, oder? Nicht dass ich was gegen Stumme hätte, aber Small Talk ist Small Talk, und ich hab's nicht mit Gebärdensprache oder so.«

Der Flug hatte meine Lippen ausgedörrt. Ich befeuchtete sie und sagte: »Ich bin nicht stumm, aber das ist wohl nicht so leicht zu erkennen. Nicht wie bei den Fotos von Paul Strand, wo die Stummen immer ein Schild ›Stumm‹ um den Hals haben.«

»Ich habe keine Ahnung, wer Paul Strand ist.«

Natürlich nicht.

Sie sagte: »Du bist Brite, oder?«

»Dein Englisch ist sehr gut«, sagte ich nickend; meine Stimme klang irgendwie schwach und eingerostet.

»Danke. Du bist ein richtiger Charmeur. Wie steht's mit deinem Japanisch?«

»Nicht so gut, jetzt, wo du's ansprichst.«

»Dein erster Tag hier in Tokio?«

»Ja. Na ja, ich bin gestern Abend angekommen.«

»Hab ich gleich gemerkt. Vermutlich an der panischen Art, wie du dich an dem Buch festhältst.«

Sie hatte recht. Meine Knöchel waren weiß vor Anstrengung. Ich klaubte ein Stückchen Fruchtfleisch von meiner Unterlippe, während sich ein neuer Gästeschwall um uns herum niederließ.

»Bist du Studentin?«, fragte ich, jetzt etwas leiser.

»Klar«, sagte sie; offenbar sah sie keine Notwendigkeit, die Stimme zu senken. »Warum? Wegen der abgefahrenen Haarfarbe? Das ist nämlich ein Tokio-Ding, kein Studentending.«

»Weiß nicht, ob es das Haar war.«

»Vielleicht ja der Hoodie.«

Ihre rechte Hand verschwand in ihrem Nacken und kam mit der Kapuze ihres marineblauen Sweatshirts wieder hervor.

Sie sagte: »Letztes Semester hab ich eine Menge« – Husten, dann ein Schluck Cappuccino, und ich hatte das Gefühl, dass sie *Drogen genommen* sagen würde – »Geschichtskurse gemacht, und der Professor, den ich da hatte, war der totale Nazi. Hatte mit Hoodies so ein Ding am Laufen. Konnte sie nicht ausstehen. Hat uns verboten, in seinen Veranstaltungen Sachen mit Kapuze zu tragen. Er hat gesagt, damit sähen wir aus wie die schlimmste Sorte Studenten. ›Faule, verkommene Subjekte‹, hat er gesagt, ›die nichts im Kopf haben, als cool zu sein.‹ Stell dir vor! Von den Lehrern auf der Oberschule war ich so was ja gewöhnt, ein bisschen sogar noch im Bachelorstudium, aber doch nicht jetzt. Also wirklich, in ein paar Monaten werde ich fünfundzwanzig. Ich geb ja zu, auf der Schule *war* ich ganz schön nervig, hab mich immer aufgespielt und superselbstbewusst getan, war immer laut, damit jeder wusste, ich gehöre zu den Coolen. Aber das machen doch alle, oder? Du kennst das doch.«

»Hmm.«

»Wie heißt du?«

»Foss.«

»Willst du wissen, wie ich heiße?«

»Warum nicht.«

Sie zerlegte ihren Namen für mich in seine drei Silben: *Chi. Yo. Ko*. Chiyoko. Dann fragte sie, ob sie sich zu mir setzen dürfe, und bevor ich irgendwas sagen konnte, hatte sie es schon getan.

»Foss also. Ist ein ausgefallener Name, oder?«

»Ja.«

»Und? Bedeutet er irgendwas?«

»Es ist die Abkürzung von Fossick. Das ist ein Nachname. Mein Vorname ist Rob, aber so nennt mich eigentlich niemand. Meine Mutter hat sich angewöhnt, mich Foss zu nennen. Schien ihr aus irgendeinem Grund zu gefallen.«

»Ich kann mir denken, warum. Ist was anderes, passt zu dir. Normale Namen sind so häufig wie Unkraut. Foss als Vorname macht dich zu was Besonderem. Leben deine Eltern noch?«

»Nein. Das heißt, mein Vater lebt noch, aber meine Mutter nicht mehr.«

»Tut mir leid«, sagte sie und sah mich mitfühlend an, was mich dummerweise zu dem Versuch veranlasste, mich mit ihren Augen zu sehen. Meine geschwollenen Tränensäcke und schweren Lider, den Briefkastenmund und die von Wohnungssporen vergilbten Zähne. Und die Narbe auf meiner Wange, um die sich die Haut aufwarf wie die Lippen eines Ertrunkenen.

Wir schwiegen.

»Du redest nicht viel, hm, Foss? Ein Mann weniger Worte. Aber ich habe das Gefühl, dass da drinnen interessante Dinge vor sich gehen.«

Sie streckte überraschend den Arm aus, tippte mir mit einem schwarzlackierten Zeigefingernagel auf die Stirn, sah mir forschend in die Augen und sagte dann: »Du bist einer von diesen Typen, die nur das absolute Minimum sagen.«

Ich dachte bei mir, dass Chiyoko die Sorte Mensch war, die, wenn sie genug Zeit hatte, jedem alles sagte. Vielleicht war ich ja neugierig, was sie als Nächstes sagen würde, und fragte sie deshalb, ob sie noch einen Cappuccino wolle. Okay, sagte sie, aber sie müsse bald los, in die Uni. Sie sei an der Keio-Universität, mache ihren Master in Literatur. Als ich mit ihrem Kaffee wieder zurück war, verfielen wir eine Zeit lang in höfliches Geplauder – das Wetter in Japan, das Wetter in England, die Verbreitung von Starbucks –, doch bald waren wir wieder bei ihrem Leben und dann bei meinem. Als ich erwähnte, dass ich Fotograf sei, schien sie seltsam interessiert. Sie ratterte alle Gründe herunter, warum für sie Fotografie, neben Lyrik, die »superhöchste Kunstform« sei. Ich war gern Publikum ihres Schnellfeuermonologs.

»Musst du denn nirgendhin? Ist Sightseeing im Starbucks alles, was du vorhast?«

»Nein, ich muss irgendwie zu einer Adresse in Roppongi.« Ich bückte mich, kramte in meiner Ledertasche und bemerkte ein leises Zittern meiner Finger, als ich den Zettel auf dem Tisch glatt strich. »Roppongi World Plaza. Kennst du das?«

»Mhm. Im Bezirk Minato. Ungefähr in die Richtung muss ich auch. Wie willst du denn dahinkommen?«

»Mit dem Taxi, dachte ich.«

»Mr Krösus, hm? Tja, du müsstest es dem Fahrer auf dem Stadtplan zeigen – sonst hast du keine Chance.«

»Obwohl ich die Adresse weiß?«

»Die meisten kleineren Straßen in Tokio haben keinen Namen, deshalb mögen die Taxifahrer lieber Bilder.«

»Hier muss irgendwo ein Stadtplan drin sein«, sagte ich und blätterte suchend die Bibel durch.

»U-Bahn ist schneller«, sagte Chiyoko und schnappte mir mit einer selbstbewussten Handbewegung das Buch weg. »Wir nehmen die Ginza-Linie bis Tameike Sanno. Von dort aus können wir laufen.«

Ich sagte, ich käme schon allein zurecht, sie bräuchte mich nicht zu begleiten. Sie stand auf, schlüpfte in einen babyblauen Regenmantel und sagte: »Fossy, du brauchst alle Hilfe, die du kriegen kannst.«

Ich war zu verblüfft über den Kosenamen, um zu widersprechen.

Ein melodischer Gong erklang, als die U-Bahn auf die Minute pünktlich kam. Beim Anblick des gerammelt vollen Waggons jagte eine Druckwelle durch meine Adern. Betont gleichgültig starrte ich auf den Boden.

Die Tür schloss sich hinter uns, und meine Augenlider kribbelten. In diesem Waggon schien so ziemlich ganz Japan versammelt. Wir zwängten uns durch ein Gewirr von Körpern und schlossen uns einem Geflecht von bebenden Armen rings um einen Chrompfosten an. Ich versenkte die freie Hand in meiner Jeanstasche und ballte die unsichtbare Faust. Ein Schweißrinnsal floss meine Wirbelsäule hinab.

»Wie ist London?«

»Okay«, sagte ich und fühlte ein leises Jucken irgendwo tief in meiner Nase. Ich nieste, ehe ich eine Hand vom Pfosten oder aus der Tasche freikriegen konnte. Ein dickgesichtiger Mann, der uns schwankend gegenüberstand, wischte sich übers Jackett und sah mich grimmig an. Was würde er tun, wenn ich kotzte? Was würde ich tun? »London ist nicht schlecht«, fügte ich hinzu.

»Nicht schlecht, hm? Ich würde total gern nach London gehen. Ich war mal ein Jahr in New York, Studentenaustausch. Hab haufenweise Freunde gefunden, war ständig aus. Nach dem, was man hört, muss das Nachtleben von London ja Wahnsinn sein. Ist es Wahnsinn?«

»Wahrscheinlich schon«, sagte ich und konzentrierte mich auf ein Werbebanner, das über dem Massiv aus Pendlerhaaren hing, zoomte auf ein einzelnes Zerealienteilchen ein, stellte mir vor, wie ich ins Innere seiner Knusperwabe schlüpfte.

»Wenn du Fotograf bist, solltest du dann nicht das alles hier fotografieren?«

Sie deutete im Waggon umher. Leute duckten sich vor ihrer Hand weg.

»Ich lerne meine Umgebung gern erst mal kennen.«

Während wir unter namenlosen Straßen dahinsausten, ratterte Chiyoko eine Reihe von Fakten über den öffentlichen Nahverkehr Tokios herunter, an die sie immer wieder persönliche Fragen fügte. In Zentral-Tokio, erklärte sie mir, gebe es drei Sorten Bahnen: die U-Bahn, die »JR« und Privatbahnen. Ob ich verheiratet sei? Die U-Bahn sei die schnellste und einfachste Möglichkeit, sich in Zentral-Tokio zu bewegen. Ob ich schwul sei? Es gebe dreizehn U-Bahnlinien, vier von »Toei«, die anderen von »Tokyo Metro«. Was ich studiert hätte? Jede Linie habe einen Namen und eine bestimmte Farbe. Ob ich geschäftlich hier sei oder zum Vergnügen?

»Irgendwas dazwischen«, sagte ich; meine zufallenden Ohren erinnerten mich daran, dass ich tief unter der Erde war, und mir war weder businessmäßig noch hedonistisch zumute. »Ich hoffe, hier einen gewissen Satoshi zu finden, der im World Plaza wohnt oder gewohnt hat. Und ich hoffe auch, ein paar gute Fotos zu machen.«

»Interessant«, sagte sie. »Ein unverheirateter, nicht-schwuler Fotograf mit einem Uniabschluss in Geschichte.«

Der Mann, den ich angeniest hatte, schien im Stehen eingeschlafen zu sein. Während des Rests der Fahrt ahmte ich ihn nach.

12

Im Tempo der Verzweiflung erklomm ich die Rolltreppe, und Chiyoko musste zusehen, wie sie hinterherkam. Erst draußen drehte ich mich um. Das blaue Leuchten ihres Mantels erschien im U-Bahn-Ausgang, ein Klecks pfefferminziger Zahnpasta, der aus der Tube gedrückt wurde.

Welche Erleichterung, unter einer nackten Wintersonne um mich herum Gebäude und Himmel zu sehen. Diese Gegend war weniger hektisch als Shibuya. Der Schatten zu meinen Füßen, dünn und schräg, hatte eine große Asphaltleinwand, um sich darauf auszudehnen. Er sah aus, als hätte er eine Krücke unter der Achsel, aber das war nur Trug. Die Krücke war meine tief hängende Ledertasche, in der das Päckchen steckte.

Wir gingen eine Weile schweigend dahin, bis Chiyoko sich schließlich räusperte. »Du bist nicht gern unter der Erde, hm?«

»Wieso?«

»Du warst so still und blass wie nur was. Ich meine, versteh mich nicht falsch. Du bist ein gut aussehender Typ. Du bist – wie alt? Fünfunddreißig? Groß, ziemlich männlich für einen Künstler, gut in Form. Aber dort unten hast du ausgesehen wie ein Leichnam. Hab ich recht?«

»Es hat nichts damit zu tun, unter der Erde zu sein. Ich werde nervös, wenn ich in … einer unvertrauten Umgebung bin.«

»So was wie Klaustrophobie? Ich wollte immer schon mal einen richtigen Klaustrophobiker kennenlernen.«

Ich schüttelte den Kopf und versuchte, es ihr zu erklären, wobei ich geflissentlich im Vagen ließ, ob es noch exzentrisch war oder schon krankhaft. Doch sie entblößte mich gnadenlos, indem sie mich fragte, ob ich mit meinen Arzt drüber geredet hätte.

»Ist alles vorwärts- und rückwärtsdiagnostiziert«, sagte ich.

»Na gut, ich werde auf dich aufpassen. Bis wir das Gebäude gefunden haben jedenfalls.«

»Danke.«

»Dir muss ja wirklich sehr daran liegen, diesen Satoshi zu finden. Wer ist das?«

Sonne lag auf ihren Wangenknochen, betonte die straffe Rosigkeit ihrer Haut noch. Ihre Wimpern bleichte das Licht zu einem Metallicsilber. Ich verspürte den seltsamen Drang, stehen zu bleiben und diese Wimpern zu betrachten, in ihrem Mottenfarbton zu schwelgen, aber wir gingen weiter.

»Ein alter Freund meiner Mutter«, sagte ich.

»Glaubst du, er ist leicht zu finden? Hat deine Mutter dir genaue Angaben hinterlassen?«

»Nicht direkt.«

»Immer noch das Nur-das-absolute-Minimum-Spiel? Na gut.«

»Sie ist erst vor Kurzem gestorben, meine Mutter. Aber sie war schon lange krank. Da war sie jemand anders. Ergibt das irgendeinen Sinn? Und dann habe ich rausgefunden, dass sie diesen Satoshi kannte und ihm etwas schicken wollte, es aber aus irgendeinem Grund nicht hatte tun können. Also ...«

»Also bist du jetzt hier, um ihr diesen letzten Gefallen zu tun«, sagte Chiyoko. Sie sagte es leise, und ein Anfall von Traurigkeit zog plötzlich ihre Mundwinkel herab.

»Alles okay, Chiyoko?«

»Mhm, klar.«

Sie blinzelte heftig, wie ein Betrunkener, der die Orientierung wiederzuerlangen sucht, und nachdem wir ein paar Minuten schweigend weitergegangen waren, blieben wir vor einem Apartmenthochhaus stehen. Der Eingang war ein einziges Glänzen: Hyperglatt polierte schwarze und graue Fliesen umrahmten Glas, wie auf dem Foto auf der Website. Über Wand und Fenster glitten Reflexionen: verflüssigte Autos und zitternde Bäume, schwimmende Köpfe und künstlerisch verzerrte Körper.

»Das ist es«, sagte Chiyoko. »Das Roppongi World Plaza.« Dann setzte sie stirnrunzelnd hinzu: »Ich werde mal schauen, ob ich dir helfen kann.«

Sie zog den Regenmantel aus und steuerte auf die Steinstufen zu. Sie trug einen ausgefransten Jeansrock, der ein wenig hochrutschte, als sie hüftwackelnd vor mir herging. Erstmals bemerkte ich ihre schlanken, nackten Beine: Die Haut der Oberschenkel war etwas heller als die der Unterschenkel.

Drinnen war über einem hohen Empfangstresen ein Helm von gegeltem Haar sichtbar. In Sekundenschnelle wurde aus dem Helm ein Kopf, dann eine komplette obere menschliche Hälfte in einer grünen Uniform. Kaum dass der Japaner aufrechtstand, tauchte er wieder ab, weil er sich verbeugte.

Sie sprachen miteinander.

Als Chiyoko von Englisch auf Japanisch umschaltete, war es, als wären ihre Stimmbänder ein paar Umdrehungen angezogen worden. Ihre Stimme bekam etwas Dringliches, Hohes, mit mehr Luft dahinter. Die Stimme des Mannes fand ein wesentlich tieferes Register – tiefer als die Stimme, mit der ich am Donnerstag zuvor telefoniert hatte. Zwischendurch sagten beide englisch klingende Wörter: *Manshon* mochte *mansion* sein, *furonto* für *front* stehen, *manejya* für *manager*.

»Er ist hier nur der Portier«, sagte Chiyoko. »Wenn du Informationen über Bewohner willst, muss er zuerst seinen Chef fragen, der gerade nicht da ist. Aber er sagt, sie geben normalerweise keine Informationen über Bewohner raus. Außer es ist die Polizei.«

»Ich will nur wissen, in welchem Apartment Satoshi wohnt«, sagte ich.

Chiyoko konferierte mit dem Portier, der immer verwirrter aussah, und wandte sich dann wieder an mich. »Weißt du den Nachnamen von diesem Satoshi? Die meisten japanischen Bewohner kennt er wohl.«

»Er ist kein Japaner.«

»Nicht?«

»Ist ein bisschen kompliziert... Satoshi ist wohl so was wie ein Spitzname. Sein englischer Name ist Reggie. Ich weiß weder seinen richtigen Nachnamen, noch wie er sich derzeit nennt.«

Chiyoko runzelte die Stirn und der Portier ebenfalls. Ein einzelnes Haar auf seinem Kopf entfloh dem Gelgefängnis. Mit einem Floß aus Fingern drückte er es schnell wieder fest.

Ich sagte: »›Satoshi‹ heißt doch so was wie Weisheit oder Klarsicht? Er war Anthropologe. Er kam hierher, um für die Besatzungsmächte zu arbeiten, nach dem Zweiten Weltkrieg. Und jetzt muss er alt sein, so etwa achtzig. Aber er ist weiß, Engländer. Er kam unmittelbar, nachdem ...«

Ich spürte einen festen Tritt gegen meinen Knöchel.

»Das mit dem Krieg lassen wir lieber weg«, flüsterte Chiyoko. Ich blickte auf den Portier. Er starrte uns bedeutungsschwanger an. Chiyoko begann, meine konfusen Erklärungen zu übersetzen oder sich für meine Bemerkung über den Krieg zu entschuldigen oder beides zu tun.

Nach ein, zwei Minuten verkürzten sich ihre und seine undechiffrierbaren Sätze auf das eine Wort, das sie immer wiederholten wie ein Kind eine halb gelernte Lektion: *gaijin, gaijin, gaijin*. Dann sagte der Portier mehrfach »hai«. *Hai. Hai.*

Selbst ich wusste, dass das Ja hieß. So viel Bejahen war doch sicher ein gutes Zeichen. Ich machte zwei Schritte vorwärts und lehnte mich mit den Unterarmen auf den kalten Tresen. In einem fleischfarbenen Raum hinter dem Empfangsportier war eine Frau in einer blauen Tunika und Lycra-Leggins damit beschäftigt, angeschlagene Emaillekännchen auf einem Tablett zu arrangieren.

»Er kann sich an einen alten Briten erinnern. Sagt, die meisten Ausländer hier seien in den Dreißigern oder Vierzigern, Leute, die bei Investmentbanken oder in Anwaltsbüros arbeiten. Mal ein Lehrer oder ein Journalist. Aber dieser Mann sei aufgefallen, weil er schon längst im Ruhestandsalter war und außerdem sehr gut Japanisch sprach. Hat wohl immer noch gearbeitet, weil er jeden Werktagmorgen um neun aus dem Haus ging, pünktlich wie ein Uhrwerk.«

»Und weiß er die Apartmentnummer?«

»Irgendwo im ersten Stock. Aber jetzt kommt die schlechte Nachricht: Dein Satoshi, wenn er's denn war, ist vor ein paar Jahren ausgezogen.«

»Vor ein paar Jahren?«

»Mhm.«

»Keine Nachsendeadresse?«

»Nein. Sorry.«

Die Frau in der Tunika warf ein Pfefferminzdragee ein und verschwand mit leicht schlurfendem Gang. Meine Gedanken wanderten zu dem, was mich in London erwartete.

»Sonst kann er uns nichts sagen? Irgendwelche besonderen Merkmale? Irgendwas über Satoshis Aussehen?«

Als Chiyoko ihm die Fragen übersetzt hatte, zuckte der Portier die Achseln, indem er die Schultern bis an die Ohren hochzog und dann bis fast unter Tresenniveau hinabfallen ließ.

»Er sagt, er weiß noch, dass Satoshi, wenn er's denn war, alt aussah, aber mehr auch nicht. Ansonsten, sagt er, seht ihr weißen Westler irgendwie alle gleich aus. Was natürlich nicht beleidigend gemeint ist.«

Der Empfangsportier ließ ein meckerndes Lachen los und schlug sich dann, schockiert über sich selbst, die Hand vor den Mund. Chiyoko dankte ihm. Ich nickte und wandte mich zum Gehen. Als wir gerade an der Glastür waren, rief er noch etwas.

»Was sagt er?«

»Moment.«

Wieder ein japanischer Dialog.

»Er sagt, er ist sich ziemlich sicher, dass der Mann Pickford hieß.«

»Pickford?«

»*Letsch in alt*«, sagte der Portier, während er sich im Haar kratzte. »*Hai. Letsch in alt.*«

Chiyoko sagte: »Er hat ›Reggie‹ in deiner Aussprache nicht erkannt. Er erinnert sich, dass der Mann Reginald hieß. Reginald Pickford.«

Ich umklammerte meine Tasche so fest, dass die Fingerkuppen mit dem Leder verschmolzen.

Reginald Pickford. Ich hätte froh sein müssen, einen vollständigen Namen zu haben, aber draußen auf der Straße war in meinem Kopf nichts als graue Leere. Ich hatte eine neue Spur, der es nachzugehen galt, und ich fühlte mich von der Aufgabe verschlungen.

»Du siehst unglücklich aus, Fossy.«

»Ich will nur das Ding endlich abschicken.«

»Weißt du denn, was es ist, dieses Ding, das du abschicken sollst?«

»Nein«, sagte ich und ging schneller. »Es ist in Packpapier verpackt.«

»Ach, komm, Fossy!« Erregung pulste durch ihre Unterlippe, der Ausdruck einer Katze, die mit zitterndem Maul zum Sprung auf eine lebende Beute ansetzt. »Du hast doch wohl wenigstens überlegt, was drin sein könnte.«

»Nein. Doch, schon. Aber es ist mir schleierhaft.«

»Du machst also den ganzen weiten Weg nach Japan, und vielleicht ist es einfach nur … eine Weihnachtskarte? Oder ein Elefantenbaby?«

»Manche Theorien sind abwegiger als andere.«

»Du weißt gar nichts, hast keine Ahnung, was dieser Typ deiner Mutter bedeutet hat?«

Ich erklärte so kurz wie möglich, wie ich nach ihrem Tod an das Päckchen und die Briefe gekommen war, wie ich herausgefunden hatte, dass Dr. George Harvey kurz nach Satoshis Ankunft in Japan gestorben war, dass ich nicht wusste, ob Satoshi je zu meiner Mutter zurückgekehrt war. Beim Reden arrangierte ich meinen Körper zu der Haltung, die ich meistens einnehme, wenn ich draußen bin: in der Hüfte leicht nach vorn geknickt, Kopf gesenkt, Kinn angezogen. Das ist eine Methode, mich gegen die Angst abzuschotten, die von allen Seiten auf mich eindrängt.

Sie bestand darauf, in meine Ledertasche zu schauen, und murmelte: »Wow, echt verrückt«, während sie eine Ecke des Päckchens befühlte. »Ich muss jetzt zur Uni. Läufst du mit mir hin? Dort in der Nähe ist ein Businesshotel, wo du ein Taxi kriegst, falls du auf diese Weise nach Shibuya zurückkommen willst.«

Allmählich wurden die Straßen belebter. Mit jedem Block kam eine lautere Kakophonie von elektronischem Piepen und Rattern aus Computerspielhallen. Einzelne Stimmen verwuchsen zu einem kollektiven Murmeln, das aus Restaurants und Bars drang. Vor Karaoke-Clubs priesen Männer brüllend die neuesten Sparangebote an. Taxitüren öffneten sich quietschend und knallten zu. Zwei junge Japaner, einer in Hemdsärmeln und Weste, der andere in einem Mantel wie meinem, saßen vor einem verrammelten Laden auf dem Gehweg, rauchten und beobachteten die Passanten. Als wir uns ihnen näherten, taxierten sie uns von oben bis unten. Durch einen dünnen Schleier von Zigarettenrauch sah ich dem Westenmann in die Augen. Er zog wahrscheinlich seine Schlüsse aus unserer seltsamen Kombination, narbengesichtiger Ausländer in den Vierzigern und seidenhäutiges japanisches Mädchen. Er blickte auf meine abgeschubberten grauen Turnschuhe. Kann man an den Schuhen eines Mannes ablesen, wie viel Vertrauen er in den Boden unter seinen Füßen hat?

»In welchem Hotel wohnst du?«, fragte Chiyoko.

»Shibuya Grand.«

Der Name blinkte in meinem Kopf, während meine Finger das Innenfutter meiner Manteltasche untersuchten. Bei dem ganzen Raus und Rein am Morgen hatte ich das Schild überm Eingang ein halbes Dutzend Mal gesehen. Ich blieb stehen und reichte Chiyoko eine der Visitenkarten, die mir die Frau mit den Perlmuttnägeln gegeben hatte.

»Ganz schön nobel«, sagte Chiyoko, als sie die Karte nahm.

»Ich bin nur zufällig dort gelandet. Wenn ich noch ein paar Tage in Tokio bleiben will, muss ich was wesentlich Billigeres finden.«

Als wir weitergingen, sagte sie: »Du willst noch ein paar Tage bleiben?«

»Ich weiß nicht. Keine Ahnung. Ich will Satoshi finden, Pickford, wenn es irgend geht. Und mein Agent bringt mich um, wenn ich nicht ein paar Fotos mache, während ich hier bin. Die Satoshi-Sache ist eigentlich nur ein Nebenprojekt, aber ich will sie einfach aus der Welt haben.«

»Ist es schwer, interessante Fotos zu machen?«

»Früher war es nicht schwer. Aber in letzter Zeit haben meine Fotos kein Leben mehr, sie sagen nichts mehr über irgendwas. Es bleibt alles im Trüben.«

»Wenn Satoshi noch lebt, hast du ja vielleicht Gelegenheit, ein gutes Foto von ihm zu machen. Was hast du gesagt, wie der andere Typ hieß, der tote Anthropologe?«

»George Harvey.«

»Weißt du, wie dieser Harvey gestorben ist?«

»Nein. Ich habe einen Nachruf gefunden. Da stand nur, dass er plötzlich aus dem Leben gerissen wurde.«

»Plötzlich aus dem Leben gerissen? Heißt das nicht normalerweise so viel wie Mord? In Krimis jedenfalls?«

Ich zuckte die Achseln, aber sie nahm es nicht zur Kenntnis.

»Hör zu«, sagte sie, »meine Unibibliothek hat einen historischen Katalogteil, so ein Online-Datenbankding mit jeder Menge eingescanntem Zeug aus alten Zeitungen. Massenhaft Kopien von Behördenberichten, die ursprünglich geheim waren, inzwischen aber nach dem amerikanischen Informationsfreiheitsgesetz freigegeben wurden. Ich habe mich da mal durchgewühlt, für ein Literaturgeschichtsreferat. Es ist alles vollständig durchsuchbar – nach Suchwörtern und Zeiträumen.«

»Kann ich da suchen?«

»Das könnte schwierig werden.«

»Dann nützt es nichts.«

»Du gibst schnell auf, hm? Ich wollte sagen, dass ich heute Nachmittag nur ein, zwei Stunden Seminar habe. Danach kann ich mal schauen, wenn du willst. Ob Harvey oder Pickford irgendwo auftauchen. Weißt du irgendeinen Zeitraum, für den ich suchen sollte?«

»Frühjahr, Sommer 1946. Das wäre ein prima Anfang, wenn es dir wirklich nichts ausmacht.«

»Kein Problem. Ein möglicher Weg zu Pickford, oder? Von wegen den weniger begangenen Weg nehmen und so.«

»Ist das nicht …«

»Doch, es ist eine Gedichtzeile. Übrigens«, sagte Chiyoko und sah mich an, »das ist zwar vermutlich einem berühmten Fotografen nicht angemessen, aber wenn du eine Unterkunft suchst, die echt billig ist – und *längst* nicht so vornehm wie das Grand –, dann ruf mich an, okay?«

Sie gab mir eine cremefarbene Visitenkarte. Darauf stand in Wellenschrift »Hotel Villa Dolly«, mit Adresse, Telefon- und Faxnummer. Die Ränder sahen nach Nagelschere aus.

»Da arbeite ich abends. Es liegt in Shibuya. Etwa zehn Minuten vom Grand, zum vergammelteren Teil hin. Hinten auf der Karte ist ein Plan.«

»Danke«, sagte ich und versuchte, entspannt dreinzuschauen, während ich die Karte in den Fingern drehte. Sekunden später klaubte ich sie vom Gehweg auf. »Aber weißt du, du musst deine Zeit wirklich nicht dafür opfern. Die meisten Leute würden es an deiner Stelle nicht tun.«

»Die meisten Leute hätten an deiner Stelle dieses Päckchen in einen Schrank geschmissen und vergessen.«

»Und so behandelt man kein Elefantenbaby?«

»Genau. Elefantenquälerei. Superuncool.«

Wir gingen weiter, lächelten ab und zu über irgendwelche unbedeutenden Sachen. Von der Hauptstraße bogen wir in eine schmale, hubbelige Gasse ein, die bergauf führte. Nachdem wir noch eine Treppe erklommen hatten, kamen wir mitten auf einer verkehrsreichen großen Straße heraus. Hohe Betonwürfel blickten auf uns herab; ihre vielen Augen glommen unstet von gelbem Leben. Skelettartige Neonreklamen zierten die Außenwände der Gebäude, flimmerten zwischen den Etagen: Offenbar residierten in jedem Stockwerk verschiedene Bars, Restaurants und Läden. Schließlich kamen wir zu einem gedrungenen Betonblock zwischen zwei Karaoke-Bars, einer Siebzigerjahre-Monstrosität, die mich an das Studentenwerk meiner ehemaligen Uni erinnerte.

»Das ist das Businesshotel, von dem ich vorhin gesprochen habe. Von hier aus kannst du ein Taxi nehmen. Sag, du willst nach Shibuya-eki. Verstehst du? *Shibuya-eki.* Das ist der Bahnhof.«

»Okay, danke. Ich werde bald im Hotel Villa Dolly vorbeikommen und schauen, ob du in dieser Datenbank was gefunden hast.«

Sie drückte die Oberseite meines Arms, und weg war sie.

Ich nahm ein Taxi zurück zum Hotel und starrte durch das sonnenstreifige Fenster auf ein schwindelerregendes Gewirr von Läden und Bars, Szenen, die grell, aber unscharf waren. Ich holte mir ein Starbucks-Sandwich, nahm es mit auf mein Zimmer und schlief dann ein, matschiges Brot in der Hand.

Einen gefühlten Sekundenbruchteil später wachte ich von wildem Geklopfe auf. Was davon von der Tür herkam, war zunächst von dem Pochen in meinem Kopf ununterscheidbar.

Ich musste schlimm aussehen, denn das Gesicht des Pagen sackte vor Mitleid herab, als ich hinter den zwei Meter zwanzig makellosen Holzes hervorspähte. »Fax für Sie von Miss Chiyoko«, sagte er und drückte mir einen kleinen Blätterstapel in die Hand.

Ich fühlte mich schwach und fiebrig, als ich das Deckblatt inspizierte. Über den Absender- und Empfängerdaten stand da handschriftlich:

Ich arbeite fix, Fossy.

U.S. Militärgeheimdienst (MIS)
Bericht
Datum: 23. Juli 1946
Thema: Ermittlungen im verdächtigen Todesfall
Dr. G. W. Harvey
am 21.Juli 1946
Dokumentennr.: RPVX-866-746372813-5532-GWH

Das folgende Transskript basiert auf der Tonbandaufzeichnung der Befragung von Watanabe Funakoshi (26), Forschungsassistent in der Abteilung Zivile Information und Erziehung (CIE) des SCAP. Material in Zusammenhang mit dieser Befragung ist zugänglich unter Aktenzeichen RPVX-866-SQ-117 (Anmerkung: Dokument fehlt – Lt. A.R.G. 26.08.1946).

Die Leitung der Ermittlungen im genannten Fall hatte Major Richard M. Banks. Verantwortlich für die Ermittlungen vor Ort in [*geschwärzt*] auf der Halbinsel Chiba war Lieutenant Herbert Jameson, assistiert von Sergeant A. Nakamura. Die vorliegende Befragung führte Lieutenant Jameson durch, der auch die Dokumente erstellte. Die Befragung erfolgte über einen Zeitraum von zwei Tagen in [*geschwärzt*] im Bezirk Asakusa.

Eindrücke des Befragungsleiters: Mr Funakoshi wirkt intelligent, redegewandt und reif. Er stammt aus einer angesehenen japanischen Familie und spricht für einen Orientalen außergewöhnlich gut englisch, was zweifellos auf seine Zeit beim diplomatischen Corps zurückgeht. Gegen Ende der Befragung, bei der Beschreibung der entscheidenden Ereignisse am 20. und 21. Juli, kam er merklich ins Stocken und fühlte sich offenkundig unwohl. Trotz dieser Anzeichen von Nervosität ist mein Gesamteindruck, dass er meine Fragen offen und ehrlich beantwortet hat und seine Erinnerung an die Geschehnisse so verlässlich ist, wie man es unter den Umständen erwarten kann (Lt. H. Jameson).

Sie wissen, dass Sie hier sind, um Fragen bezüglich des Todes von Dr. George Harvey zu beantworten, Ihre Vorgesetzten in der Abteilung Zivile Information und Erziehung (CIE) beim Oberkommandierenden für die alliierten Mächte (SCAP). Bitte beschreiben Sie zunächst Ihre Arbeitsbeziehungen zu Dr. Harvey und den anderen CIE-Angehörigen, die am 20. Juli mit auf der Halbinsel Chiba waren.

Als der Pazifikkrieg ausbrach, studierte ich an der Universität von Tokio Anthropologie und hatte das Glück, eine Stelle im diplomatischen Dienst im Stab von Shidehara Kijuro zu bekommen. Nach dem Sieg der Alliierten wurde ich dank dieser Erfahrung als Forschungsassistent bei der CIE angenommen. Seither war ich unter der Leitung von Dr. Harvey tätig, wenn ich auch in der täglichen Arbeit mehr mit Mr Reginald Pickford zu tun hatte. Er war Sonderassistent von Dr. Harvey und, wie Sie ja wissen, sein Neffe.

Die Reise auf die Halbinsel Chiba unternahm ich mit Dr. Harvey und Mr Pickford. Das vierte Mitglied unserer Gruppe war ein kleines Dienstmädchen namens Kazue, das sieben oder acht Jahre alt ist.

Was war der Zweck Ihrer Reise auf die Halbinsel Chiba?

Dr. Harvey hatte von der Abteilung Natürliche Ressourcen des SCAP den Auftrag erhalten, einige Studien über ländliche Gemeinschaften durchzuführen. Die Abteilung Natürliche Ressourcen interessierte sich besonders für die Organisation der Fischerei, beispielsweise die soziale und ökonomische Dominanz privater Bootseigentümer und Alternativen zu diesem System, etwa Kooperativen. Darum habe ich letzten Samstag, also am 20., in aller Frühe unsere Gruppe an die Küste von Chiba gefahren, in das Dorf [*geschwärzt*].

Als wir uns dem Dorf näherten, kamen wir durch Weizen-

und Reisfelder. Dann führte die Straße wieder an die Küste, am Watt entlang. Es war Ebbe, deshalb lagen auf dem Watt ein paar Boote. Im seichten Wasser arbeiteten Leute, *ama*, also Muscheltaucherinnen und dergleichen. Wir erreichten unser Ziel am mittleren Nachmittag. Wir wohnten bei einem Bekannten von Dr. Harvey, einem Japaner, der ein kleines Gasthaus gleich am felsigen Wasser hatte. Es tut mir leid, aber ich weiß die genaue Adresse des Gasthauses nicht mehr. Soll ich eine Skizze machen?

Wir kennen die genaue Lage des Gasthauses und den Namen des Besitzers. Fahren Sie bitte fort.
Natürlich. Der Wirt – der Besitzer – setzte uns am Abend ein Essen vor. Es war ein imposantes Festmahl. Wir aßen jede Menge Sashimi, Gelbschwanzthunfisch und Lachs, den die *ama* gefangen hatten, und ausgezeichnete Seeigel.

Trank die Gruppe Alkohol?
Ja. Dr. Harvey und Mr Pickford tranken mehrere Becher Sake. Kazue aß in einem anderen Raum neben der Küche, aber sie hätte natürlich nie etwas Alkoholisches angerührt. Ich selbst habe drei oder vier Becher Sake getrunken. Ich würde nicht sagen, dass jemand betrunken war, aber getrunken haben wir schon.

So etwa zehn, zwanzig Minuten nach Mitternacht haben wir alle befunden, dass wir müde waren. Ich hatte ein kleines Zimmer mit Reispapierwänden im Erdgeschoss. Mr Harvey und Mr Pickford teilten sich eine große Suite im Obergeschoss, einfach, aber das Beste, was das Haus zu bieten hatte. Auf dem Weg in mein Zimmer kam ich am Dienstbotenraum vorbei, wo Schlafmatten auf dem Erdboden lagen. Ich schaute rein und sah Kazue auf einer der Matten schlafen. Da lagen auch noch ein paar Bedienstete des Gasthauses.

Ich bin an dem Abend sehr schnell eingeschlafen. Doch nach zwei Stunden wurde ich wieder wach. In meinem Zimmer war es heiß und trocken. Da habe ich draußen ein seltsames Geräusch gehört.

Bitte beschreiben Sie, was Sie gehört haben.

Mir war, als hörte ich eine tiefe Stimme etwas auf Englisch rufen. Es klang wie »alleine, Junge« oder so ähnlich. Ich bin mir immer noch nicht sicher, was die Stimme sagte. Ein Teil von mir fragt sich, ob ich es vielleicht nur geträumt habe. Aber ich weiß, dass ich mich in dem Moment hellwach gefühlt habe – ich konnte nicht wieder einschlafen. Also beschloss ich nachzusehen. Ich zog mir etwas über, schlüpfte in meine Pantoffeln und nahm mein Grabenmesser an mich, für den Fall, dass da draußen etwas Gefährliches war.

Ich wusste, dass man auf der Vorderseite des Gasthauses auf die Veranda hinauskam. Als ich am Dienstbotenraum vorbeikam, habe ich reingeschaut und gesehen, dass Kazue nicht mehr dort lag. Ich habe mir aber nicht groß Gedanken darüber gemacht.

Ist Ihnen nicht wohl? Sie wirken plötzlich so unruhig. Sergeant Nakamura kann Ihnen ein Glas Wasser holen.

Es geht schon, danke. Nicht nötig.

Ich trat auf die Holzveranda hinaus, die bis ans Wasser ging und von der man bei Tag einen wunderschönen Ausblick hatte. Bei Nacht aber war es natürlich stockdunkel. Ich konnte fast nichts sehen. Zu meiner Rechten, so etwa eine Meile die Küste entlang, lag der Hafen des Ortes. Die Boote schimmerten silbern im Mondlicht. Aber vor mir war praktisch alles schwarz, als ich das zweite Geräusch hörte.

Bitte beschreiben Sie genau, was Sie gehört haben. Es ist wichtig, dass Sie nichts auslassen.
Ich dachte, es sei vielleicht das Geheul eines wilden Tiers, und war froh, dass ich mein Messer dabeihatte. Das Geräusch kam von der Wasserlinie her. Doch je länger ich es hörte, desto menschlicher klang es. Ich war ziemlich schnell überzeugt, dass es das Heulen eines Menschen war, der extremen körperlichen oder seelischen Schmerz litt. Es waren schreckliche, entsetzliche Laute. Dann gewöhnten sich meine Augen allmählich ans Dunkel. Ich sah vor mir im Wasser etwas, das sich bewegte.

Ich ging vorsichtig darauf zu, bis der Boden ein bisschen abfiel und Wasser über die Steine leckte. Jetzt konnte ich erkennen, dass es ein Mann war. Er kniete zusammengekauert da, den Kopf an die Brust gezogen, Hände und Knie im Wasser. Das Geheul, das er ausstieß, wurde leiser, verstummte dann ganz. Ich sagte etwas auf Japanisch, und er sah auf und hob die Hände, als ob er Angst hätte oder sich ergeben wollte. Da erkannte ich, dass es Mr Pickford war.

Sergeant Nakamura, wären Sie so nett, dem Befragten ein Glas Wasser zu holen, ehe wir weitermachen?
Danke, das ist sehr nett.

Als ich sah, dass es Mr Pickford war, zog ich die Pantoffeln aus und watete zu ihm, um ihm zu helfen. Das Wasser war ja flach, ging mir kaum bis an die Waden. Die Luft roch nach Kupfer und Salz. Mr Pickford kniete immer noch da, und als ich bei ihm war, klammerte er sich an mein Hosenbein. Er zitterte, obwohl die Nacht so warm war und das Wasser auch nicht kalt. »Mr Pickford«, sagte ich, »sind Sie angegriffen worden?« So was in der Art. Seine Brust war nackt. Sein Hemd war zerrissen und hing ihm um die Taille. Ich wusste nicht, was passiert war. Er sah aus, als wäre er beinah ertrunken.

Mr Pickford fing an zu weinen. Ich fragte ihn wieder, was los sei. Ich sprach ihn mit »Satoshi« an, weil er es gern hatte, wenn ich ihn so nannte. Es klingt merkwürdig, ich weiß, aber wir waren Freunde geworden, und es war ein japanischer Spitzname, der uns zur Gewohnheit geworden war. Jedenfalls sagte er nichts auf meine Fragen. Er kniete immer noch im Wasser. Ich wollte ihm aufhelfen, aber er konnte oder wollte sich nicht bewegen.

Was geschah dann?
Er fing an, vor- und zurückzuschaukeln, als ob er keine Kontrolle über seinen Körper hätte. Seine Hand sah irgendwie seltsam aus. Ich bückte mich, um sie mir anzusehen, und als ich sie berührte, zuckte er zusammen. Ich untersuchte sie, so gut es im Dunkeln ging. Über den Knöcheln war die Haut aufgerissen, und es blutete. Er konnte die Finger nicht bewegen. Als ich seine Hand losließ, nahm er sie nicht herunter, sondern hielt sie immer noch ausgestreckt. Dann sagte er: »Da drüben«, und zeigte auf eine Stelle rechts vom Gasthaus.

Jetzt weiß ich, dass er mir zeigen wollte, wo alles passiert war. Aber in dem Moment sah ich in dieser Richtung nur einen Stapel Brennholz.

Ich wusste nicht, was ich tun sollte. Es schien mir das Beste, im Gasthaus Hilfe zu holen. Also ließ ich ihn dort und ging ins Haus, um Dr. Harvey zu wecken. Ich klopfte und klopfte an Dr. Harveys Tür, aber es kam keine Antwort. Ich dachte, es wäre vielleicht nicht das richtige Zimmer, also ging ich den Besitzer wecken. Die nächsten zehn, zwanzig Minuten suchten wir beide nach Dr. Harvey und Kazue, fanden sie aber nicht.

Und dann haben Sie Dr. Eddington benachrichtigt?
Ja. Ich hatte das Gefühl, dringend einem meiner Vorgesetzten in der Abteilung Bescheid sagen zu müssen. Ich wusste, dass Dr. Eddington im Dorf [*geschwärzt*] war, nur fünf, sechs Kilometer weiter. Ich bat den Besitzer, jemanden von seinem Personal zu Dr. Eddington zu schicken, um ihn zu benachrichtigen, dass etwas Schlimmes passiert und Dr. Harvey verschwunden sei.

Während ich auf Hilfe wartete, watete ich wieder ins Wasser und blieb bei Mr Pickford. Ich versuchte, ihn dazu zu bringen, mir zu sagen, was passiert war, ob ihn jemand angegriffen hatte und ob Dr. Harvey auch verletzt war. Er sagte gar nichts. Schaukelte nur immer weiter mit dem Oberkörper. Zwischendurch weinte er manchmal, dann war sein Gesichtsausdruck wieder einfach nur leer.

Schon nach ein, zwei Stunden kam Dr. Eddington mit mehreren japanischen Assistenten. Er teilte uns in zwei Suchtrupps auf. Mein Trupp trug zuerst noch Mr Pickford ins Haus, damit Dr. Eddington mit ihm reden konnte. Dann gingen wir, wie er uns angewiesen hatte, nach Westen, Richtung Hafen.

Sie waren also nicht bei dem Trupp, der Dr. Harveys Leichnam fand?
Nein. Mein Trupp hat auch Kazue nicht gefunden, obwohl ich weiß, dass sie inzwischen gefunden wurde. Mehr habe ich dann nicht mehr mitbekommen, denn als ich von der Suche beim Hafen zurückkam, sagte mir Dr. Eddington, dass Mr Pickford nach Tokio gebracht worden sei. Noch am Vormittag wurde ich ins SCAP-Hauptquartier zurückgeschickt.

Und Mr Pickford hat Ihnen gegenüber an keinem Punkt erwähnt, welche Rolle er bei dem ganzen Geschehen gespielt hat?
Nein. Alles, was ich sonst noch weiß, ist mir im Lauf dieser Ermittlungen mitgeteilt worden. Als ich Mr Pickford im Wasser fand, hat er nichts Kohärentes von sich gegeben. Er hat gar nichts Nennenswertes gesagt.

13

Nichts Kohärentes, nichts Nennenswertes.

Scheußliche achtundvierzig Stunden vergingen in der stehenden Luft meines Hotelzimmers. Es war zu heiß zum Atmen. Die Vorhänge waren zu und die Lampen aus, und die Heizung lief offenbar auf Hochtouren. Ich rührte mich nicht vom Bett. Seit ich den Bericht gelesen hatte, schmorte ich in dieser reglosen Dunkelkammer voller unscharfer Bilder. Je mehr Pillen ich nahm, desto mehr Blut sah ich an Satoshis Händen und dann an den Händen meiner Mutter, die schwer wie Pistolen auf einen Betonboden fielen.

Wenn ich wach war, versuchte ich, auf den Fernseher zu schauen, der in der Ecke schwebte. Er war nicht richtig eingestellt, gab aber etwas gedämpftes Licht. Wenigstens war es nicht ganz dunkel. In völligem Dunkel wäre ich alle fünf Minuten aufgewacht und hätte mich gefragt, ob ich gerade geboren worden war. Das würde ich nicht verkraften, das Leben noch mal von vorn zu leben.

So viele Pillen ich nahm, so viele abartige Träume befeuerten sie. Ich nahm welche, sooft ich die Kraft fand, einen Arm zu bewegen, spülte sie mit warmem Pocari Sweat hinunter. Ich gewann die Freundschaft des Pagen Takeshi, der mir Chiyokos Fax gebracht hatte. Er schien aufrichtig um mein Wohl besorgt. In meinem Kopf waren Takeshi und Watanabe eine Person: Was auch geschah, was auch geschehen würde, er war eine verlässliche Präsenz. Er kam über den Teppich, brachte mir etwas zu trinken, Kekse und Schlaftabletten. Pillen, die ich mit meinen mixen konnte. Jedes Mal, wenn er kam, streckte ich eine schüchterne Handvoll Geldscheine in das trockene Draußen, sah seinen Schatten über die tristen blauen Wände fluten. Die übrige Zeit lag ich einfach nur da, Banknoten unter der durchgeschwitzten Bettdecke verborgen; die Kanten der Scheine kratzten mich an Armen und Beinen.

Der Fernseher hatte wirklich einen miesen Empfang. Ich starrte immer wieder hin, versuchte herauszufinden, worum es in der Sendung ging, sah aber nur mich selbst. Nicht mich als Einundvierzigjährigen. Mich in verschiedenen Augenblicken meines Lebens, nebelhafte Bruchstücke von Situationen, in denen ich mich einmal befunden hatte.

Ich erinnere mich immer noch in Fragmenten, als sähe ich meine Vergangenheit in einem nicht richtig eingestellten Fernseher. Bilder rollen, holen einander ein und klumpen sich zusammen. Da ist keine zeitliche Reihenfolge, kein Narrativ, nur eine Serie von Fragmenten.

In einem Fragment sehe ich mich als Kind im Büro meines Vaters in der City. Er sitzt hinter seinem wunderbar polierten Schreibtisch und wühlt in einem Haufen von Papieren; Blätter fliegen durch die Luft wie ein Schwarm weißer Tauben. Seine Nadelstreifenarme fuchteln wie im Zeichentrickfilm, um die Blätter in der Luft einzufangen. Seine Sekretärin, die, mit der er dann später auf und davon ging, sitzt auf der Schreibtischkante; ihre schlanken, nylonbestrumpften Beine baumeln, und ihre Brüste baumeln auch, weil die Schwerkraft siegt, als sie sich vorbeugt, um bei der Blätterjagd zu helfen. Mein kindliches Selbst sitzt in einem riesigen antiken Sessel am anderen Ende des Raums. Das Holz ist narbig, aber meine Haut ist makellos glatt. Draußen tobt ein Sturm, vielleicht fällt ja an diesem Tag die Schule aus. Vielleicht ist es ja der Tag, an dem eine riesige Eiche mit unheimlicher Treffsicherheit das Tor der St.-Joseph-Grundschule zerschmetterte.

Eine skizzenhafte Flut von weißen Pillen rauscht über den Bildschirm. Mein Vater ist immer noch da, aber sein Gesicht ist anders. Die Haut um Augen und Nase ist jetzt auf eine neue Art unglatt. Er trägt denselben Anzug, aber ein anderes Hemd, und er beugt sich über eine andere Fläche von poliertem Holz. Jetzt ist es ein Esstisch. Ich, er und Chloe. Er spendiert uns ein Essen in einem Lokal mit makellos glänzenden Messern und Gabeln und schimmernden Weingläsern, so groß wie Vasen. Wir stoßen auf etwas an, doch ehe unsere Gläser klicken, löst sich mein Vater in ein Gewimmel von kalkweißen Pillen auf, und jetzt ist nur noch das glückliche Paar im Bild. Wir sitzen an einem Tisch in unserer Wohnung in der Guilford Street, und meine Finger liegen auf der gelbbraunen Haut ihres Arms. Sie wackelt mit einem Fuß, und die Sandale klatscht an ihre Fußsohle. Auch hier sind Gläser, zwei Stück nebeneinander, eins mit Sekt, das andere randvoll mit Mineralwasser, und irgendwie verweist das Sprudeln auf eine Welt in der Schwebe zwischen Flüssig und Fest, Bläschen perlen aus dem Nichts empor, funkeln. Chloe streichelt ihren Bauch und lacht. Hinter uns ist ein offenes Fenster, da sind Schafe und Kinder, die im grünen Leuchten einer gemähten Wiese zu schwimmen scheinen, während der Sommer sich langsam durch die Stadt wälzt.

Ich blinzle mir das Wasser aus den Augen, sehe dann eine dunklere Szene.

Chloe und ich sind in Griechenland, im Urlaub, an einem klebrigen Augustabend 2005. Zwei winzige vibrierende Gestalten in einem gerammelt vollen Club, einer einzigen Masse hüpfender Körper, wie eine Maschine mit fünfhundert beweglichen Teilen, und auf der Bühne spielt eine Band. Meine Haut ist marmoriert, und unter den Augen habe ich leere Ringe. Ich bin schlecht gelaunt. Chloe beschwert sich schon den ganzen Abend – *sie* wollte unbedingt hierher, aber jetzt, da sie hier ist, scheint es ihr vielleicht doch nicht so gut für jemanden in ihrem Zustand zu sein: im fünften Monat, mit lebensprallem Bauch. Aber ich sage, sie soll mal ein bisschen leben. Um meinen Hals hängt die Kamera, bereit zu dokumentieren, wie glatzköpfige Typen in schwarzen T-Shirts dicke Finger über Griffbretter wieseln lassen. Ich sage das, was sie immer zu mir sagt, dass wir mal ein bisschen leben sollten, und ich halte schützend die Hand vors Objektiv, als ein Riff durch den wogenden Raum dröhnt. Hinter dem Bassisten geht Pyrotechnik los, röhrenartige Dinger speien einen kontrollierten Funkenregen. Und das scheint auch zuerst der unterhaltsamste Teil des Abends, bis dem Leadgitarristen die Kinnlade runterfällt, als die Funken Dämmschaum im Drumpodest entzünden, bis sich irgendein Idiot zu mir umdreht und sagt: »Wahnsinn, das ist echt geil, nimm das auf, Mann«, und am Riemen der Spiegelreflex zerrt, und ich denke, nein, das ist nicht geil, das kann nicht zur Show gehören. Und ich sehe Chloes Gesicht, das sich in fragende Falten legt und von langsam brennender Angst rötet. Es verkrampft sich und loht auf, bis es nicht mehr zu erkennen ist, das Gesicht von jemand anderem.

Erst als das Feuer über die Decke schießt und der graue Rauch die Band verschluckt, setzt Panik ein. Eine Minute höchstens, und der ganze Raum glüht neblig orange. Der Sänger fällt, in Flammen gehüllt, von der Bühne, schlägt auf einem Vorbau aus knisternden Verstärkern und brutzelnder Elektrik hilflos um sich. Fuck, kein Gag, kein Wahnsinnsgag. Der Rest der Band rennt zum Westausgang, aber ich fasse Chloes Hand, und wir laufen in dieselbe Richtung wie die Massen. Da lang, komm, nach draußen. Alles grau, alles grau, Husten, Rennen, Festhalten, und dann rutscht ihre Hand aus meiner, rutscht einfach weg.

Wo ist sie, wo, da. Reduziert auf die Halbsätze eines Kindes, das Gestotter eines Ausländers. Weg, weg. Unmöglich, durch die gespenstisch wabernde Masse etwas zu sehen. Jemand an meinem Arm, nicht sie, eine fragile Frau, die langsam seitwärtskippt, ihre Stimme und andere Stimmen, lauter Echos, eine wirre Fuge, ein Choral, der an meine Ohren dringt. Kann sie nicht finden, zu viele Gestalten, miteinander verklebt durch Trümmer und Rauch und Asche, und am Rand Leute, die aussehen wie Banknoten im Wind. Finde sie nicht. Ein Schuh fliegt hoch, eine Brieftasche segelt herab. Finde sie nicht. Finde sie nicht in dem raucherstickten Licht, finde mich selbst nicht, zu besoffen vom Geruch brennenden Biers, zu dicht umhüllt vom geschmolzenen Stimmengewirr.

Aber ich finde den Westausgang, Dreck hustend finde ich ihn und denke, das könnte sie sein, der winzige schwarze Rucksack dort vorn, in den Nacken hochgerutscht, sodass ich kein Haar sehe, keinen Kopf. Sehe den Rucksack Meter vor mir abwärtsgleiten, durch das enge, steile Treppenhaus mit dem schmalen Streifen unverbrannten Lichts am unteren Ende. Alles stolpert dort hinab, drängt zu der Lücke in der Tür, gequetscht, gerammt, eingeklemmt. Schwarzer Rauch quillt aus Ohren und Mündern und Augenhöhlen. Die Tür geht nach außen auf, aber sie ist zugekettet. Alle kämpfen sich zum Ausgang, jeder ist ein Schlangenmensch, aber die Tür ist zugekettet. Und es passiert so schnell – sie stapeln sich aufeinander, die Fallenden auf die bereits Gefallenen, die ganze grässliche Agonie aus Stiefeln und Armen und erstickten Schreien, und der Rucksack ist weg, verschwunden, ich habe sie verloren, ich habe sie verloren, verloren, verloren. Ich boxe gegen einen Kopf, um leichter auf die

Körper klettern zu können. Verloren, verloren. Etwas Spitzes, ein Autoschlüssel vielleicht, ein noch intakter Splitter des Alltagslebens, bohrt sich in meine Wange. Verloren, verloren, verloren. Die Körper vor mir sind jetzt verflüssigt, dunkles Blut spritzt in ersterbenden Bögen aus meiner Wange, und alle werden zusammengeknautscht, jeder verliert, jeder landet auf jedem. Mein Kameraobjektiv bohrt sich in ein Kreuz, und meine Lippen formen: »Schwanger, nein, sie ist schwanger, nein«, und meine Gliedmaßen werden ein grauer Strang in einem unvorstellbaren Knoten von Dunkel, einem dunklen, zappelnden Menschenknoten, kein bisschen Licht mehr zwischen uns.

Und später, viel später, als ich Luft in mich hineinschlinge, die nach Wasser schmeckt, sagt man mir, dass sie tot ist und ich lebe. Es ist zu abstrakt, um es zu erfassen.

Der Bildschirm pulst dunkler und noch mal dunkler.

Alle möglichen Bilder flimmern darüber, im Schnellvorlauf miteinander verschmolzen. Zu viele, um sie zu beschreiben oder auch nur zu identifizieren, und doch jedes auf irgendeine Weise vertraut. All diese Dinge auf der verspiegelten Oberfläche des Fernsehschirms, all diese vor- und zurücklaufenden Bilder. Vertrautes, verblasste Widerspiegelungen von Vertrautem, verblasste Leben, die wie vielbeinige Flammen über das veredelte Glas rasen.

»Mr Fossick, heute müssen Sie aber aufstehen. Die Welt will erobert sein!«

Die Stimme war so nah, dass sie aus meinem eigenen Kopf hätte kommen können. Vielleicht gehörte sie ja Takeshi. Vielleicht war er es ja, der die Vorhänge aufzog. Die waffeltrockene Haut meiner Augenlider schien sich mit dem Gelb der Sonne, dem Türkis des Himmels vollzusaugen.

Ein Fenster wurde geöffnet, und ich fror im Licht.

14

»Ich wette, du glaubst, es gibt dir was Supergeheimnisvolles«, sagte Chiyoko, als sie mich mit ihren warmen Augen auftaute, »einfach so hier aufzutauchen, ohne ein Wort darüber, wo du die letzten beiden Tage gesteckt hast.«

Irgendwie hatte das Foyer des Hotels Villa Dolly etwas von einer Exdiskothek, circa 1985. Chiyoko stand unter einer zitternden Spiegelkugel, die das Pink ihres Haars zu einer tropischen Palette zerlegte, wobei jeder Farbton durch den nächsten eingeordnet und präzisiert wurde.

»Ich mache nicht auf geheimnisvoll«, sagte ich. »Ich erzähl es dir ganz genau, wenn du willst, aber es könnte alles erst recht obfuskieren.«

»Ich weiß noch nicht mal, was das Wort bedeutet.«

»Da hast du's, genau das ist Obfuskation.«

»Wie auch immer. Ich dachte, dich kann ich abschreiben, Fossy.«

»Ich habe entgiftet.«

»Entgiftet?«

»Ja, quasi.«

»Sieht aus, als hättest du mit Sojasauce entgiftet.«

Ich folgte ihrem Blick zu dem Streifen von weißem T-Shirt zwischen meinen Revers. Eine Sojasaucenspur zog sich vom Halsausschnitt bis zur Taille. Ich hatte den größten Teil des Nachmittags damit verbracht, Fisch, Reis und Rindfleischstreifen in mich hineinzuschaufeln. Die Achtundvierzig-Stunden-Diät aus Vanillecremekeksen und Softdrinks hatte meinen Körper nach Nahrung gieren lassen.

»Stimmt«, gab ich zu. »Sojasauce scheint dabei irgendwie eine Rolle gespielt zu haben.«

Sie sagte: »Okay, Mr Foss, hast du mein Fax gekriegt?«

»Hab ich, danke. Offenbar hat George wirklich ein schreckliches Ende ereilt, wie du schon prophezeit hast.«

»Ja. Ich meine, ich habe den Bericht natürlich nicht gelesen. Es geht mich ja nichts an, was mit deinem Satoshi passiert ist. Ich bin nur bei der Suche nach George Harvey draufgestoßen, also hab ich mir gedacht, ich schicke es dir.«

Eine Pfütze Spätnachmittagslicht breitete sich zu meinen Füßen aus, durchtränkte den Koffer links und die Ledertasche rechts von mir. Weiter hinten im Foyer verliehen sparsame Lichtbänder den verspiegelten Wänden ein wattarmes Schimmern.

Sie sagte: »Wie ich sehe, kommst du auf mein Unterkunftsangebot zurück.«

»Wenn das Angebot noch steht, wäre ich froh. Scheint ja ein faszinierender Ort hier.«

»Schon ungewöhnlich, nehme ich an. Für dich. Aber Love-Hos sind eine japanische Tradition.«

»Love-was?«

»Love-Hotels. Wo die Leute ihren Spaß haben können. Stundenweise, wenn sie wollen. Kein Bordell, versteh mich richtig. Nur ein Hotel mit gewissen Extras. Vibrationsbetten und so.«

»Vibrationsbetten?«

»Ja. Plus Karaoke-Maschinen, Einmal-Dildos, Badezimmer-Jacksies.«

»Jacksies?«

»Klar. Die Leute waschen sich gern, bevor sie zusammen in die Kiste hüpfen. Erst die Hygiene, dann das Vergnügen.«

Ich räusperte mich. »Meinst du Jacuzzis?«

»Sag ich doch, Jacksies.«

Ich fand es seltsam tröstlich, dass es doch ein paar Winkel des Englischen gab, die sich ihrer Herrschaft entzogen.

»Und hier«, sagte ich, »arbeitest du?«

»Hier arbeite ich, Fossy.«

Chiyoko erklärte mir, dass das Hotel rund um die Uhr geöffnet habe, sie aber nur Nachtschicht mache. Sie behauptete, davon habe sie an der Uni kein Müdigkeitsproblem. »Ich sitze im Grund nur dort hinterm Tresen«, sagte sie, »und döse die meiste Zeit.« Der Tresen, auf den sie zeigte, hätte ein Bankschalter sein können, nur dass die Scheibe zwischen Kundschaft und Personal aus Milchglas war.

»Ich brauche die Gäste nicht mal zu fragen, was für ein Zimmer sie wollen.«

Das erledigte eine Mood-Light-beleuchtete Wähltafel an der Wand, mit Abbildungen verschiedener Zimmer und den zugehörigen Preisen – einem für »Kurzaufenthalt« und einem für »Übernachtung«.

»Zu uns kommen frustrierte Salarymen, die eine Affäre haben oder es mit einer chinesischen Arbeiterin treiben. Wir haben kaum Ärger mit den Gästen. Love-Hos gibt es schon ewig, seit nach dem Zweiten Weltkrieg. Da haben japanische Familien Zimmer an Besatzungssoldaten vermietet.«

Ich dachte kurz an Reginald Pickford und die Frage, wie er mit blutigen Händen dort im Wasser gelandet war.

»Wenn es Probleme gibt«, fuhr Chiyoko fort, »rufe ich einfach Daisuke. Er ist der Besitzer. Ein Exsumoringer, der gleich dahinten wohnt.«

9 to 5 schepperte aus einem exotisch aussehenden Sony-Gettoblaster, und Daisuke und Chiyoko tanzten, mit Dolly Parton mitsummend, durch den Speiseraum im rückwärtigen Teil des Hotels.

Der Größenunterschied war sehr komisch. Sie war ein kindlich-zartes Ding. Neben Daisuke, einem Berg von fetten Gliedmaßen und feisten Gesichtszügen, wirkte sie wie eine Zwergin. Ich saß in einem Sessel, grinste zwischen Schlucken von grünem Tee und Zügen an meiner Zigarette und ließ meinen Blick über seine Fleischmassen wandern. Sie hatten die gleiche Textur wie die verwitterten Holzbalken der Wände und der Decke. Seine Hände überzog ein Geflecht von dunklen Adern, die wie ein Wegenetz aussahen, und alles an ihm hatte etwas Robustes, Massives, Unerschütterliches. Er dampfte über den blau gefliesten Boden wie ein mächtiges Schiff durch raue See, und ich sah vom Festland aus zu, dabei und doch auf Entfernung, und klopfte mit dem Fuß einen leicht abweichenden Rhythmus.

»Daisuke *liebt* Dorry Parton«, verkündete Daisuke strahlend und tauchte eine fleischige Hand in ein Schälchen mit Erdnüssen auf der Fensterbank. Er drehte die Lautstärke etwas auf und tanzte rückwärts aus dem Raum, unter geschickter Umgehung des Bügelbretts vor der Tür. Vielleicht war es ja nur sein Akzent im Englischen, aber er klang unglaublich tuntig. Es war schwer, die Stimme und den Körper zusammenzubringen. Ich flüsterte Chiyoko etwas Diesbezügliches ins Ohr, als sie sich einen Plastikstuhl herbeizog.

»O ja«, sagte sie laut, »er ist schwul wie ein Fenster, der gute Daisuke.«

Mein Prusten verteilte einen Sprühnebel von grünem Tee auf meinem T-Shirt. Ich drückte meine Zigarette in einem Coca-Cola-Aschenbecher aus, stellte meine Tasse ab und begutachtete den Schaden. Das Leben dieses Kleidungsstücks als weißes T-Shirt war definitiv vorbei.

»Schwul wie was?«

Chiyoko erwiderte lächelnd: »Das sagt man so.«

»Verstehe. Ist es nicht ein bisschen ungewöhnlich, dass ein Sumoringer schwul ist?«

»Was glaubst du, warum er aufgehört hat? Die Sumowelt ist total homophob. Wenn es rauskommt, kannst du einpacken. Es gab da einen Vorfall mit einem anderen Ringer... Er spricht nicht gern darüber. Er bekam einen Job als Manager hier im Hotel und gab seine Ringerkarriere auf. Irgendwann hat er das Hotel dann gekauft und in Villa Dolly umbenannt, weil er so ein Superriesenfan von Dolly Parton ist. Eigentlich wollte er nie ringen. Aber er entstammt einer langen Linie von Ringern, die Familie hat die Bürde immer weitergegeben. Er hatte das Gefühl, es zu müssen.«

Daisuke kam wieder herein, in der Pranke eine Dose Cola Light. Ihn flankierten zwei japsende Dackel. Sie waren so rund wie Babyarme, und ihre Körper schienen an jedem Ende mit einer unsichtbaren Schnur abgebunden. Sie liefen geradewegs auf Chiyoko zu, die sie jeweils mit einem Arm auffischte und an ihre Brust drückte.

»Magst du Wursthunde?«, fragte sie.

Ich gab zu verstehen, dass mein Verhältnis zu »Wursthunden« im Großen und Ganzen neutral war.

»Sie gehören Daisuke. Der hier«, sagte sie und hob mir einen der ausdruckslos vor sich hin stierenden Dackel entgegen, »ist Feuer, und der linke hier ist Eis. Eis hat seidigere Ohren, siehst du?«

Ich konnte keinen Unterschied zwischen den beiden Hunden erkennen, nickte aber.

»Daisuke liebt Hunde«, sagte Daisuke.

Ohne Vorwarnung drückte mir Chiyoko die Dackel in die Arme. Ich hielt sie eine Minute, wobei sie ihre robusten Pfoten in meine Brust krallten, dann nahm sie sie mir wieder ab.

»Es überrascht mich, dass sie nicht beide ›Dolly‹ heißen«, sagte ich.

Daisuke runzelte die Stirn, was einen Dominoeffekt auslöste: Dicke Falten wogten von der Stirn abwärts, über die Mundpartie, um dann schließlich in seinem Mehrfachkinn aufzugehen. Ganz offensichtlich hatte ich etwas Falsches gesagt, aber ich war zu beschäftigt damit, nach Ähnlichkeiten zwischen den Hunden und ihrem Herrchen zu suchen, um mir allzu viele Gedanken über meine Außenwirkung zu machen. Die Dackel hatten zwar nicht Daisukes gefaltete Haut und ramponierte Nase, wohl aber die gleiche Art, über den Fußboden zu wabbeln.

»Daisuke ist nur verbittert«, sagte Chiyoko. »Wir haben eine Münze geworfen, wer die Hunde taufen darf, und ich habe gewonnen. Feuer und Eis, so heißt ein Gedicht von Robert Frost. Tolles Gedicht. Ich bin nämlich ein Superriesenfan von Robert Frost.«

»Warum?«

»Ich liebe Tokio, die Möglichkeiten der Großstadt. Aber wenn ich lese, will ich dem ganzen Gedränge entkommen. Dann will ich für mich sein. Ich will auf dem Land sein, mit verschneiten Bäumen.«

Im Hotelbüro starrte ein Mann mit einem Gesicht voller Muttermale in einen leeren Kaffeebecher. »Der Typ von der Abendschicht«, sagte Chiyoko und reagierte kaum auf ihn, als er seinen Becher nahm, sich verbeugte und an uns vorbeiging. Gleich darauf sahen wir durch das Milchglas seine verschwommene Gestalt das Hotel verlassen.

Ich setzte mich, und wir redeten, während Mitternacht kam und ging. Das Büro war kaum mehr als ein geräumiger Schrank hinter dem Empfangstresen. Darin stand ein L-förmiger Kiefernholzschreibtisch. Er trug einen schwach leuchtenden Laptop, der mit zwei Überwachungskameras im Foyer verkabelt war. Außer dem Tisch passten auf den Holzboden gerade noch mein lederbezogener Armstuhl und Chiyokos Bürostuhl. Die Wand zierte ein Kalender mit Bildern von Hunden in verschiedenen Stadien der Wachsamkeit: springend, sich wälzend, hängend. Außerdem waren da noch ein gerahmtes Foto von Dolly Parton und ein Netzwerk von kleinen Holzkästchen, in denen Zimmerschlüssel lagen.

Das erste Paar kam um kurz nach zwei Uhr morgens, Teenager, Arm in Arm. Wir beobachteten auf dem Laptopschirm, wie sie durchs Foyer gingen. Er war vergleichsweise konservativ gekleidet: Jeans und kurzärmliges Hemd. Sie hatte grellweißen Lidschatten und schwarz umrandete Augen und Lippen. Ihre wilde, weißblonde Lockenmähne hielt ein breiter Haarreif zurück, der aussah wie in Disneyland erworben. »*Yamanba*«, flüsterte Chiyoko. »Ich wette, sie nehmen das Karaokezimmer im ersten Stock.« Das Mädchen drückte ein illuminiertes Quadrat der Wähltafel, und aus dem Laptop kamen zwei hohe Pieptöne.

»Hab's doch gesagt – erster Stock, das steht denen doch ins Gesicht geschrieben.«

»Yamanba?«

»Ja, das heißt … so was wie … eine Berghexe? Das Mädchen hat einen speziellen Style, der sie zur Berghexe macht.«

»Berghexe?«

»Ja, das ist doch englisch, oder?«

»Irgendwie schon.«

Wir schwiegen eine ganze Weile. Der Sound einer ins Mikro jodelnden Berghexe sickerte durch die Decke, verlor sich dann. Ansonsten war da nur ein Hintergrundsurren von den Straßen draußen, die Pneumusik der frühen Morgenstunden.

»Also«, sagte Chiyoko, »noch irgendwelche Ideen, wie du deinen Satoshi finden kannst? Ich nehme doch an, du willst ihm dein mysteriöses Päckchen immer noch zukommen lassen?«

»Hast du irgendwas zu trinken?«

»Ähm, klar.«

Sie öffnete eine Schublade, entnahm ihr eine flache, kleine Flasche Whisky und zwei Plastikbecher. Während sie eingoss, blinkte auf dem Laptopschirm hinter ihr die Digitalanzeige: 03:38. Sie reichte mir einen der Becher, und ich atmete den Duft ein: Vanilleschoten und frisch gerösteter Toast. Der Geschmack dann aber, ein beißendes Prickeln, war eine Enttäuschung.

»Ich habe darüber nachgedacht«, sagte ich. »Ich habe ja jetzt dank deiner Hilfe seinen richtigen Namen. Reginald Pickford. Also kann ich doch nachforschen, ob vielleicht irgendeine Veteranenorganisation etwas über seinen Verbleib weiß.«

»Hm«, sagte Chiyoko und verzog das Gesicht, als sie etwas Whisky in ihren Mund kippte, »hoffentlich bringt es was. Ich merke ja, wie wichtig es dir ist, das für deine Mutter zu tun.«

»Komisch, oder? Die ganze Kindheit hindurch versucht man, es seinen Eltern rechtzumachen. Dann, ab der Pubertät, versucht man nur noch, sie leidlich bei Laune zu halten und zu tun, was einem passt. Aber wenn sie dann sterben …«

»Sind einem ihre Ansichten plötzlich wieder wichtig?«

»Genau. Zurück auf Los. Aber du bist vermutlich noch in der Tun-was-einem-passt-Phase.«

»Ach, da kann ich nicht mitreden, Fossy.«

»Aber sie leben doch noch, oder?«

»Meinen Vater hab ich nie gekannt. Ich weiß nicht mal, wer er ist. Mama lebt noch. Aber über meine Eltern zu reden, macht mich traurig, also lass uns das Thema wechseln.«

»Jetzt hast du's aber mit dem absoluten Minimum. Das ist mein Part. Was macht deine Mutter?«

»Was sie macht? Was ist das denn für eine Frage?«

»Eine ziemlich normale. Beruf, Tätigkeit, Job.«

»Mama hat hier gearbeitet. Jetzt ist sie quasi im Ruhestand.«

Sie schwenkte mit ihrem Stuhl herum und begann, flinke schwarze Fingernägel über die Laptoptastatur tanzen zu lassen. Ich begriff, dass die Unterhaltung beendet war, und nahm *Psychologie der Niederlage* aus meinem Koffer. Ich brauchte etwas, worüber ich reden konnte, falls ich Satoshi irgendwann traf.

Etwa eine Stunde verging, ehe wir wieder redeten, diesmal über Chiyokos Masterstudium, das sie sich mit der Arbeit im Liebeshotel finanzierte. Sie sagte, Literatur mache sie nur zum Spaß, sie wolle weder Schriftstellerin noch Lehrerin werden. Nach dem Examen wolle sie am liebsten einen Managementjob in einem Hotel wie dem Shibuya Grand. »Aber das Problem ist«, sagte sie, »dass ich dafür wohl nicht richtig aussehe. In solchen Hotels geht es total nach dem Äußeren.« Ich sagte, sie sei allemal so hübsch wie die Rezeptionistinnen im Shibuya Grand. »Das weiß ich«, sagte sie schnell, »aber die Frauen, die in solchen Hotels arbeiten, haben ein ganz bestimmtes Aussehen.« Sie sei sich nicht sicher, ob pinkfarbenes Haar und schwarzer Nagellack dem entsprachen. »Da geht's um geweißte Zähne, Gucci-Handtaschen und manikürte Fingernägel. Man muss aussehen wie alle anderen.« Ich wollte sagen, dass sie im Shibuya Grand in der Tat schöne Fingernägel hatten, besann mich aber eines Besseren.

In diesem Moment fiel ein mächtiger Schatten über uns. Er gehörte Daisuke, der in der Bürotür stand; ein energiegeladenes Lächeln veränderte sein Gesicht. Er sagte etwas auf Japanisch zu Chiyoko, wandte sich dann mir zu.

»Bettgehzeit!«, verkündete er, und sein Gesicht wackelte von einem Vibratogiggeln.

»Aber es ist noch nicht halb sechs«, sagte Chiyoko. Dass sie englisch mit ihm sprach, ließ meine Augen feucht werden, warum, kann ich nicht erklären.

»Daisuke kann nicht schlafen«, sagte Daisuke. »Also kann er auch hier sitzen.«

Chiyoko stand auf und sagte: »*Arigatou gozaimasu.*«

Er stampfte über den Holzboden und ließ sich auf dem Stuhl nieder, auf dem sie gesessen hatte. Das tat er ganz langsam und vorsichtig, wie ein Zirkuselefant, der sich auf einen lächerlich winzigen Hocker setzt.

»Chiyoko zeigt Ihnen Zimmer«, sagte er.

Nach unbehaglichen dreißig Sekunden im Hotellift, der maximal drei Personen befördern konnte und einen aus den Lautsprechern in der Metalldecke mit Beethoven berieselte, waren wir im dreizehnten Stock. Chiyoko stieß die Tür zu meinem neuen Zimmer auf und blieb dann, die Schließkarte in den Fingern drehend, auf der Mitte des Teppichbodens stehen. Ich stellte Koffer und Ledertasche ab.

Verglichen mit meiner Vision von einem schmuddligen Keller voller Peitschen und Lederslings war das Liebeshotelzimmer gar nicht so übel. Das Bett sah nicht aus, als ob es vibrierte, war aber von einer Größe, die seiner Bedeutung in einem solchen Etablissement entsprach. Es füllte den größten Teil des Zimmers aus und wirkte absurd vor dem winzigen Fenster, das ein postkartengroßes Panorama der Stadt bot. Außer dem gigantischen Bett war das Einzige, was diesen Raum von einem x-beliebigen kitschigen Hotelzimmer unterschied, ein eher tristes Vitrinenschränkchen mit Sexspielzeug an einer Wand. Der Inhalt sah aus wie übergroße Jahrmarktssüßigkeiten.

»Wie gefällt's dir?«

»Es ist perfekt. Das Spielzeug da hat auch was.«

»Man weiß nie, wann man's mal gebrauchen kann«, sagte sie und setzte sich aufs Bett, die Hände auf den Oberschenkeln. Ihre Jeans waren faltenfrei. Sie hielt diese Position ein paar Sekunden, erhob sich dann aber, als fiele ihr plötzlich etwas Langvergessenes wieder ein, und spazierte zum Fenster hinüber. Dort blieb sie mit dem Rücken zu mir stehen und schaute auf Tokio hinaus.

Ohne den Blick vom Fenster zu wenden, sagte sie: »Morgen willst du vermutlich Reginald suchen. Aber wie wär's, wenn wir am frühen Abend zusammen essen gingen?«

»Essen?«

»Ja«, sagte sie und drückte den Zeigefinger an die Scheibe. Der Fensterkitt war teilweise herausgebrochen, der Lack des Rahmens schartig. Sie inspizierte ihre Fingerkuppe, vielleicht auf Staub oder Kondenswasser. »Ich kenne ein nettes Sushirestaurant in Omotesando. Supereinfach. Nur wenn du Lust hast.«

»Das … klingt toll.«

»Gut.«

»Gut.«

Ich sortierte im Geist die nächsten paar Dinge, die ich sagen würde, versuchte, sie in eine vernünftige Reihenfolge zu bringen, kleine Einschübe und Exkurse hinzuzufügen.

Sie beugte sich ans Fenster und sagte, »Komm, schau dir die Stadt an. Das ist meine Lieblingstageszeit, wenn alles erwacht.«

Langsam trat ich von hinten an sie heran, bis zwischen mein ruiniertes T-Shirt und den Rücken ihres Sweatshirts gerade noch ein Briefumschlag gepasst hätte. Ihre Wirbelsäule bog sich ein bisschen durch, aber ihre Hände verließ die Kraft: Sie schwangen sachte nach hinten, bis die Daumen auf meinen Oberschenkeln ruhten. Irgendeine dösige Bemerkung über die Aussicht wälzte sich von meiner Zunge, und währenddessen verlagerte sich eine ihrer Hände in meinen Nacken. Ihre Finger zogen meinen Kopf herab, meine Augenbraue streifte eine Strähne von pinkfarbenem Haar, und schließlich war meine

Nase nur Millimeter neben einem türkisfarbenen Ohrring. Ich schloss die Augen und sehnte mich nach einem beruhigenden Geruch. Dem Duft von Roastbeef an einem kalten Sonntag, von frisch gewaschener Wäsche an einem verregneten Montag, dem Geruch von noch nicht aufgeschnittenen Buchseiten, von Fotos im Fixierbad. Doch alles, was ich einatmete, war ein unvertrautes Parfüm. Sie ließ den Kopf an meine Brust sinken. Ihr Hinterteil presste sich an den dicken Denim über meinem Reißverschluss. Ich hörte das Metrum ihres Atems, ruhig und gleichmäßig, und sonst nichts.

Ich wartete darauf, dass mein Penis steif würde, aber nichts passierte.

Ich trat einen Schritt zurück und blickte über ihre Schulter nach draußen. Autos wälzten sich über die Asphaltbänder, die sich durch Shibuya schlängelten, waren Teil des urbanen Tosens, das jenseits der Stille liegt. Eine wässrige Sonne schickte sich an, über der Stadt aufzugehen, säumte den Horizont mit einem schmalen, gelblichen Band. Dicht gedrängte Menschenscharen verschmolzen in den überfüllten Winkeln des Morgens. Sie sahen aus wie Schwärme von Insekten, alle gleich, gesichtslos, mechanisch dahinmarschierend, auf Überleben programmiert.

Bestimmt würde er gleich steif werden.

»Ich bin müde«, sagte sie. »Du auch? Ich gehe jetzt besser nach oben.«

Ich dachte, das hast du von den Pillen, sie betäuben alles.

Ich sagte: »Gehst du denn nicht nach Hause?«

»Mein Zuhause ist einen Stock höher«, sagte sie auf dem Weg zur Tür. »Ich wohne hier.«

15

Ich stieg in die Badewanne, weil sie da war. Es war kurz vor acht, acht Uhr morgens.

Ich lag in der Wanne und hörte eine Kette von Autoalarmanlagen in die Rushhour hinausjaulen, nacheinander ihre elektrischen Schreie ausstoßen. Echter und falscher Alarm, eine Million Teile von stabilem Metall, auf Panik gepolt. Es war seltsam, so stillzuliegen und trotzdem das Gefühl von Bewegung zu haben, als die Sirenen durch meine Knochen pulsten. Ich ließ heißes Wasser nach. Der Mut von gestern, das weltläufige Selbstvertrauen, das mich befähigt hatte, aus dem Shibuya Grand in dieses fremde Hotel zu gelangen, war verflogen. Da war nur noch ein schrecklich hohles Gefühl in meiner Brust. Die Temperatur des Badewassers näherte sich der Perfektion, war an der Schwelle zu siedend heiß. Schweiß perlte aus meinen Gesichtsporen, als ich tiefer hineinrutschte. Ich musste an das schnurlose Telefon drüben im Zimmer denken. Ich sollte Freddie anrufen, dachte ich, hören, ob ihr noch irgendwas zu Satoshi eingefallen war, was die Suche erleichtern konnte. Ihr wenigstens sagen, dass ich es nach Tokio geschafft hatte, dass ich mein Bestes tat. Im ganzen Bad hingen Tröpfchen wie Edelsteine an Ketten von Dampfniederschlag. Die Hitze war übermächtig. Ich musste Freddie anrufen. Ich griff mir ein Handtuch. Es hatte den gleichen Pinkton wie Chiyokos Haar. Ich stieg aus der Wanne, trat vor den Badspiegel und wischte ihn mit dem Baumwollfrottee frei, um mich sehen zu können.

Als ich auf einer Ecke des Non-Vibrationsbetts saß und abwechselnd auf das Telefon und das darüberhängende Schränkchen mit dem Sexspielzeug starrte, hatte ich plötzlich ein Klingeln in den Ohren. Ich verstopfte sie mit den Zeigefingern, aber das Klingeln war immer noch da. Es konnte keine Autoalarmanlage sein; der Alarm musste aus meinem Inneren kommen. Vielleicht hatte die Hitze ja eine neue Krankheit ausgelöst, eine Art Tinnitus. Jedenfalls kam ich ins Flattern.

Der Tinnitus erwies sich als der Soundtrack, zu dem sich gewohntere Symptome entfalteten: vertraute Übelkeit, vertrautes Fieber, das meinen Magen verknotete und meine Oberlippe schmolz.

Ich brauchte Pillen.

Ich zog zerknitterte Sachen an und dachte an meine Mutter. Sie hatte immer gesagt, jeder Mensch lebe zu seinem eigenen Soundtrack, seiner persönlichen Musik, einem einzigartigen Rhythmus und Klang, der ihn als Person definiere. Und doch hatte meine Mutter ihre Musik nie herausgelassen, hatte Möglichkeiten gefunden, sie zu unterdrücken. Nicht erst, als die Demenz alles übertönte, sondern schon lange vorher, in den kippeligen Jahren in unserem Kleinfamilienheim. Schon da war alles hinter Listen, Ritualen und Haufen von Erinnerungsstücken versiegelt. Sie war lebhaft, sie war gesprächig, sie war witzig, aber sie erzählte mir nie irgendetwas Nennenswertes über sich. Ich hatte das Gefühl, dass da etwas war, das ständig ungesagt blieb, etwas Wichtiges und dennoch Abwesendes, ein Schatten, der zwischen uns fiel. Satoshi war nur eine graue Randlinie dieses Schattens; er gab all dem, was ich nicht wusste, eine Form, aber der dunkle Raum war größer, war mehr als nur er.

Wo waren meine Pillen?

Ich war wieder im Bad, mir war schwindlig. Ich fuhr mit der Hand über die Oberseite eines Glasschränkchens, guckte nicht hin, sondern tastete in der Hoffnung, auf Plastik zu treffen. Ich grabbelte mich durch einen trostlosen Haufen von Toilettenartikeln. Kosmetiktücher entfalteten sich. Klopapierrollen purzelten ins Waschbecken, ins Klo, auf den Boden. Meine Brust rang nach dampfiger, schaumbadgeschwängerter Luft. Ich versuchte, ans Vertraute zu denken. *Cromer – Harrison – Sidmouth – Hampton – Heathcote – Wren – Calthorpe* –, und dann fiel es mir ein. Ich musste in meinem Koffer suchen. Ich hatte die Pillen noch nicht ausgepackt. Ich fand sie zwischen zusammengerollten Socken, schraubte mit zitternden Händen ein paar Deckel ab, brach Tabletten durch und schob mir Hälften in den Mund. Da waren sie, bitter schäumend auf meiner Zunge, verrichteten ihre redliche Arbeit. Ich schluckte einen Mundvoll gallig schmeckenden Schaums. Ich inspizierte all die Etiketten all der Fläschchen, zog Trost aus dem Auswahlprozess, schob dann die zweiten Hälften zweier Tabletten durch den schmalen Schlitz zwischen meinen Lippen. Ich zuckte vor verbotener Lust zusammen, als das anästhetisierende Bitzeln meinen Mund gerbte. Keine Angst mehr, ganz bald schon.

Ich zog einen zerknitterten Zettel aus meiner Manteltasche und starrte auf Freddies Telefonnummer. Legte mich aufs Bett und wartete. Wartete, dass mir wieder Bilder von meiner Wohnung kamen, von den Namen der umliegenden Straßen. Wartete, dass sich alles zu einem geordneten Festbild fügte: vertraute Dinge, eingefroren, gerahmt und still.

Als ich die Strecke zwischen Bett und Toilettentisch zurücklegte, vorbei an meiner Ledertasche mit dem Päckchen, den Briefen, dem Nachruf und dem Watanabe-Transskript, hellte sich mein Gemüt auf. Ich nahm den Hörer ab und wählte Freddies Nummer.

»Was – Moment – Hallo?«

Sie klang groggy, als käme sie aus tiefem Schlaf, und mir ging auf, dass es in Longcross spät war.

»Ich bin's, Freddie, Foss. Rob.«

»Guter Gott, Sie! Es ist mitten in der Nacht, Robert. Um diese Zeit bin ich nicht ganz da. Da rechne ich nicht damit, dass mich jemand anruft.«

»Tut mir leid, ich habe nicht an den Zeitunterschied gedacht.«

»Zeitunterschied?«

»Ich bin in Tokio, Freddie.«

Es dauerte eine Weile, aber dann sagte sie: »Das ist ja wunderbar! Großartig! Bei Mr Satoshi?«

Ich erzählte, was sich bisher getan hatte, und sie machte an den richtigen Stellen enthusiastische Geräusche. Als ich berichtete, dass Satoshis Nachname Pickford sei, perlte ein sprudelndes Lachen durch die Leitung. »Pickford!«, sagte sie. »Natürlich! Pickford! Das wäre alles viel leichter gewesen, wenn ich diesen verflixten Nachnamen noch gewusst hätte. Ich glaube, ich stoße jeden Tag Erinnerungen ab wie diese abgestorbene Haut an meinen Ellbogen. Warum sind es immer die Ellbogen, die so austrocknen? Ich benutze meine doch kaum. Aber es ist wirklich großartig, dass Sie jetzt seinen Nachnamen haben. Eine entscheidende Spur.«

»Weshalb ich anrufe, Freddie, ich hatte gehofft, sie hätten vielleicht doch noch irgendwelche anderen … Spuren. Oder wüssten vielleicht irgendeine Veteranenorganisation, die mir weiterhelfen könnte.«

»Spuren, Spuren … Nein, nicht dass ich wüsste. Und Veteranenorganisationen sind nicht so mein Gebiet. Aber wie gesagt, um diese Nachtzeit bin ich nicht ganz auf der Höhe. Ich bin ein bisschen durcheinander.«

»Tut mir leid, das war gedankenlos. Kann ich Ihnen vielleicht die Telefonnummer des Hotels hier geben? Für den Fall, dass Ihnen doch noch was einfällt, wenn Sie ausgeschlafen sind.«

Ich las die Telefonnummer von einem Aufkleber auf dem Mobilteil ab und, weil ich schon dabei war, auch gleich noch die Faxnummer. Obwohl sie offenkundig benebelt war und Mühe hatte, Papier, Stift und Energie aufzutreiben, hörte ich Freddie schließlich die Nummern niederschreiben. Ich bestätigte dreimal, dass das Hotel wirklich Villa Dolly hieß.

»Oh«, sagte sie, »fast hätte ich's vergessen. Die Frau von Oxfam hat kürzlich angerufen.«

»Welche Frau von Oxfam?«

»Vom Oxfam-Spendenladen. Die, die die Kleider und Sachen von Ihrer Mutter genommen hat. Sie wissen doch, diese rote Jacke? Die hübsche? Leinen. Ja. Mit der Stickerei in Silber und Gold? Und der lachsrosa Knöpfborte. Sie hat sie noch getragen, am Abend, bevor ... Na ja, jedenfalls, die haben in der Tasche einen Brief gefunden.«

»Einen Brief?«

»Ja. Hab ihn natürlich nicht gelesen. Sieht aber alt aus. Die Blätter sind ganz graugelb, so hühneraugenfarben.«

Ich atmete tief ein, bereit, in schwere See zu springen.

»Freddie«, sagte ich, »gibt es im Finegold Mews ein Faxgerät?«

»Ein Faxgerät? Ein Faxgerät ...«

Nach ein, zwei Minuten befand sie, dass es im Büro der Betreuerin ein Faxgerät gab, und erklärte sich bereit, mir am Morgen den Brief zu faxen.

»Es geht ja wohl erst morgen früh.«

»O nein«, sagte sie, »es ist immer eine Betreuerin da. Ich

kann auch jetzt gleich in meine Pantoffeln schlüpfen und fragen gehen. Die Nachtschicht hat ja nicht viel zu tun. Ziemlich langweiliger Job sogar, ganz schön öde für die Gute. Aber na ja, jeder muss eben arbeiten, ob nun von neun bis fünf oder irgendwann anders.«

Bei diesem letzten Satz gingen plötzlich meine Ohren auf. Ich drehte mich um und blickte aus dem einzigen Fenster des Zimmers. Es war, als ob ich, in einem Auto sitzend, in einem Tunnel tief unter der Erde gewesen wäre und dieses Auto jetzt, nachdem es sich langsam eine lange Steigung hinaufgemühlt hatte, ins Helle hinausschoss. Ich dachte an den Portier des Roppongi World Plaza. Er hatte gesagt, Satoshi sei jeden Tag um neun zur Arbeit gegangen. Und der Nachruf, der Nachruf auf Dr. Harvey. Er las sich wie ein Katalog akademischer Institutionen und Publikationen. Universitäten, Bücher, Aufsätze. Ich hatte sie übersehen, die Wege, die sich da anboten, und dabei waren es nicht nur Wege, sondern ausgewachsene Autobahnen, markiert mit einer stotternden leuchtend weißen Linie. Warum war ich nicht darauf gekommen, dieser Linie zu folgen?

»Freddie, das wäre toll. Wenn Sie mir den Brief faxen könnten, den die Oxfam-Frau gefunden hat, das wäre ganz toll.«

Ich verabschiedete mich, legte auf und setzte mich auf die Bettkante. Dann stand ich auf, schaute aus dem Fenster und setzte mich auf eine andere Stelle der Bettkante. Ich musste jemandem von dieser jüngsten Entwicklung in Sachen Satoshi-Suche erzählen.

Mein erster Gedanke war, ins Hotelbüro hinunterzugehen und mich zu Daisuke zu setzen, doch im Lift fand ich mich dabei wieder, wie ich auf den Knopf von Etage 14, der einzigen über meiner, starrte. Ehe ich michs versah, knarzte der Lift auf meinen Befehl aufwärts.

Im vierzehnten Stock gab es zwei Türen, und an eine davon

war ein Bild von Dolly Parton gepinnt. Ich klopfte an die neutrale Tür. Keine Antwort. Ich wollte schon aufgeben, als sich die Tür plötzlich einen Spaltbreit öffnete, gerade so weit, dass ich einen schmalen Streifen von Chiyokos Gesicht sehen konnte. Sie rieb sich das sichtbare Auge und stieß dann, als sie mich sah, einen leisen Aufschrei aus, als wäre sie geschlagen worden. In einer einzigen fließenden Bewegung schlüpfte sie seitwärts heraus und zog die Tür hinter sich zu.

»Ich dachte, du wärst Daisuke«, flüsterte sie und hielt ihren seidenen Morgenrock zu; in dem flachen Graben zwischen ihren Brüsten tanzte ein Silberanhänger. Sie stand so dicht vor mir, dass mich ihr Atem am Hals kitzelte.

»Tut mir leid, du hast schon geschlafen.«

»Nein, nein, ich hab nicht geschlafen.«

Aus dem Zimmer kam ein Geräusch. Ein verschlafenes Ächzen. Wir hörten es beide. Die Haut um meine Augen und meine Nase wurde heiß.

»Entschuldige, dass ich dich gestört habe.«

»Nein«, sagte sie, »wirklich, ist okay.«

Sie murmelte noch etwas, aber ich war schon auf halbem Weg zum Lift, zielte mit dem Zeigefinger auf den Knopf.

Unten im Hotelbüro klemmte Daisuke in dem Lederstuhl. In seiner dunklen Kleidung schien er mit dem Sitz verwachsen, dessen Unbeweglichkeit erlegen. Ich stand in der Türöffnung und beobachtete, wie er ein Buch von hinten nach vorn las. In seine Hand war eine blaue Kaffeetasse eingebettet. Sie wirkte winzig inmitten der dicken Falten und Polster seiner Finger. Aus den Laptoplautsprechern kam Musik, und die Sohle seines rechten Schuhs klopfte den Takt zu *Islands in the Stream*.

»Bee-Gees-Klassiker«, sagte ich.

Als Daisuke von seinem Buch aufsah und grinste, spannte ich

meine Gesichtsmuskeln an, blinzelte und versuchte, nicht daran zu denken, dass Chiyoko dort oben Sex hatte. Elektrische Bilder von ihr mit einem Freund oder Ehemann oder Freier machten mich blind für alles um mich herum. Es war, wie direkt in die Sonne zu fahren, die Windschutzscheibe ein einziges Lohen.

»Parton-Version besser«, sagte er, was mich zu dem üblichen Nicken und Murmeln veranlasste. »Sie wollen anderes Zimmer?«

»Nein. Das Zimmer ist prima. Ich wollte nur fragen, ob ich mal Ihren Laptop benutzen dürfte.«

»Bitte, bedienen Sie.«

Ich setzte mich in den Drehstuhl und entdeckte erstmals hinter dem Laptop ein schmales graues Faxgerät. Ich öffnete ein Internetfenster und gab in eine Suchmaschine verschiedene Wörterkombinationen ein (»Reginald Pickford Anthropologe«, »Reginald Pickford Wissenschaftler«, »Universität Japan Pickford«, »Japan Anthropologie Pickford«). Keins der Ergebnisse wirkte verheißungsvoll. Trotzdem, ich konnte ja später noch die Websites der Universitäten gründlich durchsuchen. Und auch akademische Publikationen. Eine simple Sache, sogar für jemanden wie mich, einen unfähigen Amateurdetektiv, randvoll mit Trauer und Medikamenten.

Im spiegelnden Laptopbildschirm sah ich Daisuke ein Lesezeichen einlegen und das Buch auf seinem Knie deponieren. Ich drehte mich zu ihm um.

»Sie lesen gern, Daisuke?«

»Ja. Daisuke liest sehr gern.«

»Ich glaube, ich möchte heute Morgen in eine Bibliothek gehen. Kennen Sie irgendwelche großen Bibliotheken?«

»Ja, ich kenne große Bibliothek.«

»Daisuke, eben habe ich an Chiyokos Zimmertür geklopft und … gemerkt, dass jemand bei ihr drinnen war.«

»Oh«, sagte Daisuke und saugte den letzten Rest Kaffee aus seiner Tasse. »Ich glaube, Chiyoko-san wollte noch nicht darüber sagen.«

»Dafür besteht ja auch kein Grund. Es war mir nur ein bisschen peinlich. Ich hoffe, sie hat nicht gedacht, ich …«

Meine Stimme verlor sich, meine Gedanken fanden nirgendwohin, und in das Vakuum hinein piepte und blinkte das Fax.

Frog Cottage
7b Cotham Brow Road
Cotham
Bristol

10. September 1946

Wohnung 56, Rashleigh House
Thanet Street
London

Liebe Alice,
es ist eine ganze Weile her, dass wir uns zuletzt gesehen haben, und ich hoffe, es geht Ihnen gut. Wenn ich hier so sitze und Ihnen schreibe, muss ich zugeben, dass ich Sie im Geist immer noch als das Mädchen sehe, das nach der Schule mit Reggie Dame spielte, und nicht als die prachtvolle junge Frau, die Sie jetzt sind. Ich war gerade bei Ihrer Mutter in Clifton. Sie hat mir erzählt, dass Sie mit einer Freundin unter der obigen Adresse wohnen, jetzt, da Sie den Platz am Landwirtschaftscollege haben. Wie wunderbar, wenn man die Chance hat, London in sich aufzusaugen, sich dort ein eigenes Leben aufzubauen. Wie schnell wir doch alle durch diesen Krieg älter geworden sind.

Meine Liebe, ich habe Neuigkeiten von Reggie. Letzten Montag klopfte es an meine Tür, und als ich sah, dass es der Telegrammbote war, blieb mir das Herz stehen. Die Uhr drehte sich schlagartig zurück, und ich machte mich darauf gefasst, dass das Telegramm die gleichen Worte enthalten würde wie bei Harry: in Erfüllung seiner Pflicht gefallen, Brief folgt. Also bin ich erst mal in Tränen ausgebrochen, als der Bote den Mund aufmachte und mir klar wurde, dass es diesmal so viel bessere Nachrichten waren.

Das Telegramm besagte, dass Reggie in die Heimat zurückkehren würde, und tatsächlich ist er inzwischen wieder in England. Normalerweise würde ich mich ja nicht in seine Angelegenheiten einmischen. Er ist schließlich ein erwachsener Mann. Aber ich finde, Sie sollten wissen, dass er wieder hier ist und dass es ihm körperlich gut geht. Ich bin sicher, er wird Ihnen bald selbst schreiben. Er ist seelisch noch nicht wieder ganz auf der Höhe, sonst hätte er es zweifellos längst getan.

Ich habe ihn gerade besucht. Er ist in einer Einrichtung namens Woodland-Sanatorium auf Belle Isle, Bowness-on-Windermere, im Lake Distrikt. Er hat einen schweren Schock erlitten, sagen sie. Offenbar hat er die Japsen schreckliche Dinge tun sehen, und das hat ihn seelisch schwer belastet. Obwohl er nicht darüber redet, habe ich das Gefühl, dass es mit dem Tod seines Onkels George zu tun hat. Von meinem Bruder haben Sie ja sicher gehört. George wurde ermordet. Wahrscheinlich von irgendwelchen einheimischen Wilden, als Akt der Rebellion gegen die Besatzungstruppen – ein brutaler nächtlicher Angriff auf einen friedlichen, unbewaffneten Mann. Es ist entsetzlich und sehr schlimm für uns alle – vor allem für Reggie, der wohl großenteils mitangesehen hat, was passiert ist. Zuerst sein Vater, jetzt George. Das ist für einen jungen Mann nicht leicht zu verkraften. Wir haben so viele anständige Menschen im Krieg verloren.

Reggies Vorgesetzte in Japan haben ihn unter der Bedingung zurückgeschickt, dass er mindestens zwei, drei Monate im Woodland-Sanatorium bleibt, um sich zu erholen. Dort wollte man von mir die Unterschrift unter die Einwilligungsformulare für eine Insulinkur, die offenbar Wunder wirkt. Sie sind optimistisch, dass er ganz gesund und wieder der Alte wird. Ich bin sicher, nach der Behandlung werden Sie und er zusammen sein. Ich weiß tief im Herzen, dass das Reggies Wunsch ist, und ich kann kaum den Tag erwarten, an dem ich Sie in der Familie willkommen heißen kann. Einstweilen würde ein Brief von Ihnen ihm bestimmt sehr guttun.

Passen Sie auf sich auf, meine Liebe. Ich hoffe, wir sehen uns bald.

Mit herzlichen Grüßen

Margaret Pickford

16

Er war also zurückgekommen. Dieser Gedanke verstopfte meinen Kopf, als ich aus Daisukes gelbem Toyota Yaris stieg, einem Wagen, der wie ein abgelutschtes Zitronenbonbon aussah. Irgendetwas war passiert, und Satoshi, Reggie, war nach England zurückgekehrt. Aber war er auch zu meiner Mutter zurückgekehrt?

Wie ein liebender Vater am ersten Schultag brachte mich Daisuke zum Eingang und wies mir die richtige Richtung, Stirn und Augenwinkel in Falten, als ob die Zentralbibliothek der Universität Tokio kein sicherer Ort für einen Ausländer wäre.

Er sagte: »Chiyoko holt Sie um sechs Uhr zum Essen ab.« Dann klopfte er mir freundschaftlich auf die Schulter, was die Spiegelreflex um meinen Hals in wilde Schwingungen versetzte. Irgendwann würde ich anfangen müssen, sie zu benutzen, wenn ich Perry bei Laune halten wollte.

Ich stellte mich in die Schlange an der Auskunft und musterte meine Umgebung. Mein Blick blieb an einem Mann hängen, der eine Zickzacktreppe auf der Nordseite des Raums herabkam, eine Art Feuertreppe, nur dass sie kein Entkommen ermöglichte. Er war das Einzige, was sich an diesem Ort beeindruckender Stille bewegte. Ich beobachtete, wie er vorsichtig Stufe um Stufe nahm, in den Armen zwei dicke, pinkfarbene Bücher, die er an seiner Brust barg wie Neugeborene.

Hartes Licht aus Lichtpaneelen an der hohen Decke ließ den

Schatten des Mannes vor ihm die Stufen hinabhüpfen und auf dem Boden auf die Kreuzschraffur des Treppenschattens treffen, ein Tanz von nicht-rechten Winkeln.

Weitläufige Gebäude stürzen mich oft in Panik, aber in Bibliotheken habe ich mich immer schon zu Hause gefühlt. In meiner Sekundarschule gab es eine kleine Bibliothek, und ich verbrachte die Mittagspause meist zwischen den Bücherreihen. Die Bibliothekarin hieß Shirley und war dafür bekannt, dass sie unter ihrem Tisch heimlich drei kleine Hunde hielt. »Shirley und die Shih Tzus« hieß das Ensemble allgemein. Wenn auf dem Schulhof das Gespräch auf die Bibliotheksaufsicht kam, was zugegeben kaum je passierte, wurden Bibliothekarin und Hunde als eine Einheit behandelt. Und doch gab sich Shirley der Illusion hin, dass die Hunde (Bonnie mit dem rosa Schleifchen auf dem Kopf, Bertie mit dem blauen und Brian ganz ohne) ein Geheimnis zwischen uns beiden waren. Schon bald, nachdem ich an die Schule gekommen war, wurde ich Zeuge, wie Bertie aus seinem Pappkartonkörbchen entwischte und *Am grünen Rand der Welt* zu fressen begann. Wir schlossen einen Deal: Ich übersah die Hunde, und sie übersah, dass ich wider die Bibliotheksordnung an jedem Schultag meinen mitgebrachten Lunch zwischen den Geschichtsregalen verzehrte.

Als ich alt genug war, um mit dem Fahrrad – einem wunderschönen Drei-Gang-Raleigh mit Hockeyschläger-Kettenschutz – im Ort herumzufahren, besuchte ich öffentliche Bibliotheken. An Wochenenden, Werktagabenden, schulfreien Tagen fand man mich gewöhnlich in einer solchen. Mum ängstigte dieser Zeitvertreib. Sie hatte, als ich klein war, eine lebhafte paranoide Fantasie, die sich nur langsam legte. Im einen Moment warnte sie mich vor der Bedrohung durch andere Bibliotheksbenutzer: »Pädophile sind sehr belesene Leute, das sagt einem ja schon *Lolita*.« Im nächsten sprach sie von bibliothekszentrierten Akten Gottes und untermauerte ihre Behauptungen mit statistischem Material: »Alle paar Sekunden wird jemand von einem herabfallenden Buch erschlagen, Foss, alle paar Sekunden.« Doch in der ganzen Zeit, die ich mich in Lesesälen verkroch, stieß mir nichts zu. Zuerst stürzte ich mich in Kinderbücher. Aber dann kamen Biografien, Geschichtswerke, Romane, Fotobände. In Bibliotheken entdeckte ich Henri Cartier-Bresson und Walker Evans. Hier konnte man einfach nur dasitzen und sich anschauen, was man wollte.

»*O-hay-o-goz-ai-masu.*«

Ich brauchte einen Moment, um von der Vergangenheit auf die Gegenwart umzuschalten, zu begreifen, dass ich an der Spitze der Schlange stand. Eine Frau mit eifrigen Äderchen auf der Nasenwurzel saß hinter einem Auskunftstisch. Ich rechnete schon fast damit, gedämpftes Bellen zu hören, als ihr Stuhl unter einer sitzenden Verneigung quietschte.

»Guten Morgen«, antwortete ich.

»Darf ich fragen«, vollzog sie reibungslos den Übergang zwischen den Sprachen, »ob dies Ihr erster Aufenthalt in unserer Bibliothek ist?«

Ihr Englisch war genauso beeindruckend wie das von Chiyoko, aber ihre Sprechweise, geschliffen und antik, eine gänzlich andere.

»Ich bin das erste Mal hier, ja.«

Einen dünnen Stapel Karteikarten zwischen den langen Fingern, inspizierte sie mich mit verhaltener Wärme, die Haut zwischen den Augen gedankenvoll gekräuselt. Das Plastiknamensschildchen an ihrer Brusttasche verkündete in erhabenen Lettern, dass ihr Name Yasuko war.

Yasuko gab mir eine detaillierte Einführung in die bestehenden Nutzungsmöglichkeiten. Sie erklärte, eine »Besonderheit« des Gebäudes seien die vier themenzentrierten Säle: der Informationssaal im ersten Stock, der Gesellschaftswissenschaftensaal im zweiten, der Geisteswissenschaftensaal im dritten und der Naturwissenschaftensaal im vierten. Es gebe noch einen fünften Stock mit dem »Tokio-Saal«, einer Abteilung mit über dreiundvierzigtausend Bänden zur Geschichte Tokios. Ihre Stimme schien vor Stolz zu beben, als sie ausführte, dass das stadtgeschichtliche Material des Tokio-Saals bis ins Jahr 1603 zurückreiche, als das Tokugawa-Shogunat in Edo begründet wurde. Mit einem Blick auf die Kamera an meinem Hals wies sie mich ausdrücklich darauf hin, dass Blitzlichtaufnahmen nicht gestattet seien.

Sie sagte: »Ich nehme an, Sie interessieren sich in erster Linie für englischsprachige Titel?«

»Wie kommen Sie darauf?«

»Oh«, sagte sie schnell, »ich wollte damit nicht sagen, dass Ihre Japanischkenntnisse in irgendeiner Weise unzulänglich seien oder dass die Bandbreite Ihrer Studien nicht über ...«

»Schon gut. Ich kann überhaupt kein Japanisch, also geht es mir um die englischsprachigen Titel. Um die gesellschaftswissenschaftlichen Zeitschriften, genauer gesagt.«

Sie hob das Kinn. »Ausgezeichnet«, sagte sie. »Ich bin übrigens halbenglischer Abstammung. Mein Vater besitzt etwas Land in West Sussex.«

Irgendwo hinter mir in der Schlange räusperte sich jemand, und ich stieg ohne weitere Umstände in den zweiten Stock hinauf, wobei ich das Treppengeländer umklammerte, als hinge ich an einer Steilwand.

Ich wanderte zwischen den schwer beladenen Regalen umher. Gelegentlich nahm ich einen japanischen Band heraus und blätterte im Schnelldurchlauf: Leere weiße Spalten und rätselhafte Zeichen flimmerten mir entgegen. Ein englisches Buch war mit minutiösen Zeichnungen von Muskeln, Sehnen und Bändern tätowiert. Meine Gedanken sprangen zurück in jene Schulbibliothekszeiten, da ich mich durch Fotobände und illustrierte Gesundheitsratgeber geblättert hatte, um schuldbefrachtete Blicke auf nackte menschliche Körper zu werfen, Vorspiel zur pubertären Taschenlampenlektüre von Cleland und den unanständigeren Lawrence-Kapiteln. Ein Regalfach zehn Meter weiter enthielt einen Palisadenzaun aus hohen, englischsprachigen Enzyklopädien. Borde an der Südwand bogen sich unter Wirtschaftswissenschaften, Pädagogik, Linguistik, neuerer Geschichte, alter Geschichte, Geografie, Psychologie. Ich hielt mir ein paar Bände nah vors Gesicht und sog ihren Geruch ein. Jeder hatte einen eigenen, den Geruch einer bestimmten Zeit oder eines bestimmten Ortes, ein staubiger Duft, der im besonderen Klima der Bibliothek überdauert hatte. Wie gute Fotos vermögen Bücher etwas von dem flüchtigen und unwiederholbaren Moment ihrer Entstehung zu bewahren.

Ich hatte vierundzwanzig Stunden nicht geschlafen, aber jedes Mal, wenn der Drang zu gähnen durch meine Kiefer knackte, fand ich einen neuen Winkel der Bibliothek, um mich damit zu beschäftigen. Ich presste die Kamera an mein Zwerchfell, konnte kaum der Versuchung widerstehen, die glatten, verschiedenfarbigen Rücken zu fotografieren, mit ungewöhnlichen Texturen zu flirten, bedeutsame Aromen einzufangen. Ich fühlte mich, als entdeckte ich den intuitiven Tourismus der Kindheit wieder. Ich dachte an Geschichten, die ich gelesen hatte, Geschichten, die ich lesen wollte, Geschichten, die ich besitzen musste, aber ich dachte auch an Satoshi.

Etwas war passiert. Seine Geschichte war entgleist, er war in einer Art Anstalt gelandet. Ich fragte mich nicht zum ersten Mal, was seine Rolle bei George Harveys Tod gewesen war. Vielleicht hatte ja wirklich ein Einheimischer Onkel George in dem Fischerdörfchen angegriffen, vielleicht hatte Satoshi den Mord nur mitangesehen, aber irgendwie schien diese Erklärung zu glatt, zu harmlos, um wahr zu sein. Und dann waren da noch seine blutigen Knöchel. Wie hätte bloßes Zuschauen seine Hände in diesen Zustand versetzen können? Mich überkam ein verzehrender Drang, das Schlimmste wissen zu wollen. Das Schlimmste über ihn und seine Geheimnisse und auch über die meiner Mutter. Hatten sie sich je wiedergesehen, oder hatte sie den Rest ihres Lebens, Jahre des Verheiratet- und Jahrzehnte des Alleinseins, damit verbracht zu warten? Naiv auf seine wundersame Rückkehr zu warten und solange ihre Terrasse unkrautfrei zu halten? Sie hatte an ihn gedacht, an jenem Oktobernachmittag. Sein Gesicht war vielleicht das letzte bedeutsame Bild gewesen, das sie gesehen hatte. Seine Geschichte hatte sie in sich hineingezogen, und jetzt zog sie an mir.

Als ich, vor der Abteilung mit englischsprachigen Anthropologiebüchern hockend, auf meine Uhr sah, wurde mir bewusst, dass es inzwischen Nachmittag geworden war. Ich suchte die Rücken nach den Namen »Pickford« ab. Ich hielt auch mit einem halben Auge Ausschau nach »Satoshi«, obwohl das kein sonderlich vielversprechender Ansatz zu sein schien.

»Kann ich Ihnen irgendwie behilflich sein?«

Die Stimme intonierte die Wörter wie in einem Historiendrama: *ir*gendwie be*hilf*lich. Es war Yasuko, die auf mich herabsah wie durch ein Mikroskop. Ich rappelte mich unbeholfen hoch, der winzige Organismus, der unter ihrem Vergrößerungsblick zappelte.

Ich erklärte ihr, dass ich nach Schriften eines englischen Wissenschaftlers namens Pickford suchte. Vorname Reggie oder Reg oder Reginald.

»Darf ich fragen, ob Sie den Titel irgendeines seiner Werke kennen?«

»Leider nicht.«
»Die akademische Institution, für die er tätig ist?«
»Nein.«
»Seinen Herausgeber oder Verlag?«
»Nein.«
»Vielleicht ein Erscheinungsdatum?«
»Auch nicht, leider.«

Sie kratzte sich am Kinn, also kratzte ich mich an meinem.

Yasuko sagte: »Es dürfte wohl die beste Vorgehensweise sein, zunächst an einem der Computer dort drüben nach irgendwelchen Veröffentlichungen unter dem Namen Pickford zu suchen.«

Sie steckte voller guter Ideen. Wir suchten zunächst unter »Bücher«. Zwei Dutzend Ergebnisse kamen, wenn wir »Pickford« in das Feld »Verfasser« eingaben, aber nichts davon schien irgendetwas mit Anthropologie zu tun zu haben. Trotzdem notierte ich mir die Titel, die im Entferntesten sozialwissenschaftlich klangen, auf einem weggeworfenen Blatt Druckerpapier. »Reginald Pickford«, »Reg Pickford« und »Reggie Pickford« erbrachten gar kein Ergebnis. Es gab da einen Ronald Pickford, der in den Achtzigerjahren ein (mittlerweile in der fünften Auflage erschienenes) 726-Seiten-Werk über die Anfänge der Sozialarbeit verfasst hatte, aber den musterten wir aus.

Dann trat eine entscheidende Wende ein. Wir suchten jetzt nicht mehr unter »Bücher«, sondern unter »Zeitschriften«, und da erschien auf unserem Bildschirm ein einziges Ergebnis:

Jenseits von Kulturgrenzen: die Anthropologie von Krieg und Befreiung, Hrsg. Dr. P. Jenkins und Mr R. Pickford, *Japan Studies Series* (Nr. 24), 2004

»Das da!«, sagte ich.

Yasuko wirkte regelrecht erschrocken über meinen Ausbruch. Sie schien zu wissen, dass ich mich nur kurzzeitig vergessen hatte, dass ich normalerweise zu der Sorte Menschen gehörte, deren Äußerungen nie ein Ausrufezeichen rechtfertigten. Sie druckte den Eintrag aus und klickte sich durch zwei, drei weitere Screens. »Interessant«, sagte sie, »Mr Pickford hat – laut unseren Daten – nur diese eine Nummer der Zeitschrift herausgegeben, im Jahr 2004. Es ist eine Monatszeitschrift, aber nur bei dieser einen Ausgabe tritt er als Herausgeber auf.«

»Kann ich diese Ausgabe sehen?«

»Oh, ich hoffe doch sehr, lassen Sie mich mal schauen. Moment… da haben wir's ja. Hier im Hause haben wir nur die Nummern der Zeitschrift ab Januar 2005. Wir müssten Mr Pickfords Ausgabe also bei einer der anderen Bibliotheken unseres Netzwerks bestellen. Aber Sie können sie natürlich einsehen, sobald sie uns zugestellt worden ist.«

»Zugestellt? Wie lange dauert das?«

»Nicht länger als fünf Werktage.«

Werktage. Dieses Konzept sagte mir gar nichts mehr. Ich war mir zwar noch der dahinschleichenden Zeiträume von Wochen und Monaten bewusst, aber wie die Menschen sie zerschnipselten und unterschiedlich kolorierten, war mir entglitten.

Ich fragte sie, ob es irgendeine Möglichkeit gebe, den Vorgang zu beschleunigen.

Ein verschwörerischer Tremor pflanzte sich über Yasukos Oberlippe fort. Ihre Gesichtszüge waren eher verschwommen, ihr Haar mit irgendeinem mystischen ätherischen Öl parfümiert, aber die Adern auf ihrer Nase traten deutlicher denn je hervor.

»Vielleicht geht es auch schneller«, sagte sie leise und blickte dabei nach rechts und links, »in Anbetracht der Wichtigkeit, die es für Sie zu haben scheint.« Sie schaute auf meine Kamera. Anscheinend war diese in ihren Augen eine Art Ehrenzeichen, etwas, das mich flexiblen bibliothekarischen Waltens würdig machte.

Sie fragte, ob ich die neueren Ausgaben von *Jenseits von Kulturgrenzen* durchsehen wolle. »Mr Pickford könnte ja durchaus noch weitere Beiträge geschrieben haben«, sagte sie, »auch wenn er nur eine einzige Ausgabe herausgegeben hat.« Offenbar wurden die Verfasser einzelner Artikel vom Suchsystem der Bibliothek nicht erfasst. Ich sagte, ja, ich würde sie gern alle durchsehen, und sie entschwand die Treppe hinab, wobei die Geradheit ihres Rückens noch durch die schräge Anordnung der Stufen betont wurde.

Nach zwei Minuten tauchte sie, vier Kartons auf den Armen balancierend, wieder auf. »Tja«, sagte sie, vermutlich, weil sie mich beim Anblick des Kartonstapels zusammenzucken sah, »Sie wollten doch alle, und es sind noch zwei von der Sorte im Magazin.« Sie deponierte die Kartons in einem kleinen Leseraum, den am einen Ende ein schwerer roter Vorhang begrenzte und am anderen ein Ständer mit Zeitungen, ein Patchwork von isolierten Schlagzeilen und Fotos. Während sie wieder verschwand, um die letzten beiden Kartons zu holen, begann ich mich durch die Zeitschriften zu arbeiten.

Den Rest des Nachmittags verbrachte ich damit, einen Blätterwald nach Beute zu durchstreifen, zuerst begierig, dann immer lethargischer. Ab und zu ging ich zu den Computern hinüber und suchte im Internet. Keine der Universitätsseiten führte einen Reginald Pickford, aber auf den meisten waren auch nur Professoren genannt, nicht das gesamte akademische Personal.

Ehe ich michs versah, war der Minutenzeiger meiner Uhr schon nach Osten hinübergewandert, über die Symmetrieachse von sechs Uhr hinweg. Ich ging die Treppe hinunter und hinaus in eine mahlende Menschenmenge. Im ruhenden Zentrum stand, als besäße sie eine Permanenz, die die driftenden Körper um sie herum nicht für sich beanspruchen konnten, Chiyoko mit geöffnetem Mund in der Kälte und tippte auf die Ziffern ihrer Digitaluhr. Sie sagte nichts, als sie meine Hand ergriff und einem Taxi winkte. Wir schlüpften auf den Rücksitz, und ich sog das Hochhäuserchaos in mich auf, das Gewirr von sechs-, acht-, zehnstöckigen Fassaden, die sich über uns türmten, die Insektenfühlerantennen, die gebeugten Straßenlaternen, die sirrenden Leuchtreklamen, gedrungenen Kamine, Loftwohnungen und Neonschockfarben.

Warum war ich weniger panisch als zuvor?

17

Das Sushirestaurant war schmal, roch nach warmem Holz und stand unter der Oberhoheit eines bulligen Mannes mit einer Schürze. Bei unserem Eintreten rief er eine schmissige Begrüßung und erhob mit theatralischer Geste ein Messer über einem Eisbett mit Thunfisch, Lachs, Aal, Tintenfisch und anderem frisch getöteten Getier. Was mich nervös machte, war jedoch weniger die erhobene Waffe als vielmehr sein musternder Blick.

»Daisuke liebt Messer. Hat er dir seine Sammlung schon gezeigt? Er hat Messer aus ganz Japan. Er benutzt sie, er ist ja ein richtig guter Koch und alles, aber es ist doch trotzdem eine merkwürdige Obsession. Also, ein Messer ist doch nur ein Küchenutensil, oder?«

»Und Dolly ist nur eine Sängerin«, sagte ich, während ich mich auf den Stuhl ihr gegenüber setzte. »Und ein Dackel ist nur ein Hund …«

»Feuer und Eis sind supercool. Die beiden sind eine total verständliche Obsession. Apropos Obsession … Hast du in der Bibliothek irgendwas erreicht?«

»Ich glaube schon«, sagte ich. »Ich glaube, langsam komme ich ihm auf die Spur.« Ich erzählte ihr von meinem bibliografischen Fund.

»Aha. Und du meinst, dieser Artikel weist dir die richtige Richtung?«

»Ich hoffe doch. Ich habe jetzt einen Namen, zusätzlich zu den Briefen. Und bald habe ich auch diese Publikation.«

»Und wenn du ihn gefunden hast, fliegst du nach Hause.«

»Wenn ich ihn gefunden habe, darf ich nach Hause fliegen.«

Wir hatten beide gleichzeitig losgeredet, brachen ab, lachten, saßen da und betrachteten unsere Umgebung. Im Restaurant war nicht viel los, und der Ausgang war nicht weit weg, aber ich scannte vorsichtshalber doch jeden besetzten Tisch mit den Augen ab, jedes einzelne Gesicht mit seinem Stirnrunzeln oder schlaffen Gähnen, machte ein flaches, fixiertes Festbild daraus. Wenn ich das doch nur mit der Vergangenheit meiner Mutter tun könnte. Damit sie nicht ständig in meinem Kopf umherglischte.

»Hör mal«, sagte ich. »Wegen meines Klopfens an deiner Tür …«

»Vergiss es.«

»Dein Freund muss ja denken …«

»Ich habe keinen Freund, Fossy. Es gibt da Jungs, klar gibt es welche. Glaubst du, eine wie ich lässt die Jungs kalt? Ich bin superbegehrt. Manche armen Kerle verbringen ihr halbes Leben damit, an meine Tür zu klopfen.«

Sie saß lächelnd da. Ich sagte, dass sie wohl gar nichts in Harnisch bringen könne, und sie fragte, was »in Harnisch bringen« heiße. Dann fragte sie mich, wie mein Japanisch gedeihe.

»Ganz gut«, sagte ich, nahm die Kamera vom Hals und griff mir eine Flasche Sojasauce mit einem roten Verschluss. »Hier habe ich zum Beispiel *shoyu*.«

»Hm … nicht ganz.«

»Was? Die Bibel sagt, Sojasauce heißt *shoyu*. Das steht da ganz eindeutig.«

»Ist auch nicht ganz falsch, aber eben auch nicht ganz richtig.«

»Ich habe das Wort sogar beim Essen im Shibuya Grand benutzt. Der Ober hat nicht gesagt, dass es falsch sei, und der war immerhin Profi.«

»Derselbe Ober, der dir nicht gesagt hat, dass dein T-Shirt ganz voll *shoyu* war?«

Ich sann darüber nach. »Eben jener.«

»Na ja, zugegeben, Sojasauce heißt im Prinzip *shoyu*, aber in kleinen Sushirestaurants wie diesem hier nennt man sie anders: *murasaki. Murasaki* heißt eigentlich ›lila‹.«

»Lila?«

»Ja, lila.«

Ich zuckte die Achseln. In meiner Wohnung wusste ich wenigstens, wie alles hieß: Sofa, Tisch, Federzuglampe, Laptop, Pillen.

Sie sagte: »Wie soll ein *gaijin* wie du da je eine Chance haben, stimmt's? Es geht nur darum, dass sie in Sushirestaurants einen komischen Code für die Sachen haben.«

Chiyoko hielt inne, weil uns die Bedienung zwei Tassen und zwei laminierte Speisekarten brachte und uns grünen Tee eingoss.

»Diese Restaurants haben eine eigene Sprache. Zum Beispiel heißt ein Ei hier *gyoku*, was eigentlich ›Edelstein‹ bedeutet, und Reis heißt *shari*, wörtlich übersetzt ›Buddhas Knochen‹. Die Codewörter sind verschieden, je nachdem, wo das Restaurant liegt. Nimm zum Beispiel *shako*. Das ist die Bezeichnung für eine Art Garnele, aber wenn die Leute die bestellen, sagen sie manchmal auch *gareji* – Garage –, weil *shako* auch einen Schuppen bezeichnet, wo man sein Auto parken kann.«

»Absolut glasklar.«

Als die Bedienung wiederkam, sah Chiyoko mit verlangendem Blick auf die Speisekarte und bestellte eine umfangreiche Liste mysteriöser Dinge. Das Gesicht der Bedienung konfigurierte sich bei jeder Bestellung um, verkörperte immer neue Adjektive.

»Das hier ist ein ganz anständiges Sushirestaurant. Man kann billig essen, aber ohne dass die Qualität auf der Strecke bleibt. Magst du Sushi?«

»Hab's noch nie probiert.«

»Was?«

»Ich hab nichts dagegen. Ich habe nur einfach noch nie Sushi gegessen.«

»Das ist nicht dein Ernst, oder?«

»Es ist mein Ernst.«

»Sashimi?«

»Auch nicht. Nichts in der Art. Im Restaurant im Shibuya Grand habe ich immer durchgegarten Fisch und durchgegartes Fleisch genommen. Schien mir sicherer. Und zu Hause gehe ich fast nie essen.«

»Wow«, staunte Chiyoko, »noch nie Sushi gegessen.«

Sie musste sich erst mal fassen, ehe sie weitersprach.

»Wie gesagt, das hier ist ein gutes Restaurant. Aber diese Fließbandläden, die mogeln teilweise, um mehr Geld zu machen. Zum Beispiel beim Thunfisch. Es gibt zwei Hauptsorten: *maguro*, der ganz gewöhnliche Sushithunfisch, und *toro*, der teurer ist. Manche Sushirestaurants behandeln den roten *maguro* mit einer bestimmten Sorte Öl. Das Öl ist blassgelb wie Margarine, und es macht den roten *maguro* rosa, sodass er aussieht wie *toro*. Bei so einem gefakten Stück Thunfisch sinkt das Öl ein und sammelt sich in der Mitte, also ist der Trick, erst mal den Mittelteil zu testen, bevor man das Beweisstück verdrückt. Es gibt ganze Bücher über die Wissenschaft, Sushi zu faken.«

»Liest du die?«

»Ich lese, ehrlich gesagt, lieber meinen Bobby Frost. Sollte eigentlich gerade eine Hausarbeit über ihn schreiben. Du bist doch sicher ein heimlicher Lyrikfan, stimmt's? Hinter diesen durchdringenden Augen gehen doch eindeutig tiefschürfende Dinge vor sich.«

»Meine Frau«, sagte ich, von den »durchdringenden Augen« kalt erwischt und zu einer unbedachten Antwort veranlasst, »sie stand auf Lyrik.«

»Du warst also mal verheiratet. Interessant. Endlich kommt mal was aus dir raus.«

Unser Essen kam auf einem Holzbrett. Chiyoko goss etwas Sojasauce in ein kleines weißes Porzellanschälchen. Mit den dickeren Enden ihrer Essstäbchen transferierte sie etwas Sashimi auf einen Lackteller, drehte dann die Stäbchen um und begann zu essen. Ich tat es ihr nach, klemmte ein dickes Lachsscheibchen zwischen die dünnen Stäbchenenden und hob es vorsichtig hoch. Als es nur noch Millimeter vor meinem Mund war, klatschte das zusammengeklappte Stück Fisch in mein Sojasaucenschälchen, und dunkle Flüssigkeit spritzte nach allen Seiten.

»Pass auf dein T-Shirt auf«, sagte sie, ohne aufzublicken.

»Danke, ich tue mein Bestes.«

Ich machte mich daran, meine Kamera mit einer Papierserviette zu säubern.

»Also. Erzähl mir von deiner Frau.«

Also. So hatte Mum auch immer Themenwechsel eingeleitet. Wir redeten über den Regen, über Unkrautvertilger, über Vitamin D, und dann ließ sie das Wort »also« fallen. Ein leuchtfarbenes Wort, das grell in gemütlich schummrige Gespräche platzte. Also, hast du nun vor, dir eine feste Beschäftigung bei einer Zeitschrift zu suchen/bist du sicher, dass sie es gut findet, wenn du immer zu Shootings weg bist/hast du deinem Vater eine Geburtstagskarte geschickt? Als ob die Frage in irgendeinem logischen Zusammenhang mit dem Vorausgegangenen stünde.

»Was willst du wissen?«

»Etwas, das ein bisschen mehr ist als nichts.«

»Ist das auch ein Zitat?«

»Nein, das ist von mir.«

»Sie mochte Gedichte.«

Ein Gefühl der Verirrtheit und Verlorenheit machte meine Zunge schwer.

»Okay, yep, das sagtest du schon. Was für Gedichte?«

»Romantische. Hat sogar ihre Doktorarbeit über romantische Lyrik geschrieben.«

»Eine Frau nach meinem Herzen! Cool. Ich mag romantische Gedichte. Wordsworth. Narzissen sind meine Lieblingsblumen. Und?«

»Und Frost mochte sie auch. Obwohl der, glaube ich, nicht zu den Romantikern zählt.«

»Mhm. Für mich jedenfalls nicht. Manche Leute würden ihn wohl einen Romantiker nennen, aber ich halte ihn eher für einen Realisten. Mein Dozent sagt, Frost fängt die Ängste und die Fehlkommunikation ein, die die Menschen trennen. Es gibt doch auch Fotografen, die das können, oder?«

»Die wirklich Guten, die Großen. Nimm mal den leeren Stuhl da drüben. Ein Durchschnittsfotograf würde darin ein totes Ding sehen, ein Möbelstück, weiter nichts. Aber ein großer Fotograf würde vielleicht den ganzen Tag leere Stühle fotografieren. Er würde einfangen, wie Stühle sich dahin- und dorthinbewegen, sich zusammenscharen und zerstreuen, sich auf alle möglichen Arten versammeln, sich je nach den Bedürfnissen ihrer Benutzer gruppieren und umgruppieren. Er könnte einen Stuhl vor diesem Restaurant hier fotografieren, dann denselben Stuhl wieder fotografieren, wenn er über Nacht nach drinnen gebracht wird, und schließlich noch mal, wenn er auf diesem Tisch hier aufgestuhlt ist. Und diese Bilder würden eine

Menge über das Leben des Stuhls sagen, aber auch über die Menschen und Orte, denen er sich anpasst.«

»Du siehst das Potenzial des Stuhls. Daraus schließe ich, dass du ein großer Fotograf sein musst.«

»Meine Fotos sind seit Jahren tot. Ohne Feuer, ohne alles. Bei mir ist ein Stuhl ein Stuhl. Ich habe die Gabe verloren, diese oder jene Person, diesen oder jenen Ort wirklich zu erfassen. Es ist schwer, diese Fähigkeit wiederzuerlangen, wenn man sie erst mal verloren hat.«

»Aber du hast die Kamera immer dabei. Für den Fall, dass dich der Drang überkommt.«

Chiyoko stopfte sich ein großes, in Sojasauce getränktes Stück Thunfisch in den Mund. Ich pickte mir auch so ein Stück heraus. Es schmeckte wärmer und milder, als ich erwartet hatte. *Toro* oder *maguro*, ich wusste es nicht.

Sie sagte: »Hast du deine Frau oft fotografiert?«

»Ja.«

»Wie hat es geendet, das zwischen euch?«

»Schlimm. Wie endet so was schon?«

»Du vergisst, dass ich erst vierundzwanzig bin. Was weiß ich, wie Sachen enden?«

»Tu nicht so«, sagte ich, deponierte erfolgreich ein Stück seegebleichten Fischs auf meiner Zunge und fühlte, wie es sich kunstlos auflöste, »als ob du nicht unverhältnismäßig welterfahren für dein Alter wärst.«

»Ach, als Mädchen darf man manchmal so tun. Sonst wäre es ja nur der halbe Spaß. Hatte einer von euch eine Affäre? Oder habt ihr euch einfach *auseinandergelebt*?«

Eine Frau erschien in nassglänzendem Regenzeug, brachte die Botschaft, dass draußen das Wetter umgeschlagen war. Ich sah den Dampf von grünem Tee Chiyokos Wangen röten. Ich sagte: »Sie ist gestorben. Sie war schwanger, und wir waren im

Urlaub in Griechenland. Es gab ein Unglück, ein Gedränge, in dem Menschen erdrückt wurden.«

Chiyoko schlug sich die Hand vor den Mund und sagte durch die Finger: »Entschuldige.«

»Du brauchst dich nicht zu entschuldigen.«

»Gott!«

»Ist schon okay.«

»Warst du … Kommt da die Narbe auf deiner Wange her, von dem Unglück?«

»Die ist nicht weiter schlimm.«

»Klar, ist ja nur eine superkleine Narbe. Ich dachte nur. Außerdem verleihen Narben Männergesichtern sowieso nur Charakter. Manche Promis lassen sich extra welche machen.«

Sie redete weiter über Narben. Ich lauschte ihr, aber nur am Rande. Was ich hörte, war das hilflose Drängen der verknäulten Menge tief in meiner Erinnerung. Ich sah es auch, sah die Opfer ein einziges Etwas werden, eine stille Post von Bewegungen. Dann löste sich dieses menschliche Etwas in eine weite Fläche von glattem Wasser auf, und da war nur noch eine einzelne Gestalt: Satoshi, der mittendrin kniete, die Hände in das mondbeschienene Glänzen gepresst.

»Und … seither hast du keine Kinder mehr gekriegt? Ich meine, du hast keine Kinder mit einer anderen Frau?«

»Nein. Keine Kinder, keine Freundin. Es ist lange her, dass ich ausgegangen bin und neue Leute kennengelernt habe.«

»Jetzt lernst du neue Leute kennen.«

»Seltsam, aber wahr.«

Sie sagte: »Tut mir leid, dass ich das mit deiner Frau angesprochen habe. Ich steige manchmal in Fetttöpfe. Es war nur … Warum lachst du?«

»Gar nichts. Und wenn du noch mehr wissen möchtest, frag ruhig.«

»Na ja … dein Vater. Über den hast noch gar nichts erzählt. Aber natürlich nur, wenn du drüber reden möchtest.«

»Über Dad gibt es nicht viel zu sagen. Er hat ein paar Jahre seine Sekretärin gevögelt, und dann ist Mum dahintergekommen. Die klassische Mittelschichtsaffäre. Es hat sich in der ganzen Nachbarschaft rumgesprochen, und zur Verblüffung aller hat Mum ihm verziehen. Also hat er's wieder getan und ist dann mit seiner neuen großen Liebe in die Staaten gezogen. Sie war natürlich auf sein Geld aus. Ist gar nicht mal so übel, die Frau, aber die Habgier dringt ihr aus allen Poren. Sie ist Uruguayerin. Desiree, Dauphinoise, irgend so ein Kartoffelname. Halb so alt wie er. Ab und zu schicken die beiden mir mal eine Postkarte.«

»Na ja, das ist doch immerhin nett, oder? Und das mit dem Altersunterschied …«

»Er ist ein schwacher Mensch, mein Dad. Die schlimmste Sorte schwacher Mensch, weil er Schwäche bei anderen gar nicht duldet. Nachdem ich Chloe geheiratet hatte, kamen wir uns wieder ein bisschen näher, er und ich. Ein paarmal war er sogar bei uns zu Besuch. Aber dann ist das Unglück passiert. Danach hat er mir vierzehn Tage Zeit gelassen. Und dann? Ich sag dir, was er dann gesagt hat. ›Robert‹, hat er gesagt, ›überlanges Trauern ist nur eine Form von Selbstmitleid.‹«

»Wow. Aber … Also, er ist doch immer noch dein Dad, oder? Ich glaube nicht, dass man seinen Eltern einfach den Rücken kehren kann, ganz egal, was sie gemacht haben. Das gehört zu den Sachen, die mir am ersten Tag an dir aufgefallen sind … Du warst bereit, alles auf Eis zu legen, um das mit dem Päckchen für deine Mutter zu machen.«

»Es lag sowieso alles ziemlich auf Eis. Komm, wir nehmen noch einen grünen Tee.«

Wir bekamen noch mehr grünen Tee, und Chiyoko bestellte noch Sushi nach. »Nur zehn, zwölf Stück«, sagte sie. Ich lehnte mich zurück und sah zu, wie sie den Nachschlag mit schnellen, graziösen Finger- und Stäbchenbewegungen verputzte, wobei ihr Kauen die Konversation ablöste. Nach dem letzten Stück signalisierte sie der Bedienung, dass sie zahlen wolle.

Während sich das Taxi rechtzeitig für Chiyokos Nachtschicht zur Villa Dolly durchzuzwängen versuchte, verdickte sich eine träge Schwermut in meinen Adern. Ich blickte hinaus in die verstopfte Neonschlucht der Straße, den grauen Regen, der in Strömen auf die Stadt niederging. Ich dachte an die Gray's Inn Road. Mein Ausgangspunkt fühlte sich so fern an, dass ich mich fragte, ob ich je wieder dorthin zurückfinden würde. Ich schloss die Augen und sah Satoshis Hände. Keine Geste, kein Zeichen, nur die nichtssagenden Handrücken. Wenn die Handflächen zu mir gezeigt hätten, hätten sie mich vielleicht stoppen wollen, wenn die Hände zu ihm hin gekrümmt gewesen wären, hätten sie mich vielleicht weitergewinkt. Aber so waren es einfach nur Hände. Sie hätten auch einem Toten gehören können.

Während hinter meinen Augen noch immer morbide Bilder vibrierten, betraten wir das Hotel. Aus dem Büro kam eine von Daisukes schallenden Begrüßungen. Chiyoko verschwand nach oben, duschen, und ich ging zu ihm.

Er saß in dem Drehstuhl, schärfte ein großes Messer mittels einer Edelstahlvorrichtung und hörte Dolly Parton; den feuchten Schnürsenkel seines Schuhs beschnüffelte einer der schläfrigen Wursthunde. Daisuke hatte das ungekünstelte Halblächeln eines Menschen, der rundum glücklich ist. Der Anblick dieses Lächelns fesselte mich so sehr, dass ich die abgezehrte Gestalt in dem Armstuhl neben ihm gar nicht gleich bemerkte.

Die Frau blickte mit halb zusammengekniffenen Augen auf die Seiten einer Zeitschrift. Im Rücken hatte sie ein dickes Kissen, und über ihren Knien lag eine rote Wolldecke, die das

Gelblichgrau ihrer schlaffen Haut noch hervorhob. Aus ihrem Haar, dünn und trocken, aber frei von Silberfäden, schloss ich, dass sie in den Vierzigern oder Fünfzigern war. Doch andere äußere Merkmale, vor allem das eingefallene Gesicht und die zitternden Hände, ließen ein weit höheres Alter vermuten.

»Ihr Name ist Kagami«, sagte Daisuke und zog einen Klappstuhl für mich hervor. »Kagami-san, das ist ein Freund von Chiyoko-san. Er heißt Fuss.«

Kagami blickte von ihrer Zeitschrift auf und schenkte mir ein mattes Lächeln. Sie veränderte ihre Sitzposition leicht, und das Hochglanzpapier rutschte ihr aus den kraftlosen Fingern, was Feuer (oder war es Eis?) erschrocken aufspringen ließ. Sie sah so betont betrübt auf den Hund hinab, als wäre es ihr unerträglich, diese Störung verursacht zu haben.

»Ihr Englisch ist nicht so gut«, sagte Daisuke.

»Ist Kagami eine Verwandte von Ihnen?«

»Nein«, sagte er. »Sie sitzt manchmal hier bei mir.«

Als das Dolly-Parton-Album zu Ende war, zog Daisuke eine Schachtel Pralinen aus einer Schublade, und wir saßen da und aßen. Er suchte die Pralinen für Kagami aus, indem er Form und Dekor sorgsam mit der Karte in der Schachtel abglich. Sie saugte an den gefüllten Pralinen, und dabei schienen ihre Augen zu groß für die Augenhöhlen zu werden. Ihre Mimik, die zwischen Angst, Freude und Überraschung wechselte, erweckte den Eindruck, als hätte sie bis zu diesem Moment überhaupt nie irgendetwas gegessen. Doch die Geräusche, die sie beim Essen machte, waren die gleichen wie unsere. Das leise Zutschen. Das tiefe Schlucken.

Noch im Lift zum dreizehnten Stock füllten diese Geräusche meine Ohren. Ich habe sie auch jetzt deutlich in Erinnerung, die Geräusche, die wir beim Pralinenessen im Hotelbüro machten.

Bis auf ein paar unwesentliche Details war jeder der nächsten drei Tage die Probe für den darauffolgenden.

An diesen drei Tagen wachte ich gegen elf auf, nach ein paar Stunden unruhigen Schlafs. Der Vormittag sickerte langsam durch die Economy-Vorhänge des Liebeshotels und verwandelte die riesigen Bettlaken in ein knittriges Gewirr von Licht und Schatten. Mein erster bewusster Akt war es, mir ein Kissen in den Rücken zu stopfen und wahlweise einen von Satoshis Briefen, den Brief seiner Mutter, das Watanabe-Transskript oder den Harvey-Nachruf zu lesen. Ich ertappte mich dabei, wie ich die Blätter glatt strich, als wollte ich alle Spuren vorausgegangener Lektüre tilgen. Bevor ich aufstand, unternahm ich einen Anlauf, mir einen runterzuholen, mit begrenztem Erfolg. Manchmal dachte ich dabei an Chiyoko. Meistens aber konzentrierte ich mich auf amateurhafte Erotika in meinem Kopf. Dann warf ich eine halbe Pille ein, duschte und frühstückte mit Daisuke Eier und Schinken. Ich fühlte mich immer wohler in der chromblitzenden Küche des Liebeshotels, wo ich gähnend dasaß und Kaffeeduft roch und Feuer und Eis umherwackeln sah. Mein Appetit wuchs, jetzt, da ich weniger Pillen nahm. Chiyoko packte hektisch ihre Handtasche und rannte am Frühstückstisch vorbei, eine tägliche Routine, zu der es gehörte, mir ein Stück Toast vom Teller zu schnappen. Wenn sie zur Uni gegangen war, fuhr Daisuke mich in dem gelben Yaris zur Bibliothek. Dort verbrachte ich Stunden damit, mich gewissenhaft durch alte Ausgaben von *Jenseits von Kulturgrenzen* zu blättern, in der Hoffnung, dass einer der wissenschaftlichen Artikel von einem Mr R. Pickford wäre. Ich pflügte mich ergebnislos voran, machte nur Pause, um zu pinkeln oder in den 7-Eleven auf der anderen Straßenseite zu gehen. Sonstige Highlights meines Tagesablaufs? Ein gelegentlicher Besuch im fünften Stock, um den Duft der seltenen Bücher dort zu kosten. Es gefiel mir, die

Kaga-Sammlung und die Morohashi-Sammlung einzuatmen. Ich hatte ein, zwei Attacken, meistens wenn ich an frühere Attacken dachte. Im Allgemeinen aber blieb die Panik in der Luft um mich herum, drang seltener auf mich ein als sonst.

Abends aß ich mit Chiyoko und setzte mich dann zu ihr ins Büro. Wir blieben gemeinsam auf, redeten und beobachteten Gäste in verschiedenen Stadien der Verlegenheit und des Verlangens. Wir lachten über die Babystimmchen, mit denen diese Fremden miteinander redeten, wenn sie sich unbelauscht wähnten. Chiyokos Lieblingsbeschäftigung war es, über das heimliche Leben dieser Leute zu spekulieren, und wenn ich sie nach denjenigen fragte, die sie besser kannte, wie etwa Daisukes abgezehrte Freundin Kagami, kam meist nicht viel dabei heraus. Sie sagte dann etwas Knappes, Tonloses – »Kagami mag Pralinen und hat Krebs« –, und ehe ich darüber nachdenken konnte, wie traurig diese beiden Fakten waren, wenn sie so nebeneinander in einem Satz standen, fing sie an, sich auszumalen, dass der Geschäftsmann dort drüben mit der Designerkrawatte auf Peitschen und Ketten stand.

Wenn die Rederei mir zu viel wurde, ging ich in mein Zimmer, rauchte, badete und nervte Freddie mit Anrufen, bei denen ich sie drängte, ihr Gedächtnis anzustrengen und noch mehr über Satoshi zutage zu fördern. »Ich fürchte, ich kann Ihnen nicht geben, was Sie brauchen«, sagte sie. Ich benutzte den Hotellaptop, um Perry ein paar aufmunternde E-Mails zu schicken, wobei ich unerwähnt ließ, dass ich zuerst noch ein anderes Projekt abzuschließen versuchte, ehe ich mich an seins machte. Gelegentlich checkte ich am Laptop auch die BBC-Nachrichten. Meistens aber hielt ich die Prophezeiungen und Warnungen, die durch den Äther schwirrten, von mir fern.

So etwa um fünf Uhr, kurz bevor Chiyokos Schicht endete und Daisuke übernahm, machte ich Feiermorgen. Es schien sinnvoll, mich vor ihr nach oben zurückzuziehen. Ich putzte mir die Zähne, warf einen Blick auf das Päckchen, fragte mich, ob es je zugestellt werden würde, und machte das Licht aus.

Drei Tage und drei Nächte ging es so. Jeder Tag und jede Nacht das Echo, die verfeinerte Wiederholung des beziehungsweise der letzten.

Dann, am Nachmittag des vierten Tages, traf die von Satoshi herausgegebene Nummer der Zeitschrift ein. Und das änderte alles.

18

Wie schön es war, aus dem Fenster zu schauen. Merkwürdig, dass ich das ganz vergessen hatte.

»Sieht arktisch aus da draußen«, sagte ich zu Chiyoko. Aber sie war schon wieder eingeschlafen, also blickte ich allein auf das endlose Weiß jenseits des ratternden Zugfensters. So viel davon: der schiere Überfluss, mehr als irgendeine Gegend braucht. Es war seltsam befreiend, in diesem Waggon zu sein, eingeschränkt durch die Schienenführung und die Fensterscheibe. Außerstande, vom Kurs abzuweichen, sah ich die Insel Hokkaido nach und nach in einem fixen Rahmen erscheinen. Bald würde sich Sapporo zeigen, ihre weniger unberührte Hauptstadt. Doch vorerst war urbanes Leben etwas aus einer anderen Welt.

Ich war entspannt, nur meine Beine nicht. Die fühlten sich nach Muskelkater an, als ob ich die ganze Nacht gerannt wäre. Dabei wurden wir praktisch ohne unser Zutun zu Satoshi gebracht: Ein Taxi hatte uns von der Villa Dolly zum Bahnhof gefahren, und jetzt transportierte uns der Hokutosei, der Schlafwagenzug, durch die schneegepolsterten Wälder und weißen Berge des seismisch aktiven Nordens. Uns und unsere Habseligkeiten: die Koffer in der Gepäckablage, Chiyokos Umhängetasche, ihren Kleidersack, ihre Laptoptasche und meine Ledertasche, die zwischen meinen Füßen klemmte. Eine Schneeballsonne beleuchtete alle diese Dinge außer der Ledertasche, die hatte Zuflucht in Chiyokos kühlem Schatten gefunden. Sie enthielt unter anderem das Päckchen, das inzwischen leicht nach Feuchttüchern roch, und den Stapel der übrigen, bis jetzt entdeckten Dokumente. All diese Wertgegenstände waren in mein unrettbar sojasaucenbeflecktes T-Shirt gewickelt. Und dann gab es da jetzt ein weiteres Dokument, das ich erst noch zu den anderen packen musste: Auf dem ausklappbaren Tischchen vor mir lag, mit einer Flasche Pocari Sweat beschwert, die dunkle Fotokopie eines Artikels von Mr R. Pickford und Dr. P. Jenkins.

Der Artikel. Sie hatten nicht nur die Nummer der Zeitschrift zusammen herausgegeben, sondern auch einen der darin enthaltenen Artikel gemeinsam verfasst. Er bestand, wie ich am Vortag in der Bibliothek festgestellt hatte, aus ziemlich schwammigen Grundgedanken darüber, inwiefern der Zweite Weltkrieg eine Reihe neuer – diskursiver, geografischer und ideologischer – »Räume« eröffnet hatte, in denen Anthropologen fundamentale Aspekte der menschlichen Natur erforschen konnten. Der gehaltvollste Absatz enthielt eine Reihe von Fragen, denen die Verfasser, wie sie sagten, in einer künftigen Artikelserie weiter nachgehen wollten. Welche Zusammenhänge zwischen Krieg und Anthropologie ließen sich für das neunzehnte und zwanzigste Jahrhundert aufzeigen? Inwiefern beeinflusste der Kriegskontext die Art der anthropologischen Forschung und deren institutionelle Entwicklung? Inwiefern hatte die Arbeit in besetzten Gebieten oder Gefangenenlagern die Anthropologie als akademische Disziplin weitergebracht? Falls Satoshi und sein Koautor diese Fragen je beantwortet hatten, dann jedenfalls nicht in einer späteren Ausgabe von *Jenseits von Kulturgrenzen*.

Egal. Das Aufregende steckte im schräg gedruckten Text unter dem Hauptartikel.

Dr. Patrick Jenkins ist Gastprofessor für Anthropologie an der Universität Hokkaido, Japan, und ehemaliger Leiter der Abteilung Afrikanistik der Universität British Columbia. Er war wissenschaftlicher Mitarbeiter in Harvard, an der Universität Toronto und der Universität Rutgers und bekleidete eine Forschungsstelle am Forschungszentrum für Verhaltenswissenschaften in Stanford. Er hat Vorlesungen und Vorträge an über zwanzig Universitäten in Nordamerika, Europa, Afrika, Japan und Australien gehalten.

So weit, so gut. Glückwunsch, Dr. Jenkins, zu dieser illustren Karriere. Doch dann ein paar Worte, die, als ich sie über Yasukos Schulter las, ein staunendes Grinsen auf mein Gesicht zauberten.

Mr Reginald Pickford ist ein in England gebürtiger Wissenschaftler, der den Großteil seines Lebens in Japan verbracht hat. Nach dem Zweiten Weltkrieg war er in Tokio bei der Abteilung Zivile Information und Erziehung des Oberkommandierenden für die alliierten Mächte tätig. Dort führte er spezielle anthropologische Studien für die Besatzungsstreitkräfte und japanische Regierungsbehörden durch. Heute lehrt er an der Universität Hokkaido.

Eine ganze Weile starrte ich nur stumm auf diese Zeilen, ignorierte Yasuko, rührte mich nicht. Nur durch Schweigen und Stillhalten konnte ich es vermeiden, die dramatische Atmosphäre, die die Entdeckung im Leseraum erzeugt hatte, zu zerstören.

Selbst wenn er in den fünf Jahren seit Erscheinen des Artikels die Universität Hokkaido verlassen hatte, würde doch irgendjemand dort wissen, wo er jetzt lebte.

Vielleicht hätte ich ja vorher anrufen sollen, aber der Impuls, in den erstbesten Zug nach Norden zu steigen, war unwiderstehlich gewesen. Es hatte keine Schlafwagenplätze mehr gegeben, nur diese steifen Sitze, aber das machte nichts. Manchmal war es das einzig Angemessene, spontan loszufahren, sagte jedenfalls Chiyoko. Dass sie grundsätzlich so dachte, war ja nicht weiter verwunderlich, extrovertiert, neugierig und energiegeladen, wie sie war, aber es hatte mich doch überrascht, als sie erklärte, sie wolle mich begleiten. Besiegelt hatte die Sache dann offenbar Daisuke. Er sagte, sie habe es dringend nötig, mal rauszukommen, ihr letzter Urlaub sei zwei Jahre her, und sie sah ihn mit riesigen, ernsten Augen an, als er versprach, sich um alles in der Villa Dolly zu kümmern. Er erklärte dem Abendschichtmann, er müsse in nächster Zeit ihre Schicht übernehmen, und der Abendschichtmann schien deswegen nicht niedergeschmetterter als sonst. Kurz dachte ich, ob dieser depressiv wirkende Mittzwanziger vielleicht der Mann in Chiyokos Zimmer gewesen war, aber er war einer von diesen Typen, die allem Anschein nach nicht mal die Energie zum Blinzeln haben, geschweige denn für ein Liebesabenteuer mit einem schönen Mädchen.

Als wir in Sapporo ankamen und das sanfte Schaukeln des Zugwaggons gegen das Gedränge und Geschubse auf dem Bahnsteig eintauschten, hatte ich einen kurzen Rückfall. Die übliche Geschichte: Waten in Sirup, Schwindelanfälle, Herzjagen, Zähneklappern. Ich musste mich eine halbe Stunde in einem Bahnhofsklo einsperren, die miefige Luft tief einatmen, auf die Kabinenwände starren und die Seitenstraßen der Gray's Inn Road durchgehen, damit die Panik abebbte. Als ich wieder herauskam, war das Erste, was ich sah, Chiyokos Gesicht, rot vor Ungeduld.

»Was ist denn mit dir los? Ein Mädchen einfach so hier herumstehen zu lassen, ist gar nicht cool.«

»Sorry«, sagte ich. »Aber wir waren sechzehn Stunden unterwegs, was machen da dreißig Minuten mehr oder weniger?«

»Zuerst war mir die Landschaft langweilig. Dann war mir das Schlafen langweilig. Jetzt ist es mir langweilig, vor diesem Klo herumzustehen.«

Eine angespannte halbe Stunde lang gingen wir schweigend durch die Straßen. Irgendwie kam es dazu, dass ich schließlich ihren und meinen Koffer zog. Ich ging davon aus, dass sie ein bestimmtes Ziel im Sinn hatte, ein Hotelviertel oder eine Touristeninformation, aber ich fragte nicht, und es kümmerte mich auch nicht sonderlich. Mein Panikkontingent für diesen Tag war bereits erschöpft, und ich fühlte mich auf eine diffuse Art zufrieden. So war das, wenn ein Anfall abklang. Es hatte etwas Aufbauendes: Eine Sorge war ich los. Nicht dass ich in diesem Moment keine anderen gehabt hätte. Da war zum einen die Tatsache, dass ich keine warme Kleidung mithatte. Ich hatte nicht damit gerechnet, dass es hier, verglichen mit Tokio, so grimmig kalt sein würde. Die eisige Luft ächzte unablässig durch meine Knochen, und die verschleierte Sonne, ein symbolistisches Zerfließen von Gelb- und Orangetönen, schien keinerlei Wärme abzustrahlen. Wir gingen nach Norden, aber mein Blick wurde westwärts gezogen, zu einer Ausfallstraße. Am Bordstein erhob sich etwa alle fünf Meter ein Haufen von dreckigem Eis. Böen von schneepudriger Luft fuhren mit einem schrillen Pfeifen zwischen den Eisbergen hindurch. Nach dem Gedränge von Tokio war es seltsam, Straßen einfach so in Richtung Horizont verschwinden zu sehen, mystisch verhangen.

Nach der ersten Viertelstunde unserer Wanderung blieben wir mitten auf dem weißen Bürgersteig stehen, damit ich in meiner Ledertasche kramen konnte. Ich nahm das ruinierte

T-Shirt heraus, setzte Päckchen und Papiere nackt dem rauen Leder aus, riss das Shirt der Länge nach auf und wickelte mir die schlaffe Baumwolle um den Hals. Chiyoko beobachtete die Operation mit einer gewissen Selbstzufriedenheit. Sie trug eine ganze Serie von Schals, Ohrenwärmern, Pullovern, Mützen und Handschuhen.

»Mir ist wollig warm«, sagte sie.

»Wohlig«, sagte ich. »*Wohlig* oder *mollig.*«

Wir senkten die Köpfe und marschierten in den schneidenden Wind.

»Ich wusste nicht, dass du was gebucht hast.«

»Tja, hab ich aber«, sagte Chiyoko. »Ich habe alles vom Dolly aus geregelt. Ein Freund von Daisuke kennt den Manager, also kriegen wir Rabatt.«

Ich hatte auf eine Unterkunft weiter draußen gehofft, auf dem Land, aber sie hatte die belebteste Straße von Sapporo aufgetan. Ich blickte den glänzenden Turm von getöntem Glas hinauf: Die dunklen Fenster schwebten über uns wie Monolithen. »Wie viel Rabatt?«

»Woher soll ich das wissen? Sei nicht so ängstlich, Fossy Wossy.«

Ich sah sie finster an.

Sie hielt meinem Blick stand und sagte: »Es ist doch schön, sich mal was Besonderes zu gönnen. Eh du dichs versiehst, hast du diesem Satoshi das Päckchen gegeben und ein, zwei Fotos gemacht und sitzt wieder in deiner Junggesellenbude in London. Was willst du denn dort mit deinem Geld machen?«

»Okay«, sagte ich. »Dann schauen wir mal, was wir für meine mageren Ersparnisse kriegen.«

Wir gingen durch die Drehtür in die Halle. Sie war schon weihnachtlich dekoriert, ein Gewimmel von Rot, Weiß und

Grün. Auf dem Boden lag ein scheußlicher Veloursteppich. Darauf saß ein kleines Kind, das eine Pelzmütze mit heruntergeschlagenen Klappen trug. Es hatte die Arme verschränkt und die Unterlippe vorgeschoben und sah aus, als ob es irgendeine Art Anti-Sitzmöbel-Protest veranstaltete.

»Träumst du nicht davon, immer in so was wohnen zu können?«

Ich erklärte, meine Träume seien nebulös, aber dass darin ein Luxushotel vorkomme, hielte ich für unwahrscheinlich.

Augenblicklich erschien eine Hotelangestellte, die immer wieder die Wangen einsaugte. Schlauerweise wandte sie sich an Chiyoko. Worte wurden gewechselt. Assistiert von einem Pagen in einem engen Jäckchen, nahmen wir einen gläsernen Lift hinauf in den zweiundzwanzigsten Stock. Eine der Glaswände ging geradewegs auf Sapporo hinaus, zeigte beängstigend riesige Schriftbrocken, die sich von der Stadt losgerissen zu haben schienen. Nicht so viele Markenzeichen wie in Tokio, aber doch die leuchtende Präsenz von Sony, Suntory, Canon, Kirin, Honda. Fetzen einer primitiven Sprache, die an einem fremden Himmel schwebten. Ich fühlte mich auch, als ob ich dahinschwebte, in einer Raumkapsel hoch über dem Geländeprofil der Erde.

Die Tür ging auf. Chiyoko und der Page, ihren Koffer hinter sich herziehend, stürmten in rasantem Tempo den Flur entlang. Ich folgte ihnen langsamer, versunken in finanzielle Überlegungen. Ich fragte mich, ob ich für Perry ein paar Fotos von Schildern und Plakaten hier in Hokkaido machen sollte. Ich konnte ja beliebige Werbe- und Warnbotschaften aus verschiedenen Winkeln schießen, obsessiv immer wieder das gleiche Motiv, so wie es Evans mit über siebzig gemacht hatte. Er hatte seine Polaroid auf alles gerichtet, was bedeutungslos aussah. Das würde ich doch sicher auch hinkriegen.

Das Zimmer war ja nicht übel. Aber wie man es auch drehte und wendete, da war nur ein Bett. Ein doppelt breites Bett, okay. Aber eben nur eins.

»Vielleicht sollten wir den Pagen aufhalten«, schlug ich vor. »Oder die Rezeption anrufen.«

Ich parkte meinen Koffer auf dem dicken Teppich, dem Teppich, der mich ein Vermögen kostete.

»Wovon sprichst du, Fossy?«

»Na ja, weil da mit dem Zimmer was schiefgelaufen ist. Wegen des Betts.«

»Es gibt nur dieses Zimmer«, sagte sie und hängte diverse Röcke in den Schrank.

Ich wollte unbedingt in die Universität, bevor es dunkel wurde, aber Chiyoko bestand darauf, mir zuerst Sapporo zu zeigen. Während wir umherwanderten, hielt ich Ausschau nach Straßennamen. Es gab mehr als in Tokio, und es schien mir auch leichter, sich hier zurechtzufinden. Hier in der Gegend jedenfalls verliefen die Straßen gitterförmig, und Chiyoko erklärte mir, dass die Blocks die Bezeichnungen Nord, Süd, Ost, West trügen, je nach ihrer Lage relativ zum Zentrum der Stadt, dem Fernsehturm, einer rot-weißen Konstruktion nach dem Muster des Eiffelturms. Anders als sein Pariser Vetter hatte er auf halber Höhe Digitaluhren, die Stunde und Minute in alle vier Himmelsrichtungen verkündeten. Darunter, auf Beton mit dem Schattenmuster der Stahlstreben, verkauften dick vermummte Leute Souvenirfernsehtürmchen an ellbogenbewehrte Touristen.

Zu meiner Erleichterung gingen wir westwärts, weg vom Sightseeing-Gedränge, bis wir auf einen Secondhandshop stießen, wo ich Schal, Mütze und Handschuhe erwerben konnte. Da alle drei Accessoires nur in einem psychedelischen Helllila erhältlich waren, war ich kurz zwischen Eitelkeit und Vernunft hin- und hergerissen. Schließlich beugte ich mich Letzterer, aber mit dem ganzen Widerstreben eines Peinlichkeit fürchtenden Teenagers. Wobei es mir nicht darum ging, nicht als Witzfigur gesehen zu werden, ich wollte nur möglichst gar nicht gesehen werden. Es gibt Kleidungsstücke, in denen man vergessen kann, wer man ist, und innerlich mit der Person neben einem und der daneben verschmelzen kann. Trauerkleidung zum Beispiel. Bei Mums Beerdigung war die Kirche von Longcross voller Leute in Schwarz gewesen, die alle miteinander verschmolzen. Ich wusste, in Helllila ging das nicht.

Vor dem Laden zog ich Mütze und Handschuhe an und stopfte dann den Schal unter das Halsbündchen meines Pullovers.

Chiyoko sagte: »Passt aber doch wenigstens alles zusammen.«

»Das stimmt.«

Ich zog an einem losen Faden an einem meiner Handschuhe. Eine beunruhigend lange Wollspirale kringelte sich auf den Bürgersteig hinab.

»Weißt du was, Fossy? Ich möchte in eine Bar gehen und mich so richtig betrinken.«

Ich sagte: »Zuerst müssen wir in die Uni.«

»Bis wir dort sind, ist sowieso alles zu. Du weißt doch, wie diese Professoren sind. Lass uns morgen mit frischen Kräften anfangen, okay? Dann sind wir viel effizienter.«

»Ich will Satoshi finden und die Sache erledigen. Dann kann ich ein paar ordentliche Fotos machen. Bis jetzt habe ich gerade mal einen Schnappschuss von meinem Koffer.«

»Satoshi kann warten. Und die Fotos auch.«

»Normalerweise wäre ich ja ganz deiner Meinung. Ich bin ein großer Befürworter des Abwartens. Aber heute ist eine Ausnahme.«

»Ach, *komm*, Foss Doss. Es wird schon dunkel. Es hat doch keinen Sinn, dass wir jetzt hinrennen, und die haben da schon alles gerammelt.«

»Haben was?«

»Gerammelt. Das sagt man doch so, oder? Zugemacht.«

»Du meinst verrammelt«, sagte ich und hielt Ausschau nach einem verlegenen Augenzucken, aber da war keins.

»Egal. Jedenfalls, ich kenne hier eine tolle Bar. Die servieren die Drinks mit kleinen Goldflöckchen drin.«

»Sind da Scharen von Leuten?«

»Klar. Das ist doch der Sinn der Sache. Der japanische Traum. Urbanes Leben. Das ist es, was ich an Großstädten so mag – total verschiedene Leute, die auf engem Raum zusammenkommen und sich alle sinnlos besaufen.«

Trotz meiner Proteste gingen wir in die Bar.

Chiyoko orderte zunächst eine Reihe Gläschen mit einer Art klarem Likör, in dem Goldschüppchen schwammen. Billig war das Getränk nicht. Nach ein paar knirschenden Mundvoll gingen wir zu Bier, Tequila und Whisky über. Wir fingen an, über Satoshi und meine Mutter zu reden. Am Ende erzählte ich ihr mehr, als ich vorgehabt hatte. Es war wahrscheinlich ein Zusammenspiel von Faktoren: dem Geschick, mit dem sie mich ausfragte, der Wärme des Alkohols auf meiner Zunge und der berauschenden Wirkung, die es hat, erstmals wieder zu äußern, was in einem vorgeht, nachdem man jahrelang stumm war.

Zuerst waren die Tische um uns herum kauernde, pulsende Lebewesen. Überall fluktuierende Gruppen von Salarymen, die Bier in sich hineinkippten und lachten wie mit Helium vollgepumpte Kinderunterhalter. Doch nach und nach schliefen sie auf geradezu surrealistische Art an ihren Tischen ein, und der Lärm verebbte. Schließlich war die gesamte Bar eine schummrige Leichenhalle voller vornübergesackter, zwischen Bierflaschen gelandeter Toter. Als Chiyoko und ich Pflaumenwein bestellten, schleppten sich einige von ihnen wie Zombies ins rufende Dunkel der Straße hinaus. Um Mitternacht waren da nur noch wir beide, ein paar andere Übriggebliebene und der Alleinunterhalter – ein Japaner im Smoking, der in der Ecke sein Casio-Keyboard bearbeitete. Nachdem er eine Reihe bemerkenswerter Versionen von Eric-Clapton-Hits heruntergenudelt hatte, nahm er sich die Backlist von Derek and the Dominos vor und verfremdete den Text von *Layla*.

Chiyoko sah mir in die Augen und sagte etwas. Ihr Gesichtsausdruck deutete darauf hin, dass es etwas Bedeutsames war, aber ihre Worte übertönte fernes Krakeelen: »*Layla, you garrotte me on my nose. Layla …*«

An irgendeinem Punkt verschwimmt alles.

19

Ich nahm einen Schluck Pocari Sweat und knautschte mein Kissen anders zurecht, um irgendwie den Schmerz in meinem Kiefer auszumanövrieren.

»Ehrlich«, sagte Chiyoko und drehte sich zu mir. »Ich bin rausgekommen, und da lagst du auf dem Boden. Es war *irre* komisch.«

»Klingt nur irgendwie gar nicht nach mir. Das ist der Punkt.«

»Das *warst* aber du, Fossy. Ich hab dich praktisch dort rausgetragen.«

»Ich nehme zurzeit Medikamente. Vielleicht kam es ja davon.«

»Und vom Alkohol.«

»Und vom Alkohol.«

Es musste gegen sechs Uhr morgens sein, und ich lag offenbar in dem Doppelbett, das ich mir nicht leisten konnte. Ich hatte Socken an und eine Armbanduhr. Eine kichernde Chiyoko schlang einen glatten Schenkel um meine Taille, und ich fühlte ihr Schamhaar an der gespannten Haut über meinem Hüftknochen. Unter der Oberfläche kribbelten tausend Nervenendungen.

Sie sagte: »Du hast dagelegen, ehrlich, der Länge nach am Boden, und über dir stand dieser muskelbepackte Chinese.«

Mich zu bewegen, tat weh. Ich presste die Finger auf die Schwellung zwischen Ohrläppchen und Kinnpartie. Irgendwann in der Bar hatte ich mir das zugezogen. Chiyoko zufolge war sie mit frisch gepuderter Nase aus der Toilette gekommen, und da hatte ich mitten auf dem Boden gelegen, mit dem Gesicht in einer Pfütze aus Sapporos berühmtem Bier. Es erschreckte mich, dass ich mich gar nicht an den Vorfall erinnern konnte. Ich konnte von Glück sagen, dass ich noch am Leben war. In einer gefahrvollen Welt sturzbesoffen zu sein, barg erhebliche Risiken.

»Es war ein Chinese?«

»Ja, ich glaube schon. Einer von den Typen an dem Tisch bei dem Keybord-Spieler, der mit dem weißen Mädchen. Aber ganz schön bullig für einen Chinesen.«

»Also«, rekapitulierte ich um der Klarheit willen, »ich liege da in einer Bierpfütze, und so ein Chinese mit Mordsfäusten steht über mir?«

»Genau. Er sah ziemlich wütend aus.«

Soweit ich es mir auf Basis meiner begrenzten Kenntnisse in Kneipenschlägerei-Etikette und gewisser wiederkehrender Elemente in Chiyokos Darstellung zusammenreimen konnte, hatte es damit angefangen, dass ich am anderen Ende der Bar eine junge Westlerin sichtete, die in ein Handy schluchzte. In einer Anwandlung alkoholinduzierten Mitleids hatte ich meine eigenen Probleme abgeschüttelt und war rübergegangen, um nach ihr zu schauen. Mein Fehler war es gewesen, nicht zu verschwinden, als ihr stämmiger chinesischer Freund kam.

»Er sah aus wie ein Basketballspieler«, bekräftigte Chiyoko, »nur muskulöser, mehr wie ein Ringer. Aber mit solchen Football-Schulterpolstern.«

Ich sah mich im Geist gegen irgendwelche Wände krachen, in Gullys fallen, an meiner eigenen Kotze ersticken. Mir kam die Erinnerung an Schnipsel dessen wieder, was ich Chiyoko über meine Mutter, meine Frau und mein Leben erzählt hatte.

Eine dumpfe Minute verging. Ich trank von meinem Pocari Sweat. Chiyoko starrte auf den dunklen Fernsehschirm in der Ecke.

»Es hat nichts mit dir zu tun«, sagte ich schließlich.

»*Das* weiß ich«, sagte sie, und ihre Hand glitt über meinen Bauch. »Was zu der Frage führt: Kriegst du ihn überhaupt je hoch?«

»Das ist … eine ziemlich direkte Frage.«

»Yep.«

»Hör zu, es tut mir leid.«

»Hat dir niemand beigebracht, dass du im Bett nicht ›Tut mir leid‹ sagen sollst? Das törnt jedes Mädchen ab.«

»Ich dachte, du wärst schon abgetörnt.«

»Weißt du«, sagte sie bestimmt, »du solltest es mal mit Briefmarken probieren.«

»Briefmarken?«

»Ja, von der Post.«

Ich sah sie verdutzt an.

»Solche kleinen gummierten Dinger, die man auf den Briefumschlag klebt. Als Beweis, dass man das Geld für …«

»Das Prinzip ist mir bekannt. Ich weiß nur nicht, was sie mit dem hier zu tun haben.«

Sie fuhr mit der Hand meinen Unterleib hinab und streichelte meinen deprimierten Penis mit einem zarten Zeigefinger.

»Also. Du nimmst einen Bogen Briefmarken, okay? So einen, wo die Marken durch diese Dinger verbunden sind, diese kleinen Randdinger, wo man sie auseinanderreißen kann.«

»Die Zähnung.«

»Ich weiß nicht, ob das so heißt.«

»Es heißt so, glaub mir.«

»Also gut. Du reißt einen kleinen Streifen Briefmarken ab, einen senkrechten Streifen, sagen wir, vier, fünf Stück.« Sie hob mit einer Hand die Bettdecke an und warf einen Blick auf ihre andere Hand oder meinen Penis oder beides. »Na ja, drei müssten reichen. Und dann nimmst du deinen Streifen von drei Briefmarken, die alle noch zusammenhängen, und klebst ihn auf die Unterseite von deinem Dings. Hierhin«, sagte sie und tippte, um jeden Zweifel auszuräumen, mit einem lackierten Fingernagel auf die betreffende Stelle.

Ich zuckte impotent weg.

»Keine Angst«, sagte sie, »ich schlitz dir schon keine Arterie auf oder so. Du musst dich mal locker machen, Foss Bros. Also, du klebst den Streifen Briefmarken vor dem Einschlafen da hin. Natürlich musst du sie zuerst anlecken oder so, damit sie auch richtig kleben.«

Sie gähnte. Ihr Brustansatz war überm Rand der Bettdecke gerade eben sichtbar. Ihre Brüste waren cremefarben, heller als der Rest ihrer Haut, aber dunkler als der Bettbezug.

»Und? Man klebt sie da hin, und dann?«

»Oh«, sagte sie, »der Rest ist ganz simpel. Du klebst sie da hin, schläfst ein und schaust am nächsten Morgen, ob die Marken immer noch zusammenhängen. Wenn ja, hast du ein physisches Problem. Wenn sie dagegen einzeln sind – an der Gezähnung auseinandergerissen –, dann ist dein Problem psychisch.«

»Du willst mich veräppeln, oder?«

»Nein, ich mein's superernst. Hab's irgendwo gelesen. Wenn sie auseinandergerissen sind, dann weißt du, dass du in der Nacht einen Steifen gehabt hast und dass die Barriere, die du überwinden musst, rein psychisch ist.«

Sie gähnte wieder, zog sich die Bettdecke bis an den Hals und schlief ein.

Um die Mittagszeit begann der Tag zum zweiten Mal. Wir duschten, nahmen ein schnelles Frühstück aus Toast und Schmerztabletten zu uns und machten uns dann auf zur Universität. Wir sprachen weder über den Alkohol noch über den nicht vollzogenen Sex. Ich verspürte den Drang, sie zu fragen, wer da in der Villa Dolly bei ihr im Zimmer gewesen war, aber dafür schien es nun wirklich der falsche Moment zu sein.

Mein Kater umhüllte mich wie ein Plasmaschild, doch als wir übers Universitätsgelände gingen, erweckte mich die frische Luft allmählich wieder zum Leben. Auf der Suche nach dem Besuchereingang spazierten wir Alleen von schneefunkelnden Pappeln, Ulmen und Eichen entlang. Wir kamen an einem Campusmuseum vorbei. Chiyoko wollte reingehen, war aber ausnahmsweise mal zu müde oder zu halbherzig, um sich durchzusetzen. Wenige Minuten später stießen wir auf eine Büste von William S. Clark, einem Amerikaner, der dem Schildchen zufolge einmal Vizerektor der Landwirtschaftshochschule gewesen war, die einst hier gestanden hatte. Ich erinnerte mich aus einem der Vorträge, die Chloe mir zu halten pflegte, dass manche Leute in ihm den geheimnisvollen »Meister« in Emily Dickinsons Gedichten vermuteten. Chiyoko interessierte diese Information nicht. »Sie war eine einsiedlerische Spinnerin. Welche Schriftstellerin trägt denn nur Weiß?«

Zweimal fragten wir Studenten, denen wir begegneten, nach dem Weg. Sie sahen Chiyoko nur mit leerem Gesicht an. Man hätte meinen können, sie spräche eine Sprache, die man hier nicht einmal zu identifizieren, geschweige denn zu verstehen vermochte. Ich erntete neugierig-amüsierte Blicke, so wie Leute schauen, wenn ihnen ein bizarr gezeichneter Hund in sicherer Entfernung über den Weg läuft. Auf dem Boden lag eine dünne Schneeschicht, und ich verbrachte eine Menge Zeit damit, auf anderer Leute Fußstapfen zu starren.

Schließlich gerieten wir an einen Studenten, der uns gegenüber relaxter zu sein schien. Sein Haar war lang und fettig, und er strich es sich andauernd hinter die Ohren. Ich fragte mich, ob er ein paar Tage keine Möglichkeit gehabt hatte, Shampoo zu kaufen, oder ob sein Haar vom Waschen auf eine Art pluderig wurde, die er nicht leiden konnte, oder ob es da sonst irgendeinen ausschlaggebenden Faktor gab, auf den ich nicht kam. Immerhin war er gern bereit, uns zur Anthropologie zu begleiten. Wir glichen uns seinem Gehtempo an, das quälend langsam war. Er schien der Typ, der in allem langsam ist. Ich presste die Ledertasche an meine Hüfte.

Fetthaar brachte uns zu einer Sekretärin und entschwand mit Faultierbewegungen in einen dunklen Winkel des Gebäudes. Als Chiyoko erklärte, wen wir suchten, runzelte sich die Stirn der Sekretärin zum Inbild vielschichtiger Kümmernis, doch im nächsten Moment plapperte die Frau mit rasender Geschwindigkeit drauflos und nutzte lediglich die Zeiträume zum Denken, die ihre eigenen lang gezogenen Vokale schufen. »*Aaahaaaa.*« Sie verschwand einen Flur entlang. Chiyoko wandte sich mir zu.

»Sie scheint zu wissen, wer Reginald Pickford ist, will aber nicht mehr sagen, ehe sie nicht mit einem ihrer Chefs gesprochen hat.«

Plötzlich bekam ich es mit der Angst. Satoshi konnte jeden Moment aus irgendeiner Tür treten. Wie würde er aussehen, was würde er denken, sagen? Das Bummern meines Herzens wurde fiebrig, panisch, aber irgendwie auch auf eine lebendige Art intensiv. Ich versuchte, es zu besänftigen, indem ich die Macken der Wände studierte. Kratzer und Dellen in Hüfthöhe, vermutlich von den gepanzerten Ecken von Aktenordnern oder den Reißverschlüssen vorbeischrammender Taschen.

Als die Frau wiederkam, brachte sie einen gleichmäßig gebräunten Westler mit. Mir fiel auf, dass er eine Narbe hatte, die meiner nicht unähnlich war. Sie war der einzige Makel in seinem Gesicht: eine feine rosa Linie, die sich von unterm rechten Auge zu der Kerbe zwischen Nasenflügel und Wange zog. Er war zu jung, um Satoshi sein zu können, und sein Gesicht hatte keinerlei Ähnlichkeit mit meinem Vorstellungsbild. Er trug Cordhosen, Tweedjacke und Lederslipper – die robusten Insignien englischen Akademikertums. Doch als er näher kam, roch ich ein ganz und gar unenglisches, rachenreizendes Rasierwasser.

»Patrick Jenkins«, sagte er, während er meine Hand drückte und uns dabei schon irgendwohin führte. Bei dem Namen klingelte es sofort in meinem Kopf. Dr. P. Jenkins, Koautor des Artikels in meiner Ledertasche. »Bitte, kommen Sie herein, machen Sie es sich bequem.« Amerikaner, nicht Engländer. Seine Nationalität sprach aus seiner Stimme und seinen strahlend weißen Zähnen. Irgendetwas an ihm suggerierte die Mitgliedschaft in mehr als einem Fitnessstudio.

Er sagte: »Toller Tag, um über den Campus zu bummeln, was? Herrlich. So viel frisch gefallener Schnee.«

Chiyoko und ich nahmen nebeneinander Platz, murmelten etwas Zustimmendes und warteten darauf, dass Patrick Jenkins sich in seinem Schreibtischsessel niederließ. Sein Büro war die reinste Mahagonireklame. Wo man auch hinsah, dunkles Holz: zwei frei stehende Schränkchen, ein Barschrank an der Wand, eine Fußbank, ein Hutständer und die Stühle, auf denen wir saßen. Das Imposanteste aber war der grandiose, unglaublich aufgeräumte Schreibtisch, der sich zwischen ihm und uns erstreckte, geradfaserig und astlochfrei. Sein wunderschöner, rötlicher Glanz erinnerte mich an den Schreibtisch in Dads Arbeitszimmer in Nummer 17. Er hatte sämtliche Wochenenden an diesem Schreibtisch verbracht, in diesem sakrosankten Raum. Das Zimmer war sein Behältnis gewesen.

Jenkins saß jetzt endlich und beugte sich vor, die Arme gestreckt, die Finger zu einem eleganten Gitterwerk verflochten. Mir tat der Kiefer weh.

Er sagte: »Was kann ich für Sie tun, liebe Freunde?«

Ich übernahm das Reden. Ich hörte mich mit peinlicher Frequenz Ähms und Ähs von mir geben. Jenkins hatte etwas ungemein Direktes und Intensives, er fixierte mich mit einem ungebremsten Blick, der meine Zunge ins Stolpern brachte. Er gehörte zu den Leuten, die durchsichtige Wände errichten und einen mit in diesen Raum hineinnehmen, sodass alles, was sich nicht um sie und einen selbst dreht, optisch und akustisch gedämpft wird und man sich gleichermaßen eingeschüchtert und privilegiert fühlt.

»Tja, also, was ich sagen will«, sagte ich, noch immer zu schläfrig, um eine Schneise durch mein eigenes Gerede zu schlagen, »ich war eine Zeit lang in Tokio in der Bibliothek, um herauszufinden, an welcher Universität Mr Pickford tätig war, und dabei stellte sich heraus, dass er hier eine Stelle hat oder jedenfalls in irgendeiner Form hier lehrt.«

Jenkins' wabenförmige Augenlider blinzelten, während er mir erklärte, dass Satoshi in der Tat bis vor ein paar Jahren hier gelehrt habe. Er warf mir ein paar Informationsbröckchen über die Spezialgebiete seines ehemaligen Kollegen hin: Anthropologie in Kriegszeiten, Besatzungskonzepte, Mentalität der Niederlage. Ich musterte eine Weile seine rosa Narbe und kam dann schließlich zur Sache.

»Gut. Sie werden sich wohl verständlicherweise nicht an das genaue Datum erinnern können, aber in welchem Jahr ist Mr Pickford von hier weggegangen?«

»Hm, lassen Sie mich überlegen. Schwierig. Ich würde sagen, das war 2006.«

»2006?«

»Ja, so um die Zeit, würde ich sagen.«

»Und wissen Sie, an welche Universität er gegangen ist?«

»Welche Universität? Ich meine mich zu erinnern, dass Reg nicht an eine andere Universität gegangen ist. Ich würde sagen, er hat keine neue akademische Stelle angenommen.«

»Dann ist er jetzt … im Ruhestand?«

»Das wohl eher, ja. Er war schließlich kein junger Hüpfer mehr.«

Er blitzte mich wieder mit seinen weißen Zähnen an, drehte dann den Kopf ein klein wenig, um auch Chiyoko einzubeziehen.

»Wohnt er noch in Hokkaido?«

»Wow! Noch so eine schwierige Frage. Ich habe keine Ahnung. Ich fürchte, ich weiß es einfach nicht.«

»Vermerken Sie denn nicht die neue Adresse, wenn Dozenten weggehen?«

Er schüttelte den Kopf.

»Muss man denn nicht Post nachsenden und irgendwelche offen gebliebenen Dinge regeln?«

»Alles ganz ausgezeichnete Fragen«, sagte er und kratzte sich einen nussbraunen Knöchel. »Man merkt, Sie sind ein welterfahrener Mann. Und die Antwort lautet: Wir bemühen uns nach besten Kräften. Aber Sie wissen ja, wie das mit bürokratischen Dingen ist, mein lieber … wie war noch mal Ihr Name?«

»Fossick.«

»Sie wissen doch, wie das läuft, Mr Fossick. Viel beschäftigte Leute wie wir sind in administrativen Dingen einfach nicht immer so gut, wie sie sein sollten. Sie kennen das doch.«

»Das Problem ist, dass ich Reginald Pickford unbedingt finden muss. Es ist sehr, sehr wichtig.«

Ich sah ihn mit zusammengezogenen Brauen an. Blitzartig formierten sich seine quecksilbrigen Züge zum Spiegelbild meiner Mimik um.

»Das ist mir bewusst, Mr Fossick, vollkommen bewusst. Ich

appelliere nur an Ihr Verständnis unter Intellektuellen. Darf ich fragen, ob er ein Verwandter von Ihnen ist?«

»Nein, kein Verwandter.«

»Verstehe.« Er wiederholte: »Verstehe, verstehe.«

Seine Stimme war hypnotisch. Das Blut rann schwer und schleppend durch meine Adern. Es war plötzlich so stickig im Raum, dass meine Entschlossenheit schmolz und meine Zunge schwoll. Heiße Terpentinschwaden schienen aus seinem Schreibtisch aufzusteigen. Sie umfluteten mich mit den Gerüchen der Distinktion, den Aromen des Wohlanständigen und Hygienischen.

Ich sagte: »Irgendjemand muss doch wissen, wo er ist. Es ist ein Notfall, sonst wäre ich nicht hier.«

»Ich höre genau, was Sie sagen, Mr Fossick, und wenn ich das Gefühl hätte, noch etwas beitragen zu können, seien Sie versichert, dann täte ich es. Reg Pickford war in vielerlei Hinsicht ein brillanter Mann. Ein würdiges Mitglied dieser Institution und ein fähiger, sensibler Analytiker dessen, was wir in unserem Fach die *conditio humana* nennen.«

»Haben Sie je mit ihm zusammengearbeitet, Mr Jenkins? Mr Jenkins oder Dr. Jenkins?«

»Einfach nur Patrick, bitte … Ich kann mich nicht erinnern, dass wir je ein gemeinsames Arbeitsergebnis hervorgebracht hätten.«

In meinem Kopf lief ein Szenario ab, in dem ich in die Ledertasche zu meinen Füßen griff, die Fotokopie des Artikels aus *Jenseits von Kulturgrenzen* herausnahm und vor ihm auf den Schreibtisch klatschte. In der Realität aber blieben meine Hände liegen, wo sie lagen, nur Zentimeter von seinen entfernt.

»Gibt es irgendjemanden, mit dem wir sprechen könnten? Jemanden, der vielleicht eine Vorstellung hat, wo wir Mr Pickford finden können?«

Er nahm eine Denkerpose ein, aber ich hatte das Gefühl, dass er nur einen angemessenen Zeitraum verstreichen ließ.

»Ich fürchte, nein«, sagte er und sah auf die Uhr. »Ich wollte, ich könnte Ihnen helfen, wirklich, aber neben allem anderen wartet auch noch ein Kurs von ungebärdigen Erstsemestern auf mich.«

Er erhob sich und setzte wieder dieses schmerzhaft grelle Grinsen auf. Ich wollte eigentlich sitzen bleiben, stand aber plötzlich doch, schüttelte ihm die Hand und sah zu, wie er Chiyoko mit einer leisen Verbeugung bedachte, passender Abschluss dessen, was für mein Gefühl eine einzige Theatervorstellung gewesen war. Er brachte uns zurück ins Sekretariat, drückte mir die Schulter und sagte in väterlich-amüsiertem Ton: »Wenn ich so unhöflich sein darf, Sie beide zu bitten, allein hinauszufinden?«

Wir wanderten durch unbelebte Flure zurück, vorbei an einer Reihe an der Wand verankerter ramponierter Münztelefone. Altersschwarze Wähltasten und schartige Hörer, schwer von den melancholischen Rückständen knistriger Gespräche. Unter den Telefonen, auf dem Linoleumboden, lag ein dickes Buch. Chiyoko identifizierte es als Telefonbuch. Sie hockte sich hin, blätterte, suchte nach irgendwelchen Reginald Pickfords. Einen Moment sah ich sie vor mir, wie sie auf meinem Sofa Abzüge durchschaute, sich die heraussuchte, die ihr gefielen. Nach ein, zwei Minuten legte sie das Buch weg, stand auf und schüttelte den Kopf. Dann spähte sie den Flur entlang und sagte etwas auf Japanisch.

Es war Fetthaar. Er erwiderte Chiyokos Gruß und kam in bedächtigen Etappen vor uns zum Stehen, das Gewicht auf den Fußspitzen.

»Ich habe gehört, wie ihr der Sekretärin erzählt habt, ihr wollt zu Pickford-sensei«, sagte er, jede Silbe gewissenhaft artikulierend, in einem Ton, der zwischen müder Unbeteiligtheit und aufflackernder Neugier schwankte.

»Stimmt«, sagten wir beide im gleichen Moment, überrascht, das Wort in Stereo zu hören.

»Ich habe ihn nicht mehr mitgekriegt, aber als ich hierherkam … wurde über ihn geredet.«

Wir traten einen halben Schritt auf ihn zu. Ermunterten ihn, uns zu erzählen, was er gehört hatte.

»Ich will keinen Ärger kriegen«, sagte er.

Er solle nur freiheraus reden. Uns alles sagen. Und als andere Studenten an uns vorbeidefilierten, seufzte er und begann zu flüstern.

Reginald Pickford hatte die Universität Hokkaido in dem Jahr verlassen, bevor er, Fetthaar, gekommen war. Einige Anthropologiestudenten aus höheren Semestern hatten sehr positiv über ihn geredet: ein Dozent, der Wert auf methodisches Denken lege, aber skeptisch gegenüber unumstößlichen Schlussfolgerungen sei. Der manchmal nicht so milde sei, wie er aussehe, aber offenbar immer gerecht, engagiert und interessiert. Der eine langschößige Jacke mit Gürtel trage und oft eine Dose kalten Kaffee dabeihabe, mit einem Loch, durch das er während der vormittäglichen Lehrveranstaltungen das Aroma einatme. In dessen Gesicht manchmal ironischer englischer Humor stehe, manchmal aber auch etwas Trauriges.

Er hatte die Universität plötzlich verlassen, von einem Tag auf den anderen, warum, hatte niemand gewusst. Es hatte die Behauptung gegeben, dem Verschwinden sei ein Streit mit einem anderen Dozenten vorausgegangen, vielleicht sogar eine handgreifliche Auseinandersetzung. Besser informierte Leute hatten gesagt, es schicke sich nicht, darüber zu reden, die Universität könne verärgert sein, sie wollten keine Klatschgeschichten in die Welt setzen, sie seien ja nicht dabei gewesen, könnten also nichts Genaues sagen. Das war alles, was Fetthaar wusste: die Deckungspunkte eines halben Dutzends Geschichten, Vermutungen, Nebenbemerkungen. Nichts über Satoshis Vorleben, seinen Familienstand, sein Zuhause, seine Hobbys oder Abneigungen. Nichts über seine Geheimnisse.

Bis auf eine Sache, nur ein Gerücht, das Fetthaar anderen entlockt hatte und das wir jetzt ihm entlockten, Chiyoko durch ihre ruhige Beharrlichkeit, ich durch mein verzweifeltes Drängen. Es gebe da so eine Geschichte, dass Satoshi, Jahrzehnte bevor er an die Universität Hokkaido gekommen sei, einen Mann angegriffen habe.

»Angegriffen?«

»Ja. Nur ein Gerücht. Ich will wirklich nichts Schlechtes über euren Freund sagen. Ich weiß ja gar nicht, was wahr ist und was nicht.«

»Aber du hast es gehört«, sagte ich, »du hast gehört, er habe einen Mann angegriffen?«

Er nickte.

»Und ihn verletzt?«

Mit gutmütig-resignierter Miene nickte er wieder.

»Ihn getötet?«

Kein Nicken, aber ein Blinzeln, ein hochkomplexes Blinzeln, dunkle Wimpern, verklumpt zu Zweier- und Dreierbüscheln, die sich aus unterschiedlicher Höhe und unterschiedlichen Winkeln herabzusenken schienen.

Er wandte sich langsam ab und sagte: »Ich muss jetzt gehen, sorry, tut mir leid.«

Ich setzte an, ihn an der Kapuze seines Sweatshirts zurückzuziehen, aber Chiyoko drängte sich zwischen uns und fasste zart seine Hand. Sie förderte irgendwoher einen Kuli zutage und schrieb, die Kappe zwischen den Zähnen, etwas auf Fetthaars Handfläche. Er nagte an seiner Unterlippe und fädelte sich dann in eine langsame, mit Schreibzeug bewehrte Studentenschlange ein.

»Was war das denn?«, fragte ich.

»Ich habe ihm meine Telefonnummer gegeben. Für den Fall, dass ihm noch was einfällt.«

»Er glaubt jetzt vermutlich, dass du mit ihm schlafen willst.«

»Und wenn? Er ist doch irgendwie süß, auf seine Vogelscheuchenart.«

Wir gingen weiter. Inszeniertes Sonnenlicht tanzte über den schartigen Anstrich der Flurwände, übergoss sie mit einem weichen Schimmer.

Chiyoko sagte: »Meinst du, es stimmt, dass er mal jemanden getötet hat?«

»Ich weiß nicht«, sagte ich, und noch während ich es sagte, wusste ich, dass wir beide an George Harvey dachten und dass dieser unausgesprochene Gedanke immer wiederkommen, sich meiner Tage und Nächte, meiner wechselnden Träume bemächtigen würde, bis der Moment da war, das Vermächtnis meiner Mutter zu übergeben.

Draußen wehte es nur ein bisschen, nicht zu vergleichen mit dem pfeifenden Wind des Vortags. Wir überquerten eine Kieszufahrt, flankiert von den steifgefrorenen Stängeln toter Blumen. Sie empfingen uns mit einem spöttischen Raschelapplaus, als die kalte Brise sie erfasste.

Wir landeten in einer Bäckerei, saßen auf schmiedeeisernen Stühlen an einem von Kaffeeringen gewellten Tisch. Meine Fingernägel stupsten an einen Turm von Ein-Yen-Münzen, frisch aus der Bäckereikasse, während Chiyoko sich methodisch durch einen dritten und vierten Donut von einem Teller mit Feldlerchendekor arbeitete.

»Katerfrühstück«, sagte sie, aber durch den frittierten Teig in ihrem Mund kam es nur undeutlich heraus.

In den letzten paar Stunden hatte ich zwar ein gewisses Gefühl dafür bekommen, was für ein Mensch Satoshi geworden war, aber ich hatte immer noch kein richtiges Bild von ihm, keine klaren Züge, auf die sich meine Obsession hätte fokussieren können. Er war immer noch ein weißer Fleck, Hände ohne zugehöriges Gesicht, eher eine Leerstelle als eine Präsenz. Ich dachte an meine Mutter und an Chloe, und irgendwie fühlte es sich an, als wären sie Teil eines unsichtbaren Publikums, das mein Scheitern verfolgte. Ich sah Chiyoko an, die einen fünften Donut zum Mund führte. Warum hatte ich dieses Mädchen durch halb Japan geschleift? Was dachten die Leute, wenn sie einen über vierzigjährigen Mann wie mich mit einem jungen Mädchen wie ihr hier sitzen sahen? Fragezeichen blähten sich in meinem Kopf, aber die Antworten waren mir gleichgültig. Ich hätte wahrscheinlich Scham verspüren sollen. Oder Erschrecken. Oder wenigstens diese alte Freundin Angst. Aber ich fühlte mich nur hohl.

»Du solltest was essen«, sagte sie.

Eine Pille, dachte ich. Vielleicht sollte ich eine Pille einnehmen, sie über meine Zunge in meinen Magen rutschen und meinen Organismus mit wohltätigen Polymeren fluten lassen. Ich nahm eine Münze zwischen Daumen und Zeigefinger und ließ sie in der Mitte des Tischs rotieren. Sie machte ein Geräusch wie ein Zahnarztbohrer und emittierte ein schwaches, spiralförmiges Leuchten. Als sie langsamer wurde, nahm sie Kurs auf meine heiße Schokolade und kam schließlich an meinem Ellbogen klappernd zur Ruhe. Ein Almosen für den alten Mann.

»Einen Donut. Oder ein gefülltes Brötchen. Irgendwas, okay? Du musst was essen. Essen tut gut. Ich hole dir ein gefülltes Brötchen.«

»Ich bin nicht so der Gefüllte-Brötchen-Typ.«

Sie ignorierte es, ging an die Theke und kam mit einem keilförmigen Stück Focaccia wieder zurück. Als sie den Teller auf den Tisch stellte, fuhr ihre Zunge über ihre Oberlippe, um versprengte Donutkrümel einzusammeln.

»Brötchen hatten sie keine mehr«, sagte sie, wobei sie versuchte, mir in die Augen zu schauen. »Was ist das für eine Bäckerei, die keine Brötchen hat? Aber das hier ist gut – italienisch. Da sind Oliven- und Tomatenstückchen drin.«

Es dauerte eine Weile, bis ich nachgab, aber sie hatte recht, es fühlte sich gut an, etwas zu essen. Mein Gesicht schmerzte immer noch von der Auseinandersetzung mit dem Basketballhünen, doch ein kurzes Befühlen der Vertiefung zwischen meinem Ohrläppchen und meiner Kieferpartie ergab, dass die Schwellung zurückgegangen war.

»Wir könnten doch eine Zeitungsannonce aufgeben«, sagte sie. »Wäre einen Versuch wert, oder? Du weißt schon, so in der Art, ›Wer kennt den gegenwärtigen Aufenthaltsort von Reginald Pickford?‹ Wir können ja meine Handynummer angeben.«

»Wahrscheinlich Zeitverschwendung«, sagte ich. »Noch mehr Wörter, noch mehr Sätze.«

»Ach komm, Fossy, du musst da rausgehen und für das kämpfen, was du willst!«

»Ich kämpfe ja.«

»Sieht aber nicht so aus.«

»Es spielt sich innerlich ab.«

Der Tisch neben uns wurde frei, und der Bäcker, ein Mann mit aufgekrempelten Hemdsärmeln und schütterem Haar, machte sich daran, die Stühle mit kaum wahrnehmbarem Ergebnis zurechtzurücken.

»Ich meine ja nur, du kannst getrost ab und zu mal ein bisschen besserer Laune sein. Das macht so eine Reise angenehmer.«

Ich erklärte, es sei keine Frage der Laune. Sie zuckte die Achseln und fragte, ob ich den Rest meiner Focaccia nicht mehr wolle. Zwischen Chiyokos Magen und ihrem Herzen schien eine staufreie Autobahn zu existieren.

»Wir sollten eine Liste machen«, sagte ich. »Von allen Universitäten des Landes, die eine Anthropologie-Abteilung haben. Und dann sollten wir sie alle anrufen. Sollte ich sie alle anrufen.«

»Mhm, gute Idee. Das ist die richtige Einstellung. Wir fangen heute Abend noch an. Und die Anzeige?«

»Na ja, wir haben wohl nichts zu verlieren«, sagte ich. Selbst wenn es sich als eine weitere Sackgasse erwies, war es immer noch besser als nichts.

Ich griff mir eine Papierserviette, und Chiyoko zog den Kuli hervor, mit dem sie auf Fetthaars Hand geschrieben hatte. Ich notierte, wie die Anzeige lauten sollte:

Achtung: Reginald Pickford/Satoshi,
bitte melden Sie sich. Dringend!

»Dann geben wir deine Handynummer an, wenn dir das recht ist. Ich würde sagen, wir sollten die Anzeige in englische und japanische Zeitungen setzen. Wenn er noch hier in der Gegend ist, könnte es ja sein, dass ein Japaner oder eine Japanerin in der Zeitung darauf stößt und uns einen Tipp gibt. Jemand von der Universität oder ein Nachbar oder vielleicht seine japanische Ehefrau.«

»Klar«, sagte Chiyoko. »Hier gibt's drei oder vier Lokalzeitungen, wo wir's probieren sollten. Ich kann ja gleich, wenn wir im Hotel sind, dort anrufen und die Anzeige für morgen aufgeben.«

»Wenn es nichts bringt, ist es wohl Zeit, dass ich nach Hause fliege.«

»Und deine Fotos?«

»Ich glaube, ich leide an einer Art künstlerischer Demenz. Ich schaue zu bemüht hin, um die Dinge wirklich zu sehen. Meine Fotos haben keine Erinnerung.«

Sie sagte: »Vielleicht macht sie ja gerade das interessant? Satoshi wirst du schon bald treffen. Wir sind ganz nah dran, das fühle ich.«

»Du vielleicht, aber ich nicht.«

Ich sah mich um und war kurz erschrocken über die vielen Leute, die alle die gleichen Sachen aßen, alle die Kiefer im gleichen Rhythmus bewegten, getragen vom leisen Dröhnen ihres eigenen Kauens. Ich erinnerte mich daran, wie wir in der Villa Dolly Pralinen gegessen hatten. Ich, Daisuke und Kagami – die abgezehrte Frau mit den Augen, die zu groß für ihre Höhlen waren. Wie wir alle drei diese leisen Zutschgeräusche gemacht hatten.

20

Kein Patrizid, kein Matrizid, kein Infantizid. Gibt es ein Wort für das Töten von Onkeln?

Ich schlief über der Frage ein, wie Dr. Harvey wohl zu Tode gekommen war, und erwachte aus verrückten Träumen von Mr Satoshi. Er hatte im Mondlicht an einer Wasserlinie gestanden, doch ehe ich ihn richtig sehen konnte, fiel er um, aus der Senkrechten in die Waagrechte in einem wuchtigen Sekundenbruchteil. Ohne Vorwarnung. Lippen blau. Haut weiß. Ein winziges Lebensflackern im Augenlid. Dann keine Regung mehr. Aus dem Nichts regnete es plötzlich Frösche vom Himmel, Glubschaugen und Fallschirmschwimmhäute prasselten auf ihn herab wie außerirdische Hagelschloßen. Ich war zerschlagen und schweißgebadet. Chiyoko brachte mir einen kühlen nassen Lappen. Sie legte ihn mir auf die Stirn, streichelte mein Ohr, zog mich an ihre Brust.

Noch vor dem Frühstück klingelte zweimal ihr Handy.

Beim ersten Mal nahm sie ab, doch als eine schrille Frauenstimme auf Englisch auf sie einredete, gab sie das Telefon mir.

Die Stimme sagte: »Warum hat dieser Mann zwei verschiedene Namen, Reginald und Satoshi? Was soll das? Wie kann jemand zwei Namen haben, einen englischen und einen japanischen? Das ist doch absurd.«

Ich glaubte, einen australischen Akzent auszumachen oder vielleicht auch einen neuseeländischen. Jedenfalls klang sie, als hätte sie Schaum vorm Mund. Ich beendete das Gespräch, ohne ein Wort gesagt zu haben, doch keine Minute später klingelte das Handy in meiner Hand wieder.

Zu meiner Überraschung war es nicht die schäumende Dame von den Antipoden, sondern eine Japanerin mit brüchiger Stimme. Ihr Englisch war dürftig, nur Vokale und keine Konsonanten. Ich sah Chiyoko an, die im Nachthemd vor mir stand, und reichte ihr das Handy.

»Sie hat sich die Haare früher immer von einem Satoshi machen lassen«, sagte Chiyoko, die Hand über dem Mikrofon des Handys. »Er war ein supernetter Friseur. Sie meint, vielleicht könnte er ja der Mann sein, den du suchst.«

»Frag sie, ob er Japaner war oder Westler«, sagte ich. Ausgefallen, wenn er von der Anthropologie aufs Friseurhandwerk umgestiegen wäre, aber schließlich erforderte beides ein gewisses Geschick im Umgang mit Menschen. Chiyoko fragte die Frau aus. Zwischen ihren Fragen lagen beträchtliche Schweigepausen, in denen sie in meinem Gesicht nach der geheimen Bedeutung der Worte aus dem Handy zu forschen schien.

»Mhm«, machte sie. »Mhm.«

Drei Minuten vergingen, vielleicht sogar vier. Inzwischen sprach Chiyoko erregt ins Handy, pumpte im Rekordtempo Silben hervor. Schließlich beendete sie das Gespräch.

»Und?«

»Sie sagt, ihr Satoshi war Japaner und ist vor dreißig Jahren gestorben.«

»Das war alles, was sie gesagt hat?«, fragte ich gereizt.

»Jep. Sie klang aber wie eine total nette alte Frau. Hat mich aus irgendeinem Grund an meine Mutter erinnert.«

»Hast du in letzter Zeit mal mit deiner Mutter geredet?«

»Klar. Wir reden ständig.«

Sie zog sich aus. Ich sah zu, wie sie sich wegdrehte, das Nachthemd über den Kopf streifte, sich ein Handtuch um den Körper schlang, ihre Unterhose bis an die Fußgelenke hinabzog. Ehe sie das Höschen mit dem Fuß wegschleuderte, fiel mein Blick auf eine Längsfalte im Schritt. Sie ging auf Zehenspitzen ins Bad. Ich nahm das Päckchen aus meiner Ledertasche und hielt es in den Händen. In letzter Zeit fühlte es sich warm an. Ich steckte es wieder weg, las die Briefe und übrigen Dokumente ein weiteres Mal und versuchte, mich daran zu erinnern, warum ich in Japan war.

Was für eine Farce, dieses Unternehmen. Unser dritter Tag in Hokkaido ging ereignislos in den vierten über, der vierte in den fünften. Jeden Morgen wachten wir ineinander verflochten auf, verheddert in dieser seltsamen sexlosen Beziehung. Wir frühstückten im Hotelrestaurant. Chiyoko brachte mich dazu, Cornflakes und Toast gegen traditionellere japanische Kost einzutauschen, und so landete ich bei Reis und Misosuppe. Was mir allmählich ganz gut schmeckte. Wir gingen hinaus in die Stadt. Wir redeten davon, uns aufzuteilen, damit wir ein größeres Gebiet abdecken konnten, taten es aber nie. Mehrmals aßen wir zu Mittag irgendwo Sushi oder ein Nudelgericht und gingen dann ins Hotel zurück, um unsere amateurhafte Detektivarbeit per Telefon oder Internet fortzusetzen. Im Internet warf ich verstohlene Blicke auf meinen Onlinekontostand. Meine Ersparnisse machten allmählich schlapp. Ein Budgethotel, ja, sogar ein mittelmäßiges Hotel wäre vernünftiger gewesen. Aber wir hatten uns an unsere Bleibe gewöhnt, und ein Teil von mir wollte ein definitives Ende, einen Punkt, an dem ich so bankrott war, dass ich nach Hause zurückkehren musste, ganz gleich, was ich erreicht hatte. Aber früher oder später würde ich es vielleicht auch schaffen, ein paar verkaufbare Fotos zu machen.

Nachmittags rief Chiyoko Daisuke an. Oft stellte sie das Handy auf Lautsprecher, damit wir alle drei miteinander reden konnten. Sie fragte ihn, wie es allen im Hotel gehe, und klang dabei so besorgt, dass ich mir wieder Gedanken über den Abendschichtmann machte. War er ein verstoßener Liebhaber, der jetzt unter Selbstmordwache stand? Wir gönnten uns ein billiges Abendessen und ein paar Drinks in einer der umliegenden Bars und saßen dann schwatzend im Bett. Gelegentlich las sie mir Gedichte aus dem kleinen Robert-Frost-Auswahlbändchen vor, das sie aus Tokio mitgebracht hatte: *Desert Places, Out, Out, Birches.* Vorgelesen zu bekommen – das war wie früher mit Chloe. Ich fragte mich, ob es schon damals einen kleinen Teil von mir gegeben hatte, der sich nostalgisch nach der Zukunft sehnte, nach einer Zeit, in der diese schwülen Nächte mit Blick auf die Schafe eine verblassende Erinnerung sein würden.

Irgendwann, am vierten oder fünften Tag, gingen mir die Pillen aus. Das stürzte mich für eine Stunde in wilde Panik, auf deren Höhepunkt ich fest davon überzeugt war, einen echten Herzinfarkt zu erleiden. Erst als der Schmerz in Erschöpfung überging, gestand ich mir ein, dass es nicht das Dunkel des Todes war, das mein Bewusstsein verschlang, sondern nur die Grellheit meiner eigenen Angst, vor der sich alles in mir krampfartig in sich zurückzog. Warum hatte ich nicht gemerkt, dass die Pillen knapp wurden, dass ich kein neues Fläschchen mehr hatte? Wie sollte ich meinen Arzt zu Hause erreichen? Ich beschloss herauszufinden, was hier in der Apotheke zu kriegen war, aber die Zeit verging, und es kam nicht dazu. Vielleicht waren ein paar medikamentenfreie Tage ja machbar. Dann hatte ich eben alle Pillen geschluckt und resorbiert – und wenn schon? Vielleicht war es ja genau das, was ich brauchte, nackt durch die Straßen zu gehen, ohne die ewige Wolke von Chemie.

Satoshi zu finden, das Päckchen abzugeben, anständige Fotos zu machen und dann nach Hause zu fliegen.

Gestützt auf Informationsmaterial des Bildungsministeriums, diverse Websites und die lokale Bibliothek, erstellten Chiyoko und ich eine Liste sämtlicher japanischen Universitäten, die eine Anthropologie-Abteilung hatten. Arbeitsteilig riefen wir sie alle an, aber an keiner war ein Mr Pickford bekannt. Eine sozialwissenschaftliche Fakultät nannte einen Mr Pickering ihr eigen, doch die verlegene Assistentin des Dozenten beschrieb ihn als »nicht viel älter als sechzig und viel jugendlicher, als sein Alter vermuten ließe«. Wir gingen auch regelmäßig zur Universität Hokkaido und suchten den Campus nach irgendjemandem ab, der sich vielleicht doch an ihn erinnern würde. Fetthaar sahen wir nicht, und ich kam mir idiotisch vor, weil ich mir seinen Namen nicht hatte geben lassen. Einmal war ich mir sicher, dass ich Dr. Jenkins von einem erleuchteten Fenster hoch über einem krummen Baum auf uns herabspähen sah, doch ehe ich etwas zu Chiyoko sagen konnte, verschwand er hinter einem blassgrauen Vorhang. Der beflügelndste Moment war der, als wir uns zum Aufenthaltsraum für Studenten durchgefragt hatten. Doch die meisten Studenten auf den bunt zusammengewürfelten Sofas waren erst ein, zwei Jahre hier, und es dauerte nicht lange, bis uns ein Security-Mann aufforderte, das Gebäude zu verlassen.

Tag sechs und Tag sieben kamen und gingen, ohne irgendeinen Anhaltspunkt zu liefern, und allmählich hatte ich Mühe, morgens aus dem Bett zu kommen. Immer der gleiche Tagesablauf. Gewohnheit macht träge. Ich versuchte dranzubleiben, weiter zu suchen, zu forschen, Neues zu entdecken, aber alles am winterlichen Sapporo schien ohne Leben zu sein. Selbst die Straßen kamen mir tot vor, so gerade und weit unter einem Leichentuch aus Schnee. Das einzig Spannende war das Päckchen.

Ich wog es in den Händen, dachte an die drei eierschalenfarbenen Umschläge darin und fragte mich, welche Geheimnisse sie enthalten mochten.

Doch dann der achte Tag.

Unser achter Tag in Sapporo war anders, fiel aus dem Muster. Etwa eine Stunde vor unserer üblichen Abendessenszeit verkündete Chiyoko, sie habe etwas zu erledigen. Ich las gerade in ihrem Buch mit Robert-Frost-Gedichten. Ich befand mich in dem schmalen Bereich zwischen Wachen und Schlafen und hatte einfach nicht die Energie zu fragen, was es denn im frühabendlichen Schneefall von Hokkaido zu erledigen geben konnte. Als sie zurückkam, war es zweiundzwanzig Uhr.

»Sei nicht sauer«, sagte sie.

Bis zu dem Moment war ich verwirrt, vielleicht sogar ein bisschen besorgt gewesen, aber sauer zu sein, war mir gar nicht eingefallen.

Sie sagte: »Ich habe diesen Typen von der Uni getroffen, den mit den Haaren.«

»Fetthaar? Du warst mit Fetthaar essen?«

»Was trinken. Zwei, drei Drinks. Er hat heute Nachmittag angerufen, als du rauchen warst, und hat gesagt, er habe noch was über Satoshi rausgefunden. Er wollte mich treffen und … na ja, drüber reden.«

»Und du bist gar nicht auf die Idee gekommen, mich zu fragen, ob ich mitwill?«

»Ich dachte, es wäre besser, ich mach's allein. Du weißt schon, ein bisschen flirten, ihn ein bisschen auftauen und zum Reden bringen. Total harmlos.«

»Harmlos«, sagte ich, auf einmal unerklärlich wütend. »Ihm ganz harmlos einen runterholen, ganz harmlos einen blasen?«

»Was ist denn mit dir los? Nicht dass es dich was anginge,

aber wir haben ein bisschen was getrunken, und dann bin ich gegangen. Vielleicht hätte ich dir sagen sollen, dass er angerufen hat. In dem Fall entschuldige bitte, okay?«

Nichts war okay. Ich bestimmte nicht mehr, was aus meinem Mund kam. Das Gefühl, verraten worden zu sein, strahlte durch meinen ganzen Körper.

»Und? Was hat dir das fetthaarige kleine Arschloch erzählt?«

Sie wandte sich ab, drehte sich dann wieder zurück; Strähnen von pinkfarbenem Haar flappten wie ein Schwarm Fische im Feuer. »Er hat gesagt, er kann Satoshis Adresse kriegen.«

»Seine Adresse?«

»Ja. Ein älterer Student, ein Doktorand, hat Fetthaar erzählt, er habe Satoshis Adresse irgendwo notiert.«

»Und?«

»Und dieser Typ will die Adresse ausgraben und Fetthaar geben, und Fetthaar simst sie mir morgen.«

»Das glaubst du nicht wirklich, oder? So naiv kann man doch gar nicht sein. Er hat gesagt, er simst dir morgen. Mehr hatte er dir nicht zu sagen, in vollen – wie viel? – vier Stunden?«

Sie sagte nichts. Aus ihrem Gesicht war alle Farbe, jede Aussage gewichen, und mein Nacken stand in Flammen.

»Wenn ich dabei gewesen wäre, hätte ich es aus ihm herausgeschüttelt, ihn gezwungen, mit mir in die Uni zu gehen und mich zu diesem Typen zu bringen. So hingegen hat er mit dir geschlafen oder auch nicht, das geht mich ja offenbar nichts an, aber eins ist sicher: Der meldet sich bestimmt nie wieder.«

Sie sah mich an, mit einem schneidenden Blick, den ich noch nie bei ihr gesehen hatte, einem Blick wie ein Cuttermesser.

»Ich bin sauer«, sagte ich.

»Ja«, sagte sie, »das sehe ich. Supersauer. Gut für dich, ist mal was anderes.«

»Was soll das heißen?«

»Was schon?«

»Worauf willst du hinaus?«

»Was kümmert's dich, Fossy?«

Wut galoppierte durch meinen Körper wie ein Huftier, und zu meiner Befriedigung sah ich, dass auch sie sauer war.

Sie sagte: »Dich interessiert doch gar nichts außer deinem eigenen Befinden. Stimmt doch, oder? Nimmst irgendwelche Pillen aus deiner wandelnden Apotheke von Tasche und glaubst, ich merk's nicht. Liest heimlich irgendwelche herzergreifenden Briefe. Schließt dich im Bad ein. Du holst dir ab und zu einen runter, klar tust du das. Aber was hast du je für mich getan, hm? Was hast du je für irgendwen getan? Was hast du überhaupt getan? Nichts.«

»Nichts? *Nichts,* ja? Halt dich an das, womit du dich auskennst, Chiyoko. Trinken und Vögeln und Spaßhaben.«

»Du«, schrie sie. »du interessierst dich doch einen Dreck für irgendwen! Du hältst dich für so eine Art leidenden Einsiedler, den einzigen Menschen mit einer Vergangenheit, und du denkst, deshalb ist es okay, wenn du permanent *nicht da* bist. Ist es aber nicht, Robert. Versuch doch mal, in die reale Welt einzusteigen. Du glaubst, ich hätte keine Probleme? Falsch, hab ich wohl. Vielleicht erzähl ich dir eines Tages davon, wenn du aufgewacht und der Menschheit beigetreten bist und aufgehört hast, dich in deinen Problemen zu suhlen. Was dein Vater damals zu dir gesagt hat, nach Griechenland? Bist du noch nie auf die Idee gekommen, dass da jetzt, nach Jahren, ein Fünkchen Wahrheit drinstecken könnte? *Selbstmitleid.* Wann willst du aufhören, dich selbst zu bemitleiden?«

»Du blöde kleine Schlampe.«

Schlampe. Das Wort war ein Teller, der in einen Fernsehbildschirm krachte, das Stichwort für sie, alles zu tun, alles zu sagen, das ganze Zimmer kurz und klein zu schlagen. Doch stattdessen schnappte sie sich ein Handtuch, das zum Trocknen auf einem Heizkörper gehangen hatte, und zog die Badtür hinter sich zu. Die schien ewig zu brauchen, um sich ganz zu schließen, und dieses Bild hatte irgendwie etwas Waberndes, Fieberwahnhaftes.

Nach ein, zwei Minuten, als mein Nacken und meine Ohren langsam abkühlten, hörte ich die Dusche angehen. Duschen. Immer duschen. Ich saß auf einem ameisenartigen Holzstuhl vor dem Fenster und dachte darüber nach, was ich hätte sagen sollen. Ich brauchte eine Weile, um zu kapieren, dass ich in ein anderes Fenster schaute, in die raumhohe Glasscheibe eines Hotelzimmers auf der anderen Straßenseite. Ich konnte sonst nirgends hinschauen. Eine gertenschlanke junge Frau in einem weißen Shirt und einem schwarzen Baumwollrock presste den Rücken an die Scheibe. Ein Mann in einem grauen Anzug küsste ihren Hals. Ein Stückchen von seinem Gesicht war über ihrer Schulter sichtbar. Das Einzige, was ich noch von ihm sah, war die ungefähre Form seiner Hand; sie umfasste und liebkoste die Pobacken der Frau unter dem dünnen schwarzen Schleier von Rock. Die Frau lehnte sich in seine Hand, sodass der Baumwollstoff zwischen seinen Knöcheln und dem Glas eingequetscht war. Er befreite seine Hand und schob ihren Rock hoch. Sie trug halterlose Strümpfe. Seine Fingerspitzen wanderten um den elastischen Rand des einen Strumpfs und über das glänzende Nylon. Jetzt kam seine andere Hand ins Spiel, schob den Rock noch weiter hoch, bis zu ihrer Taille. Dadurch kam ihr weißes Höschen zum Vorschein. Er drückte sie fester gegen die Scheibe, sie machte schlangenartige Bewegungen mit dem Unterleib, und er zog ihr mit den eingehakten Daumen das Höschen zentimeterweise hinunter, bis es eine straffe weiße Brücke zwischen ihren Oberschenkeln bildete. Ich blinzelte mit den Augen, ermüdet vom intensiven Hinstarren.

Chiyoko war aus der Dusche gekommen und suchte, in ein riesiges weißes Handtuch gewickelt, irgendetwas in einer Nachttischschublade. Ohne Vorwarnung trat ich von hinten an sie heran und packte das Handtuch. Es fiel auf den Teppichboden und entrollte sich, als ob ein spiraliger Riesenklecks Eiscreme zerflösse. Ich zog mein T-Shirt aus, küsste ihren Nacken, knöpfte meine Jeans auf. Sie verharrte völlig reglos. Erst als ich sie flach aufs Bett gepresst hatte, bewegte sie sich. Sie fummelte unter mir herum. Ihre Hände begannen, meine Eier zu streicheln und daran zu ziehen. Ich fasste ihre Handgelenke und nagelte sie auf dem Bettlaken fest, irgendwo hoch über ihrem Kopf, dachte dabei, dass drei solche Handgelenke in eine meiner Hände passen würden. Ich biss sie sanft in die Schulter, als ihre Nippel an meiner Brust steif wurden. »Nein« war das Wort, das ich erkor, um es ihr ins Ohr zu flüstern. Ich bewegte mich auf ihr, sachte zuerst, dann heftiger. Ich begann zu vergessen, wer ich war. Sie sagte gar nichts, noch nicht mal ein ermutigendes »Was lange währt…«, und ich war dankbar dafür.

»Besser?«, sagte sie, als es vorbei war. Und ich bemühte mich, ihr Gesicht, ihre Stimme zu deuten. Ich wollte gerade irgendetwas Neutrales sagen und mich von ihr hinunterrollen, als sie anfing zu lachen.

»Was?«, sagte ich und streichelte ihren Hals mit dem Zeigefinger.

»Weißt du was, Fossy? Ich glaube, ich hab was über dich gelernt. Dass du dich nicht besonders leicht einsam fühlst, aber auch nicht allein sein willst. Hab ich recht?«

»Kann sein.« Ich stopfte mir ein Kopfkissen unter den Kopf und starrte auf meine Kleider, die zerknüllt am Fußende des Betts lagen und aussahen wie ein Haufen Müll im Schnee. »Gibt's denn letztlich einen Unterschied zwischen Einsamkeit und Alleinsein?«

»Ich weiß nicht. Aber wenn du mich noch mal als Schlampe bezeichnest, dann schneide ich dir die Eier ab, und dann will dich gar keine mehr. Und nur zu deiner Information, ich habe seit über zwei Jahren nichts mehr mit irgendjemandem gehabt. Wenn du mich also beschimpfen willst, wie wär's dann mit ›frigide Kuh‹ oder so was?«

»Aber wer...«

»Hör auf zu reden«, sagte sie. »Beschränk dich wieder aufs absolute Minimum. Irgendwie hast du mir so gefallen.«

Wir versanken in stummer Wonne; meine Haut wurde vor Lust immer dünner.

Und dann kamen riesenhafte, köstliche Träume, in die ein hartnäckiges Bohrgeräusch drang. Im Zimmer war es dunkel. Es dauerte einen Moment, bis ich begriff, dass Chiyokos Handy auf dem Nachttisch vibrierte.

Sie rutschte an den Rand des Betts und nahm ab.

»Reg dich nicht auf«, flüsterte sie, das Handy vom Ohr weghaltend. »Das ist nur Daisuke, der mir erzählen will, wie es im Hotel läuft.«

So verlief unser achter Tag in Sapporo.

21

»Ich finde einfach, nachdem er so nett war und mir diese ganze Zeit freigegeben hat, bin ich ihm einfach ein kleines Mitbringsel schuldig. Das gehört sich so, und er hat doch schon alle Dolly-Parton-Alben und haufenweise Hundespielzeug … Hörst du überhaupt zu?«

»Was?«

»Es ist wichtig, Fossy. Du musst mir helfen, eins auszusuchen, das ihm gefallen wird.«

»Ich weiß«, sagte ich und versuchte, die Gedanken an Satoshi abzuschütteln, mich nicht länger zu fragen, was sich wohl im spärlichen Licht seiner Träume tummelte, ob er *so* anders war als ich. »Es ist nur … Messer ist Messer, oder?«

»Für dich und mich vielleicht. Aber Daisuke findet Messer wirklich toll, also ist es das perfekte Dankeschön-Geschenk. Er tut mir einen großen Gefallen, indem er sich im Hotel um alles kümmert. Also mach einfach mit und sag mir, ob das da sich gut anfühlt, okay?«

Wir waren in einem Messerladen in einer Gasse von Sapporo, und mir klangen die Ohren von Stahlgeklirr. Ich hockte vor einer Plastikwanne mit Schleifsteinen und trübem Wasser. Das auserwählte Messer lag in meiner Hand, und der alte Japaner, der neben mir hockte, offenbar der Besitzer des Ladens, wollte mir zeigen, wie man es schärfte. Mit seinem dunkelgrünen Gewand, dem ungestutzten Haar und dem dünnen weißen

Bart entsprach er meiner Vorstellung von einem Samuraikrieger aus längst vergangener Zeit.

Ich sagte: »Chiyoko, von Messern verstehe ich nichts. Solltest *du* nicht lernen, wie man es schärft? Es mal austesten?«

Sie sagte: »Ich will lieber dich dabei fotografieren.«

Sie lehnte ein paar Meter von dem Messermann und mir entfernt an einem kleinen Kartentisch, voll mit Zeitungspapier und Rollen von schwarzem Stoff. Ihr Handy hatte eine Kamera, und sie richtete es auf uns. Ich fragte mich, wie viele Leute in diesem Moment das Gleiche taten: die Welt auf Armeslänge per Display betrachten.

»Aber«, sagte ich, »woher wissen wir, dass er dieses hier noch nicht hat?«

»Er hat seine von Orten, wo er schon mal war. Ein Messer aus Sapporo hat er nicht. Er war noch nie hier.«

Ihre Hand drehte und kippte das Handy, wählte einen Winkel, um mich in glänzender Reglosigkeit einzufrieren.

»Aber will er denn wirklich so ein großes?«

Ich blickte auf das Messer. Es war wirklich groß. Und schwer. Mein Arm war schon verkrampft, nur von der Anstrengung, es über die Plastikwanne zu halten.

»Ja«, sagte der Messermann, sein erstes englisches Wort, seit wir hier waren. »Groß. Scharf. Santoku-Messer ist groß und scharf.« Er lachte.

»*Chi-i-i-s-a!*« rief Chiyoko, und unter dem unerwartet brutalen Blitz kniff ich die Augen zu, als ich hätte lächeln sollen.

»Groß«, sagte der Messermann, der jetzt bewundernd sein eigenes Werk betrachtete, »und *scharf.*«

Und schwer, dachte ich. *Schwer* nicht vergessen.

»Das Santoku ist ein Allzweck-Küchenmesser«, erklärte Chiyoko.

»Fisch, Fleisch, Gemse«, fügte der alte Mann hinzu.

Wir starrten es alle drei an. Die breite Klinge. Das Zwanzig-Zentimeter-Blatt aus funkelndem Stahl. Die atomspaltende Schneide.

Chiyoko sagte: »*Santoku* heißt ›drei gute Dinge‹. Also, die sind …«

Sie blickte an die Decke, überlegte angestrengt, wie sie die drei guten Dinge auf Englisch ausdrücken konnte. Verblüffenderweise war es der Messermann, der das nötige Vokabular beisteuerte. »Scheiben schneiden, würfern und hacken«, rief er, um dann erneut in Gelächter auszubrechen. »Drei gut Ding!«

Er rammte mir den Ellbogen in die Rippen, was mich beinahe umwarf. Von der verlangten Hockstellung waren meine Beine schon müde, ehe die Lektion begonnen hatte, wohingegen der Messermann, der bestimmt dreißig Jahre älter war als ich, so wirkte, als könnte er ewig über die Fußballen vor- und zurückschaukeln.

Er verlagerte sein Gewicht nach vorn, nahm einen Schleifstein heraus, schüttelte überschüssiges Wasser ab, legte ihn dann quer über die Plastikwanne. Er nahm meine rechte Hand und korrigierte ihre Position am Messergriff so, dass mein Daumen auf dem Kropf des Messers lag und der Zeigefinger am Messerrücken. Meine linke Hand stützte die rechte von unten. Der Messermann verlagerte sein Gewicht wieder zurück und lehnte die Ellbogen auf die Knie, im Gesicht einen Ausdruck höchster Konzentration. Er schien zu warten, dass ihm das Messer sagte, was er als Nächstes tun sollte, und während er wartete, drang durch ein großes, dreckiges Fenster zur Gasse Morgensonne herein. Die Wände des Ladens bedeckten Glasschränke mit Hunderten verschiedenen Messern, die allesamt im Licht funkelten und flimmerten. Hackmesser, Tranchiermesser, Schälmesser, Sushimesser. Dinge von seltsamer Schönheit.

»Sie mussen halten«, sagte der Messermann, »und versuchen schärfen.«

Ich fasste den Messergriff fester. Er legte eine raue Hand über meine, kleine Zähnchen von harter Haut, die über meine Knöchel raspelten. Er führte meine Hand, bis das Santoku quer auf dem Schleifstein ruhte. Nachdem wir ein paar Minuten so verharrt hatten, drehte er unsere vereinten Hände so weit, dass das Messer in Vier-Uhr-Position zum Schleifstein lag. »Diese Streiche besser als kurze Streiche«, instruierte er mich mehrmals, während wir die Klinge mit festem Druck über die gesamte Länge des Schleifsteins schoben. Beim Wiederherunterziehen lockerten wir den Druck. Es war ein seltsames Gefühl, mit seiner Hand auf meiner dieses Segment von hartem Metall zu schärfen.

»Gut«, sagte er schließlich. Ein einziges Wort, leise und ruhig gesprochen. Es erfüllte mich mit einer unerklärlichen Wärme.

Ich führte die Auf- und Abwärtsbewegung immer wieder aus und justierte zwischendurch meine Finger, wie er es mir gezeigt hatte. Als die eine Seite der Schneide geschärft war, drehten wir die Klinge um und bearbeiteten mit der umgekehrten Bewegung die andere Seite. Seine Hand noch immer auf meiner, schärften wir die Spitze mit einem weichen, kreisförmigen Schwung. Der ganze Prozess hatte etwas Hypnotisches, ganz und gar Unvertrautes, aber dennoch Perfektes.

»Ich bin kein Experte«, sagte ich zu Chiyoko, »aber wenn du ein Messer kaufen willst, finde ich, du solltest das hier nehmen.«

»Fisch, Fleisch, Gemse«, sagte der Messermann. Er ging an den Kartentisch, wo Chiyoko stand, ihren geöffneten Geldbeutel in der Hand. Er wischte das Messer an einem Blatt Zeitungspapier ab und wickelte es in dicken schwarzen Stoff. Als die Transaktion getätigt war, steckte Chiyoko den Geldbeutel in ein winziges, paillettenbesticktes Handtäschchen und hielt dieses demonstrativ in die Höhe.

»Bei dir ist es sicherer als bei mir«, sagte sie.

Lächelnd steckte ich das Messer in meine Ledertasche.

Schweigend navigierten wir durch das eisige Straßengitter. Es war kein schweres, lastendes Schweigen. Nicht das befrachtete Schweigen, das einen todkranken Patienten umgibt, erfüllt mit dem Vorgefühl des Verlusts. Einfach nur eine leichte, sanfte Leere, ein bisschen wie ein angenehm leerer Magen, wenn man weiß, dass es gleich um die Ecke etwas zu essen gibt.

»Ich bin superhungrig«, sagte Chiyoko. »Wie wär's, wenn wir uns auf dem Fischmarkt den Bauch vollschlagen?«

Sie schien in letzter Zeit einen geradezu unheimlichen Zugriff auf meine Gedanken zu haben.

Es war immer noch Vormittag, irgendwas zwischen elf und halb zwölf, und der Schnee der Nacht begann, durch Fallrohre und Rinnsteine zu sickern, durch aufwendig verzierte Gullydeckel zu verschwinden. Als wir die Randzone des Markts erreichten, verdichteten sich die leisen Gluckergeräusche zum trägen Brummen von Verkaufsautomaten auf Gehwegen, jeder voll mit bunten Getränkedosen, Speiseeis, vakuumverpackter Unterwäsche. Dann kam das leise Neonsirren von Restaurantfenstern mit glänzenden Plastikimitaten von Speisen, stellvertretend für das reale Angebot. Ich hatte Märkte jahrelang gemieden, aber ich war hungrig und seltsam ruhig.

Das Innere des Markts war ein einziges lebendiges Pulsen. Helle Fische hingen in Netzen wie in klackenden Trommeln herumgewälzte Waschmitteltabs. Andere glänzende Leichname wurden, auf Wägelchen gestapelt, zwischen dicht gedrängten Restaurantbuden hindurchgekarrt. Alte Männer in azurblauen Overalls und Gummistiefeln führten mit schwertlangen Messern und gekonnten Schnitten eine komplizierte Operation an einem riesigen kopflosen Thunfisch durch. Jüngere Arbeitskräfte zerlegten weniger elegant einen gefrorenen Schwertfisch: Sie attackierten ihn schwitzend mit der Kettensäge.

Durch Mündungstrichter von Menschenmassen gelangten wir in ruhigere Ströme, flankiert von blauen Plastikboxen. Die Boxen enthielten Wasser und halb lebendige Fische. In die Boxen führten Schläuche, die das Wasser mit Luft anreicherten. Die Geräusche platzender Luftblasen und schlagender Fischschwänze vermengten sich mit dem Knurren meines Magens. Aale peitschten, Schnapper wogten, Dorsche klatschten, Schollen flappten. Heilbutte, einer auf dem anderen, kräuselten sich gelassen. Ihre namenlosen Nachbarn, die wie computeranimierte Aliens aussahen, protestierten auf ähnliche Art: das rote Stachelwesen mit dem Unterbiss und dem Kopfwulst, das halbmeterlange, schlangenartig zusammengerollte Etwas mit den mickrigen Zähnchen. Alle schnappten nach Luft, rangelten um Platz. Alle versuchten auszubrechen, alle würden bald Sushi sein.

Es war lange her, dass ich zuletzt an einem Ort so viel wahrgenommen hatte, dass eine Szenerie für mich so lebendig geworden war. Ich hatte meine Spiegelreflex nicht dabei. Es war irgendwie befreiend, nichts um den Hals zu tragen, kein lästiges Gewicht mit mir herumzuschleppen, Eindrücke zu sammeln, ohne sie festzuhalten. Ich hörte mich noch die kleinste Kleinigkeit kommentieren, Farben und Texturen, Formen und Linien beschreiben, Chiyoko nach Namen, Ritualen und Geschmackseigenschaften fragen. Ich konnte gar nicht aufhören.

Wir kamen an Ständen mit Bergen von Melonen vorbei.

»Habe ich mir den Wechselkurs richtig gemerkt? Manche von diesen Melonen kosten neuntausend Yen. Das sind ja mehr als vierzig Pfund.«

»Na und?«

»Für eine Melone?«

»Du denkst immer gleich ans Geld, hm? So ein Blauflossenthunfisch kostet manchmal dreißigtausend Dollar. Dagegen ist die Melone geschenkt.«

Sie fasste mich an der Hand und zog mich zu einer Reihe von Holzhütten hinter den Melonenständen; in den Türöffnungen waren lauter Sägemehl-Fußabdrücke. Wir schlüpften in eine der Hütten und setzten uns an eine niedrige Bar, die mit gedrungenen Flaschen bestückt war.

»Was ist das?«

»*Shochu*-Flaschen«, sagte Chiyoko.

»*Shochu*?«

»Mhm. Schnaps aus Süßkartoffeln, Gerste oder Reis.«

Sie bestellte eine Flasche, und ich nahm einen Schluck. Der Schnaps fühlte sich dickflüssig an und schmeckte erdig.

»Das hier ist ein Reis-*Shochu*.«

Als sie mir die Herstellung des Schnapses erklärte, blickten zwei Salarymen von ihrem Essen auf, durchscheinende Stücke fangfrischer Garnelen zwischen ihren Essstäbchen. Meine Unterweisung schien sie zu amüsieren, also sah ich sie streng an, und sie wandten sich wieder ihren Krustentieren zu.

Wir ließen uns Zeit mit dem Essen. Chiyoko nahm noch eine zweite Portion Seeigel mit geriebenem Rettich und leuchtend weißen Reis. Ich orderte noch mehr Lachs zum letzten Rest *Shochu*. Als unsere Schälchen und Brettchen abgeräumt waren, bestellten wir eine Riesenflasche Sapporo-Bier und dekantierten es in zwei winzige, geeiste Gläser, wobei sie mir eingoss und ich ihr. Wir saßen da und redeten, während sich neue Kundschaft mit hungrig leuchtenden Augen an der Bar einfand. *Strawberry Fields* von den Beatles sickerte aus Lautsprechern in der Decke.

»Weißt du was?«, sagte ich. »Ich fühle mich gut.«

»Gut?«, sagte sie mit gekrauster Nase.

»Gut, glücklich. Ohne gleich so ein überhöhtes Ding draus zu machen. Zum ersten Mal seit einer ganzen Weile.«

»Gestern Abend hast du dich nicht so gut gefühlt? Als du mich auf dem Bett festgenagelt hattest?«

Als ich gerade zu einem Lächeln ansetzte, gab ihr Handy in ihrer Handtasche zwei halb erstickte Pieptöne von sich. Sie kramte es heraus, drückte ein paar Tasten, vertauschte dann das Handy mit einem Päckchen Zigaretten und bot mir beiläufig eine an.

»Ich wusste gar nicht, dass du rauchst«, sagte ich.

»Nein?«

»Nein, ich hab dich kein einziges Mal rauchen sehen.«

Sie zog ihr Angebot achselzuckend zurück und steckte sich eine Zigarette zwischen die Lippen. Entzündete ein Streichholz und schien dann ihr Vorhaben zu vergessen. Sie saß lächelnd da. Ich beobachtete, wie ihre Mundwinkel ein Eigenleben entfalteten. Sie hoben und senkten sich, erzeugten Grübchen und Falten. Ihre Augen waren dunkelbraun, aber jetzt sah ich darin einen feinen Tupfer von Glühendblau. Dieses winzige Detail erregte mich, versetzte mich in eine romantisierende Verfassung. Ein überdrehter Gedanke schoss mir durch den Kopf: Wenn ich meine Lebensuhr anhalten könnte, würde ich es hier und jetzt tun.

Unmittelbar bevor die Streichholzflamme ihre Finger erreichte, neigte sie den Kopf, sodass die Zigarette Feuer fing.

Sie sagte: »Also glaubst du jetzt doch, dass du fürs Glücklichsein gemacht bist, Fossy?«

»Ich weiß nicht«, sagte ich. »Ist es denn so, dass man dafür gemacht oder nicht gemacht ist?«

Sie ließ das Streichholz in die leere Bierflasche fallen.

»Ich glaube, so was wie dauerhaftes Glücklichsein gibt's sowieso nicht. Ich muss immer an meine Mutter denken, und das zieht mich manchmal ganz schön runter. Sie ist... Ich seh sie alt werden. Es macht mich schon ganz fertig, nur darüber nachzudenken oder zu reden. Dass es da all die Sachen geben muss, die sie nie gemacht hat und jetzt wohl nie mehr machen kann. Aber ich vermute mal, wenn man einen alten Menschen mit den Augen eines jungen Menschen sieht, hat man immer das Gefühl von etwas Verlorenem oder Verpasstem.«

Ich dachte über Chiyokos Worte nach. Und fühlte Übelkeit durch mein Mark sickern.

Ich sagte: »Kagami, die Frau, mit der Daisuke mich bekannt gemacht hat. Die, die so gern Pralinen mag...«

»Ja«, sagte sie und wickelte eine pinkfarbene Haarsträhne um ihren Zeigefinger. »Bist du endlich drauf gekommen? Sie ist meine Mutter. Nicht viele Jungs dürfen Mama kennenlernen, du siehst, du bist privilegiert, ein echter Glückspilz. Vom Krebs zerfressen, Mama. Schlimm, was? Vor zwei Jahren noch ganz gesund. Und jetzt ist es so schlimm. Und als sie jünger war, war sie... eine Prostituierte. Eine echte Schlampe, okay? O Gott, tut mir leid, ich... Sie ist meine Mutter, und sie war eine gute Mutter und hat mich dort im Hotel großgezogen, hat sich in einem Zimmer im vierzehnten Stock um mich gekümmert. Und jetzt kümmere ich mich dort um sie. Komisch, oder? Wie sich der Kreis schließt. Und ich versuche immer... Ich denke nicht gern viel über diese Dinge nach. Wenn ich nämlich länger drüber nachdenke, will ich nur noch... na ja, rausgehen, auf ein verschneites Feld, und mich einfach hinlegen, verstehst du? Womit ich sagen will, an dem Tag, als du dort ins Starbucks gekommen bist, da hab ich irgendwie... Ich hab gewusst, was los ist. Es war das erste Mal seit einer ganzen Weile, dass ich jemanden gesehen habe, der so weit war, einfach raus in den Schnee zu gehen. Das klingt vielleicht verrückt, ich weiß nicht.«

Sie ließ mich ihre Hand halten, wollte mich aber nicht anschauen. Wir saßen einfach nur da und atmeten, jeder Atemzug eine Art Seufzer.

Ich sagte: »Das klingt jetzt vielleicht abgedroschen. Aber ich bin sicher, sie hatte viele glückliche Momente, vor allem mit dir. Und diese Momente bedeuten bestimmt mehr, als du denkst. Sie bedeuten alles.«

Schließlich sagte Chiyoko: »Ja, kann sein. Momente. Momente der Gnade. So wie wenn man aufschaut und eine Wiese voller Narzissen sieht, die alle im Wind tanzen. Es gibt eine Stadt namens Fukui, wo Winternarzissen wachsen, und an Weihnachten wiegen sie sich alle im Wind, eng aneinandergekuschelt, als ob sie sich gegenseitig warmhalten. Ich will ja nicht kitschig werden, aber … Auch wenn man noch so einen beschissenen Tag gehabt hat, sobald man die Blumen sieht, hat man ein ganz besonderes Gefühl.«

Ich beugte mich vor und küsste sie.

Sie sagte: »Ich zeig sie dir irgendwann, die Winternarzissen von Fukui.« Und als sie das sagte, veränderte sich etwas in ihren Augen. Das blaue Glühen schuf sich Platz, leuchtete auf, flackerte und ließ wieder nach.

Ich war mir sicher, dass die Augen meiner Frau das auch gehabt hatten, einen Blautupfer, der sich auf diese Art verändern konnte.

Aber vielleicht war da ja gar kein Blau gewesen. Vielleicht hatte ich dieses Detail nur über meine Erinnerungen gelegt wie Frischhaltefolie über eine Schüssel mit Resten. Als Versuch, ihr Gesicht frisch zu halten, es besser zu konservieren.

Als ich am nächsten Morgen aufwachte, war Chiyoko weg.

22

Wie spät war es?

Licht sickerte durch die asparagusfarbenen Vorhänge und tauchte das Zimmer in ein trübes Grün. Sie lag nicht neben mir im Fünf-Sterne-Bett. Sie tappte nicht über den dicken Teppich. Ich horchte, wartete auf das Geräusch der Klospülung oder eines aufgedrehten Wasserhahns. Doch das Wenige, was ich hörte, kam aus anderen Zimmern oder aus der Stadt draußen: Husten, Heulen, Hupen. Die Geräusche realer oder imaginierter Krisen. Meine Augen suchten das Zimmer ab, richteten sich dann unaufgeregt auf die Badtür. Ich rechnete damit, sie geschlossen und von dünnen gelben Lichtlinien umrahmt zu finden. Aber die Tür war offen, das Bad dunkel. Ich knipste die Nachttischlampe an.

Sie war weg. Kein Schminkzeug auf dem Frisiertisch. Keine Handtasche auf dem Boden. Ihre Höschen und Strumpfhosen trockneten nicht mehr über dem Heizkörper. Und ihr Koffer war auch nicht da.

Das unter der Matratze festgestopfte Decklaken hielt mich einen Moment gefangen, und in meinem Unmut fegte ich ein Kopfkissen aus dem Bett. Dann stand ich auf und ging umher. Die *Hokkaido Times* hing in aufgeschlagenen Doppelseiten über einem Stuhl. Die einzigen Habseligkeiten, die sie zurückgelassen hatte, befanden sich im Bad: eine Flasche pinkfarbene Haartönung und eine Packung Wattepads. Meine Sachen wirkten fremd, weil sie nicht mehr mit ihren vermengt waren. Aber sie waren alle ungefähr da, wo ich sie gelassen hatte. Ein Schwaden Zitrus- und Pfefferminzduft kam hinterm Duschvorhang hervor.

Vielleicht hatte sie ja mit dem Hotel ausgemacht, dass wir in ein anderes Zimmer umziehen würden. Vielleicht waren ja all ihre Sachen schon im neuen Zimmer. Vielleicht hatte sie ja versucht, mich zum Frühstück zu wecken, aber ich hatte zu tief geschlafen. Ja, das war's, bestimmt war sie beim Frühstück.

Ich zog mir etwas an und fand den Zimmerschlüssel. Eine olympische Verkettung von Metallringen verband ihn mit einem Holzklotz, sodass er sperrig und schwer zu verlieren war. Ein Ring hatte sich am Reißverschluss meines Kamera-Etuis verfangen und weigerte sich hartnäckig, auf mein Ziehen und Drehen zu reagieren. Ich hängte mir die Kamera samt dem auf Höhe meiner Taille baumelnden Schlüssel um und fuhr mit dem Lift ins Erdgeschoss hinab.

Auf dem Weg ins Hotelrestaurant fiel ich unversehens in einen watschelnden Laufschritt, worauf mir sofort der Schweiß ausbrach. Ich wischte mir mit dem Ärmel übers Gesicht, um das Salzjucken abzustellen. Das Restaurant war tot: kein Licht, nichts zu essen, keine Gäste. Die Stühle auf die Tische gebeugt. Warum saß sie nicht hier, vor ihrem Frühstück?

Ein Japaner mit Schürze erschien aus dem Nichts und fragte mich, ob er etwas für mich tun könne.

Ich sagte: »Frühstück schon vorbei?«

Er sah mich ausdruckslos an. Weder taxierend noch geringschätzig oder durchbohrend, einfach ausdruckslos.

»Heute kein Frühstück?«, sagte ich und versuchte dabei, die Sauerstoffzufuhr zu meiner Lunge zu regulieren; um uns herum stieg Wischwassergeruch auf.

»Kein Frühstück, Sir. Frühstück beginnt sieben Uhr, Sir.«

Wollte er sagen, dass die Frühstückszeit vorbei war? Dass sie schon gefrühstückt hatte?

»Wie spät ist es?«

Er sah auf seine Armbanduhr, dann auf den Schlüssel, der an meinem Kamera-Etui hing. Er öffnete den Mund so vorsichtig, als ob er wüsste, dass jedwede Antwort, die er jetzt geben würde, falsch wäre. »Jetzt ist sechs Uhr fünfzehn«, sagte er.

»Sechs Uhr fünfzehn?«

»Sechs Uhr fünfzehn, Sir.«

»Wieso ist es erst sechs Uhr fünfzehn?«

Darauf hatte er keine Antwort, also wandte ich mich um. Ich ging in die Lobby. Überquerte den scheußlichen Teppich.

»Kann ich etwas für Sie tun, Sir?«

Jetzt war es an der Frau am Empfang, mich emotionslos anzusehen. Ich sah mich im Spiegel hinter ihr. Schlafwirres Haar stand in alle Richtungen ab.

»Ich bin in Zimmer zweihundertvierundzwanzig. Fossick. Ich wollte fragen … Ich kann meine Freundin nirgends finden. Schlank, hübsches Mädchen, pinkfarbenes Haar, Japanerin. Zierlich. Etwa so alt wie Sie. Hat sie vielleicht eine Nachricht für mich hinterlassen?«

»Einen Augenblick, Sir. Ich sehe im Computer nach.«

Fingernägel, perfekt gefeilt, geformt, lackiert, betätigten eine Taste nach der anderen. Nude Pink mit Perlmuttspitzen, bildschön und nichtsnutzig.

»Welche Zimmernummer sagten Sie, Sir?«

»Zwo-zwo-vier.«

»Ah ja, da haben wir's schon, Sir. Mr Fossick. Das Zimmer ist auf Ihren Namen, Sir. Wir haben keinen Vermerk, dass jemand ausgecheckt hat.«

»Nein, natürlich nicht. Es hat ja niemand ausgecheckt. Von Auschecken war nicht die Rede.«

»Wir haben eine Anzahlung von zehn Prozent erhalten, Sir. Sie erfolgte telefonisch bei Buchung. Die Kreditkarte lief auf den Namen Chiyoko Kobayashi. Ist das Ihre Freundin, Sir?«

»Ja, das ist sie.«

»Tja, Sir, wir haben keinen Check-out-Vermerk, und der Rest der Zimmerrechnung ist … noch offen.«

»Also keine Nachricht?«

»Bitte, Sir? Möchten Sie die Zimmerrechnung jetzt begleichen?«

»Hoffnungslos.«

»Bitte, Sir?«

»Saftladen«, sagte ich, drehte mich um und marschierte geradewegs in Richtung Glastür. Ich stolperte über die Teppichkante, krachte auf die Knie.

»Und dieser Teppich geht gar nicht!«, rief ich, Geifer auf seine hässliche Oberfläche versprühend.

Keinen Mantel, keinen Schal, keinen Plan, keine Idee. Eiswind fegte mir in die Ohren und beutelte die Kamera an meiner Brust. Ein Unter-null-Geruch in der Luft. Die Tiefkühlabteilung eines Supermarkts.

Ich fand mich dabei wieder, wie ich zum Fischmarkt rannte und die von langen Laternenreihen und ersten Tageslichtvorboten dürftig erhellten Straßen absuchte. Männer mit seitengescheiteltem Haar scharten sich um Paletten mit großen, blutergussblauen, kopflosen Thunfischen. Stablampenstrahlen wanderten um die Sägeschnittränder, leuchteten ins klaffende Innere, einen Raum, groß genug, dass Chiyoko hätte hineinkriechen können. Eine Glocke ertönte, und ein Mann, der auf einer blauen Kiste stand, fing an zu brüllen. Andere Männer brüllten zurück. Wieder die Glocke. Eine Karre kam. Fünf Männer hievten einen Thunfisch darauf. Sie war nicht drin.

Wieder die Glocke, neues Gebrüll, ein weiterer Fisch. Von Chiyoko keine Spur.

Ich rannte kreuz und quer durch die Stadt, folgte den Linien eines sinnlosen Netzdiagramms, warf alle klassischen Such- und Rettungsmethoden über den Haufen. Ich kehrte um, wich da und dort eiligen Frühaufsteherhorden aus, verirrte mich in Nebenstraßen, die in bereits abgesuchtes Gebiet zurückführten. Die Straßen waren voll von grauem Glas und sepiafarbenem Schnee, Feuertreppen und Handys. Ist das ihr Handy, das da klingelt? In einer Tasche, einem Rinnstein?

Ich kann nicht erklären, warum ich so in Panik war, aber ich war es. Sie hatte sich in den Schlaf geweint. Sie war nicht das Mädchen gewesen, das ich kannte. Sie konnte eine Dummheit begangen haben. Konnte mitten in der Nacht in den Schnee hinausgewandert sein.

Plötzlich war ich in einer Passage voller Obdachloser. Körper beulten dünnwattierte Reißverschlussverpackungen. Und wenn sie sie geschnappt haben, wenn sie jetzt auch in einer Reißverschlussverpackung steckt? Manche der Gestalten schnaubten verächtlich, einige sprachen mich aus dem Schattendunkel an, und es war ein Schock, ihre Blicke im Rücken zu spüren, war eine Riesenerleichterung zu wissen, dass ich einfach davongehen konnte, aber was hieß es, dass sie nicht hier war? Ich gab einem halb nackten Mann mit einem Spaniel einen Geldschein; er sagte etwas auf Japanisch, zeigte auf den Hund, zeigte gen Himmel, gestikulierte wild. Ich fand den Fernsehturm mit den Uhren, ging drunter durch, hetzte über das Gelände der Universität Hokkaido und durch den Hokudai-Shoku-Irgendwas Botanischen Garten, vorbei am Wintersportmuseum, dem Lachsmuseum, dem Literaturmuseum und dem Museum für moderne Kunst. Ist sie das, dort in der Eintrittskartenschlange?

Bitte, lass sie's sein.

Nein, nein, weiter. Ich passierte eine Reihe Läden, in denen es nur Sojasauce gab. Unendlich viele Sorten, manche gelb, manche ockerfarben, manche schwarz wie Erdöl. Das Schaufenster einer Bäckerei, ein Frühstücksimbiss, ein Messerladen. Ich sah sie zwischen Brotlaiben, Schalen mit Misosuppe, funkelnden Klingen. Und die Menschenmassen, der endlose Strom von Leuten, der wogt und schimmert und pulst und sich dahinwälzt, langsam, langsam, irgendwohin.

Da – ein pinkfarbener Fleck.

Nein – nur eine paillettenbesetzte Kappe, mehr rot als pink.

In der Sonne schwebender Staub in Eingängen machte es schwer, in die dahinterliegenden Räume zu schauen, weckte Erinnerungen an wirbelnde Speichen aus Rauch, an opaken Rauch, gelbgrau, Spurenträger fernen Feuers.

Kinder hüpften auf einem mit Kreide bemalten Bürgersteig, Coca-Cola-Logos erwachten zum Leben, die Sonne stieg hoch über die Stadt. Neues Licht, kühl und hell, ließ Gebäude schimmern. Und Chiyoko war nirgends.

Und da begann ich, Fotos zu machen. Bizarr und dennoch logisch, dass es so war, dass der nächste Schritt der Suche darin bestand, jeden Winkel Sapporos durch ein Objektiv zu untersuchen. Sie konnte unter der Bank da sein, zwischen den grauen Wirbelmustern aus Steinchen oder in dem Juwelierschaufenster dort, zwischen glitzernden Dingen, die die Mittel der meisten Leute überstiegen, oder in dem Fernseher, der da auf der Straße lag, mit implodiertem Bildschirm, tot, die Glaszähne wie Lichtscherben. Vielleicht versteckte sie sich ja hinter den sirrenden Neon-Vitalzeichen, den Kanji, den Hieroglyphen, dem synthetischen SONY, SUNTORY, SAMSUNG. Oder jenseits gläserner Bürofronten, in denen sich andere gläserne Bürofronten spiegelten, so verwischt, dass sie nicht mehr wie etwas Reales wirkten, sondern wie Erinnerungen.

Zuerst waren es solche abstrakten Shots – Teile von Dingen, ein Ding und noch eins, Dinge einzeln, Dinge in Kombination. Doch dann begann ich, ohne darüber nachzudenken, Leute zu fotografieren, erstmals seit Jahren, als ob ich plötzlich wüsste, dass ich das, was ich suchte, nur durch andere Menschen finden konnte, dass nur andere Menschen mich zu Chiyoko bringen konnten oder zu mir selbst oder zu sonst irgendwas, das ich im Leben brauchte. Ich richtete meine Kamera auf magere, nervöse Körper, drückte unkontrollierbar den Auslöser. Es fühlte sich nicht an, als ob ich ihn drückte, die Fotos machten sich selbst, der Auslöser war mit meinem Gehirn verkabelt, die Mechanik der Kamera nicht anders als die meines Arms oder meines Auges. Visieren und schießen, visieren und schießen. Knochenharte alte Frauen gerieten in mein Knipsfeuer und sahen mich wütend an, also nahm ich die Kamera auf Taillenhöhe herunter und schoss aus der Hüfte, blinde Klicks aus merkwürdigen Winkeln. Vor einem Baseballstadion sah ich ineinandergehakte Metallgitter mit dem englischen Schild CROWD CONTROL. Ich fotografierte es nicht. Ich suchte nach Menschen, fand welche unter den vorspringenden Dächern der Einlasshäuschen, weitere Obdachlose. Manche in Gruppen, aber manche auch allein, Ausgestoßene. Es sind die Ausgestoßenen, die dich bedrängen, so wie Satoshis kleines Mädchen mit dem weißen Behälter um den Hals. Die wortlose Aussage ihrer Augen knufft und pufft deine Gedanken, belagert deine Sinne mit Petitionen. Ohne zu fragen, richtete ich die Kamera auf diese Einzelgänger, visierte durch den Sucher wie über den Lauf eines Gewehrs. Zielen und schießen, zielen und schießen. Ich hatte plötzlich einen Wahrnehmungssinn für andere Menschen. Ganze Leben – Unfälle, Scherze, Liebesgeschichten, Enttäuschungen, Krankheiten, Morde, Erinnerungen, Geheimnisse – strömten durch meine Kamera, verschwanden in einem Moment absoluter Stille.

Menschen verschwinden. Das dachte ich, während ich immer langsamere Figuren durch die Stadt zog und meine Fantasie einen grauenerregenden Katalog von Horrorszenarien und Unglücksfällen heraufbeschwor. Und ich dachte es immer noch, als ich schließlich, elf Minuten nach zwölf, vor einem Polizeirevier anlandete und hineinging.

Man trieb für mich einen Polizisten auf, der ein respektables Englisch sprach. »Meine Freundin ist verschwunden«, erklärte ich ihm. »Ihre Freundin kommt schon wieder«, sagte er. Das passiere ständig. Leute gingen irgendwohin und vergäßen, Bescheid zu sagen. Vielleicht habe sie ja nicht schlafen können und beschlossen, zum Fischmarkt zu gehen, um zuzuschauen, wie die Thunfische zerlegt würden. »Ich war auf dem Fischmarkt«, sagte ich. Vielleicht habe sie ja in der Nacht einen Anruf von einer Freundin bekommen. »Sie hat ihr Gepäck mitgenommen. Ihre sämtlichen Sachen.« Na ja, dann sei sie ja wohl nach Tokio zurückgefahren. Irgendein Streit vielleicht? Menschen mit Selbstmordabsichten nähmen doch normalerweise nicht ihren Koffer mit. »Aber ...« Was aber? Ich solle morgen wiederkommen, morgen werde alles schon ganz anders aussehen.

Auf dem Rückweg zum Hotel machte ich an einem Münztelefon halt und rief in der Villa Dolly an. Daisuke hatte nichts von ihr gehört, aber auch er klang nicht besorgt – auch dann nicht, als ich ihm erzählte, wie aufgewühlt sie am Abend gewesen war. »Daisuke denkt, Chiyoko-san macht solche Sachen. Sie ist ein komisches Mädchen.« Ein unberechenbares Mädchen. Seiner Meinung nach saß sie irgendwo in einer Bar oder im Zug nach Tokio. Sie war nun mal nicht der Mensch für ein geregeltes Leben. Sie machte komische Sachen. Und sie würde bestimmt bald anrufen, um sich nach ihrer Mutter zu erkundigen. »Sie ruft mich jeden Tag dreimal an«, sagte Daisuke. »Das erste

Mal, dass sie Urlaub hat von Kümmern um Mutter. Der erste Urlaub, und sie ruft dreimal am Tag an.«

Das Telefonat mit Daisuke brachte mir weder Klarheit noch Beruhigung. Beides fand ich erst, als ich, verlegen jeden Blickkontakt mit der Rezeptionistin vermeidend, ins Hotel zurückgekehrt war und mich auf mein Bett fallen ließ. Da erst bemerkte ich den Umschlag. Er lag vorm Nachttisch auf dem Boden, halb von einem hochkant gelandeten Kissen verdeckt.

23

Ich bohrte den Daumen unter eine lose Ecke der Umschlaglasche und riss den Falz auf. Die Schrift war klein, die Buchstaben waren unverbunden.

Lieber Fossy,
entschuldige. Tut mir leid, dass ich mich einfach so davonschleiche.

Gestern Abend, als wir in dem Sushilokal waren, hat Fetthaar gesimst. Ich will ja nicht rechthaberisch sein, aber ich wusste, er würde sich melden. Ein paar Gläschen von diesem Blattgoldschnaps, und schon öffnen sich die Leute. Ich wollte es dir gestern Abend erzählen, wirklich. Aber ich habe die Zeit hier mit dir so genossen, ich wollte wohl einfach, dass es noch eine Nacht so bliebe. Ich glaube, ich wollte einfach nur mit dir dasitzen und reden. Und dann hab ich's geschafft, total den Boden unter den Füßen zu verlieren.

Wenn du das hier liest, sitze ich wahrscheinlich schon im Zug nach Tokio. Im Shinkansen – diesen trödeligen Schlafwagenzug kann ich nicht noch mal ertragen. Meine Mutter wartet, und Daisuke kümmert sich zwar unfassbar nett um sie, aber allmählich ist es ihm gegenüber nicht mehr fair. Außerdem muss ich in die Uni. Und der Abendschichttyp kriegt wahrscheinlich einen Herzinfarkt, wenn er meine Schicht noch länger mitmachen muss. (Glaubst du, der arme Kerl ist ein kleines bisschen in mich verknallt?) Und Abschiede und Auseinandersetzungen sind sowieso nicht so mein Ding. Ich war halb drauf gefasst, dass du aufwachen würdest, als ich meine Sachen gepackt habe, aber derzeit schläfst du offenbar ziemlich gut.

Diese Satoshi-Sache ist was, was du allein machen musst. Du hast mir das damals in Tokio selbst gesagt, und ich hätte wohl besser hinhören sollen. Bis ich dir begegnet bin, habe ich mich immer für eine gute Zuhörerin gehalten, aber jetzt habe ich das Gefühl, alles, was ich kann, ist reden.

Du musst zu dieser Adresse: S2E5 Chuo-ku.

Fetthaar sagt, es ist ein großes, altes Gebäude nicht weit vom Fischmarkt. Er sagt, du sollst nach einer gewissen Wendy fragen. Wenn du's erledigt hast, weißt du ja, wo du mich findest – in diesem kleinen Büro, wo ich dasitze und warte, dass jemand Interessantes zur Tür reinkommt.

Bitte sei mir nicht böse.

Du bedeutest mir viel.

Alles Liebe

C

Außer diesem Brief auf einem Blatt Hotelbriefpapier enthielt der Umschlag noch einen Stapel Zehntausend-Yen-Scheine. So frisch und steif wie ein neues Deck Spielkarten. Ich zählte sie nicht. Ich warf Brief und Geld auf ihre Bettseite. Das Laken wies noch einen schwachen Abdruck ihres Körpers auf. Und auch prosaischere Spuren: einen Lippenstiftfleck, ein Schamhaar.

Als Chiyokos Worte in meinem Gehirn angekommen waren, ging ich in die Hotelbar. Setzte mich an einen Fenstertisch. Breitete vor mir Satoshis Briefe, den Brief seiner Mutter, den Nachruf und das Transkript der Watanabe-Befragung aus. Je öfter ich das alles las, desto weniger brauchte ich tatsächlich zu lesen. Sätze, ja, ganze Passagen ertönten, zu Musik geworden, in einer Endlosschleife in meinem Kopf. Ohne hinzuschauen, hörte ich die Worte, ihren Einzel-, Wechsel- und Zusammenklang, ihr Schwingen und Nachschwingen. Ich fühlte das gesamte Spektrum von Akkorden, Dur und Moll, die Satoshis Leben bildeten. Ich hatte nicht nur die Dokumente bei mir: Unterm Tisch, in meiner Ledertasche, steckte das Päckchen. Das Päckchen, das den gepolsterten Umschlag enthielt. Der wiederum drei eierschalfarbene Umschläge enthielt, in denen vermutlich weitere beschriebene Blätter steckten. Die Schichten einer Papierzwiebel. Papier in Papier in Papier. Wollte ich überhaupt wissen, was zuinnerst war? Vor allem war ich es leid, das Päckchen mit mir herumzutragen, es jeden Tag anzuschauen.

Ein gähnender Kellner brachte mir Erdnüsse und noch einen Whisky. Ich trank und aß. Dann bestellte ich einen Butterscotchschnaps, weil sie welchen hatten, und noch mehr Knabberzeug. Vielleicht waren ja auf dem Grund meiner Ledertasche noch ein paar versprengte Pillen. Ich kramte, kratzte mit den Nägeln übers Leder, aber alles, was meine Hand fand, war dicker Stoff.

Das Messer. Sie hatte das Messer vergessen.

24

Bevor ich die Adresse aus Chiyokos Brief aufsuchte, gestattete ich mir noch ein letztes Verzögerungsmanöver. Ich ging zu Fuß zu einer Post und wartete, während ein Mann mit drahtigem Körper und abgespanntem Gesicht meine Faltschachtel wog und mit einem Aufkleber versah. Sie enthielt zwei Filmdosen. Meine Hokkaido-Fotos. Luftdicht verpackt, bereit fürs Entwicklerbad. Bänke, Läden, Schilder, kaputte Fernseher – aber auch Menschen. Ich hatte das Gefühl, dass einige der weniger abstrakten Fotos etwas taugen könnten. Ich stellte mir Perrys Gesicht vor, wenn die Schachtel auf seinem Schreibtisch landete. Er würde sich in seinem knarzenden Lederstuhl vorbeugen und befriedigt an seinem Pferdeschwanz zupfen. *Gott sei Dank, du alter Arsch. Gott sei Dank ist dir wieder eingefallen, wie Sehen geht.*

Zuerst fand ich es nicht.

»Nicht weit vom Fischmarkt«, laut Chiyoko. Doch es wurde schon dunkel, und niemand auf dem Fischmarkt oder in dessen Umgebung konnte mir sagen, wo ich hinmusste. Leute mit Stofftaschen und Thermosflaschen sahen mich misstrauisch an. Sie wirkten alle gewaltig in ihren dicken Wintermänteln, Pelzen und Mützen. Ich deutete auf Chiyokos Brief, und sie wichen unter nervösem Lachen und hastigen Verbeugungen zurück. Ein Mann, vakuumverpackt in einer Daunenjacke, wies mit einem behandschuhten Zeigefinger ostwärts, einen nebelverhangenen Hügel hinauf. Doch dort waren keinerlei Gebäude zu sehen, nur weiße Bäume im Überfluss.

Dichter Schnee fiel auf Sapporo. Er bildete eine einförmig weiße Schicht zwischen Erde und Himmel, nur durchbrochen von den Stoppeln gefrorener Pflanzen. Lila Dämmerung verschmolz mit dem Lila meines Schals, fraß ihn. Wo die Mütze und die Handschuhe geblieben waren, wusste ich nicht. Meine Finger und Ohren waren taub. Der Wind seufzte, und die Luft, die er ausatmete, war dünner, viel dünner als die über der Gray's Inn Road. Komisch, dass ich diese Ecke von London nicht mehr vermisste. Ich war in einer ganz anderen Welt, wo das Zwielicht meine Augen auf eine neue, erfinderische Art herausforderte. So angestrengt ich auch hinstarrte, die Umgebung weigerte sich, sich zu klaren Formen und fixen Distanzen zu ordnen.

Ein weiterer Mann, so rot im Gesicht, als drohte ihm gleich der Herzstillstand, wich mit einer Verbeugung zurück. Ich hatte keine weiteren Anhaltspunkte mehr zu erwarten. Der Plot war erschöpft. Ich würde mich einfach nach Osten vorarbeiten müssen, diesen verhangenen Hügel hinauf. Bewehrt mit Chiyokos Brief und meiner Alkoholfahne, stapfte ich durch den ansteigenden Schnee.

Wenn ich mich zwischendurch umdrehte und mein Blick der Fußstapfenstickerei folgte, sah ich den Markt immer kleiner werden. Die blauen Plastikwannen, die einst Fische enthalten hatten, waren jetzt umgedreht, zu urbanen Schneezäunen umfunktioniert, die Gestalten in den dunklen Winterjacken nur noch Silhouetten. Vor mir waren gar keine Fußspuren. Die Landschaft, so still und weiß, umschloss mich.

Ich stieß auf einen rutschigen Pfad zwischen Baumskeletten. Auch nur auf den Beinen zu bleiben, war furchtbar anstrengend, aber ich folgte dem Pfad in Serpentinen steil aufwärts. Wo er endete, war nicht klar, zuerst sah es aus, als führte er einfach in den Himmel. Erst als ich weiterkletterte, formierte sich langsam ein Bild. Eine Turmspitze ragte in der Ferne auf wie eine tödliche Waffe. Nach und nach erschien ein ganzes Gebäude: Die Turmspitze saß auf einem Uhrturm, der Uhrturm entspross einem schneebedeckten Dach, das Dach ruhte auf einem großen Kasten aus Mauerwerk. Ich senkte den Kopf – mein Haar war schwer von astwerkgefiltertem, halb geschmolzenem Schnee – und stapfte weiter.

Der Weg endete auf ebenem Terrain, zwanzig, dreißig Meter vor dem abgelegenen Gebäude. Der Schnee hatte sich in Pflugfurchen im Boden abgesetzt, bildete eine Schar von Linien, die nirgends hinführten. Ich ging auf einen erleuchteten Türbogen direkt unter dem Uhrturm zu. Er glühte gelb, mit der perfekten Symmetrie einer Kerzenflamme. Eine dunkle männliche Silhouette stand dort, wo der Docht hätte sein müssen. Ich erwartete, dass der Mann irgendeine Bewegung machen würde, als ich mich ihm näherte, aber er rührte sich nicht.

»*Konbanwa*«, sagte ich, als ich vor ihm stehen blieb.

»*Konbanwa*«, sagte er mit einer kleinen Verneigung. Aus seinem Mund klang es wie ein ganz anderes Wort.

Sein Gesicht sah aus wie wahllos zusammengeschustert. Einzeln genommen, waren die Züge ganz normal. Jeder hätte in manch anderem Gesicht ein harmonisches Zuhause finden können. Sie passten nur nicht zusammen. Die Ohren waren mädchenhaft zierlich, die Nase aber war die eines Boxers. Die Partie über den hohen, markanten Wangenknochen war hell, verlor sich nach unten jedoch in kakaobraunen Hängebacken. Der Körper war unkomplizierter: Er war von einer redlichen, ausgewachsenen Massigkeit.

»Guten Abend«, sagte ich.

Er runzelte die Stirn. »Englisch nix gut.«

»Mein Japanisch ist auch nicht so gut.«

Die Runzeln auf seiner Stirn vertieften sich noch, als ich ihm Chiyokos Brief zeigte. Ich tippte mit einem bläulichen, starren Zeigefinger auf die Adresse.

»Hier?«, fragte ich. »Richtig? Hier?«

Er nickte. »Es gibt jemand Englisch«, sagte er und winkte mich mit sich.

Wir kamen an eine elektronische Sicherheitsschranke. Wozu konnte die hier nötig sein? Vielleicht war dieses Gebäude ja ein berühmtes Monument. Ein altes Museum? Er nahm meine Ledertasche, klappte sie auf und schaute kurz hinein, legte sie dann auf einen schattengemusterten Tisch. Ein begnadeter Wachmann war er nicht: keine Frage wegen des Päckchens, nicht mal wegen des Messers. Er winkte mich mit schwerer Hand durch die Schranke. Als ein Piepton die Stille zerriss, deutete er auf meine Taschen. Er musterte meine Handvoll Münzen, fand dann eine Flughafen-Plastikschale, in die ich sie kippen konnte.

Als ich zum zweiten Mal durchging, jetzt ohne Piepen, sagte er: »Sie holen ab, wenn gehen.«

»Wenn ich gehe?«

Er nickte.

»Ich brauche wenigstens meine Tasche. Ich bin nur hier, um mit einer gewissen Wendy zu sprechen.«

Als er den Namen hörte, vollführten seine Augenbrauen einen beschwipsten Hüpftanz. Er gab mir die Tasche und führte mich den Gang entlang. Der war schummrig, kalt und irgendwie verlassen. Ich fühlte, wie sich Übelkeit in meinem Magen ausdehnte, und mir ging auf, dass ich, seit ich keine Medikamente mehr hatte, so gut wie symptomfrei gewesen war.

Der Gang mündete in einen wärmeren Raum, und meine Finger erwachten wieder zum Leben. Weiße Wände, dicker Teppich und jede Menge Licht. Die hohe Decke umrahmten

Wirbelmuster aus Stuck. An den Fenstern waren dicke, mit Schärpen zurückgebundene Vorhänge, und in einer entfernten Ecke des Raums stand ein Fernseher. Vier Personen saßen in einer Reihe davor; ihr Haar war über der Lehne eines kirschroten Sofas sichtbar. Als mich der mischmaschgesichtige Wachmann in ihre Richtung führte, drehten sie sich unisono um und starrten mich über die Lehne hinweg an wie eine Horde neugieriger Meerkatzen. Sie waren verschieden alt, verschieden groß und verschiedenen Geschlechts, aber alle vier blass und dünn, mit fleischlosen Wangen.

Eine Enklave auf der rechten Seite beherbergte ein verglastes kleines Büro. Wir blieben dicht vor der Glaswand stehen und blickten ins Innere. Dort gab es zwei Lampen, aber keine brannte. Das war nicht nötig: Licht aus der Fernsehecke fiel hinein. Drinnen saß eine Frau, eine Westlerin, kräftig und zaushaarig, und wir schienen darauf zu warten, dass sie uns bemerkte. Sie saß an einem Schreibtisch und schrieb mit der Hand. Ihr Gesicht wirkte grünlich. Die zwischen Hautfalten versunkenen Augen sahen aus wie zwei faule Stellen an einem Kohlkopf. Einem Gewächshauskohlkopf.

Der Wachmann klopfte ans Glas.

»*Jaa*«, rief der Kohlkopf. »Kommen Sie schon rein!«

Als wir eintraten, huschte der Blick ihrer schwarzen Äuglein von meinem Gesicht über meine Taille zu meinen Schuhen, um schließlich auf meiner Nase zu verharren.

»Wendy«, sagte sie und streckte die Hand aus, blieb aber sitzen. »Poplar.« Sie sprach mit einem stakkatohaften südafrikanischen Akzent. Ich ging hin, gab ihr die Hand und stellte mich vor.

»Bulldog«, sagte sie zu dem Wachmann und schloss eine mit Bronchialschleim versetzte Schnellfeuersalve japanischer Worte an. Er nickte, ging und schloss die Tür hinter sich.

»Er heißt Bulldog?«

»*Jaa*. Das ist natürlich nur ein Spitzname. Es erleichtert die Dinge, wenn jeder Bewohner einen westlichen Spitznamen hat.«

Obwohl sie mich nicht dazu aufgefordert hatte, setzte ich mich auf den einzig anderen Stuhl ihr gegenüber. Er war beträchtlich niedriger als ihrer. Ich blickte zu ihr auf, sie auf mich herab.

»Bewohner?«, sagte ich.

Sie hustete aus verschleimter Kehle. »J-*a-a-a-a*«, sagte sie, und der gedehnte Laut hatte etwas Vorwurfsvolles, als wäre er der nötige Ausgleich für ein Defizit meiner geistigen Fähigkeiten. »Bewohner.«

»Hören Sie, Wendy, es kann natürlich sein, dass ich hier völlig falsch bin, aber ich glaube, dass Sie mir weiterhelfen können. Eine Freundin von mir, ein Mädchen namens Chiyoko Kobayashi, hat mich hierhergeschickt. Sie hatte ihren Namen von einem gewissen … einem Studenten mit fettigem Haar. Und der wiederum hatte ihn von einem Doktoranden, der … Na ja, kurzum, man hat mir gesagt, ich soll mit Ihnen sprechen.«

»Mit mir *sprechen*? Sie wollen also nicht aufgenommen werden?«

»Aufgenommen? Nein, ich glaube nicht. Ich möchte nur kurz mit Ihnen reden. Ich bin auf der Suche nach einem … einem Bewohner, nehme ich an. Oder einem Beschäftigten, ich weiß es nicht genau. Sein Name ist Pickford, es kann aber auch sein, dass er sich Satoshi nennt.«

Ihre Augen weiteten sich kurz, wenn auch nicht genug, dass ich irgendwelches Weiß hätte ausmachen können.

»Chiyoko, *eh*?«

»Ja.«

»Hübscher Name, *eh*? Wenn man was für so was übrig hat.«

»Doch, ja.«

»Wie kommt's, dass Sie Mr Satoshi besuchen möchten? Sie sind von der Universität, oder?«

»Dann ist Satoshi also hier?«

»O ja«, sagte sie, »der ist immer hier.«

25

Das war's. Meine Suche war zu Ende. Ich blickte auf meine Hände, sah sie leise zittern. Meine Ärmelbündchen beengten Härchen auf meinen Handgelenken.

Wendy Poplar sagte: »Und Sie sagen, Sie sind von der Universität?«

»Nein. Sie meinen die Universität Hokkaido?«

»*Jaa*, natürlich, was sonst? Es ist schon ein paar Jährchen her, aber am Anfang haben ihn noch zwei, drei Leute von der Universität besucht.«

»Satoshi?«

»Satoshi.«

»Verstehe. Aber ich bin nicht von der Universität.«

»Woher dann? Irgendwoher müssen Sie sein, *eh*? Sie können nicht einfach hier hereinspazieren und sich umschauen. Wir sind schließlich kein Zoo.«

»Natürlich nicht. Er ist … mein Onkel.«

»Ach«, schnaubte sie. »Verwandtschaft, *eh*? Ist eine Rarität bei den armen Leutchen hier.«

Sie hob eine Hand, fuchtelte ziellos damit herum und zeigte dann auf den Fernsehbereich. Die Bewohner starrten mit Hingabe auf den Bildschirm. Es schien ein Dokumentarfilm über Tiefseelebewesen zu sein. Ein Tintenfisch schwamm vom Meeresboden empor, und ein Fisch mit einer gigantischen, sackartigen Kinnpartie wollte ihm offenbar nichts Gutes.

»Entschuldigen Sie die dumme Frage«, sagte ich. »Aber was ist das hier?«

»Wollen Sie sagen, Sie wissen es nicht?«

»Ich habe keine Ahnung.«

Der Tintenfisch stieß eine Wolke schwarzer Tinte aus, ein verzweifelter Versuch, dem Sackmaul zu entgehen.

»*Jaa*«, sagte sie, meinem Blick folgend. »Asoziale Molluske, der Tintenfisch.«

Wie alle Menschen, die es genießen, eine Autoritätsposition innezuhaben, ließ sie sich selbst die elementarsten Informationen nur mühsam entlocken. Leuten wie Wendy Poplar ist klar, dass Wissen Macht ist, und sie setzen alles daran, es für sich zu behalten. Sie hatte die gestresst-arrogante Art derer, die zu beschäftigt mit der eigenen Wichtigkeit sind, um zu merken oder sich darum zu scheren, wie sie auf andere wirken.

Allmählich schälte sich heraus, dass diese Institution Fernhall House hieß, nach dem amerikanischen Veteranen des Ersten Weltkriegs, der sie gegründet hatte. Soweit ich mir zusammenpuzzeln konnte, war es eine Art Pflege- oder Unterbringungsstätte für Ausländer und Einheimische, die rund um die Uhr Betreuung brauchten. Wendy betonte angelegentlich, dass der Aufenthalt hier freiwillig (»Nichts da Zwangseinweisung, *eh*?«) und Fernhall House die einzige Einrichtung dieser Art in Hokkaido sei. An der Art, wie sie vor dem Fernseher saßen, schlaff, narkotisiert und mit leerem Blick, war abzulesen, dass es den Bewohnern nicht gutging. Sie wirkten nicht einfach nur gelangweilt, sie wirkten in sich zurückgezogen. Sie sahen eingefallen aus. Wie meine Mutter, wie Chiyokos Mutter.

»Dann ist das hier also eine Art … psychiatrische Anstalt?«

»Anstalt, *eh*?«

Ihre Hautfarbe wechselte von Grün zu Rot. Sie pumpte mit

den molligen Fingern einer Hand und ergriff dann ein großes schwarzes Buch auf ihrem Schreibtisch. Einen Moment lang dachte ich, sie wollte es nach mir werfen, aber sie klatschte es nur auf die Eichenholzplatte. *Peng*. Das ganze Büro bebte. »Anstalt«, murmelte sie bitter.

»Entschuldigung, war nicht despektierlich gemeint.«

»*Anstalt* ist kein Wort, das wir hier benutzen, junger Mann. Diese Menschen haben eine würdige Behandlung verdient.«

Während die Schockwelle ihres Ausbruchs verebbte, verkniff ich mir mühsam das Grinsen. Die Vorstellung, dass sie hier jemanden würdig behandelte, war von absurder Komik.

»Das hier ist eine Langzeit-Betreuungseinrichtung. *Jaa*. Eine *Betreuungseinrichtung*. Verstehen Sie? Keine Anstalt.«

Sie verstummte wieder.

»*Jaa*. Hier gibt's keine Anstaltsinsassen. Was wir hier haben, sind Menschen mit *besonderen Bedürfnissen*.«

Wieder längeres Schweigen.

»Viele von ihnen waren im Krieg, verstehen Sie? Manche haben einfach nur ein kleines Demenzproblem, weiter nichts. Das neurologische Äquivalent einer Halsentzündung.«

Sie schien hochzufrieden mit ihrer Analogie.

Ich sagte: »Demenz, verstehe. Alzheimer und so was.«

»Ha!«, schnaubte sie. »Darauf springen immer alle an. Alzheimer, *jaa*. Klar haben wir Leute mit Alzheimer. Massenhaft. Haufenweise Alzies. Aber auch Multiinfarkte, Gefäßblockaden und dergleichen.«

Sie redete eine ganze Weile weiter. Erklärte mir, dass es über sechzig Erkrankungen gebe, die Demenz verursachen konnten. Ich verzichtete darauf, ihr zu sagen, dass ich das alles wusste, dass ich sämtliche Bücher zu diesem Thema gelesen hatte. Ich wusste, dass Demenz in manchen Fällen nur Teil eines ganzen Wusts von Problemen und Symptomen war. Ich wusste, dass sie meistens irreversibel war. Ich wusste, dass neue Umgebungen und neue Personen bei Demenzkranken Panik auslösen konnten. Ich wusste, dass Demenz die Persönlichkeit verändern, die Betroffenen reizbar, griesgrämig und aggressiv machen konnte, bis sie am Ende niemanden mehr erkannten, schon gar nicht sich selbst, und Angehörige es nicht mehr aushielten, sie zu besuchen, und dass man, wenn der Demenzkranke starb, so tun musste, als wäre man traurig, während man in Wirklichkeit nur dumpfe Erleichterung verspürte. Ja: dumpfe Erleichterung. Gott sei Dank, dachte man, weil man über die Jahre schon alle Trauer aufgebraucht hatte. Das alles und noch viel mehr wusste ich bereits, aber ich ließ Wendy Poplar reden.

»Außerdem – mit Demenz haben hier die wenigsten zu tun, *eh*? Ein paar von den Beeinträchtigten. Bulldog hat eine milde Form. Die Chronischen, die, die da drüben fernsehen, das ist ein ganz anderes Paar Schuhe. Die haben alle möglichen Probleme. Schizophrenie, Identitätsdissoziation, Tic-Störungen, Panikstörungen, Angststörungen. *Jaa*. Was auch immer – die Chronischen haben es.«

»Und Satoshi?«

»Der gehört zu den Beeinträchtigten. Wird aber bald ein Chronischer sein. In seinem Alter geht es nur noch in eine Richtung.«

»Welcher Art sind denn seine …«

»Besonderheiten? Das wissen Sie nicht, wo er doch Ihr Onkel ist?«

»Nein. Ich bin ihm nie begegnet. Bruder meiner Mutter. Hatten sich zerstritten. Meine Mutter ist gestorben und hat ein Päckchen für ihn hinterlassen, deshalb bin ich hier.«

Ich öffnete meine Ledertasche und zeigte ihr das Päckchen.

»In meinem Beruf begegnen einem viele Familienfehden«, sagte sie mit einem wissenden Lächeln, als ob sie mir jetzt zu verstehen geben wollte, mit welcher Art Frau ich es zu tun hatte. »Bei Satoshi handelt es sich nach Meinung der Ärzte um PTBS. Eine posttraumatische Belastungsstörung. Die aller Wahrscheinlichkeit nach auf Dinge zurückgeht, die er unmittelbar nach dem Krieg erlebt hat. Sie wissen doch, dass er während der Besatzung in Tokio gearbeitet hat? Schwierige Zeit. In der Regel setzt PTBS in den ersten drei Monaten nach dem traumatischen Ereignis ein. *Jaa.* Aber in manchen Fällen dauert es Jahre – Jahrzehnte –, bis die Symptome auftreten. Satoshi spricht nicht darüber, worin das Trauma besteht, und will auch keine Therapie. Darum lässt sich schwer sagen, was genau in seinem Kopf vor sich geht. Aber ein Hauptsymptom der PTBS ist das Wiederdurchleben der traumatischen Situation. In Gedanken. *Jaa.* Gedanken und Erinnerungen. Flashbacks, Halluzinationen, Albträumen. Die Leute wollen vergessen, können es aber nicht. Genau umgekehrt wie bei den Demenzkranken. Aber er kommt ganz gut zurecht. Er bekommt Medikamente, die helfen.«

»Medikamente?«

»Zur Beruhigung. Einmal, im Juli vor ein paar Jahren, war er sehr erregt. Hat in seinem Zimmer einen Haufen alter Fotos und Papiere aufgeschichtet und ihn anzuzünden versucht. Da haben wir ihn auf Medikamente gesetzt. Seither geht es ihm besser.«

»Kann ich ihn sehen?«

»Da müssen Sie sich zuerst ins Anmeldebuch eintragen. Er dürfte jetzt im Spieleraum sein. Aber wenn er Schach spielt, müssen Sie ihn in Ruhe lassen, bis er fertig ist. Meistens spielt er Schach, wenn er nicht in seinem Zimmer ist und seine Sachen durchsieht – Bücher, Fotos und dergleichen. Wir können uns ja danebenstellen und zuschauen, *eh*? Das stört sie nicht.«

Sie reichte mir das schwarze Buch von ihrem Schreibtisch.

Auf einer Seite mit roten, mit dem Lineal gezogenen Randlinien trug ich meinen Namen ein.

»Folgen Sie mir, Mr Fossick.«

Ich schluckte, als die Wände des Gangs immer enger zusammenrückten, der Bewegungsraum immer kleiner wurde.

26

Ich war der Außenstehende in Fernhall House, aber eigentlich standen hier alle außerhalb. Außerhalb der Gesellschaft. Außerhalb der Zeit. Man hört oft die Formulierung, Menschen in Anstalten und Pflegeheimen seien nicht mehr bei sich. In Wahrheit sind sie oft *nur* noch bei sich. Ihr ganzes Sein verschanzt sich hinter Wänden aus Muskeln und Knochen. Alles, was sie sind – und nicht sind –, existiert im sakrosankten Raum ihres Schädelinneren.

Der Spieleraum war das Territorium der Beeinträchtigten, und als wir in der Tür erschienen, erstarrten sie kurz. Alle gleichzeitig, ein einziges Wesen – für einen Moment unterbrach meine Gegenwart einen kollektiven Gedanken. Ich überflog die menschliche Masse, die aus zwanzig, dreißig Elementen bestand, und fragte mich, ob eins davon Satoshi war. Die Bewohner saßen in Grüppchen an grünen Spieltischen und spielten Spiele aller Art. Scrabble, Rommee, Dame. Ein paar redeten miteinander oder wechselten zumindest Monologe auf eine Art, die als Unterhaltung durchgehen konnte, doch an den meisten Tischen herrschte dumpfes Schweigen. Alle Gesichter waren fahl und aufgeweicht, als hätten sie zu lange in kaltem Wasser gelegen.

»Wo ist Satoshi?«

»Hm. Seh ihn nicht, *eh*? Muss auf der Toilette sein. Warten Sie. Er wird gleich wiederkommen.«

Es war eine Welt wie jede andere. Ich erkannte bereits Kommandostrukturen und Hierarchien. Manche Spiele waren die ausschließliche Domäne bestimmter Frauen, die wie Brausetabletten zischten, sobald jemand, der nicht zur Bridgeclique gehörte, mitspielen wollte. Es gab bestimmte Sessel – am Feuer oder am Fenster –, die Privatbesitz bestimmter Männer waren. Spezielle Vereine konstituierten sich rund um den Pokertisch, den Leiterspieltisch, den Schnipp-Schnapp-Tisch. Zigaretten und Bonbons wurden von bestimmten Personen auf eine bestimmte Art und Weise verteilt; man musste wissen, wen man wie bitten musste. Einzelgänger trugen meditative Gesichter zur Schau; ihr Inneres mochte ein Kampfplatz konkurrierender Erinnerungen und Wahrheiten sein, ihre Körper jedoch sprachen nur von Kapitulation. Es war wie in jedem Betrieb, jeder Familie, jeder Gesellschaft. Innerhalb der unzähligen Schattierungen von Nettigkeit und Grausamkeit, die das Muster des täglichen Lebens bilden, kennt jeder Einzelne seinen Platz.

Ich sah zu, aber aus der Distanz, wie ein Gaffer am Schauplatz eines unschönen Geschehens. Wendy stellte mir einige zentrale Figuren vor. Da war Jennings, der viel jünger aussah als die übrigen. Er war ein Beeinträchtigter mit »früh einsetzender« Demenz. Seine Lieblingsbeschäftigung war es, die langen Finger über die Tasten eines imaginären Klaviers tanzen zu lassen. Die meiste Zeit blieb er auf seinem Zimmer und hörte Chopin-Platten. Er figurierte als Rommee-Partner eines dürren Bipolaren, den sie überraschenderweise den »dicken Kontrolleur« nannten, offenbar weil er sich allabendlich weigerte, die Fernbedienung herzugeben, selbst wenn er gar nicht im Fernsehzimmer war. Ich sah sie auch jetzt aus der Brusttasche seines Hemds lugen, der rote Einschaltknopf wie eine Ehrenmedaille.

Wendy fuhr fort, mir interne Infos über Einzelne zu geben. Sie war in ihrem Element, atmete durch den Mund und rollte ekstatisch die schwarzen Äuglein. In der Ecke, beim Scrabble, saß eine dick geschminkte Frau, die offenbar verzweifelt versuchte, für immer Ende vierzig oder Anfang fünfzig zu sein, und deren faltigen Busenansatz ein tiefer Ausschnitt zur Geltung brachte, mit einem gut aussehenden, gebräunten Mann, dessen Alter irgendwo zwischen sechzig und achtzig liegen mochte.

»Wer sind die, die da Scrabble spielen?«

»Das ist Sadie. Genannt Sadie Allzeit-Bereit.«

»Wieso das?«

Wendy maß mich von Kopf bis Fuß, ehe sie antwortete: »Haha. *Jaa*. Sie werden schon noch drauf kommen, wenn Sie lange genug hier sind.«

»Und der Braungebrannte?«

»Der? Entschuldigen Sie die Ausdrucksweise, aber er heißt allgemein nur ›der Arsch‹.«

Sadie und der Arsch saßen vor einer Tür. Die war zu, aber darunter sickerte gelbes Licht hervor. Die Lichtpfütze erstreckte sich bis zum Nachbartisch, an dem ein Mann mit einer extrem glänzenden Glatze vor einem Schachbrett mit darauf verteilten Figuren saß. Ihm gegenüber stand ein freier Stuhl.

»Warum heißt der Arsch so?«

Sie gab mir eine lange Antwort auf meine Frage. Ich klinkte mich irgendwann aus, bekam aber doch so viel mit, dass er gern andere durch die unablässige Benutzung unflätiger Ausdrücke schockierte.

»Was ist mit dem Kahlköpfigen?«

»Weiß ich so aus den Stand nicht genau, müsste ich nachsehen. Ich nenne ihn Glatzkopf. Freund von Satoshi.«

Eine Klospülung ging. Die Tür hinter Sadie und dem Arsch öffnete sich; ihr Schatten kroch langsam über den Teppich. Ein alter Mann kam heraus.

»Das«, sagte Wendy, »ist Ihr Onkel Satoshi.«

Hatte ich die ganze Zeit ein bestimmtes Bild von ihm im Kopf gehabt? Musste ich wohl, denn mich überrollte das Gefühl, dass er nicht so aussah, wie er hätte aussehen sollen. Er hätte eins dieser praktischen Gesichter haben sollen, die im einen Moment auf hervorstechende Art beeindruckend aussehen und im nächsten ganz gewöhnlich. Er hätte weiße Zähne haben sollen und ehrliche Augen, die aus einem Ensemble edler Züge hervorleuchteten. Er hätte würdevolle Fältchen in den Augenwinkeln haben sollen. Aber der reale Mr Satoshi hatte nichts von alldem.

Er ging stur-entschlossen zum Tisch des Glatzkopfs, krempelte die Ärmel seines dicken Pullovers bis zu den Ellbogen auf und starrte auf das Schachbrett, während er sich in Etappen auf dem freien Stuhl niederließ. Schweigend nahmen sie die Partie wieder auf, beide die Unterarme auf dem grünen Filz und so weit vorgelehnt, dass ihre Köpfe sich fast berührten. Satoshis Arme hatten jenen bräunlichen Ton, den Großstadthäuser allmählich annehmen. Außer den Armen und dem Schachspiel befand sich auf dem Tisch nur noch ein Notizblock, in dessen Spirale ein roter Wachsmalstift steckte.

»Die können wir jetzt nicht stören, *eh*?«

Ich antwortete nicht. Ich vermochte gar nichts anderes zu tun, als zu warten. Ich dachte die ganze Zeit, er würde jeden Moment herschauen und mich fixieren, würde irgendetwas von meiner Mutter in mir entdecken. Ich hielt meine flatternden Nerven in Schach, indem ich mich ganz darauf konzentrierte, ihn zu mustern. Ich suchte immer wieder sein Gesicht ab, gewann aber einfach kein richtiges Bild. Es war, als ob ein Schatten zwischen uns läge, sodass seine Charakteristika nicht klar hervortraten. Er saß schweigend da. Ich hörte ihn nicht mal atmen. Ich stattete ihn im Geist mit einer tiefen, tönenden Stimme aus, war mir aber bewusst, dass sie ebenso gut dünn und kratzig sein konnte.

»Er scheint ja nicht viel zu reden«, flüsterte ich.

»Nicht viel, *eh*? Mehr als untertrieben, sag ich Ihnen. Satoshi sagt überhaupt nichts. *Jaa*. Nichts.«

Ich sah sie an. »Was heißt das?«

»Er ist jetzt rund drei Jahre hier, *eh*? Und in den letzten beiden Jahren hat er nichts mehr gesagt. Kein Wort.«

»Gar nichts?«

»Nichts. Nicht aus irgendwelchen physischen Gründen. Es ist ein Fall von sogenannter freiwilliger Stummheit. Er redet nicht.«

So unsympathisch sie mir auch war, lag doch eine gewisse Kompetenz in ihren Worten. *Er redet nicht.*

»Ist das ein Symptom seiner PTBS?«

»Nein. Der Doc sagt, es ist willentlich. *Jaa*. Bizarr, aber wahr. Satoshi hat einfach beschlossen, nichts mehr zu sagen.«

Sie zog das Kinn an den Hals, und beides wurde zu einer einzigen Fleischmasse.

»Wie macht er sich dann verständlich? Wie kommt er zurecht?«

»Er hat diesen kleinen Notizblock und den Malstift«, sagte sie mit einer Kopfbewegung zu dem Spieltisch hin. »Wichtige Sachen schreibt er auf und zeigt sie einem.«

»Warum ein Wachsmalstift? Warum kein richtiger Schreibstift?«

»Ha, das liegt doch auf der Hand, *eh*? An einem Ort wie diesem ist ein spitzes Schreibgerät ein Instrument der Fremd- und Selbstschädigung.«

Just in diesem Moment brach ein Bewohner in ein fröhliches, kindliches Giggeln aus. Es war der Arsch. Sadie lehnte sich mit verschränkten Armen zurück und starrte mit einem Ausdruck trauriger Resignation auf das Spielbrett. Der Arsch beugte sich vor. Sein Zeigefinger rückte eine Reihe Buchstabensteine minimal hoch und wieder zurück. Dabei rechnete er leise vor sich hin. Dann stand er auf und zeigte auf Sadie.

»Doppelter Buchstabenwert für das F – acht – plus die übrigen Buchstaben und dreifacher Wortwert für das N. Macht? Vierundfünfzig! *Wuu-huu!*«

Der Arsch trommelte sich auf die Brust und grub in einem grünen Filzbeutel nach Ersatzbuchstaben. Die übrigen Bewohner drehten die Köpfe. Auf dem Spielbrett vor ihm reihten sich die Buchstaben zu FICKN.

»Das gilt nicht!«, protestierte Sadie. »Das ist ein unanständiges Wort, und außerdem fehlt das E.«

»Fick dich!«, brüllte der Arsch zurück.

Es war nicht der Moment, um Satoshi anzusprechen. Er starrte immer noch auf das Schachbrett, als ob sein bisschen Leben davon abhinge.

Wendy Poplar schien mich allmählich ins Herz zu schließen, und ich bemühte mich, dem nachzuhelfen. Ich brauchte sie. Sie kannte Fakten, Geheimnisse. Ich war bereit, zu schwänzeln und zu kriechen, wenn es sie davon abbrachte, mich mit Brosamen abzuspeisen, nur niederschmetternde Bemerkungen über die Schwere seiner Symptomatik fallen zu lassen, ohne mit dem Rest herauszurücken, der genauen Diagnose, dem konkreten Bild, dem Kontext. Sie sagte, sie werde mich in Satoshis Zimmer bringen, sobald er schlafen gehe. Er sei einer der sechs Bewohner von Sektion 1D im Erdgeschoss. Er habe ein eigenes Zimmer, teile sich aber eine einfach ausgestattete Küche und einen Gemeinschaftsbereich mit seinen »Sektionsgenossen«, die allesamt Beeinträchtigte seien.

»Dürfte ich Sie ein paar Sachen über ihn fragen?«, sagte ich, während ich ihr durch die Gänge folgte. Es war unangenehm, ihren schlabberhosigen Watschelgang im Blick zu haben.

Sie sagte: »*Jaa,* warum nicht.« Sie blieb stehen und machte eine Art Rückendehnübung. »Bin ja zum Glück gerade nicht total im Stress, *eh*? Wir können in mein Büro gehen.«

Wir setzten uns, ich stellte meine Fragen, und Wendy beantwortete sie mit vielen nervigen Schnörkeln. Sie hatte so eine Art, auf Satoshis Bewohnerakte, die aufgeschlagen auf ihrem Schreibtisch lag, zu blicken und Sachen zu sagen wie: »Tja, ich unterliege natürlich einer gewissen Schweigepflicht, aber mal ganz unter uns ...«

Körperlich hatte er das Maß an Beschwerden, das bei einem Mann seines Alters zu erwarten war. Die Ärzte sagten, er scheine seine Probleme herunterzuspielen, scheuche jeden weg, der ihn untersuchen wolle. Aber es gab doch Dinge, die man im Auge behalten musste. So litt er beispielsweise an Muskelverkürzung an den Händen. Ein Dr. Phillips hatte in der Akte vermerkt, die Kontrakturen seien auf »versagendes Muskelgedächtnis« zurückzuführen. Offenbar erinnern sich die Muskeln eines Menschen an bestimmte grundlegende Bewegungen. Gewisse motorische Abläufe werden durch Wiederholung automatisiert. Wenn das Muskelgedächtnis jedoch nachlässt, müssen Abläufe, die man seit der Kindheit vollzogen hat, ohne einen Gedanken darauf zu verwenden – etwa die Bewegungen beim Zähneputzen, Haarekämmen, Nägelschneiden –, neu gelernt werden. Satoshi machte regelmäßig Handübungen, um die Auswirkungen möglichst in Schach zu halten: Er drückte zum Beispiel einen Stein in der Faust, um die Handmuskeln zu trainieren. Dennoch wurden Alltagsverrichtungen für ihn immer schwieriger. Früher war er im Sommer gern im Garten gewesen, hatte Unkraut gezupft und ein bisschen gegärtnert, aber das fiel ihm jetzt schwer. Sein Körper vergaß. Seine Seele hingegen nicht. Sie weigerte sich zu vergessen, erfüllte seine Träume mit dem gespenstischen Flackern von Dingen, die er getan oder nicht getan hatte.

Seine Augen waren nicht besonders gut, aber er lehnte es ab, eine Brille zu tragen. Man nahm an, dass er der Meinung sei, man solle der Natur ihren Lauf lassen. Er aß mit jedem Jahr weniger. Sein Lieblingsessen war Fisch, bevorzugt Lachs, mit salzigen Pommes, die er mit den Fingern aß. Die Mahlzeiten nahm er meistens in der Bewohnerkantine ein, statt sich in der Küche von Sektion 1D selbst etwas zuzubereiten. Manchmal ging jemand vom Personal mit ihm in einen Laden am Fuß des Hügels, in der Nähe des Fischmarkts. Dann kaufte Satoshi bescheidene, simple Vorräte ein: abgepackten Salat, geriebenen Käse, Karotten, Eier, Reis. Und Kekse. »*Jaa*, er mag Kekse. Und kalten Kaffee aus der Dose, den Geruch so sehr wie den Geschmack.« Manchmal trank er am späten Nachmittag einen Sherry, und zum Essen gönnte er sich gern ein Glas Weißwein, wenn vorhanden.

In letzter Zeit war er dünner und gebrechlicher geworden. Seine Handgelenke und Unterarme waren nicht immer schon so dürr gewesen. Bulldog hatte berichtet, wenn man jetzt den Arm um ihn legte, fühlte man seine hervorstehenden Schulterblätter, selbst durch den dicken Pullover. Er trug immer denselben dicken Wollpullover, das ganze Jahr.

Die anderen Fernhall-Bewohner hielten ihn offenbar für einen Denker und hatten Respekt vor seinem akademischen Hintergrund. Einige nannten ihn den »Prof«. Der Arsch nannte ihn den »Scheißprof«. Er war dafür berühmt, dass er alles hortete. Er brachte es nicht über sich, irgendetwas wegzuwerfen. Er klammerte sich an wertlose Dinge, als wäre jedes der Schlüssel zu einem wichtigen Schloss, dem Schloss einer Tür, auf die er noch nicht gestoßen war. Er bewahrte seine ganze Lebensgeschichte in seinen Schränken und Regalen auf: stapelweise Briefe von seinen Eltern und alten Schulfreunden, Familienfotos aus den Vierziger- und Fünfzigerjahren, Kartons voller

Dinge, deren Bedeutung nur er kannte (Bierdeckel, Postkarten, eine Gürtelschnalle, Angelzeug, spezielle Kiesel und sonstige Steine). Bisher hatte er die Kartons, soweit Wendy wusste, nicht beschriftet; er wusste nur zu genau, was drin war. Und eine Menge Bücher hatte er auch. Fast so viele, wie die kleine Bibliothek im zweiten Stock umfasste. Manchmal, wenn Bewohner einen bestimmten Roman in der Bibliothek nicht fanden, fragten sie ihn. Wenn er ihn hatte, verlieh er ihn.

Bevor er aufgehört hatte zu sprechen, was irgendwann gegen Ende seines ersten Jahrs in Fernhall geschehen war, hatte er immer erratischere Verhaltensweisen gezeigt. Sein jeweiliger Schachgegner machte einen Zug, und er studierte interessiert die neue Stellung der Figuren, doch Sekunden später wanderte sein Blick woandershin, heftete sich auf ein belangloses Stück Wand oder Teppich. Er wirkte irgendwie abwesend, hatte sich innerlich aus dem Hier und Jetzt zurückgezogen. Aus seiner Akte ging hervor, dass er um diese Zeit versucht hatte, einen anderen Fernhall-Bewohner mit einem Faserschreiber zu attackieren. Später dann, am 20. Juli jenes Jahres, hatte er versucht, sein Zimmer in Brand zu stecken. Bulldog hatte ihn dabei erwischt, wie er ein Streichholz an sein Bettzeug hielt.

Ein, zwei seiner ehemaligen Studenten an der Universität Hokkaido hatten ihn in jenem ersten Jahr noch besucht. Vielleicht auch ein Mitdozent, da war Wendy sich nicht sicher. Jedenfalls hatten ihr, ehe die Besuche ausblieben, die Studenten noch erzählt, was der »Auslöser« dafür gewesen war, dass er nach Fernhall kam: ein Vorfall während einer morgendlichen Vorlesung an einem klaren, kalten Dienstag. Satoshi hielt die Vorlesung. Doch mittendrin, ja, mitten im Satz, brach er plötzlich ab. Er stand einfach nur hinter dem Stehpult und starrte in den Hörsaal. Es war, als ob er durch das alles, die Zuhörer, die Klappsitze und die mitschreibenden Hände, hindurchblickte und eine schreckliche Szene sähe. Er hob die Hände über den Kopf. Zwei Kollegen vom anthropologischen Institut waren anwesend. Ihnen war in letzter Zeit schon aufgefallen, dass er sich seltsam benahm, aber das jetzt stellte alles in den Schatten. Satoshi murmelte vor sich hin. Er begann, mit den Fäusten auf den dicken Stapel Vorlesungsnotizen vor sich einzuschlagen, zuerst nur leicht, dann immer heftiger. Unter dem letzten, mächtigen Schlag schließlich fiel das Stehpult krachend um. Einer der beiden Kollegen, ein Professor, ging nach vorn aufs Podest, um zu helfen. Doch Satoshi wollte keine Hilfe. Er schlug blitzschnell zu, genau auf das Kinn des Kollegen. Der ging zu Boden und schlug mit dem Gesicht auf eine scharfe Kante des Stehpults. Die Studenten berichteten vom Geräusch platzenden Fleischs, vom dumpfen Aufschlag des Körpers, von dem Blut, das unterhalb des Auges hervorströmte.

Der verletzte Professor erholte sich wieder und versuchte, die Sache totzuschweigen. Er war ein ehrgeiziger Mann, der das Amt des Universitätspräsidenten im Visier hatte. Er erstattete keine Anzeige, weil er der Universität und sich selbst Ungelegenheiten ersparen wollte, bestand aber darauf, dass Satoshi psychiatrische Hilfe suchte.

Ich fragte: »Hieß er Jenkins?«

»*Eh?*«

»Hieß der Professor Jenkins?«

»Könnte sein, *jaa*. Jenkins, das kommt mir bekannt vor. Offenbar gingen an seinem Institut Gerüchte um, dass Satoshi nicht zum ersten Mal durchgedreht sei, dass er während der Besatzung einen engen Kollegen ermordet habe, so was in der Art. Wenn hier in Asien so was erst mal in Umlauf ist, kann man seine Karriere streichen. Meiner Erfahrung nach verzeihen die Japaner fast alles, *eh*? Aber nicht mangelnde Selbstbeherrschung. Und was Jenkins betrifft – es ist schon schwer genug, hier als Westler beruflich voranzukommen, zumal in einer so altehrwürdigen Institution wie der Universität Hokkaido. Ich hatte hier in Fernhall auch mit Vorurteilen zu kämpfen. *Jaa*, selbst ich! Aber wenn jemand wie Jenkins in irgendeine Art von Schlägerei gerät, unterstellen die Leute, dass er ein unkultivierter Rüpel ist. Das bleibt an ihm hängen. Es gibt hier in Japan ein Sprichwort: ›Wenn ein Nagel hervorsteht, schlägt man mit dem Hammer drauf.‹ Das Schlimmste, was man hier tun kann, ist, aus der Menge hervorzustechen. Wenn da irgendwas Auffälliges ist, muss man es verbergen.«

Eine Klingel ertönte. Ich sah auf Wendy Poplars Schreibtischuhr. Die Digitalanzeige lautete 21:31.

»*Jaa*«, sagte sie, auf die Ziffern blickend. »Bewohner-Schlafenszeit.«

Ihre Worte noch in den Ohren, ging ich mit ihr durch die Gänge, und wir lugten beide durch runde Guckfensterchen in die Zimmer. Die letzten Nachttischlampen erloschen, und augenblicklich erfüllte triste Dunkelheit die Räume.

»Das ist sein Zimmer«, sagte sie und klopfte lautstark an.

Keine Reaktion, aber sie drückte die Tür trotzdem auf. Wir standen in der Türöffnung, sie mit der Hand an der abgegriffenen Klinke, ich mit der Hand auf meiner Umhängetasche.

»Hey, Satoshi, Sie haben Besuch.«

27

Ich sah Satoshis Profil. Er saß mit gefalteten Händen in einem Schaukelstuhl an einem verschneiten Fenster, das Gesicht von einer Lampe auf dem Fensterbrett beleuchtet. Das helle Holz des Stuhls war blank poliert und glänzte bei jeder Schaukelbewegung auf. Sein Bett stand in einer Nische hinter ihm, so exakt gemacht, als sollte es nicht verraten, dass je jemand darin schlief.

Ich sagte: »Könnten Sie uns vielleicht allein lassen?«

»Warum nicht. Satoshi?«

Er kippte den Kopf, um uns sehen zu können, und wie bei einem Betenden senkten sich die schweren, geäderten Oberlider herab. Seine Hose glänzte an den Knien.

»Satoshi, wie ich sehe, sind Sie noch nicht im Bett, was ja eigentlich nicht so gedacht ist, *eh*? Normalerweise nicht so gedacht! Aber bevor Sie schlafen gehen, was Sie tun werden, lasse ich diesen Herrn hier noch etwas bei Ihnen. Das ist Mr Fossick. Er ist den ganzen weiten Weg aus England hierhergekommen. *Jaa.* Aus England. Um Ihnen etwas von seiner Mutter zu geben.«

Als sich die Lider wieder hoben, war ich mir sicher, einen Funken des Erkennens in seinen Augen zu sehen. Nur für einen Moment, aber das Aufglimmen war da, ehe er sich abwandte und wieder geradeausstarrte. Vielleicht schaute er aus dem Fenster, vielleicht studierte er aber auch sein Spiegelbild in der dunklen Scheibe. Über ihm an der Decke waren feuchte Flecken, graue Stellen, wo die Außenwelt hereindrang. Es schien nur eine Frage der Zeit, bis das ganze Zimmer zusammenbrechen würde, zuerst die Decke, dann der Fensterrahmen, dann die Wände. Aber im Augenblick hielt es sich trotz seines unausweichlichen Schicksals noch tapfer.

»*Jaa*. Na dann, also gut. Ich lasse die beiden Herren jetzt ein paar Minuten allein.«

Das Geräusch der sich schließenden Tür unterstrich die nachfolgende Stille. Der Schaukelstuhl knarrte leise und langsam vor sich hin. Ansonsten war da nur noch das Schlurren von Füßen, der Rhythmus des Korridorlebens hinter mir. Es war seltsam, dass Satoshi, obwohl der Stuhl schaukelte, vollkommen stillsitzen konnte. Umfangen von den geschwungenen Armlehnen, fügte er sich in das sachte Vor und Zurück, das ohne sein Zutun zu erfolgen schien.

»Sie kannten meine Mutter«, sagte ich schließlich. »Alice. Ich glaube, Sie beide waren mal ein Liebespaar. Bevor Sie nach Japan gegangen sind. Meines Erachtens sind Sie 1946 nach England zurückgekehrt. Ich weiß nicht, ob Sie beide da wieder zusammenkamen. Ich vermute, nein oder jedenfalls nicht für lange.«

Er schaukelte weiter, blickte immer noch stur geradeaus. Auf der Fensterbank vor ihm, neben der schwachen Lampe, lagen sein Block und der Wachsmalstift. Er machte keine Anstalten, danach zu greifen. Auf einem Bord zu meiner Linken stand in der Mitte einer langen Reihe von Büchern ein zu drei Vierteln mit Wasser gefülltes Goldfischglas. Ein paar silbrige Fische schwammen elegant darin umher, ohne die Oberfläche in Unruhe zu versetzen. Ich befeuchtete meine Lippen.

»Sie hat sehr viel von Ihnen gehalten. So viel konnte ich zwischen den Zeilen lesen. Sie war zweifellos verletzt, als es mit

Ihnen beiden, warum auch immer, nichts wurde. Aber es war offenkundig, dass Sie ihr viel bedeutet haben. Sie war ein pragmatischer Mensch. Niemand, der in unproduktiven Gefühlen versinkt. Witzig, gescheit. Ich glaube nicht, dass sie langfristig verbittert war. Ist ja natürlich nicht mein Bier. Im Grunde ist das alles nicht mein Bier. Aber ich dachte, es interessiert Sie vielleicht. Sie hat von Ihnen geredet, und… ich glaube, Sie waren ihr wichtig.«

Das Zimmer roch nach Keksen. Einem Gemisch von allen möglichen Keksen in einer dunklen, kühlen Blechdose: Teekeksen, Vollkornkeksen, Vanillecreme-Doppelkeksen, Schokocreme-Doppelkeksen.

»Ich bin nach Japan gekommen, um Ihnen etwas zu geben. Sie waren gar nicht so leicht zu finden, deshalb ist es wohl leider ein bisschen ramponiert.«

Während er weiterschaukelte, langsamer als eben, langte ich in meine Ledertasche und zog das Päckchen heraus. An den Schmalseiten hielt das Papier schon nicht mehr ganz zu. Ich ließ die Tasche auf den Boden sinken und trat so nah an ihn heran, dass ich ihm das Päckchen auf den Schoß legen konnte; ich verspürte eine Art Beschützerinstinkt dem Päckchen gegenüber, den Impuls, es zu bewahren und wieder in Ordnung zu bringen, noch während ich es aus der Hand gab. Er fasste es zunächst nicht an, doch als es ihm von den Knien zu rutschen drohte, griff er zu. Da lag es nun, gefangen in seinen Fingern, deren Nägel von seltsamen Linien überzogen waren und aussahen, als säßen sie locker. Seine Hände, sein Hals, sein Gesicht: Alles war faltig und voller hervorstehender Adern. Während ich auf sein schütteres Haar hinabsah, merkte ich, wie ich versuchte, ihn in den Kontext zu stellen – den Menschen mit den Briefen und der Geschichte zusammenzubringen. Und es funktionierte, langsam schien er meiner Vorstellung zu entsprechen, der Person zu ähneln, die ich vom Lesen kannte. Als ob ich ihn im Energiefeld einer Linse neu erschüfe.

»Ich weiß nicht, wie viel Sie wissen oder wissen wollen.«

Er schaukelte weiter, vor und zurück, vor und zurück, ohne etwas zu sagen.

»Sie haben sich später scheiden lassen, aber 1959 hat meine Mutter meinen Vater geheiratet. Er war im Finanzwesen. Ich weiß nicht, ob es so gewollt war oder ob es nicht eher geklappt hat, aber sie hat mich spät bekommen. 1968. Sie war Hausfrau, nachdem sie Dad kennengelernt hatte, arbeitete dann später in einem Reisebüro. Ist aber nicht viel gereist. Flugangst. Das haben wir gemeinsam.«

Er hielt das Päckchen immer noch in den Händen, während der Stuhl ihn schaukelte, aber sein Gesicht hatte sich verändert, wenn auch nur leicht. Eine Art stumme Stärke schien jetzt darin zu liegen – etwas Entschlossenes, ein Wissen um die Grenzen, die er würde überwinden müssen, um seine Erinnerungen mit meinen abzugleichen, mit denen meiner Mutter. Die fiedrigen Brauen wirkten jetzt enger zusammengezogen, die rissigen Lippen gespannter.

»Ich hoffe, Sie fühlen sich hier wohl«, sagte ich aus kraftloser, trockener Kehle. »Wenn nicht, wenn die Sie hier nicht gut behandeln, werde ich etwas unternehmen. Mit jemandem reden.«

Der Stuhl schaukelte wie ein Schiff auf einer Welle, umfing ihn und trug ihn, schwang ihn zwischen Erinnern und Vergessen hin und her. Ich fühlte, wie mein Atem sich veränderte, wie er sich dem Rhythmus des Stuhls anglich, tiefer und langsamer wurde. Es war ein vertrautes und gleichzeitig neues Gefühl. Aus dem Nichts tauchte in meinem Kopf ein Gedanke auf. Mein Französischlehrer an der Schule, Mr Able, mit dem Kinnbart, der irgendwie optional wirkte, als ob er ihn nach Bedarf anklebte oder wegließe; ich hörte ihn mir erklären, dass das französische Wort »*chair*« »Fleisch« hieß.

»Meine Mutter ist gestorben. Wir haben sie auf einem Friedhof in Longcross begraben, dem Ort in Surrey, wo sie gelebt hat.«

Plötzlich hörte er auf zu schaukeln. Verharrte völlig still. Als ob er unter einem eisigen Schwall von Erinnerungen gefroren wäre. Seine Hausschuhe setzten auf dem Teppich auf. Es lag wieder Gewicht auf seinen Füßen. Er umfasste das Päckchen fester: Die Knöchel wurden weiß.

Ich sagte: »Sie hat nicht gelitten. Ich weiß, das sagen die Leute immer, aber ich glaube, es stimmt wirklich.«

Ich sagte: »Sie ist auf ihrer Terrasse gestürzt.«

Ich sagte: »Sie war wohl sofort tot.«

Ich sagte: »Niemand konnte mehr irgendwas tun.«

Ich fühlte einen Kloß in meiner Kehle, schluckte aber. Jetzt, da der Stuhl schwieg, schien es, als hätte er die ganze Zeit ein rhythmisches Jammern von sich gegeben, den verhaltenen Ausdruck akuten Schmerzes.

Sein Kopf senkte sich, bis das Kinn auf seine Brust hing.

»Vielleicht sollte ich Sie eine Weile allein lassen.«

Seine Hände bewegten sich über das Päckchen; zitternde Finger streichelten das Papier, klappten es an den Schmalseiten auf.

»Ich lasse Sie jetzt mal allein.«

Das sagte ich, aber ich konnte mich einfach nicht abwenden. Unsere Schatten auf dem dünnen Teppich waren verschmolzen. Er nahm die drei eierschalenfarbenen Umschläge aus ihrem Bett aus Packpapier und riss sie an den Schmalseiten auf, einen nach dem anderen. Er kippte den Inhalt des ersten Umschlags in seine Hand. Es war ein Farbfoto von mir als Baby, im Krankenhaus, in den Armen meiner Mutter. Ich kannte das Foto.

Die größere, gerahmte Version hatte an ihrer Wand im Finegold gehangen und lag jetzt, seit ich das Zimmer ausgeräumt hatte, in meinem Kleiderschrank. Unten auf dem Abzug, den Satoshi in der Hand hielt, klebte ein kleines weißes Etikett. Es verdeckte einen Teil des Unterarms meiner Mutter. In ihrer Schrift stand darauf: »Robert, mein Sohn.« Satoshi hielt das Foto ins Licht, ließ es dort, versuchte, einer Reaktion Form zu geben oder ein Gefühl zu organisieren.

Dann entleerte er den zweiten Umschlag. Ein weiteres Foto glitt heraus. Auch dieses Bild kannte ich: Ein Abzug hatte an Mums Wand neben dem anderen Foto gehangen, Teil zwei ihrer Strategie, sich an 1968 zu erinnern. Auch dieses Bild lag jetzt in meinem Schrank und setzte Staub an. Eine etwas andere Pose und schwarz-weiß, ein bisschen unschärfer, aber wieder ich als Baby, in ihren Armen im Krankenhaus.

Nur dass auf dem Etikett nicht mein Name stand. Da stand: »Alice, unsere Tochter.«

Satoshis Hände zitterten, und die Fische im Glas kreisten, als ich den Blick langsam hob und das Foto wirklich ansah und erkannte: Das war nicht ich, der da in zweidimensionalem, schwarz-weißem Hochglanz gefangen war.

»Aber das … das ist … Ich …«

Ich verstand es nicht. Alice. Der Name meiner Mutter. Wer war das Baby in ihren Armen, diese andere Alice? Es ergab keinen Sinn, aber es war seltsam, denn während ein Teil von mir ratlos auf dieses Foto, dieses Etikett, diesen Namen starrte, verspürte ein anderer Teil ein vertrautes Gefühl. Nicht Panik, nicht Angst, nicht mal Erinnerung, nur das Gefühl von etwas vor Langem Verschollenem, etwas Einsamem, Vergessenem, wie ein Fernseher, der in einem leeren Zimmer vor sich hin flimmert.

Ich ging nicht, ehe er auch den dritten und letzten Umschlag in seine Hand entleert hatte. Zusammengefaltetes Briefpapier.

Mehrere Bogen, bedeckt mit der Handschrift meiner Mutter. Seltsam, so viel davon zu sehen, die Wörter alle auf einem Haufen, nicht auf Schubladen und Schränke aufgeteilt.

Bulldog mit seinem Mischmaschgesicht wartete im dunklen Flur auf mich.

Ich glaube, ich sagte ihm, ich bräuchte etwas Wasser. Deshalb brachte er mich wohl in die Waschküche und drückte mir einen kalten Pappbecher in die Hand. Ich erinnere mich nicht an den Wasserspender, nur an den Becher, den ich an den Mund hob und mit einem Schluck austrank. Ich sehe auch Bulldogs Armbanduhr vor mir: ein Rolex-Imitat. Und ich weiß, was als Nächstes passierte, erinnere mich an die anschließenden Geschehnisse. Wenn ich die Augen zumache, laufen sie wieder ab.

Ich stehe wie betäubt da, den Kopf voller wirrer Gedanken über Alice, meine Schwester, und zähle zwölf Waschmaschinen, manche in funkelndem Edelstahl, andere schmutzig weiß. Im Moment läuft keine, aber in der Luft hängt eine stickige Hitze, das Überbleibsel früherer Betriebsamkeit. Der zitrusfrische Wäschegeruch erinnert mich an die Waschtage, montags, in unserem Haus in Longcross. Wie meine Mutter die Hauswäsche und die Kleidungsstücke über Ständer hängte, die gedarrte alte Wäsche durch neue, feuchte ersetzte, die trockenen Sachen dann mitnahm und bügelte, flickte, sortierte, zusammenlegte. Die Wäsche vor sich liegen zu haben, ist eine Sache, sie zu katalogisieren und zu kategorisieren eine ganz andere.

So still. Aber wenn alle zwölf Maschinen eingeschaltet würden, wenn ein ganzes Orchester von Wellen, Pumpen und Motoren loslegte, dann würde dieser Raum zum Leben erwachen.

Ich stelle mir gerade die Maschinenmusik vor, als sich plötzlich in der Atmosphäre der Waschküche etwas verändert.

Bulldog schnuppert, seine Nasenflügel arbeiten. Dann, einen

Herzschlag später, rieche ich es auch. Einen chemischen Mief, den irgendwie falschen Geruch verbrannter Luft. Er blickt vorwurfsvoll auf die Maschinen. Es muss eine von ihnen sein, eine durchgeschmorte Sicherung oder ein überhitztes Teil.

Aber es ist keine Sicherung oder ein Teil. Ich weiß es. Ich kenne diesen Geruch.

28

Er schleicht zur Waschküchentür, als ob sparsame Bewegung und leises Auftreten die Gefahr fernhalten könnten. Die Tür hat ein rechteckiges Fenster; es ist trüb von Staubschlieren. Er drückt mit der Handfläche gegen die Tür, sie schwingt auf, das Fenster schrumpft auf die Breite eines Briefumschlags, und bauchiger Rauch quillt herein.

Bulldog verschwindet im Flur. Ich beiße die Zähne zusammen. Mein Herz erschüttert jede Ader in meinem Körper.

Sekunden später ist er wieder da, sein Gesicht ein Konglomerat panischer Faszination. Seine Augen sind wie aus einer Kinderspielkiste, ganz rollende Murmeln und Puzzlelinien und ungleiche Farben. Er packt mich am Handgelenk und zieht mich zu einem Schiebefenster. In den oberen Flügel ist ein Bolzen eingeschraubt, der den Schiebeflügel arretiert. Ich sehe mich nach einem Schlüssel um, um den Bolzen herauszuschrauben, aber Bulldog katapultiert mit einem gewaltigen Ruck den Schiebeflügel über den oberen Flügel. Der abgeschlagene Bolzen fliegt hoch, an die Decke und im Bogen herab, klackert über den Boden, und ein Schwall eisiger Luft zischt herein.

»Sie steigen raus«, sagt Bulldog. Schweiß rinnt ihm von den Schläfen und ölt seine zierlichen Ohrläppchen. »Groß Feuer, okay, steigen raus.«

Mehr Rauch jetzt, dichter und dunkler. Plötzlich ist alles grau.

Es ist keine Waschküche mehr, sondern eine Welt, ein Universum aus Rauch und Asche, ein Raum-Zeit-Gebilde, durchschwirrt von verlorener Materie. Die graue Masse hat keine Kontur und kein Ende und dehnt sich immer noch weiter aus.

Aber ich weiß, ich bin im Erdgeschoss, und ich weiß, ich bin direkt an einem offenen Fenster. Wenn ich blind hinausklettere, drohen mir schlimmstenfalls ein paar Kratzer von einem Dornstrauch, ein gebrochener Knöchel von holprigem Boden. Bulldog hat recht, es ist okay rauszusteigen, und seine Hand drückt gegen mein Kreuz, während ich nach der Fensterbank taste – sie ist pudrig, voller Staub und Dreck.

Körperlose Stimmen dringen herein. Gemurmel zuerst, dann hohes Wimmern, dann frenetisches Kreischen, das nervenzerrüttend um uns herumtanzt, sich durch Nebelwirbel fädelt. Ich fühle Bulldogs Hand nicht mehr in meinem Rücken. Ich drehe mich um, kneife die Augen zusammen. In waberndem Licht kann ich seine massige Gestalt ausmachen, gekrümmt, würgend. Der Rauch pulst dunkler, und endlich schrillt ein Alarm, und Bulldog kotzt. Ein Schwall Farbe birst durch den Rauch, ist aber in körnigem Nebel verschwunden, ehe ich etwas aufschlagen höre. Ich weiß nicht, ob es die Nerven sind, ob es der dickflüssige Rauch ist oder irgendein Magenproblem, das mit alldem nichts zu tun hat. Er würgt wieder, aber es kommt nichts mehr.

»Alle raus, raus, raus!«

Wendy Poplars Stimme schlängelt sich vom Flur herein. Ich bewege mich vom Fenster weg. Ich packe eine Falte von Bulldogs Hemd. Ich tausche den Platz mit ihm. Ich merke, wie ich krampfhaft den rechten Fuß hebe, um nicht in die unsichtbare Kotzepfütze zu treten, als ob sicheres Terrain saubere Schuhe verlangte, und er lehnt am Fenster und saugt dankbar die kühlere Luft ein.

»Scheiße! Satoshis Zimmer. Es brennt. Scheiße!«

Es könnte der Arsch sein, der da schreit, ich bin mir nicht sicher, aber der Name Satoshi jagt hundertfüßige Insekten über meine gesamte Haut. Während ich durch den Raum schwimme, kommen immer neue Ströme von Lauten, tragen Information heran. Es ist Satoshis Zimmer, aus dem der Rauch quillt, es sind Satoshis Sachen, die brennen, es ist Satoshi, der sich, starr vor Angst, nicht hinausflüchten kann.

Ich finde die Tür und stolpere in den Flur. Der Rauch ist so dicht, dass ich andauernd stehen bleiben muss, weil ich keinen Weg durch das Grau finde. Ich stoße auf seltsam formlose Gestalten, die sich zentimeterweise Wände entlangarbeiten. Zeitlupe, Stop-Motion, driftend und verwischt, in diesem dunklen Tunnel sind nur Fragmente von Nasen und Augen und Zähnen, aber für einen Moment, einen Moment nur, sind sie alle Chloe, verloren und verloren.

Ich führe sie in Zweier- und Dreiergrüppchen in Richtung Wendy. Sie wedelt mit einer Taschenlampe, der dünne, geisterhafte Strahl schwenkt über unsere Gesichter, dirigiert die Angst mit energischem Hin und Her. Sie ruft: »Hier raus, alle nach draußen!« durch ein blutfleckiges Taschentuch.

Ich rede auf sie ein. Sage ihr, dass doch irgendwo ein Feuerlöscher sein muss, so ein Schaumding, ein Feuerlöscher, irgendwo. Ich rede schnell, Bulldog dahinten, Fenster da drin offen, rede schnell, für den Fall, dass es mir hilft, schnell zu denken, schnell zu handeln. Jedes meiner Worte ist ein Statikknistern im Dunkeln, und ich werde das Gefühl nicht los, dass ich sie alle schon mal gesagt habe, dass ich schon mal hier war, vom selben Rauch hustend.

»Satoshis Zimmer«, sage ich, dicken Schleim im Rachen. »Es ist dahinten, oder?«

»Raus«, sagt sie, »raus.«

»Ist *er* draußen?«

»Ich weiß nicht, Feuerwehr kommt.«

Ich schiebe mich an ihr vorbei, mein Unterarm schafft irgendwie ihre Brust aus dem Weg, meine Sohlen knirschen über das Glas geborstener Glühbirnen, meine Beine stoßen an schwelende Möbelstücke.

Ich kann ihn jetzt nicht verlieren. Ich habe ihn doch gerade erst gefunden. Ich kann ihn nicht entschlüpfen lassen. Da sind Dinge, die ich wissen muss.

Jede Oberfläche scheint mit rot glühenden Papierfetzen bedeckt, die sich krümmen wie Scampi auf dem Grill. Ich fühle jetzt, wie die Hitze zunimmt. Die Luft wird knochentrocken. Und dann sehe ich vor mir die Silhouette einer Person, einen Stecken mit verkohlten Zweigen als Gliedmaßen. Der Mann wird heller, als ich weiterwanke, verfärbt sich von Schwarz zu Grau zu Silber. Er steht in einer offenen Tür. In dem Raum hinter ihm sind gelbe Formen, orangerote Formen, ein bebendes Beet von Flammen.

Es ist Satoshi. Er rennt nicht. Er schreit nicht. Er steht einfach nur da. In seinen Händen ist etwas Leuchtendes, ein abgebrochener Lichtstrahl.

Etwa anderthalb Meter vor ihm trete ich auf etwas Weiches. Ich beuge den Kopf, starre angestrengt hinab. Eine Tasche, eine Ledertasche, meine Ledertasche; unter der Klappe quillt Blut hervor. Ich bücke mich weiter, sehe noch angestrengter hin. Nein, kein Blut, doch nicht, nur ein formloses dunkles Tuch, das Tuch aus dem Messerladen in Sapporo. Das leuchtende Ding in Satoshis Händen ist das Messer.

»Was machen Sie da?«, brülle ich.

Wenn da Angst in Satoshis verschatteten Augen ist, kann ich sie nicht sehen. Er hebt die funkelnde Klinge und richtet sie auf meine Kehle.

Ich flüstere: »Was machen Sie da?«

Er steht Wache vor der offenen Tür, vor einem orangeroten Lohen. Ich blicke das Metall entlang, sage noch leiser: »Warum stehen Sie hier?«

Angst steigt jetzt meine zerschundene Kehle empor, verstopft sie, bläht sie, schiebt die Haut näher an die Messerspitze heran, und er steht einfach nur da, stumm, mit zitternder Hand, ein beschwipster Zauberer, der mit einem Zauberstab fuchtelt. Die Klinge vollführt wacklige Kreise unter meinem Kinn. Angst, Erschöpfung oder versagendes Muskelgedächtnis.

»Ist da jemand drin? Versperren Sie deshalb die Tür? Haben Sie jemanden da drinnen?«

Er bestreitet es nicht. Versperrt den Eingang. Die Farben, die seine Schultern und seinen Nacken tränken, werden lebhaft, intensiv.

Die Klinge zuckt. Ich beuge mich zurück, verschaffe meiner Kehle Raum. Er versucht nicht, meinem Adamsapfel mit dem Messer zu folgen. Ich hebe eine Faust. Lasse sie mit aller Kraft herabsausen. *Wuusch!* Sein Arm, seine Hand, das Messer versuchen wegzusinken. *Knirsch, klirr*. Der Arm knickt so leicht wie Papier. Die Klinge trifft auf Glasscherben. Er taumelt rückwärts, und im Taumeln macht er den Fehler, in die Haare an meinem Hinterkopf greifen zu wollen. Mich durchschießt ein unerklärliches, heißes Glücksgefühl, Sonne über einer dunklen Stadt, und ich packe seinen Arm, biege ihn irgendwie über meine Schulter, trete Satoshi die Beine weg, schleppe ihn in den kühleren Gang, finde Poplar, schreie sie an, lade ihn zu ihren Füßen ab.

Und dann renne ich, allein, gefolgt von Schreien, die durch die dicke Luft strömen, wieder davon und stürze in sein Zimmer.

Es schlägt mir alles gleichzeitig entgegen: das grelle Licht, die flüssige Hitze, das irre Prasseln und Knacken. Der Teppich zerfällt unter meinen Füßen, kalziniert, gespenstisch weiß, so heiß, als hätte ich keine Schuhe an. Die Scheuerleisten zittern, die Decke ächzt, und Satoshis Fischglas, das immer noch an seinem Platz auf dem Bord steht, ist jetzt ein kochendes, tosendes Ding. Die Fische darin wirbeln durcheinander, ihrer silbrigen Haut entkleidet, graue Leichname, die an die Oberfläche brodeln.

Hier ist niemand, so viel ist klar, aber ich bin jetzt woanders, das ist mir bewusst, an einem Ort, der längst nicht mehr ist, und der Stimmenchoral dringt wieder in meine Ohren.

Wo ist sie?

Wo ist sie?

Verloren und verloren.

Ich suche das Zimmer mit den Augen ab, vor Hitze schrumpfend, hypnotisiert von dem Schaukelstuhl, dem Schaukelstuhl, der immer noch schaukelt, vor und zurück, obwohl Flammen die Kufen umzüngeln.

Verloren und verloren.

Wo ist sie?

Wo, ah, da.

Brennende Füße, brennende Augen. Eine bösartige Flamme am Fenster, die immer größer wird. Und dann explodiert die Scheibe, spuckt Feuertropfen. Nadelstichschmerz. Keine Luft. Ich höre Schritte auf einer geschäftigen Straße, einer lichtgefluteten Straße. Schreibtisch-, Stuhl-, Schuhkarton-, Bücherstücke fallen, alles fällt. Putz rieselt aufs Bett, lautlos, sieht aus wie Schnee.

Und jetzt bersten Flammen durch die Decke, dort, wo die feuchten Flecken waren, legen einen hell erleuchteten Zwischenraum unterm Obergeschoss des Gebäudes frei. Tiefer, näher, anmutig inmitten des Chaos, hat sich im Luftzug vom geborstenen Fenster her ein Blatt Papier vom Boden erhoben. Es flutscht slapstickhaft weg, wenn ich danach greife, schneidet Formen aus dem vertrauten Nebel, schimmert und schaukelt im Sinken. Noch mehr Blätter. Seiten von Briefen, die langsam abwärtsschweben. Sie legen sich auf einen Zunderhaufen aus schwelendem kleinem Zeug. Mein Mund öffnet sich, aber es kommt kein Wort heraus. Statt Wörtern ein Gedanke: wie die Seiten von Kraft und Energie knistern, wie das heiße Leben jedes neuen Blatts auf der Asche des letzten hervorbricht.

Das Zischen und Rauschen springt im Bruchteil einer Sekunde auf Maximallautstärke. Die Ärmelbündchen um meine Handgelenke brennen. Ich rieche etwas, weiß aber nicht, was es ist. Ich lande bäuchlings auf dem teppichlosen Boden. Direkt vor meinen Augen vergehendes Papier. Meine Finger schmurgeln wie Fleisch auf Teflon. Ich rolle mich auf den Rücken. Jetzt weiß ich: Der Geruch, das bin ich, ist meine Haut, mein Fleisch. Fleisch und Haut und Papier. Die Wörter lösen sich, sterben. Ich sehe, wie sie sich um die Gegenwart winden und verschwinden.

Schwanger, nein, sie ist schwanger, nein.

Ich liebe dich, ich liebe dich, ich liebe dich.

Ich vermisse dich. Ich vermisse dich. O Gott, ich vermisse dich.

Ich denke immer weiter, denke, dass mich irgendein physikalisches Ausnahmephänomen retten wird. Eine tropische Riesenwelle, ein polarer Eissturm, etwas, das auch nicht abwegiger ist, als dass ich überhaupt hier bin. Ich sehe Chloe, meine Mutter, Chiyoko. Alle in weißes Licht gehüllt. Atomblitzlicht, vertraut und doch noch nie gesehen, hell und klar, aber ermüdend.

Während mein Körper lockerlässt, bekomme ich nur dunkel mit, dass Stimmen meinen Namen rufen. Dass sich schwimmende Wolken von weißem Schaum um mich schließen. Das Letzte, was ich in Erinnerung habe, sind die Hände, glänzend von stehendem Schweiß. Eine dicke, bronzefarbene Hand mit einer teuren Uhr zieht an den Gürtelschlaufen meiner Jeans. Und eine andere, mit müden Venen tätowierte Hand schwebt im Mittelgrund, hält unverbrannntes Papier umfasst.

Ich erinnere mich an das Gefühl, dass Leute kommen, an Hoffnung, die im Gipsstaub hängt.

Apartment 14
Finegold Mews
Longcross Avenue
Longcross
Surrey
England

1. Januar 2000

Roppongi World Plaza 9–39
Roppongi 1-chome
Minato-ku
Tokio 106-0032

Lieber Reggie, lieber Reginald, lieber Mr Satoshi,
es ist merkwürdig, in meiner Erinnerung bist du mehrere, einander überlagernde, Personen gleichzeitig: meine erste Liebe, ein Fremder, eine Figur in einer Geschichte, die ich mir vielleicht nur ausgedacht habe.

An wen von euch schicke ich das hier? Vielleicht an keinen. Ich bezweifle manchmal, dass dieser Brief je abgeschickt werden wird, dass das Geheimnis, um das es darin geht, je ans Licht kommen wird. Aber dieser kleine Fernseher hier vor mir sagt, dass wir in ein neues Jahrtausend eingetreten sind. Ich hätte nie gedacht, dass ich das mal erlebe. Es ist ja wohl der gegebene Zeitpunkt, um die Vergangenheit auf einem gähnend leeren Blatt Papier niederzulegen.

Ich habe jetzt ein neues Zuhause, über die Straße von meinem alten. Ich bin hier, weil ich alt bin und allmählich den Verstand verliere. Vielleicht finde ich ihn ja wieder, unterm Herd oder unterm Sofa, aber furchtbar wahrscheinlich ist das wohl nicht. Ich könnte nicht dem Ende entgegengehen, ohne vorher noch ein paar Worte an dich zu richten. Ich will die Worte hinschreiben, solange die Erinnerungen noch etwas bedeuten.

Vor fünf Jahren ist etwas Merkwürdiges passiert. Da war ich noch nicht hier, ich war noch in meinem alten Haus. Mein Sohn Robert war zu Besuch da. Auf einmal kamst du im Fernsehen. Ich dachte, ich hätte nicht mehr alle Tassen im Schrank (was ja auch nicht ganz falsch war), aber das warst wirklich du dort in der Flimmerkiste. Du warst ein geachteter Wissenschaftler, sprachst über die Veränderungen in Japan seit der alliierten Besatzung. Unten auf dem Bildschirm stand, dass du der Vertreter einer Veteranenorganisation in Tokio warst. Dein Gesicht hatte sich seit 1947 ganz schön verändert. Tut mir ja leid, dir das sagen zu müssen, aber du bist nicht gut gealtert. Mit all der schlaffen Haut sahst du wie jemand ganz anderer aus. Erst eine Geste von dir hat mich überzeugt: Du hast ein Glas Wasser an die Lippen gesetzt und die Flüssigkeit auf eine ganz bestimmte Art eingesaugt, und da warst du plötzlich du.

Ich fand die Telefonnummer der Veteranenorganisation heraus. Es dauerte ewig, bis ich es hinkriegte, mit der Auslandsvorwahl und den Nullen und allem. Früher wusste ich, wie das geht. Endlich klingelte es am anderen Ende. Ich nehme an, die Japanerin, mit der ich sprach, war es nicht gewöhnt, von alten Frauen aus England angerufen zu werden. Sie klang ein bisschen verschreckt und gab mir ohne langes Hin und Her deine Adresse, und da habe ich angefangen, diesen Brief zu schreiben.

Das war vor fünf Jahren. Seither habe ich immer wieder mal vergeblich versucht, den Brief zu Ende zu schreiben. Wenn ich je so weit komme, ihn wirklich abzuschicken, muss ich wohl vorher im World Plaza anrufen und nachfragen, ob du da noch wohnst. Und mir ist klar, dass du wahrscheinlich nicht mehr dort sein wirst. Ich werde die Worte finden, um den Brief fertig zu schreiben, aber die Adresse wird nicht mehr stimmen.

Dann muss ich sie durchstreichen und den Brief in einen Karton packen und darauf warten, dass ich ihn vergesse. So ist das Leben nun mal. Wenn ich eins gelernt habe, dann, dass die Welt voller Dinge ist, die nicht zusammenpassen.

Robert, der Sohn, den ich mit meinem Mann bekommen habe, war nicht mein erstes Kind. Ich hatte lange vor ihm schon eins geboren, 1947. Ein Mädchen, das ich, sei's aus Mutterliebe, sei's aus Eitelkeit, Alice nannte. Unsere Tochter: Alice Pickford.

Das letzte Mal gesehen habe ich sie am 8. November 1947, es war also nur eine kurze Bekanntschaft. In der Guy-Fawkes-Nacht sagen ja immer alle: »*Remember, remember…*« Und dann denke ich, dass es für mich der 8. November ist, an den ich mich immer erinnern werde, nicht der 5. Albern, aber das denke ich immer.

Als ich merkte, dass ich schwanger war, warst du nicht da. Du warst von den Seen runtergekommen, hattest die paar Wochen mit mir in London verbracht und warst dann an jenem verschneiten Nachmittag ohne ein Wort verschwunden. Wohin und warum, wusste ich nicht, weiß ich bis heute nicht. Ich hatte dich gerade erst aus Japan wiedergekriegt und war nicht darauf eingestellt, dich schon wieder zu verlieren – dich zu verlieren und ein Kind zu bekommen. Ich verkroch mich bei Freddie im Rashleigh House. Nahm ihr das Versprechen ab, niemandem etwas zu sagen. Das war nicht schwer, sie hatte ein schlechtes Gewissen, weil sie dir erlaubt hatte, dort zu übernachten, dich in mein Bett gelassen hatte. Also nahm die gute Freddie am 8. November mit mir den Zug nach Clapham Junction. Sie trug die sechs Wochen alte Alice und ich ein Bündel Babysachen. Der Plan war simpel. Wir hatten ein paar Tage vorher eine Anzeige in eine Lokalzeitung gesetzt. Kurz und flott. »Bedingungslose Übergabe« stand da, als ob die Entscheidung, sie wegzugeben, nach langem Kampf getroffen worden wäre. In

Wirklichkeit hatte sie gerade mal ein paar Tage Nachdenken erfordert. Ab da war es eine Sache der Organisation – die Anzeige, die falsche Geburtsurkunde und die Zugfahrkarten.

Wir übergaben sie an Gleis 2 um 15:35 Uhr. Es schienen nette Leute zu sein, die neuen Eltern. Netter als ich ganz bestimmt. Heute ist es ja nicht mehr so mit der Moral. Aber damals gab es Gründe. Ich war jung, ich war allein. Ich wollte kein vaterloses Kind großziehen. Zwei Generationen haben vieles verändert, aber damals war so ein Kind gnadenlos abgestempelt. »Illegitim«, »unehelich«, »Bankert«. Es klingt brutal, aber da in Freddies Armen lag ein Problem. Ich glaube, in gewisser Weise habe ich es einfach nur gelöst. Ich muss es wohl gelöst haben, denn ich habe seither nie mehr etwas von unserer Tochter gehört.

Es ist schwer, um jemanden zu trauern, der, so Gott will, noch auf dieser Welt ist. In der Liebe ist der Tod immer irgendwo am Horizont gegenwärtig. Wenn der Mensch, den man liebt, stirbt, fühlt es sich an wie das letzte Stadium, das dazugehörige Ende. Der Schmerz ist schrecklich, aber die Liebe war wirklich – das wird durch das Verschwinden dessen, was man geliebt hat, bestätigt.

Als meine Mutter gestorben war, half mein Vater, den Sarg zu tragen. Als er den Mittelgang entlangging, sah ich, dass er sich die Hand an einem Nagel im Holz aufgerissen hatte. Ein winziges Rinnsal von Blut lief über sein Handgelenk und in seinen Hemdärmel. Ich war so froh über das Blut. Das Blut sagte mir, dass der Schmerz real war.

Als dann mein Vater selbst starb, war da keine körperliche Verletzung. Aber bei seiner Beerdigung hatte ich schon einen kleinen Jungen, der neben mir stand. Ich hatte Robert, meinen Foss, der mit schwimmenden Augen zusah, wie der Sarg vorbeigetragen wurde. Seine Tränen machten den Schmerz greifbar.

Aber bei Alice hat der Schmerz keinen Ausdruck. Da ist nur Scham und Schweigen. Und er lässt sich auch nicht verorten. Er ist seit einem halben Jahrhundert in der Luft, die ich atme. Da ist diese unerträgliche Einsamkeit: nicht die dramatische, tränenreiche Einsamkeit, die ich mir vorgestellt hatte, einfach nur Einsamkeit. Ich hatte mit wild hervorbrechenden Qualen gerechnet, wie sie dich nachts heimzusuchen schienen, aber so ist es nicht, es ist nur eine stille, unsichtbare Traurigkeit. Da ist kein Arzt, der einem ein Mittel verschreibt und einem sagt, dass das jetzt eine gewisse Trauerphase ist, dass man »da durchgehen und wieder herauskommen« wird. Es schlägt einem niemand vor, sich doch »eine neue Beschäftigung zuzulegen« – vielleicht Boccia oder Bingo. Gott bewahre! Da sind keine Leute, die einem sagen, falls man darüber reden wollte, würde es ihnen nichts ausmachen, sich etwas vorheulen zu lassen. Da ist noch nicht mal die vorgegebene Sprache der Trauer, auf die Leute zurückgreifen können, der Unsinn dieser teuren Karten: mein tiefes Mitgefühl, mein Beileid, meine Gedanken und Gebete. Ich habe mich inzwischen damit abgefunden, dass für jemanden wie mich nicht viele Gedanken und Gebete zu haben sind.

Nach der Transaktion auf dem Bahnsteig ging Freddie mit mir den Lavender Hill entlang und kaufte mir ein Fläschchen Muguet-Parfüm von Coty, um mich aufzuheitern. Am nächsten Tag, dem Sonntag, machte sie Roastbeef mit allem Drum und Dran und sagte, es sei eine Art Abschiedsfeier, eine Gelegenheit, an das Baby zu denken, aber auch an all das, wofür ich dankbar sein konnte. Freddie war ja so eine gute Freundin, aber bei Tisch brach ich trotzdem in Tränen aus. Ich schluchzte fast die ganze Zeit und betrachtete das einzige Erinnerungsstück, das ich hatte – ein Schwarz-Weiß-Foto von uns beiden, kurz nach der Geburt. Freddie hatte es im Krankenhaus gemacht. Sonst hatte ich nichts. Ich bereute, dass ich nicht ein Hemdchen oder Jäckchen aufgehoben hatte oder eine Haarsträhne. Ich kaufte immer noch mehr von diesem Muguet-Parfüm und versprenkelte es in der Wohnung, in der Hoffnung, dass es mich an Alice erinnern würde. Aber es erinnerte mich nur an dich und an meine Fehler.

Ich denke jeden Tag an Alice. Manchmal, wenn ich es leid bin, jemanden in Schwarz-Weiß und auf flachem Papier zu lieben, beschwöre ich sie in meinem Kopf herauf. Ich mache die Augen fest zu und versuche, sie mir als erwachsene Frau in lebensechten Farben vorzustellen. Und manchmal klappt es – ein leuchtendes Bild von ihr taucht in meinem Kopf auf. Aber meistens ist da kein Bild, nur ein Gefühl. Bilder, Emotionen, Emotionen, Bilder. Nie ist beides zugleich da. Die Emotion kann ich dir nicht schicken, Gefühle halten sich nicht gut in Postsendungen. Also lege ich eine Kopie meines Fotos von Alice bei und auch ein Bild von meinen Sohn. Er ist Fotograf. Ihr beide habt manches gemeinsam, und dazu zählt das Interesse an Bildern. Ich umgebe mich dieser Tage mit seinen Fotos, und mir fällt auf, dass auf seinen Bildern von Menschen oft Gesicht und Körper scharf sind, der Hintergrund aber verschwommen ist, dass er die Person von der Welt dahinter isoliert. Er will jedes kleinste Detail der Haut erfassen, als ob er hineinkriechen wollte. Manchmal schaut Robert mich mit seinem Fotografenblick an, und dann habe ich das Gefühl, er weiß irgendwie, dass da tief in mir etwas fehlt. Aber was man von anderen Menschen sehen kann, ist begrenzt. Es ist nicht möglich, die eigene Haut ganz abzustreifen, in die von jemand anderem zu schlüpfen.

Eine Zeit lang dachte ich, ich würde sie eines Tages suchen. Aber getan habe ich es natürlich nicht. Wenn du das hier erhältst, vielleicht findest du dann ja die Kraft, die ich nicht hatte. Oder vielleicht werde ich auch meine Scham überwinden und es Robert sagen, ihn unter meine Haut lassen, nur einen Augenblick lang. Vielleicht würde er seine Schwester ja kennenlernen wollen. Sie finden wollen. Freddie ist auch hier gelandet, wo ich jetzt bin, und sie sagt, er müsse es erfahren, das stehe ihm zu. Sie sagt, es belaste sie, das Geheimnis mit sich herumzutragen, die Frage, ob das damals richtig war. Aber es sei nicht an ihr, es weiterzuerzählen, nicht an ihr, die Fragen zu beantworten. Die gute Freddie. Jahrelang habe ich sie weggestoßen, habe woandershin geschaut, wenn ich sie auf der Straße traf, und warum? Weil etwas in ihren Augen, da in diesen flachen Tassen voller Licht, mich in jenen Moment an Gleis 2 zurückversetzte. Das, wofür ich mich am meisten schäme, lebt dort direkt unter ihren Regenbogenhäuten. Was habe ich den Menschen, die ich liebe, angetan?

Als ich dann geheiratet habe, dauerte es ziemlich lange, bis ich mich überzeugen ließ, mit meinem Mann ein Kind zu bekommen. Ich habe es fast zu lange hinausgezögert. Ich habe Robert wahrscheinlich zu sehr festgehalten. Ich habe ihm wahrscheinlich Angst vor der Welt eingeimpft. Der Gedanke, ihn zu verlieren, machte mich ganz krank: Wenn er als Junge aus dem Haus ging, fürchtete ich immer, dass ihn eine plötzliche Windbö vom Fahrrad wehen könnte oder dass, während er in einer Bibliothek vor sich hin träumte, ein wackliges Bücherregal auf ihn stürzen würde oder dass seine Tetanusimpfung nicht mehr wirksam wäre oder dass er ins Krankenhaus müsste, um sich die Mandeln herausnehmen zu lassen, und nie mehr wiederkommen würde. Solche Ängste hatte ich die ganze Zeit. Und jetzt, da ich merke, wie mein Gedächtnis nachlässt, wird mir ganz schlecht beim Gedanken, dass ich vergessen werde, welches seine Lieblingsbücher sind, oder dass er sich beim Schlafen immer zusammengerollt hat oder dass sein erstes Wort »Kessel« war oder dass er seinen Toast über Eck geschnitten hat.

Aber er ist mein Sohn. Ich werde ihn immer lieben. Und ich glaube, er liebt mich auch, selbst wenn ich das alles vergesse, selbst wenn ich diese Ankerpunkte verliere.

Das also ist mein Geheimnis, Mr Satoshi. Unser Geheimnis. Es ist beunruhigend, wie schnell man ein Geheimnis verraten kann, wie wenige Worte es braucht. Jeden Tag vergesse ich mehr. Aber dieses Geheimnis habe ich zu Papier gebracht, es ist nicht vergessen.

Dich habe ich auch nicht vergessen.

Alice

x

29

Eine fröhliche Krankenschwester in weißer OP-Kleidung und Plastikschuhen wickelte die Verbände von meinen Armen ab. Einige Stellen waren noch nass von Blut. Es war schwärzlich, als ob schon lange Dunkel durch meine Adern flösse. Als ich es aus mir herauslecken sah, fiel mir der Brief ein: Ich wollte die Wörter nicht beklecksen. Die Blätter rutschten über die Bettkante auf den saubersten Fußboden, den ich je gesehen hatte.

»Sie sehen heute schon besser aus, Mr Fossick, die Genesung geht gut voran. Fragen Sie Ihren Freund, der kann den Unterschied sehen.«

Sie wischte mich mit einer Art Erfrischungstuch ab, verband meine Arme neu und packte mir dann das Kissen sorgfältig so unter den Kopf, dass ich nach links blicken konnte.

Da war Mr Satoshi: Im einzig anderen Bett lag er vollkommen still auf der Seite. An seinen Stirnfalten erkannte ich, dass er mich schon eine ganze Weile anstarrte. Auf seinem Ohr klebte ein Watteverband, und sein Nachthemd war an den Schultern gefältelt. Hinter ihm war ein schmales Fenster, und ich sah einen Spatzen im Landeanflug aufs Fenstersims, hörte seinen Flügelschlag.

Satoshi setzte sich langsam und etappenweise auf, wobei seine knochigen Zehen unter dem straffen Bettlaken arbeiteten. Die Schwester hob die Briefbögen vom Boden auf, und als sie seine ausgestreckte Hand sah, gab sie sie ihm. Er hustete und hustete. Die Schleimstränge in seiner Kehle klangen wie Peitschenschnüre. Dann hörte ich erstmals seine Stimme. Nach jahrelangem Schweigen kam sie jetzt ohne besonderes Zeremoniell. Sie ächzte und knackte unter der Last der Worte, rau von Rauch und aus der Übung. Er trank Wasser und versuchte es noch mal.

»Ich habe ihn nicht verbrannt, den Brief von Ihrer Mutter.«

Das waren seine ersten Worte. Er sagte, er habe auch die beiden Fotos nicht verbrannt. Alles andere habe er verbrannt, die Sachen aus meiner Ledertasche, das ganze archivierte Zeug aus seinen Schränken und Regalen. Da habe er gedacht, besser, es verbrennt, als es verbrennt nicht.

Ich versuchte, die Augen offen zu halten, aber es fühlte sich an, als wären Gewichte an meine Wimpern geschweißt.

»Ist schon gut so«, krächzte er. »Machen Sie sie zu. Machen Sie die Augen schön fest zu.«

Ich tat, wie mir geheißen. Die Deckenleuchten hinterließen helle, runde Flecken unter meinen Lidern.

»Sind sie zu?«, fragte er.

»Sind zu«, sagte ich.

»Gut«, sagte er, »das ist gut.«

Und er begann, den Brief vorzulesen. Ich wollte ihn unterbrechen, ihm sagen, dass ich das alles schon selbst gelesen hatte, aber es schien, als bräuchte er es, die Worte laut auszusprechen. Er tat es stockend; die Stimme kam und ging und kam wieder. Ich spürte, dass er Probleme mit dem Sehen hatte, aber vielleicht ja deshalb, weil seine Augen etwas anderes suchten, etwas außerhalb der Seite. Jedes Mal, wenn er »Alice« sagte, wurde seine Stimme dünn und tonlos, das Geräusch in Seidenpapier wühlender Hände.

»Das war's«, sagte er. »Was mir Ihre Mutter geschrieben hat.«

Ich sagte nichts.

»Ich habe sie ohne ein Wort verlassen«, sagte er. »Das tut mir so leid, wirklich. Sie wusste nicht, warum, und ich weiß es auch nicht. Es fällt mir schwer, es zu erklären.«

»Sie brauchen mir nichts zu erklären«, sagte ich, erstaunt über meine ruhige Stimme.

»Aber ich muss, verstehen Sie? Ich muss es tun. Ich muss es jemandem erzählen, und wenn dieser Jemand nicht Alice sein kann, na ja, dann fühlt es sich richtig an, wenn Sie's sind.«

Er begann über seine Zeit in Japan zu sprechen, erzählte mir Dinge, die ich wusste, und Dinge, die ich nicht wusste, trennte langsam die Umhüllung seiner Vergangenheit auf. Mit geschlossenen Augen fühlte ich irgendwo tief in meinem Kopf das schwache Pulsen jedes einzelnen Worts. Dann, nachdem er einen weiteren schmerzhaft rauen Hustenanfall überwunden hatte, kam er zum 20. Juli 1946. Dem Tag, an dem er von Tokio in ein nahe gelegenes Fischerdorf gefahren war, um dort Feldforschung zu betreiben.

»Wir waren zu viert, mein Onkel George, unser Kollege Watanabe und ein Dienstmädchen, eine kleine Japanerin namens Kazue. Die Briefe in der Ledertasche, wenn Sie die gelesen haben, wissen Sie ja, wer diese Leute sind.

Wir übernachteten dort in einem abgelegenen Gasthaus, und am Abend tranken George, Watanabe und ich ein paar Gläser mit dem Wirt. Irgendwann nach Mitternacht, vermutlich zwischen zwölf und halb eins, zogen wir uns in unsere Zimmer zurück. Ich teilte mir eine Art Suite mit George, und Watanabe und Kazue schliefen unten. Ich war so voll mit Fisch und Sake, dass ich sofort weg war. Aber dann wachte ich auf und konnte nicht wieder einschlafen. Eines Nachts wacht man aus ganz gewöhnlichen Träumen auf, und nichts ist mehr, wie es war… Ich glaube wirklich, dass es das gibt, dass, während man daliegt und schläft, ein Schalter umgelegt wird und alles für immer anders ist. Es war eine heiße, stickige Nacht. Im Zimmer war es ganz still. Was seltsam war, weil George immer schnarchte. Ich begriff es nicht gleich, das Zimmer war riesig, und sein Bett war auf so einer Art Podest beim Fenster, aber er war nicht da. Offenbar kann er auch nicht schlafen, dachte ich. Er ist wohl ein bisschen Luft schnappen gegangen. Ich dachte, ich tue es ihm gleich. Ich zog mir was über.«

Er zog sich etwas über und ging hinunter auf die Veranda des Gasthauses, die wie die Außen- und Innenwände und überhaupt alles aus Holz war. Dort stand er, schaute aufs dunkle Meer hinaus und atmete in tiefen Zügen die Salzluft. George war nirgends zu sehen. Ein sanft abfallender Fels- und Kieselstrand führte ans Wasser hinab. Keine Meile die Küste entlang war ein Hafen. Schwaches Licht von den Häusern und Bootsschuppen dort lag auf dem Wasser und vermischte sich mit dem Mondlicht. Plötzlich hörte er ein Geräusch. Zuerst klang es wie eine Art Mantragesang. Doch binnen Sekunden war ihm klar, dass es eher Stöhnen war.

»Menschliches Stöhnen«, sagte Satoshi, »vor Schmerz vielleicht. Ich glaube, ich … ich habe mich umgedreht, zum Gasthaus hin, und herauszufinden versucht, wo das Geräusch herkam. Links vom Gasthaus, das weiß ich noch, fiel Licht vom Hafen her aufs Grundstück. Rechts vom Haus war es ganz dunkel, und alles, was ich erkennen konnte, war eine große Brennholzpyramide an der Mauer. Soweit ich mich erinnere … Ich bin mir sicher, dass ich zuerst links vom Haus nachgesehen habe. Aber da war nichts. Also bin ich wieder ums Haus herumgegangen, bis ich zu dem Brennholzstapel kam. Das Geräusch kam eindeutig von hinter dem Holz. Ich weiß noch, dass ich dachte, vielleicht ist George ja was passiert. Vielleicht ist er ja angegriffen worden. Wildschweine waren in der Gegend ziemlich häufig, obwohl ich nicht weiß, ob ich in der Situation selbst an Wildschweine gedacht habe oder ob mir der Gedanke erst später gekommen ist. Ich hielt mich hinter dem Holzstoß, um meinen Augen Zeit zu lassen, sich ans Dunkel zu gewöhnen. Dann langte ich hoch und griff mir ein schweres Scheit von dem Stapel. Ja. Es war nur etwa dreißig Zentimeter lang, aber dick und am Ende scharfkantig. Ich hielt den Atem an und sprang mit einer einzigen schnellen Bewegung und hoch erhobenem Scheit hinter dem Holzstoß hervor wie ein Kind, das so tut, als wäre es ein Samurai.«

Satoshi hielt kurz inne, aber ich hörte ihn schon Luft holen. Als er weiterredete, kamen seine Worte schneller, und das Bett knarzte, offenbar, weil er sein Gewicht verlagerte.

»Erst mal war es so, wie ich befürchtet hatte – da war er, George. Anfangs konnte ich in der Finsternis nur seinen oberen Rücken erkennen. Ich erinnere mich an die breiten Schultern, die fast aus dem weißen Baumwollhemd platzten, das er beim Essen getragen hatte. Dann sah ich, dass ihm die Hose um die Knöchel hing. Vielleicht dachte ich, dass er nur an die Hauswand pinkelte. Ich weiß es nicht. Irgendwas in der Art muss ich gedacht haben, weil ich das Holzscheit runternahm. Wahrscheinlich war mir das Ganze einfach nur ein bisschen peinlich, ich weiß es nicht. Aber dann sah ich, dass da etwas zwischen ihm und der Wand war, ein Lumpen oder eine Decke, und dass er sich dagegenpresste. Aber es war kein Lumpen und keine Decke. Es war, das sah ich jetzt, ganz verrenkt und eingequetscht, die eine Gesichtsseite ans raue Holz gepresst… Kazue. Als George sich umdrehte, schien er zuerst in den Himmel zu blicken statt auf mich. So ist es jedenfalls in meinem Kopf. Er schaut zuerst zum Himmel hinauf. Er hebt das Gesicht ins Mondlicht, und augenblicklich wird es kreideweiß. Als er das Kinn senkt und mich anschaut, sieht er irgendwie silbrig aus, und er sagt meinen Namen, er hat meinen Namen gesagt.

Ich stand da, und Kazue versuchte zu entkommen, ich sehe noch vor mir, wie sie zwischen seinen Beinen durchschlüpft wie eine Figur in einem Zeichentrickfilm und ihre nackten Füße sich in seiner Hose und Unterhose verfangen und er die Hand ausstreckt und sie am Haar packt, ihren Kopf mit einem Ruck an seinen Körper reißt und brüllt: ›Zieh Leine, Junge, lass uns Herrgott noch mal machen.‹ ›Was machen?‹, sagte ich, weil ich immer noch dachte, dass irgendeine vernünftige Erklärung kommen würde, kommen musste, weil das, was ich sah, zu widerlich war, um es fassen zu können, zu schrecklich, und in dieser Sekunde war es, als …«

»Sie haben zugeschlagen«, sagte ich aus dem Drang heraus, ihn zu unterbrechen. Seine Worte wurden mit jeder Silbe imaginativer und inbrünstiger, atemloser und bedeutungsschwerer. Etwas in ihm hatte sich gelöst, eine Schranke war gefallen, und jetzt konnte er gar nicht aufhören, winzige Details anzuhäufen, Erinnerungen auszustaffieren, jene zentrale Nacht seines Lebens noch einmal zu durchleben.

»Als George sich bückte und versuchte, mit der freien Hand seine Hose hochzuziehen und mit der anderen irgendwie Kazue an sich zu ziehen, da tat ich es. Auf einmal merkte ich, wie ich das Holzscheit hochhebe, über meinen Kopf, so selbstverständlich, als wollte ich es nur auf irgendein imaginäres Sims legen. Ich habe zugeschlagen, Robert. Mit voller Wucht ließ ich das Scheit auf seinen Hinterkopf krachen. Allmächtiger, hat George geschrien, hervorgestoßen oder geschrien oder vielleicht auch beides, als er auf die Knie sackte. Er ließ Kazues Haar los. Was sich mir eingebrannt hat, ist, dass er irgendwie verdutzt aussah, verdutzt über den Schlag, verdutzt, dass er plötzlich vor mir auf den Knien lag. Als Kazue hinter dem Holzstapel verschwand, sah ich, dass sie einen Kimono trug, den er ihr gekauft hatte, als sie sein Dienstmädchen wurde. Die

Dinger gab es im PX in Ginza! Sie hatten *Stars and Stripes* hinten drauf!«

»Sie schreien.«, sagte ich und kniff die Augen fester zu.

»Ich hob das Holzscheit wieder, ohne zu überlegen. Ich schlug noch fester zu als beim ersten Mal, meine ganze Kraft wurde plötzlich freigesetzt, als ob ein Gummiband reißt.

Heiliger, hat George gesagt. Irgendwas in der Art. Heiliger, Gott, Allmächtiger. Ich weiß es nicht. Seine Stimme war … Es war ein Gegurgel. Er lag auf den Knien und schaukelte mit dem Körper und verfluchte mich; er wirkte benommen, aber auch wütend. Dann stützte er beide Hände auf den Boden, und es bestand die Gefahr, dass er sich hochstemmt, also habe ich wieder zugeschlagen, diesmal von der Seite, als ob ich so ein Ding aus dem Sportunterricht schwingen würde, einen Schlagballschläger. Als das Scheit seine Schläfe traf, ging die Erschütterung durch meinen ganzen Unterarm, das weiß ich noch. Da muss irgendwas in dem Holz gewesen sein, ein Nagel oder ein Astansatz, weil, weil da, wo seine Augenbraue dünn wurde, hier an der Seite, plötzlich eine Wunde klaffte. Zuerst war sie nur ein heller Strich im Fleisch, aber gleich darauf war sie dunkel, voll mit Blut, und George lag jetzt auf der Seite, die Knie an die Brust gezogen wie … wie ein Kind, verängstigt und zitternd. Doch statt zu wimmern, gab er so ein unheimliches, tiefes Knurren von sich. Aber die Angst war immer noch auf seiner Seite, auch da noch, mein Gesicht war hart und heiß, und Tränen und Schweiß brannten auf meiner Haut, und ich fing an, auf seine Beine einzuschlagen, einzudreschen, und ich hörte sein Schienbein splittern und …«

»Genug!«, sagte ich und zwang mich, mich, so weh es auch tat, auf die Seite zu drehen. Zu ihm hin, nicht weg. Er weinte jetzt, ein leises, unregelmäßiges, klagendes Weinen, und ich brachte es nicht fertig, die Augen aufzumachen und hinzuschauen, seinen Schmerz zu sehen. »Ist ja okay, ganz ruhig, ist ja okay. Wenn Sie wollen, lassen wir's jetzt dabei, Sie können ja ein andermal weitererzählen.«

Ich hörte ihn Wasser trinken und sich die Nase schnäuzen, und ich wusste, er würde es nicht dabei belassen, es gab kein anderes Mal, nicht hierfür.

»Danach habe ich versucht, Atem zu holen, mich zu besinnen, aber es ging nicht. Ich bin rückwärts davongestolpert, über die Veranda und weiter, über die Steine, bis mir Wasser in die Schuhe lief. Das Geräusch des Meers strömte in mich rein. Ich schaute mich um. Da war nichts, außer den leeren Booten im Hafen, Lichtern von Häusern in der Nähe. Ich habe irgendwas erwartet, aber da war nichts. Kein Applaus. Kein Erschießungskommando. Ich fing an zu weinen wie ein Kind, genau wie ein Kind. Meine Hände waren geschwollen und blutig. Ich bin im Wasser auf die Knie gefallen. So kniete ich dort, lange Zeit, und irgendwann hat mich dann Watanabe gefunden. Schließlich waren da andere … Sie kamen und brachten mich rein. Am nächsten Tag war ich in Tokio und wurde verhört.

Sie müssen verstehen, ich war dankbar für das Verhör, es war eine Chance zu erklären, wie es gewesen war, mein Gewissen und meine Seele zu erleichtern. Dachte ich. Fragen würden Antworten bringen. Ich wollte … eine lange Gefängnisstrafe vielleicht und dann irgendwie damit abschließen können. Ich wollte einsam leiden, irgendwo, wo ich nicht an anderen Leuten gemessen werden konnte, und dann als der wieder zurückkommen, der ich vorher gewesen war. Aber für die Militärbehörden gab es da Grenzen. Wir Westler waren im Land, um die Japaner zu demokratisieren, um ihnen ein Beispiel zu geben. Da war kein Platz für solche Geschichten, Geschichten von Kindesmissbrauch und Mord, nicht im neuen Japan. Sie schickten mich nach Hause. In ein nettes Heim an einem netten See, als ob das Geräusch von Wasser genau das wäre, was ich brauchte. Sie stuften mich als verrückt ein. Ich war mir nicht sicher, dass ich's nicht war. Also kam ich in den Lake District.«

»Und dann nach London«, sagte ich mit einem Druck in der Brust; etwas saß da tief in meiner Kehle, ein kleiner Klumpen, der schwoll und nach oben drängte. Meine Gedanken drehten sich um ihn, um das Kind, das er in Japan gerettet hatte, aber auch um mich selbst.

»London, ja, ein paar Monate später. Freddies Wohnung in Bloomsbury, mit Alice. Ihre Mutter hat mich geliebt, aber ich war nicht mehr da, um geliebt werden zu können. Abends saßen wir zusammen und redeten, aber ich driftete immer davon. An ihrem Geburtstagsabend, als wir eigentlich hätten feiern sollen, sagte sie etwas, was ich nie vergessen habe. Sie sagte: ›Man muss die Vergangenheit auch mal hinter sich lassen‹. Aber für mich war die Vergangenheit, das schlimmste Stück Vergangenheit, wie ein riesiger Vorhang, der mich ganz und gar einhüllte. Die Gegenwart kam nicht an mich heran. Je mehr Alice über ganz normale Dinge redete, über den niedrigen Gasdruck, den einfrierenden Badeofen, die Stromsperre, die den Hyde Park in Dunkel tauchte, die Aussetzung des dritten Programms der BBC, unsere Heirat… Je mehr sie redete, desto mehr war sie Alice. Aber ich war nicht ich. Ich war nicht da. Noch so viele Spritzen, noch so viele Elektroschocks konnten mich nicht ins Leben zurückkatapultieren. Verstehen Sie? Ich betete die ganze Zeit, dass irgendwas die Vergangenheit in Flammen aufgehen lassen, diesen Vorhang in Asche verwandeln würde, aber das passierte nicht. Und dann, an dem Punkt, an dem ich zu beten aufhörte, wurde mir klar, dass ich immer dort auf jener Veranda sein würde. Verstehen Sie? Die ganze Zeit, die ganze Zeit, die ich mit ihnen hätte zusammen sein können, die ich… eine Frau und eine Tochter hätte haben können, war ich dort auf jener Veranda.«

Ich fühlte jetzt, wie mir die Tränen kamen, und ich wehrte mich nicht, überließ mich einem tiefen, heißen Schluchzen, wie ich es seit Jahren nicht mehr erlebt hatte. Szenen, alte und frische, helle und dunkle, verschmolzen unter meinen zuckenden Lidern: die lichtbandbeleuchtete Brutalität eines rauchgefüllten Raums, Abendsonne, die Chiyokos Wimpern mit Pink übergoss, ein Ballett schwebender Papierblätter, ein Fernsehschirm, dicht voll mit Bildern, bewegten und stehenden. Ich war in einem Zimmer, das wusste ich. Einem Zimmer in einem Krankenhaus in Hokkaido. Aber es fühlte sich nicht an, als ob ich irgendwo drinnen war. Ich sah mich durch die Welt reisen, auf der Suche nach meiner Schwester; Länder wirbelten um mich herum wie Herbstblätter, losgerissen, aber bunt. Ich fühlte mich irgendwie anders, jetzt, da ich wusste, dass sie irgendwo da draußen war, immer irgendwo da draußen gewesen war.

»Haben Sie Schmerzen, Robert? Soll ich jemanden rufen? Nein? Ich … Tja, na ja, das war's. Am Ende sind da keine neuen Erinnerungen mehr, nur Speicher voller Geschichten. Das lehrt uns die Anthropologie. Manche Geschichten werden erzählt, andere bleiben unerzählt. An einem eiskalten Nachmittag im Februar 1947, als Ihre Mutter und ich gerade mal einen Monat wieder zusammen waren, verschwand ich. Sie ging aus dem Haus, um ein paar Fleischfitzelchen für unser Abendessen aufzutreiben. Ich sah ihr durchs Küchenfenster nach. Ihr Haar war voller Schneeflocken. Sie sah unwirklich aus, wie eine verzuckerte Leckerei, die sich meine Fantasie nur herbeigeträumt hatte. Ich packte meine Sachen und zog meinen Mantel an, ging dann in die entgegengesetzte Richtung. Ich habe ihr nie gesagt, wie wunderschön sie aussah, mit dem Schnee im Haar. Der Neunzehner kam gerade, also stieg ich ein. Zwei, drei Stunden fuhr ich in diesem Bus durch London. Ich habe ihr nie gesagt, dass sie das Schönste auf Erden war. Ich ließ mich von dem Bus einfach immer weiter durch die Gegend fahren. Ich blieb eine Weile bei meiner Mutter. Und dann bin ich nach Japan gegangen und habe versucht, neue Erinnerungen zu erzeugen, wo die alten zu Hause waren. Ergibt das irgendeinen Sinn? Ich glaube, ich wollte … es einfach versuchen.«

Langsam öffnete ich die Augen. Durch schleiriges Licht sah ich die pulsenden Lebenszeichen an seinem Hals, die kalkweiße Trauer auf seinem Gesicht. Ich blickte über ihn hinweg zum Fenster. Die Scheibe enthielt Sapporo. Ein Kran überragte alles. Er sah aus wie die Federzuglampe in meiner Wohnung. Die Skyline ähnelte meiner Zahnbürste, mit den nicht mehr ganz vollständigen Borsten nach oben. Doch als ich blinzelte und wieder hinsah, schienen diese Vergleiche lächerlich. Es war ein Kran. Es war eine Skyline. Weiter nichts.

Nach einer ganzen Weile sagte ich: »Ihre Geschichte. Wenn sie für den Moment zu Ende ist, würde ich Ihnen gern meine erzählen.«

30

Irgendwie hat Schnee, hat die Art, wie er in der untergehenden Sonne flimmert, die Wirkung, dass man sich frisch und neu fühlt. Der Zug beschleunigte. Unwetterlicht bildete sich um Berge. Und die wenigen Menschenspuren, die sich über den Boden Hokkaidos zogen, zart und schmal und hin- und herkurvend, tauten allmählich weg.

Ich saß im Speisewagen, wartete auf das nervöse Neon Tokios, stellte mir wieder den blendenden Ansturm von hohen Fenstern, knalligem Lippenstift und Leuchtschildern vor und betrachtete die vorbeirauschende weiße Landschaft. Ich war nicht der Einzige. Mein Sitznachbar, ein dicker Mann mit kleinen, rastlosen Händen, starrte ebenfalls hinaus. Er spielte mit seiner Bierdose, nahm einen kräftigen Doppelschluck und unterdrückte ein Rülpsen. In seinen Augen lag etwas von Aufbruch, sodass ich gern gewusst hätte, was er dachte. Im gesamten Speisewagen beugten sich Dutzende von Leute an die Scheiben, fühlten den Fahrwiderstand in den Zähnen, beschirmten ihre Augen oder hielten sich das Kinn. Leute aller Altersstufen, die in die Hauptstadt transportiert wurden: Eltern, Großeltern, Kinder; Familien, Jung und Alt eng beisammen. Die Heizung pustete heiße Luft, und aus Kaffeebechern stieg Dampf, aber die Leute blieben zusammengeklumpt wie Überlebende und starrten in die Ferne. Mir fiel besonders die größte Gruppe auf, sieben, acht Männer und Frauen, die zwischen Chromstangen standen. Sie flüsterten miteinander und zeigten auf schneeummantelte Äste. Zuerst dachte ich, sie wären alle befreundet, doch als sie sich nach und nach zerstreuten, lächelnd und unter Verbeugungen, wurde mir klar, dass sie einfach nur Fremde waren, die gemeinsam die Aussicht genossen hatten.

Als die Sonne flüssig wurde und sich dünn über den Schnee ergoss, schlug ich *Japanische Verben* auf, ein Abschiedsgeschenk von Mr Satoshi, und machte mich ans Lernen. *Ich gehe, du gehst, er geht, wir gehen*. Offenbar hat diese Lehrmethode für Japanisch keinen Sinn. Die Konjugation ist immer gleich, erste, zweite, dritte Person, Singular und Plural. Also sprach ich einfach nur neue Wörter vor mich hin, wie es das Buch empfahl, und schloss dann die Augen, um zu sehen, wie viel ich behalten hatte.

Ich versuchte gerade, ein besonders flüchtiges Verb wieder herbeizubeschwören, als plötzlich statt des Worts ein Bild kam. Ein blasses, verwaschenes Bild. Es war das Bild meiner Schwester als Neugeborenes, in den Armen meiner Mutter. Sie war von Licht umgeben. Und als das tückische Verb sich mir endlich wieder offenbarte, hatte ich eine Entscheidung gefällt. Es war nicht nötig, auf die Suche nach Alice zu gehen. Ich hatte das deutliche Gefühl, dass sie, wenn sie irgendwo in einer Bibliothek war, herabfallenden Büchern schon auszuweichen wüsste. Ich sah sie weder irgendeiner exotischen Krankheit erliegen noch von einer verirrten Windbö umgeblasen werden. Ob nun zu Recht oder zu Unrecht, ich hatte das Gefühl, sie zu kennen.

Meine Uhr maß leise tickend den vergehenden Abend; die umliegende Haut sah immer noch wund aus. Ich hoffte, dass wir pünktlich waren. Ich wollte von meinem komischen kleinen Zimmer im dreizehnten Stock aus Freddie anrufen. Ich wollte in der Edelstahlküche sitzen und gähnen und Dolly Parton hören, während um mich herum der Duft von Kaffee und

Rührei aufstieg. Ich wollte Daisukes Gesicht aus verschiedenen Perspektiven sehen, wenn Toast aus dem Toaster sprang, Wasser kochte, Spiegelungen auf baumelnden Messern tanzten. Ich wollte sogar die beiden Dackel sehen, wie sie, übereinanderstolpernd, vom Kühlschrank zum Gefrierschrank und zurück watschelten, kaum wach und schon im Begriff, noch fetter zu werden. Und vor allem wollte ich Chiyoko noch erwischen, bevor sie in die Uni ging. Noch ein Tag in Tokio, vielleicht auch zwei, vielleicht auch mehr.

Der Zug machte ein schönes Geräusch, während er südwärts sauste, ein Grundrauschen, das all die Stimmen derer aufsammelte, die sich murmelnd durch die Waggongänge arbeiteten, sich Wände und Haltegriffe entlangtasteten. Es war eine Musik, die die Linearität der Zeit aufzuheben schien. Ich blickte Monate und Jahre zurück und fand nur Spuren meiner selbst, Bilder, die ins Jetzt diffundierten, vorbeirauschten, ein leises Wackeln in den Bäumen jenseits der Scheibe hinterließen. Ich blickte zurück und fühlte mich erschöpft, aber entspannt.

Der Mann mit den rastlosen Händen hatte jetzt die Augen geschlossen, bekam sein leises Schnarchgrollen gar nicht mit. Vornübergesunken kippte er in meine Richtung. Er saß zwar noch auf seinem Platz, aber nur formal. Sein Gesicht hing nur noch Zentimeter über meinen Knien, als ihn sein alarmierter Körper aus dem Schlaf riss, und er schien erstaunt über den Anblick, der ihn begrüßte: Seine Brauen wölbten sich ungläubig. Wir saßen schon eine ganze Weile nebeneinander, doch erst jetzt schien er die trompetenförmigen Blumen auf meinem Schoß zu sehen.

»Winternarzissen«, sagte ich, und er antwortete mit einem wackeligen Lächeln.

Dank

Folgende Autoren und Werke waren mir eine große Hilfe: John W. Dower, *Embracing Defeat: Japan in the Wake of World War II*; John W. Bennett, *Doing Photography and Social Research in the Allied Occupation of Japan, 1948–1951*; David Kynaston, *Austerity Britain: A World to Build*. Eventuelle Irrtümer oder allzu freie Ausschmückungen gehen allein auf mein Konto.

Ganz besonders danke ich Clare Alexander, Jason Arthur, Stephanie Sweeney, Emma Finnigan, Laurie Ip Fung Chun, Harvey Marcus, Jennie Rooney, Auden Witter, Marie Bates, Jim Friel und vor allem Amy – ohne sie kein Buch.

HARUKI MURAKAMI

Südlich der Grenze, westlich der Sonne. Roman

Mister Aufziehvogel. Roman

Naokos Lächeln. Roman

Tanz mit dem Schafsmann. Roman

Nach dem Beben. Roman

Kafka am Strand. Roman

Afterdark. Roman

Hard-boiled Wonderland und das Ende der Welt. Roman

Blinde Weide, schlafende Frau. Erzählungen

Untergrundkrieg. Der Anschlag von Tokyo

Wie ich eines Morgens im April das 100%ige Mädchen sah.
Erzählungen

Der Elefant verschwindet. Erzählungen

Wovon ich rede, wenn ich vom Laufen rede

1Q84 (Buch 1&2). Roman

1Q84 (Buch 3). Roman

Die Pilgerjahre des farblosen Herrn Tazaki. Roman

btb